U0892772

读客®

读客三个圈经典文库

经典就读三个圈　导读解读样样全

心灵的焦灼

[奥] 斯蒂芬·茨威格　著

李雪媛　管中琪　译

江苏凤凰文艺出版社
JIANGSU PHOENIX LITERATURE AND ART PUBLISHING, LTD

图书在版编目（CIP）数据

心灵的焦灼 /（奥）斯蒂芬·茨威格著；李雪媛，管中琪译．-- 南京：江苏凤凰文艺出版社，2019.5（2022.7 重印）
ISBN 978-7-5594-2879-0

Ⅰ．①心… Ⅱ．①斯… ②李… ③管… Ⅲ．①长篇小说－奥地利－现代 Ⅳ．① I521.45

中国版本图书馆 CIP 数据核字 (2018) 第 208752 号

心灵的焦灼

［奥］斯蒂芬·茨威格 著　　李雪媛　　管中琪 译

责任编辑　丁小卉
特约编辑　张楚悦　宋如月　蔡若兰
装帧设计　读客文化　021-33608311
责任印制　刘　巍
出版发行　江苏凤凰文艺出版社
　　　　　南京市中央路 165 号，邮编：210009
网　　址　http://www.jswenyi.com
印　　刷　嘉业印刷（天津）有限公司
开　　本　890 毫米 ×1270 毫米 1/32
印　　张　13.5
字　　数　302 千字
版　　次　2019 年 5 月第 1 版
印　　次　2022 年 7 月第 3 次印刷
标准书号　ISBN 978-7-5594-2879-0
定　　价　69.90 元

目　录

001 / 引　言

凡经常试图诠释命运者，来对他述说自己命运的人也络绎不绝。

009 / 第一章

正如我们急着想要修好手表里的齿轮一样，操之过急往往坏了整只表。

024 / 第二章

在这难受的挑衅时刻，我反而感受到她在无助绝望中承受了多么巨大的痛苦。

042 / 第三章

唯有心怀同情的灵魂亲眼目睹，才有可能真正感受到震撼。

051 / 第四章

同情是种力量，不仅能鼓舞振奋自己，甚至超越了自己去抚慰别人。

060 / 第五章

我生平第一次扮演给予的角色，第一次觉得自己帮助了别人。

068 / 第六章

每一个介入别人命运的人，多少会丧失些许自身的自由。

082 / 第七章

我再度感觉到心中那股温热的狂流——那是同情，我现在知道了，我心中再度掀起了同情的巨浪。

092 / 第八章

一个年轻人忽然面对别人赋予的使命，而且必须完全靠自己的精神和力量去完成，这样最能增加他的自信心，帮助他塑造出自己的性格来。

103 / 第九章

只做一半的事和只说一半的暗示向来都不是好事；世上所有恶事的罪魁祸首都要归咎于半心半意。

115 / 第十章

一个没有自我意志的人，可随意受人摆弄。

130 / 第十一章

人应该拥有那样的双眼，湛蓝清澈、晶莹透亮，由于怀抱内在的信念而生意盎然。

151 / 第十二章

对立矛盾一旦互补得当，就能产生最完美的和谐。

167 / 第十三章

让人开心，绝对不是罪过或者不公不义之事。

182 / 第十四章

啊，真希望能永远停留在此，不必听命于任何人，在一望无际的田野上自由奔放，享受飞翔般的无拘无束！

194 / 第十五章

同情心就如同吗啡，只有一开始能减缓病人的痛苦，是种药物，是种辅助手段。但若不懂得掌握正确剂量，不及时停药，摇身一变，就成了杀人的致命毒药。

208 / 第十六章

我生平第一次明白，世上最恶劣的坏事不是邪恶与残酷造成的，而是应该归罪于软弱。

225 / 第十七章

比起生活幸福、身体健康者，那些遭人遗弃、受人污辱、面貌丑陋、年老体衰、憔悴枯萎、受人贬抑的人在渴慕爱情时，心里的贪婪更加激切、更为危险。他们的爱狂热、阴沉、黑暗。

242 / 第十八章

我现在终于恍然大悟：一个男人最荒唐愚蠢、最摆脱不了的困境，是违反本愿为人所爱，这是一切痛苦中最残忍的折磨，而且没有过错，却惹罪招愆。

255 / 第十九章

“只要允许我爱你……我也知道，自己硬要凑近你，实在是愚蠢疯狂……”

265 / 第二十章

在这一瞬间，我第一次打从心灵深处感受到，大发恻隐之心，竟会伤人伤得如此笨拙。

278 / 第二十一章

驱使我们采取行动的最强烈动机往往是虚荣心，性格软弱的人尤其无法抵挡诱惑，去做能够向外展现力量、勇气与决心的事情。

290 / 第二十二章

一旦受过命运摧残，人永远容易受伤。

308 / 第二十三章

爱情就其最内在的本质而言，不希望受到任何局限，一切有所节制、有所限度的表现，只会使恋人产生反感，无法忍受。

322 / 第二十四章

唯独深不可测、无法掌握之事，才会吓得我们胆战心惊。

330 / 第二十五章

想要隐藏秘密，或者不得不隐藏秘密，终将失去坦率自由的眼神。

343 / 第二十六章

虚荣心也会使人昏头，感激之情也会使人陶醉，柔情蜜意也会迷惑得人飘飘欲仙。

350 / 第二十七章

我在屋子里造了光，在人的心里造了光。

363 / 第二十八章

现在我无力回天，没有能力淡化这些事，什么也无法否认。

372 / 第二十九章

他公正无私、强硬无情的态度中，带有一种傻气的真诚，尤其待人无条件有志一同、休戚与共的精神，直叫我们心悦诚服。

384 / 第三十章

唯独受到命运亏待的人，唯有那些六神无主、遭人鄙视、丧失信心、相貌丑陋、受尽屈辱的人，才能借由爱情获得帮助。

392 / 第三十一章

我全身神经不住颤动：有人需要我，有人非常迫切需要我！

400 / 第三十二章

只要良心有知，没有任何罪过能被遗忘。

405 / 《心灵的焦灼》：历史的伤疤

引　言

“凡有的，还要加给他”，这句话源自智慧之书《圣经》，每个作家大可放心转借成下面的意义证明：“凡述说多的，还要述说给他听。”一般人总以为诗人仗着源源不绝的想象力写作，储备了取之不尽的事件与故事，这种想象最荒谬不过了。真相是他根本不必杜撰，只要被人物和事件找到就好，假如他还有睁大眼睛观察、竖起耳朵倾听的敏锐度，这些人物和事件便会不停地找他做故事重述者。凡经常试图诠释命运者，来对他述说自己命运的人也络绎不绝。

写这个故事也是全然出乎我意料，而且几乎原封不动地在此复述当事人完整吐露的遭遇。某个维也纳的夜晚，手里提着采购的大包小包、疲惫不堪的我正在郊区四处寻找一家我以为人气下滑、门可罗雀的餐厅。不料一脚才踏进门就懊恼自己误判了，因为头一桌立刻有个熟人站起身，用各种手势展现真诚喜悦，盛情邀我同坐。坦白讲，我无法以同等狂热的喜悦来响应这个人。若说这位殷勤的绅士为人不佳或令人厌恶就太过分了；他只是天生喜好强迫交际，这类型的人像小孩子集邮一样锲而不舍地搜集朋友，而且对每个收藏样本特别引以为傲。这位好好怪客，副业是博学多闻又能干的文件管理器，把全部的生活意义局限在这卑微的满足里：报纸上偶尔出现一个名字，他都可以满怀虚荣、理所当然、攀亲带故地加上一句“他是我好友”，或“啊，我昨天才见到他”，或“我的朋友A跟我说……，我的朋友B认为……”，这样不厌其烦地把全部字母过滤一遍。他会忠实地为朋友的首演鼓掌叫好，打电话祝福每位隔天要登台的女演员，也绝不会忘记每个人的生日，隐瞒报纸上的负评，若有正面赞美则会一片好心寄给他。如此看来他并不坏，因为他的热情是真心诚意，要是偶尔请他帮个小忙，或甚至让他的“朋友收藏室”多一件新“珍品”，他会雀跃万分。

不过，此处没必要在这位“爱参一脚”先生——维也纳人用这个轻松字眼揶揄那群花哨的、附庸风雅的、善良的食客——身上浪费唇舌，因为他们无人不知、无人不晓。大家也心知肚明，如不狠心粗鲁一点便拒绝不了他们这种无害的亲切。我只能无奈地在他身边坐下，和他闲聊了十五分钟。随后有位身材高大的绅士步入餐厅，红润的娃娃脸和迷人的斑白鬓发十分引人注目。他走起路来腰杆笔直，让人立刻猜出他曾是军人。不由分说，我的邻座立刻以他惯有的殷勤跳起来打招呼。那位先生对这种热情活力与其说做了礼貌响应，倒不如说是无动于衷。不待这位刚进门的客人向急忙上前招呼的侍者点菜，我这位爱参一脚的朋友便已凑过身来，在耳边细声说：“你知道他是谁吗？”我早知他习惯卖弄收藏家的骄傲，每一件稍微有趣的样品都得拿出来炫耀，唯恐他长篇大论解释来龙去脉，便淡淡地回他一句“不知道”，继续用刀切我的萨赫蛋糕。不料我的不痛不痒反而挑起这个爱攀亲带故家伙的兴奋神经，他用手小心遮着嘴，低声对我耳语："他就是军需总部的霍夫米勒，你一定知道，那位在战时获颁玛丽亚·特蕾莎勋章[1]的英雄。"这则事实似乎未能如他所盼引起我的震撼，于是他开始狂热地翻开爱国事迹读本，滔滔不绝述说骑兵上尉霍夫米勒战时的彪炳功勋，先在骑兵队，然后在驾驶侦察机飞越皮亚韦河时独自击落了三架敌机，最后在机枪连中坚守前线阵地长达三天——这一切加上许多小细节（在此均略过不提），述说时还不时流露他夸张的惊讶神情，不解我怎么对这号伟大人物一无所知，毕竟连卡尔皇帝[2]都曾亲自颁授他奥地利军人最难得的"装饰"勋章呢。

我终于受不了诱惑向另一桌望去，想从两米远的距离一睹被盖上历史印记的英雄风采；不料却一脚踢到铁板，反射回来的是一道严峻愤怒的目光，似乎在告诉我：这家伙对你吹嘘了我什么？有什么好瞅的！这位绅士明显不友善地把椅子往旁边一挪，断然背对我们而坐。我满怀羞愧地收回视线，就此避免露出好奇眼光，连他那张桌子的桌巾也不去瞧。不多久，我向这位好心多嘴公告辞，才刚要跨出门，就发现他马上往那位英雄的桌子靠过去了。他大概也会用同样的热情对他述说我的丰功伟业吧。

我们之间仅止于这一来一往的眼神交流，而我也会忘了这匆匆一瞥的偶遇。但无巧不成书，第二天在一个小型聚会里，我的对面又坐着这位拒人于千里之外的绅士。不过比起前一晚的运动休闲装

1 以奥匈帝国女皇玛丽亚·特蕾莎（Maria Theresia, 1717—1780）命名的军人最高荣誉勋章。——译者注（如无特别说明，本书中注释均为译者注）

2 卡尔一世（Karl I, 1887—1922），奥匈帝国最后一位皇帝，第一次世界大战战败后帝国瓦解，一九一八年十一月被废。

扮，身穿晚礼服的他显得格外引人注意，也更优雅。我们彼此都在努力掩盖一个小小的微笑，那种在大团体中两人共同保守一个秘密的诡异微笑。他认得我，一如我认得他；也许我们还同样气恼或在嘲笑昨晚那位失败的皮条客。起初我们避不交谈，不过很快就证明这样行不通，唇枪舌剑早就如火如荼四下展开了。

只要我一提这事发生在一九三八年，大家便能轻易猜到我们当时讨论的话题。后来的编年史家会发现，在一九三八这一年，推测世界大战是否可能再次爆发，几乎主宰了惊慌失措的欧洲各国的所有对话。每场聚会都无可避免地热烈讨论这个话题，让人有时会觉得根本不是我们这些活人在猜测与希望中发泄恐惧，而是气氛本身令人紧张兮兮，让人想借着话语摆脱沉重不堪的时代氛围。

东道主引领这场讨论，身为律师的他，性格也十分自以为是。他以坊间流行的观点来证明流行的谬论，认为新一代知道战争的真相，不会再如上次大战那般毫无准备便投入一场新战争。只要动员令一下，步枪就会朝后方开火，尤其像他这样的前线退伍老兵，绝不会忘记什么在等着他们。他像以食指轻轻弹掉烟灰一般，漫不经心地把大战爆发的可能撇得一干二净。话出口之际却有数十万计工厂正在生产炸药与毒气，这种信誓旦旦的夸张口吻令人气结。于是我口气坚定地反驳，我们不应老是相信我们愿意相信的事，指挥战争机器的部门和军队组织也同样不会睡大觉，趁我们陶醉在乌托邦幻想的时候，他们正努力利用和平时期事先把群众彻底组织妥当，训练成随时都能举枪射击的状态。在此和平时刻，多亏宣传手段完美高明，人民的奴性已迅速成长到不可置信的地步。我们必须看清事实，从广播电台将动员消息放送到家中这一秒钟起，绝不会出现任何抗议阻力，因为今日的个人意志如尘粒一般微不足道，完全不算什么了。

在座的人当然都与我意见相左。因为事实证明，人类自我麻醉的本能，总会让人忍不住想借着全盘否认，以立即摆脱内心意识到的危险；何况隔壁房间已经摆好丰盛晚餐，廉价乐观主义发出的警告听来就更加刺耳。

意外的是，那位玛丽亚·特蕾莎骑士此时竟然情义相挺。怎会偏偏是他，刚才我还本能地以为他也持反对意见。是啊，他激动地说，如果今天还想把人的意愿考虑进去显然太荒谬了，因为在下一场战争中真正发挥效用的是机器，人充其量只是机器的配件。早在前次大战时，他在战场上就没遇过多少明白赞成或确切反对战争的人。大多数人仿佛一团随风吹起的尘土，被卷入巨大的战争旋风不得抽身；渺小的个人宛如大麻袋里的一粒豌豆，毫无意志地被摇来晃去。总之，比起逃出战场，也许有更多人是刻意逃入战场。

我讶异地听着，对他继续激动地滔滔不绝尤其感兴趣。“我们不必欺骗自己。倘若我们今天大张旗鼓宣传一场异国战争，譬如太平洋的玻利尼西亚或非洲某个角落的战争，一定会有成千上万，甚至数十万不明就里的人前来响应，也许他们只是为了逃避自我或不愉快的生活环境。依我评断，真正的反战力量几乎等于零。与随波逐流相比，个人反抗一个组织需要更大的勇气，也就是个人的勇气；然而在我们这组织发展更健全、更机械化的时代，如此特殊的勇气已经绝迹了。我在战场上几乎只见到群众勇气，也就是队伍和团体展现的勇气。倘若我们仔细检视这个概念，不难发现许多诡异的成分：虚荣心、轻率与鲁莽，甚至无聊，尤其有更多恐惧——没错，惧怕落于人后、惧怕遭人耻笑、惧怕独自行动，尤其惧怕自己成为对抗多数群众热情的少数；我私下接触过许多公认为战场上最英勇的人，他们恢复平民身份后一世英名引人非议。“您看，”他礼貌地转头向此时满脸扫兴的东道主说，“我自己也不例外。”

我喜欢他说话的格调，很想迎上前去，可惜女主人已在招呼客人入席。由于我俩的座位距离相当远，整晚没有交谈的机会，直到大家准备动身离开，我们才在衣帽间相遇。

他对我微笑说：“相信我们共同的监护人已经间接替我们做了介绍。”

我报以同样的微笑回答：“而且十分详细。”

“他可能形容得过分夸张，说我是战神阿喀琉斯，还把我的勋章大大炫耀一番了吧？”

“差不多是这样。”

“是啊，他对那枚勋章感到光荣得不得了，对您的著作也一样。”

“真是怪人一个！不过比他更糟的大有人在。对了，假如您愿意，我们可否一起走一段路？”

于是我们走出门，路上他突然转身对我说：“请相信我，如果我说这些年来玛丽亚·特蕾莎勋章最令我痛苦难受，绝非是在说好听话，因为它实在太引人侧目！我的意思是，说真的，当年我在战场上得到这枚勋章，把它挂在胸前时，起先当然激动不已，毕竟我从年轻就受训成军人，在军校听到这勋章的事就如同听到传说一样。每场战役也许只有十多人能得到这等勋章，简直跟天上落下的星辰一般少见。对，这对一个二十八岁的年轻人确实意义重大！你突然站在全体官兵面前让大家惊叹，胸前挂了一个仿佛小太阳般闪闪发亮的东西；还有那高高在上、遥不可及的皇帝向你握手道贺。可是你看：这样的嘉奖荣耀只有在军人世界里才有意义，才受到承认。战争结束后还要一辈子被盖上英雄戳章，在别人眼前晃来晃去，真是荒谬可笑，只不过偶然一次短短二十分钟的勇敢行为——很可能并不比其他几万人更英勇，只因为幸运之神降临在你身上，被人注意到罢了；你还能活着回来也许更令人诧异。如果走到哪里人人都盯着你身上这块小金属片，抬起满怀敬畏的眼光看你，俨然当你是活动纪念碑，一年后你就真的受够了。时时刻刻成为众人注目焦点令我怒不可遏，也是我在战后立刻恢复平民身份的关键原因之一。”

他的步伐开始变急躁。

“刚才说过，这只是原因之一；其实主要还是出于私人因素，也许会让你更容易了解。主要是因为我彻底怀疑自己的资格，尤其是自己的英勇精神；我心里比所有好奇旁观的陌生人清楚，隐藏在这枚勋章背后的根本不是英雄，反而是个绝对的懦夫，一个只想逃脱绝望困境而疯狂投入战争的人，与其说他是充满责任心的英雄，倒不如说是规避自我责任的逃兵。我不知道你的想法如何，至少我觉得，威名显赫、头顶光环的人生不自然也难以忍受。自从我不必再把英雄标记挂在制服上拿出去献宝后，心头真觉得如释重负。现在如果有人把我过去的辉煌历史再挖出来，我仍然会愤怒无比。我干脆对你承认吧，昨天我差点就要跳到你桌旁教训那个只会吹嘘的家伙，他应该去吹嘘别人，不要拿我来吹嘘。你眼中的敬意让我整晚耿耿于怀，为了反驳这个吹牛大王，我巴不得强迫你听我解释，我走过何等崎岖坎坷的路才成了英雄——这个故事不寻常，至少能证明勇气往往只是软弱的另一面。老实说，我此刻就能毫不犹豫地说给你听，一个已经过了四分之一世纪的往事早已不是他本人的事，而是另一个人的事了。你有时间吗？不会觉得无聊吧？”

不由分说，我当然有空。我们在无人街道来来回回走了长长的路，往后数日也都在一起。我只小幅更动了他的叙述，也许把重骑兵改成轻骑兵；同时为了避免他人认出，也把部队驻扎的位置挪到别处，所有人物姓名也逐一更改。但主要故事完全没加油添醋，而且现在起不是我，是叙述者本人现身说法。

第一章

整件事就像法国人所说的是桩gaffe（蠢事），都是因我的愚蠢而起，完全是无心之过。虽然我后来试图扭转过失，但是正如我们急着想要修好手表里的齿轮一样，操之过急往往坏了整只表。即使今天，事情过了这么多年，我仍旧理不清自己的愚蠢究竟在哪里结束，真正的过错又从哪里才开始；也许我永远都无法厘清。

当年我二十五岁，担任某轻骑兵团的现役少尉。不能说我对军官阶级特别有热情或是发自内心的使命感，但是在一个传统奥地利公务员家庭里，有两个女孩和四个总是吃不饱的男孩围着一张寒酸的饭桌，当然就不会多问他们的志愿和兴趣，而是早早把他们送进职场的烤炉里，免得对家庭经济造成长久负担。我哥哥乌里希在小学就因为用功过度把眼睛弄坏了，家人只好把他送去神学院；我因为骨骼强壮被送进军校：一旦上了军校，人生就会自动发展下去，不必再为此伤神。国家自会替你安排一切，短短几年内按照国家预定的模式把一个面色苍白、半大不小的男孩塑造成一个长着软髭的预备军官，把他送进部队好立刻派上用场。

有一天适逢皇帝大寿，还不满十八岁的我已塑造成形，不消多久军服领子也别上了第一颗星[1]，头一阶段目标到此算是达成。从此，每隔一段时间即可自动晋升，直到老年得痛风退伍为止。在开销颇高的骑兵队里服役绝非我个人愿望，而是我伯母黛西的奇想。她嫁给我伯父是再婚，当时伯父正好从财政部转到某家银行担任收入较优渥的董事长。既富裕又爱摆派头的她，无法忍受霍夫米勒的同姓亲戚中有人“败坏”家族门风，只因为他在步兵队服役。她由于这个突发奇想，每月补贴我一百克朗，所以在她面前我必须随时卑躬屈膝、感激涕零。待在骑兵队或甚至任何现役军官职务是否合我的心意，这个问题从来没人想过，我自己想得最少。我只要坐上马鞍就觉得自由自在，也不会去思考马脖子以外的问题了。

一九一三年十一月，应该是有道命令从某单位不小心传到另一个单位，因为我们在亚洛斯卢的骑兵连，突然疾风似的被调到匈牙利边界的一个小驻防点。提不提小镇真实地名都不重要，因为一件制服上的两个纽扣不可能比两个奥地利乡下驻防地更相似。这里或那边的军事设施都一样：一座军营、一个骑马场、一个操练场、一座军官赌场，加上三家旅馆、两家咖啡厅、一家蛋糕店、一个小酒馆和一间破旧的歌剧院。在里面表演的都是被大剧院解聘的过气女歌星，她们也兼差替军官和一年志愿兵做温柔体贴的“服务”。无论何处，在军中服役意味着忙碌单调，每个时辰都是按照一百多年来钢铁般固定的规则分派勤务，休闲时间也没有多大变化。军官餐厅里全是熟悉面孔，听到的也是熟悉

1 意指少尉军阶。

的对话，咖啡厅里打着相同的牌局、相同的台球。人有时不免讶异，亲爱的天主竟然愿意在一个只有六百或八百个屋顶的小城四周，布置另一个天空、另一番景色。

和从前加里西亚的驻地相比，这个新驻地倒有个优点：那里有快车站，一边靠近维也纳，另一边离布达佩斯也不远。有钱的人——服役骑兵队的人，包括那些志愿兵，大都是形形色色的富家子弟，部分出身名门贵族，部分是工厂老板少爷——只要及时从部队偷溜，可以搭五点的火车去维也纳，再搭两点半的夜车赶回来。他有充裕的时间上剧院，在环城大道上闲逛，扮演优雅的绅士，偶尔还能找寻刺激；最让人称羡的几个人甚至还长租了小公寓或下榻地点。可惜我每月微薄的薪资无法负担这类让人精神焕发的放荡行径，休闲娱乐仅局限在咖啡厅或蛋糕店，躲在那里打打台球或下更便宜的象棋，因为下注打牌通常很伤钱包。

应该是一九一四年五月中旬的一个下午，我照样坐在蛋糕店里，跟偶尔一同消磨时间的兄弟在一起，他是金天使药店老板，也是我们驻防地的副市长。例行的三盘棋早已下完，因为提不起兴致，只好有一搭没一搭地闲聊——在这个鸟不生蛋的穷乡僻壤还能去哪里？——我们的对话仿佛即将燃尽的烟，冒出的烟雾让人昏昏欲睡。此时，店门突然打开了，一袭随风飘逸的A字裙夹着一道清新的风，把一个漂亮俏丽的女孩送进来：一双褐色杏眼，深色的脸颊，穿着品位不俗，最重要的是，终于有新面孔出现在这天主就快遗忘的角落。可惜这个聪慧的小仙女根本不理睬我们众人惊艳的目光；她浑身光彩照人，以急速矫健的步伐迈过店内九张大理石小桌，直往贩卖柜台走去，在那里一口气订了十几种奶油大蛋糕和烧酒。我立刻注意到身兼蛋糕师傅的老板对她鞠躬行礼、毕恭毕敬——我从未见过他燕尾服背后的衣缝绷得这么紧。甚至连他老婆，那位臃肿粗笨的乡村维纳斯，平时对军官们的讨好巴结（因为每到月底经常会欠些小账）总是不给好脸色，此时竟也从收银台的位置站起来，差点没把自己融化在礼貌客套中。正当蛋糕师傅忙着记订单时，这个漂亮女孩漫不经心地嚼着几块巧克力，和老板娘葛罗斯迈尔太太闲聊；也许我们拼命伸长了脖子张望有点失态，她却连一个眼神都没施舍。这位年轻小姐自然不必为了提蛋糕盒而累坏娇贵的玉手，因为葛罗斯迈尔太太恭顺地再三保证，绝对会准时送货到府。她也不会想到要像我们小老百姓一样在收款机前付现。我们大家立刻明白：她是VIP贵客！

订完了货，她转身准备离开，葛罗斯迈尔先生立刻忙着跳起来为她开门。就连我的药剂师朋友也从位置上站起来，谦恭有理地巴结问候。她以从容大方的友善态度答谢——天啊，好一双丝绒般细致、小鹿般的褐色眼睛！——不等全身已裹满恭维赞美的糖衣的她踏出店门，我连忙好奇地向兄弟打听这朵荒漠中的奇葩。

“什么，你不认识她？这就是那个谁的侄女……”——从现在起我将称呼此人凯柯斯法瓦先生，这当然不是他的真实姓名——“你应该知道凯柯斯法瓦家族吧？”

凯柯斯法瓦——他像撂下一张千元克朗大钞般把这个名字说出来，盯着我瞧，想当然地期待我敬畏有加地响应“原来如此！当然知道！”。我不过一介初晋升的菜鸟少尉，刚调来这个驻点几个月，全无概念的我怎会知道这位高深莫测的神呢！于是赶紧礼貌地请他详述，药剂师先生也不负所望，带着乡下人的骄傲惬意地开讲——不用说，当然比我在此的重述更加巨细靡遗。

他跟我解释，凯柯斯法瓦是这一带的首富。放眼望去的一切都是他的，不仅是这座凯柯斯法瓦城堡——“你一定知道的呀，从操练场看出去，大道左边有个平顶高塔和一座大型老花园的黄色城堡。”——而且坐落在通往R地路边的大型糖厂、布鲁克的锯木工厂和M地的养马场，这些都归他所有；在布达佩斯和维也纳他还有六七幢房子。“是啊，真令人不敢置信，我们这个小地方出了这么一位超级大富豪，还像贵族那样懂得生活。冬天待在维也纳贾克因巷的小宫殿，夏天去温泉胜地度假；只有春天才会在此地的房子住上几个月，不过我的天啊，真是豪华！聘自维也纳的四重奏乐团、香槟和各式法国葡萄酒，样样精挑严选，极品中的极品！”现在，假如我愿意让他效劳，他可以帮我引见，因为——边说边摆出得意的夸张手势——他与凯柯斯法瓦先生是熟友，早年经常和他有生意往来，知道他非常喜欢邀请军官上门做客；只要他一句话，我立刻就能成为座上宾。

好啊，有何不可？这个乡下驻防地宛如腐臭的蟹池塘，快被闷死了！林荫大道上的女人你全见过，每顶夏季便帽和冬帽、高贵服饰和家常便服，看来看去总是那些。任凭视线停驻或移开，不只女仆跟小孩，连狗都认得。赌场里波希米亚胖厨娘的全部菜色也吃腻了，只要瞥一眼餐厅里永世不改的菜单，就能慢慢扼杀人的味蕾。每条小巷里每个名字、每块招牌、每张海报，每栋楼的每家商店、每扇橱窗，你都能倒背如流。你可以像服务生欧根一样精确知道本地法官先生几点钟会来咖啡馆报到，在窗子左边角落位置坐下，准时在下午四点三十分整点一杯米朗琪咖啡；公证官一定会在十分钟之后，四点四十分整进门，他好歹跟别人口味不一样，因为胃不好的缘故喝热柠檬茶，抽着一成不变的弗吉尼亚雪茄，说着千篇一律的笑话。哎，反正你对这一带每张面孔、每套制服、每一匹马、每个马车夫、每个乞丐都再熟悉不过，你甚至把自己也看烂了。何不从这单调乏味的磨坊中溜出去透透气呢？再说还有这个漂亮女孩，那对小鹿般的褐色眼睛！于是我装出一副不在乎的样子（绝不能在这推销药丸的家伙面前露出嘴馋猴急的模样！）对这位恩人说，当然，我很乐意认识凯柯斯法瓦家族。

果然——看看这位厉害的药剂师，一点都没口出狂言！——两天后，他就带着施恩舍惠的骄傲神情，把一张印好的邀请卡拿到咖啡店来给我，上面以精美书法填了我的名字，邀请卡上写着：拉尤斯·冯·凯柯斯法瓦先生敬邀少尉安东·霍夫米勒先生于下周三晚间八点整共进晚餐。感谢天主，好在我们这样的人也不是没见过世面，知道如何应对这种场面。星期日上午我套上最英挺的尉官制服，戴着白手套，穿上光亮的漆皮鞋，胡子刮得干干净净，唇髭洒一滴古龙水，出门做上任后的第一次拜访。凯柯斯法瓦家的仆人老迈、谨言慎行，身上一袭讲究的制服，他接过我的名片，喃喃地表示歉意，主人错过少尉先生来访一定感到十分遗憾，可惜他们上教堂去了。这样更好，我心想，不论勤务或私事，就职拜访总最叫人发麻。总之义务已尽到，星期三晚上就去赴宴，希望会是个愉快的夜晚。我自忖，反正凯柯斯法瓦家的事到星期三就解决了。没料到两天后，也就是星期二，凯柯斯法瓦先生竟派人把一张折叠名片送到我住处，让我受宠若惊。无可挑剔，我心想，这些人做事真得体，登门造访两天后就礼数周到地回访我这个无名小军官，恐怕连将军也得不到比这更多的礼貌与尊重。我心中着实抱着美好预感，雀跃地期待周三的晚宴。

可是老天从一开始就对我恶作剧——人真该有些迷信，多注意细微征兆。周三晚间七点半，我一切准备就绪，穿上最好的军服、全新的手套、光亮的漆皮鞋，熨好的裤子坚挺得像刮胡刀；当勤务兵正忙着帮我抚平大衣皱褶，检查全身上下是否完美无缺时（我总是需要勤务兵帮忙更衣，因为在我照明不足的房间里只有一面小小手镜），有人在外面猛敲门：是传令兵。值勤官史坦胡贝尔伯爵暨马术教练是我好友，他要我赶去士兵营房。两名骑兵可能因为酒后乱性发生争吵，其中一人拿起卡宾枪殴打对方头部。现在这个笨蛋血流不止、张大嘴昏倒在那里，头颅是否完整还是未知数。不巧军医溜到维也纳去度假了，上校也不见踪影，好好先生史坦胡贝尔情急之下偏偏要拖我去帮忙，真该死！他负责照顾伤者，我得写笔录，并且派传令兵去各单位，看看能否在咖啡馆或其他地方尽快找到一位医生。这么一搞已经七点四十五分，看样子十五分钟或半个钟头内一定走不了。真该死，偏偏在今天给我出这种鸟状况，偏偏在我受邀的晚上！我越发焦急地猛看手表；就算只在这里多耗五分钟也不可能准时赴约了。可是公事重于一切私事的纪律已经渗透到我们军人骨子里，我不能私自溜走。情况值棘手之际，唯有派勤务兵乘马车（这奢侈乐子花了我四克朗！）去凯柯斯法瓦家，替万一迟到的我表示歉意，说明部队有突发事件云云。幸好军营的麻烦事没耽搁太久，上校带着火速找到的医生亲自赶来，于是我可以不着痕迹地偷溜了。

然而事情却祸不单行：不巧今天市政厅广场上一辆马车都没有，我必须等人打电话叫双头马车来。这样耗下来，等我赶到凯柯斯法瓦家大厅时，墙上时钟的长针已不偏不倚地向下垂，不是八点，而是八点半整。见到衣帽间挂得厚厚一摞的大衣，再从仆人些许不自在的神情可以明白，我真的迟到很久——偏偏这是初次拜访，真是糗到极点！

不过至少仆人——这次是白手套、燕尾服、笔挺的衬衫配上僵硬的脸——安慰我，勤务兵在半小时前就传述了我的消息，并领着我进会客室。只见红丝绸紧掩四扇大窗，水晶吊灯光亮耀眼，布置得极高雅，我从未见过如此贵气的会客室。惭愧的是那里只有我一个人，从隔壁大厅清楚传来此起彼落的杯盘碰撞声——懊恼呀，懊恼，我这才想到他们已经入席用餐了！

我努力打起精神，只等仆人一把前面的拉门推开，立刻快步跨过饭厅门槛，脚跟用力一并，鞠躬敬礼。顿时大家全抬头看我，十双、二十双陌生眼睛盯着这个没啥自信、杵在两根门柱间的客人。一位老先生立刻站起身来，无疑就是主人，他快速扯掉身上的餐巾迎面走来，伸出手欢迎我。他本人跟我想象的模样差了十万八千里，丝毫不像马扎尔乡村贵族那样蓄着小胡子。这位冯·凯柯斯法瓦先生两颊丰厚，因为酒过三巡而红光满面。金边眼镜后面有一对稍显疲倦的眼睛挂在暗沉的眼袋上，肩膀有些前倾，说话声音轻如耳语，偶尔微微咳嗽；瘦削秀气的脸下方留着一小撮细细的白色山羊胡，容易让人误以为他是学者。老先生殷勤好客的态度抚平了我的不安，他立刻打断我的话说：不，不，他才应该道歉。他非常清楚值勤中常有突发状况，我还特地派人通知他，实在太多礼了；只不过他无法确定我能不能出席，于是先请客人用餐了。现在我不妨马上就座，稍会儿他会逐一为我介绍在座宾客。只是这位——他陪我走到桌边——是他女儿。一个尚未发育完全的小女孩，苍白纤细又娇嫩，和他一样柔弱。此时她停止与旁人交谈，抬起头来，灰色双眸怯懦地瞟了我一眼。匆匆掠过我眼前的是一张清瘦紧张的脸孔，我先向她鞠了躬，接着一左一右对其他客人致意。不必为了介绍的繁文缛节而放下手上刀叉，打断用餐，客人们显然很高兴。起先两三分钟我觉得相当别扭，在座客人没有一个来自军中，我既无同伴，也没有认识的人，更不见小镇上的绅士名流——全是素不相识的陌生人。大多数客人似乎都是附近的地主和其妻女，不然就是公职人员，大家都穿便服出席，除了我以外，没一个穿军装的人！天啊，我这么笨拙害羞的人要怎么跟这些陌生人攀谈？幸亏座位安排得不错，旁边就是那个任性骄横的褐眼女孩，那个漂亮的侄女。她似乎在蛋糕店里注意到我惊艳的目光了，因为她就像见到旧识一样冲着我友善微笑。她那咖啡豆般的双瞳，而且真的一笑就发嗲，仿佛烘焙咖啡豆的噼啪声响。浓密黑色秀发下挂着一对小巧迷人、清透薄亮的耳朵，我心想：那对耳朵宛若生在青苔丛中的粉红紫罗兰。她裸露的双臂那样柔润光滑，抚摸起来想必像剥了皮的水蜜桃一样滑嫩。

坐在漂亮女孩身边的感觉真好，加上她满口可爱的匈牙利腔调，叫人想不爱上她都难。这般耀眼明亮之地，如此华丽高档的餐桌摆设，身后有穿制服的侍者伺候，面前是最精致美味的佳肴，在此用餐真是一大享受。左边女宾客带有轻微的波兰口音，即使身材稍嫌粗壮，却似乎也引起了我的欲念，难道这一切是酒精在作怪？先是淡金色白酒，然后是血深的红酒，此刻又是冒着香槟般气泡的葡萄酒，身后侍者戴着白手套，从银制醒酒壶和大腹酒瓶中为我们不停地慷慨斟酒。真的，诚实的药剂师果真没夸大其词，凯柯斯法瓦家的气派显然直逼皇室。我从未享受过这等丰盛大宴，做梦更想不到竟然有如此精致、高档、丰盛的餐点。

瓷盆里一道比一道鲜美珍贵的佳肴，源源不绝地接连上桌。绿色莴苣装点着一条条淡蓝色鲜鱼，四周镶着龙虾肉片，浮游在金色的酱汁里；阉鸡骑在米饭层层堆栈的宽马鞍上；布丁在泛着蓝焰的朗姆酒中燃烧；五彩缤纷的甜蜜自冰淇淋蛋糕流涌而出；绕了大半个世界来到这里的珍奇水果躺在银色水果篮里亲吻依偎。餐点似乎永无止境，永无止境……最后的高潮是七彩烈酒，有绿色、红色、白色、黄色，还有芦笋般粗大的雪茄配上香醇咖啡！

一幢美轮美奂、有如魔术仙境的豪宅——真要感谢那位善良的药剂师！——好一个耀眼明亮、富丽堂皇的幸福夜晚！我今晚有如脱缰野马般轻松自在，不知道是不是因为左右和对面客人一双双闪闪发光的眼睛与一串串豪放嘹亮的声音，仿佛他们也忘了贵族的矜持，径自脱序地打开话匣子——总之，我平常的拘谨全都烟消云散了，不但毫无顾忌地谈天说地，同时对左右两位小姐奉承谄媚，大口喝酒，大声说笑，目光轻浮又肆无忌惮，而且我的手偶尔会有意无意抚过美丽的伊萝娜（就是那位“可口诱人”侄女的芳名）裸露的臂膀。对我这举动她似乎也轻松以对，毫不见怪，因为她也和大家一样，被这顿丰盛筵席彻底解放，变得轻松愉快、无拘无束了。

难道是珍贵的匈牙利托凯葡萄美酒和香槟联合起来作怪？渐渐地，我感觉全身在一股飘然自在之中荡漾，大胆纵情，近乎豪放不羁。还差一点点，这个幸福感就会十全十美地飞起来，令我陶醉销魂，我此刻无意识的想望，在下一刻便豁然开朗。因为会客室后的第三个大厅——仆人在不知不觉中又将滑门推开了——赫然扬起轻柔的乐声，是一首四重奏，正巧是我心中希望听到的舞曲。富有节奏感却柔和，一首华尔兹，两把小提琴负责主旋律，一把低沉的大提琴忧伤地伴奏；中间还有钢琴犀利的断奏，强而有力地打着拍子。是啊，音乐，音乐，就是少了音乐！此刻有音乐，也许还能随之翩翩起舞，跳一曲华尔兹，任凭自己摆荡、飞翔，让心灵更能感受到这股轻盈！真的，凯柯斯法瓦山庄一定是座魔法屋，尽管放心去做梦，梦想都会成真。大伙儿于是站起身，推开座椅，成双成对——我对伊萝娜伸出手，再次感觉到她那微凉、柔软而膨润的肌肤——走进会客室，只见全部桌子都被童话中的小矮人搬走似的，椅子倚着墙放在四周。光滑的褐色镶木地板熠熠发亮，简直是专为华尔兹设计的溜冰场，隔壁大厅传来的音乐也隐隐在为我们助兴。

我转身望着伊萝娜，她会意地笑着，双眸已经回答说“好”。我们立刻回旋起舞，两对、三对、五对舞伴在光滑的镶木地板上翩然起舞，谨慎和年长的宾客则在一旁驻足欣赏或闲聊。我喜欢跳舞，舞技还很好。我俩缠绕着荡过大厅，我想，那晚大概是我有生以来跳得最棒的一次。下一支华尔兹则有请我的另一位邻座，她跳得也十分出色，我弯下腰，闻到她的发香，整个人沉浸在微醺里。啊，她跳得实在太好了，一切都太美好了，这几年来我不曾这样幸福过！我几乎浑然忘我，恨不得拥抱所有人，向每个人表达最诚挚的感激，觉得自己是那样轻松，那样热情奔放，那样飘然年轻。我犹如一阵旋风，从一位女伴身边跳到另一位女伴身边，谈笑风生、回旋飞舞，陶醉在幸福的暖流里，完全忘了时间。

突然——我不自觉地看了看表：十点半了——这才惊恐地想起：我谈天跳舞已经玩了将近一个钟头，却还没邀请主人的千金跳舞，真是糟透了！我只和左右两位邻座小姐及其他两三位我最喜欢的女士跳了舞，却彻底把主人千金抛在脑后！真是太失礼了，简直是侮辱人嘛！现在得赶紧补救，一定要立刻弥补！

不过糟了，我完全记不得那女孩的模样，我只是在她面前匆匆行了个礼，当时她早已入席；在那一瞬间只依稀记得一个娇柔脆弱的身形，还有那灰色双眸迅速抛过来的好奇眼神。可是她躲到哪里去了？身为主人千金，总不会逃跑了吧？我心神不宁地沿着墙巡视，把所有女士小姐审视一遍，但没有一个像她。最后我走进第三个大厅，四重奏乐团就在这里，隔在一扇中国屏风后面表演。然后我松了一口气，因为她就坐在那里，那一定是她，一个柔弱纤瘦的身躯藏在淡蓝色礼服里，夹在两位老太太中间坐在内室角落，一张摆着浅盘鲜花的孔雀石绿色桌子后面。她小小的头微微低垂，整个人宛如融入音乐里，一旁艳红火热的玫瑰恰好让我注意到，她苍白近乎透明的前额在厚重的褐红色秀发下闪烁。可是我没那么多闲情逸致仔细观察，谢天谢地，我的心头如释重负，终于找到她了，总算还来得及补偿疏忽。

我直接往桌子走去，伴着一旁的音乐声弯腰鞠躬，礼貌地做了一个邀舞的动作。陌生的眼睛诧异地抬起来注视我，话说到一半打住的双唇微张。然而她动也不动，丝毫没有起身随我走的意思。难道她没了解我的意图？于是我再次行了礼，脚上的刺马钉也轻轻一碰："小姐，有荣幸请您跳支舞吗？"

接下来发生的事情太可怕了。她前倾的上身蓦地向后一退，仿佛要躲开别人挥来的重重一拳；体内血液立刻冲向惨白的面颊，方才还微张的双唇死死紧闭着，只有一双眼睛如死鱼般直盯着我，我这辈子还未曾见过那副惊恐神情。下一刻，她严重痉挛的身体猛然抽搐，然后用双手撑着桌子挣扎着站起来，桌上的花盘被震得乒乓作响，还有个木头或金属类的沉重东西从她的沙发椅上掉落到地板。她一直用双手牢牢抓着摇晃的桌子，孩子般轻盈的身躯也颤抖个不停；虽然如此，她却没有逃走，只是更死命地抓住那沉重的桌面，止不住的摇晃与颤抖从痉挛的双拳直冲发梢。忽然间，整个情绪爆发开来：一阵抽泣，狂野而原始，有如窒息中的呐喊。

说时迟那时快，左右两位老太太立刻围上去把她撑住，不断抚摸、安慰那震慑的小女孩。她终于松手了，那双痉挛的手轻轻放开桌子，人又向后跌回沙发椅去。哭泣不但没停，反而更加激烈，像血崩，又像急性呕吐，一阵一阵地抽搐发作。倘若屏风后面的音乐停顿片刻（乐声把这一切都掩盖住了），啜泣声应该会传到舞厅去。

我杵在那里，呆若木鸡，吓得无法动弹。到底——到底发生了什么事？我无助地看着两位老太太设法安抚泣不成声的女孩，等她回过神来后，却又羞愧难当地把头埋在桌上。一阵又一阵抽噎的冲动实在挡不住，一波又一波地冲击她瘦削的身子，直抵肩膀，每一次冲击都震得花盘乒乓乱响。而我，只能手足无措站在那里，全身关节冻结，衣领犹如炽热的绳索勒住喉头无法呼吸。

“对不起。”我终于低声结结巴巴挤出这三个字。两位老太太忙着抚慰那啜泣不已的女孩，对我连一眼都不瞧。我跌跌撞撞回到客厅，这里似乎还没人察觉有异，双双对对的舞伴在大厅里如狂风飞舞，此时，我忽然觉得天旋地转，必须靠着柱子撑住身体。究竟发生了什么事？我做错了什么？天啊，追根究底是我在筵席上喝太多也喝太快，才会迷迷糊糊闯了蠢祸！

刹那间音乐停了，舞伴各自散开，行政区长也一鞠躬放开伊萝娜。我立刻扑上前去，把一脸惊愕茫然的她强拉到一旁："请帮帮我！看在老天爷分上，帮帮我吧，告诉我这是怎么回事！"

显然伊萝娜误以为我把她拉到窗边是要说些有趣的悄悄话，因为她的目光突然变得严厉——我激动的模样想必看来不是让人心生怜悯，就是叫人害怕。我挟着狂跳的脉搏述说一切，说也奇怪，她的眼神也流露出和房里那女孩同样的惊骇，斥责我："你是疯了吗？你难道不知道？你难道没看见？"

"没有，"我结结巴巴地答道，再次被令人不解的恐惧彻底毁灭，"看见什么？……我什么都不知道，我第一次来府上啊！"

"你难道没注意到，艾蒂丝……是个瘸子……？没看见她那双可怜残废的腿？若不拄着拐杖，她根本连两步路都走不了啊……可是你……你这个粗……"——她很快咽下即将破口而出的骂人字眼——"……你还邀这个可怜的女孩跳舞……噢，太可怕了，我得马上去看她……"

"不！"绝望之余，我一把抓住伊萝娜的手臂，"等一等，请等一等……请代我向她道歉。我怎么会想到……我只在用餐时见过她，才看了她一秒……请务必跟她解释……"

满眼愤怒的伊萝娜已经抽回手臂，迅速跑过去了。我站在会客厅的门槛边，喉咙噎紧得直想吐，大厅里人声鼎沸，谈笑喧哗（忽然令我难以忍受），一片闹哄哄，乱糟糟。我心想：只要五分钟，我愚蠢的行为就众所周知了。五分钟，讥讽、嘲笑与指责的眼神就会从四面八方涌来；而明天，上百片唇舌争相走告，全城会纷纷议论我的鲁莽行径，跟着清晨的牛奶送至家家户户门口，然后传到街头的厮混场所，再带进咖啡馆、各个机关。明天，就连我部队里的人也都会知道这件事。

此时我仿佛在雾霾中看见那位父亲带着抑郁愁容——莫非他已知晓？——正穿越大厅走来。是要过来找我吗？不行，千万别在这个时候和他碰面！一股恐慌突如其来涌上心头，无论是对他或是对大家。我搞不清楚自己在做什么，踉踉跄跄地走向门口，走出大厅，走出这幢地狱般可怕的房子。

仆人做了一个尊敬而怀疑的手势，惊讶地问道："少尉先生已经要离开了吗？"

我回答："是的。"自己却也被这话吓了一跳。我真的想走了吗？在他把大衣从挂钩上拿下来那一刻，我才清楚意识到，这样胆怯地逃跑等于又犯下新的错误，也许更是让人不能原谅的蠢事。但现在反悔已经太迟了，我总不能把大衣交还给他，他已经微微躬身帮我打开大门，我也无法再回大厅去。骤然间，我已站在这该死的陌生宅邸前，寒风袭面，心却被羞愧烫得炙热，像快要窒息一样呼吸困难。

第二章

这就是那件带来不幸的蠢事，整件风波就是因它而起。如今事隔多年，我以平静的心情重新回想这幕幼稚、招来一切厄运的插曲时，我必须说，我其实是完全无辜地一脚栽进这个误会里；邀请一位双腿麻痹的女孩跳舞这种“蠢事”，就算再聪明、经验再丰富的人也可能会发生。然而，因为当时紧接而来的惊吓，不但让我觉得自己像个无药可救的蠢蛋，而且还是个粗人、罪犯，我好似鞭打了一个无辜的孩子。假如我能沉着镇定就能补救一切，可惜我却无法挽回地搞砸了。宅邸前第一道冷风袭上额头的当下，我立刻明白了这点，我就像个罪犯，非但没有道歉，反而就此一走了之。

那一刻我独自站在宅邸门前的心境，真是笔墨难以形容。灯火辉煌，窗内的乐声业已沉默，可能只是乐师稍事休息吧。不过，我在罪恶感过度驱使下，不由得全身滚烫燃烧起来，都是因为我而中断了跳舞的欢乐。此刻大家都蜂拥挤进那小小的内室，只想安慰那伤心啜泣的女孩，全部宾客，包括仕女、名绅还有小女孩们，纷纷激动地在那扇深锁的门后，异口同声怒斥那个罪大恶极的男人，无端去邀请一个跛脚的小女孩跳舞，干了狠毒的恶作剧后还畏罪潜逃。等到明天——这时我全身不由自主直冒冷汗，可以感觉到帽子下面汗水的冰冷——全城都会知道并四处广播，在背后议论我丢脸的糗事。脑海中已浮现这些人的模样，我的同袍，费伦兹、密斯里维兹，特别是约士奇这个该死的笑话王，他们会扑哧笑着朝我走来，讥讽道："喏，小东尼，你干得真好！只要把你身上的缰绳一放，就能让整个部队出丑！"之后这些嘲讽讥笑还会在军官餐厅持续好几个月。只要我们中间有人干了什么蠢事，十年、二十年还会在同袍聚会上被拿出来咀嚼回味一番。每件蠢事都会永垂不朽，每个笑话都会变成化石。直到今天，十六年了，他们还在重述骑兵上尉渥林斯基那个老掉牙的无聊故事，说他从维也纳回来，大肆吹嘘如何在环城大道上认识了T侯爵夫人，当晚还在她家公寓共度春宵。两天后，报纸上就刊登了一则被T侯爵夫人解雇的侍女丑闻，她在各个商店、每段艳遇中假冒自己是T侯爵夫人，到处招摇撞骗。到头来，这个卡萨诺瓦大情圣还得去部队军医那里疗养三星期。若是谁在同袍面前出过糗，就会成为永远的小丑，他们绝对不会忘记，也不会原谅。我越是描绘、想象这幅景象，就越被这荒谬念头烧灼。此时此刻用指头轻轻一扣手枪扳机，似乎会比往后数日要忍受的地狱折磨轻松百倍，等着同袍知道我的丢脸事，还是在背后说长道短、暗地嘲笑，这种等待让人软弱无能。天啊，我太了解自己了；只要嘲笑讥讽一起、流言开始乱飞，我绝对没有抵挡的能耐。

至于我是怎么回家的，现在已经无从得知了。我只依稀记得一把拉开柜子，拿出用来招待客人的斯利波维茨梅子白兰地，先灌两三杯下肚，设法压下喉头那阵讨厌的恶心感，然后连衣服也没脱径自往床上一倒，试着去思考。可是黑暗中产生的奇思妄想仿佛温室里的花，受热带气候温度刺激蔓生乱长，从湿热土壤中不断窜出，离奇乱冲，成了刺眼的藤蔓植物将人团团勒住，无法呼吸。梦境在我异常灼热的大脑中跑得飞快，构成最荒诞不经的恐怖画面彼此追逐。我想我这辈子都抬不起头来了，被社交界遗弃，遭伙伴取笑，受全城人非议！出于恐惧，我再也不想踏出这个房间，再也提不起勇气上街，就怕遇见任何一个知道我罪行的人（由于那一夜过度激动，我觉得犯下的罪行就是那件再简单不过的蠢事，而我成了众人的笑柄，被穷追猛打）。我终于昏沉地睡去，但处在惊骇持续沸腾、发酵的状态下，只得到浅而不安的睡眠。当我一睁开眼，又赫然见到小女孩那张愤怒的脸，她颤抖的双唇，挣扎抓住桌子的小手，听见木头掉落地面的声音，事后回想起来我才恍然大悟，那一定是她的拐杖。一股荒谬的恐惧突然袭上心头，房门会不会猛地一开，就看见那位一身黑外套、白色滚边胸衣，戴着金边眼镜，留着薄薄的、细心修过的小山羊胡的父亲，步履沉重地走到我床边。我吓得一跳而起，站在镜子前端详自己因一夜惊恐而满是汗水的脸，真恨不得挥拳击打苍白镜面中那个笨蛋的脸。

幸好天已经亮了，走廊上的脚步声、石子路上的推车声清晰可闻。站在明亮的窗前思考，要比蜷缩在容易招来鬼魅的邪恶黑暗中思考来得清楚。我告诉自己，也许一切并不是那么糟，也许根本没人注意到。可是那个面色苍白的可怜病人，那个瘫痪的女孩，她当然永生不会忘记，不会原谅！此时脑中突然灵光乍现，我有了一个充满希望的点子。我匆匆忙忙梳理乱七八糟的头发，穿上军服，从茫然不知所措的勤务兵身边闪过，他只能在背后用一口破烂的斯拉夫德语向我拼命喊着："少尉先生，少尉先生，咖啡已经煮好了！"

我疾风似的冲下营房楼梯，飞奔过一群衣衫不整、站在院子里无所事事的轻骑兵，他们连立正敬礼的时间都没有。我从他们身边呼啸而过，冲到营区大门外，在少尉身份可以容许的速度下直奔市政厅广场边的花店。由于我心急如焚，根本忘了清晨五点半店门还没开，不过运气好的是，古特纳太太除了卖花卉之外也卖蔬菜。一辆卸了一半马铃薯的推车正好停在门口，于是我猛敲窗子，不久就听见她踩着楼梯下来。我情急之下随便编了一个故事：今天是好朋友的命名日，我昨天却忘得一干二净，可是过半个钟头我们就要出勤了，因此希望能马上把花送去。快把花拿出来吧，快点，店里最漂亮的都拿出来！这个胖老板娘身上还裹着睡衣，立刻拖着破拖鞋下来，打开店门，把她最高档的宝贝秀给我看，一大束长柄玫瑰：我要多少？我说全部，统统都要！就这样简单扎起来，还是要放在漂亮的花篮里？好吧，好吧，就要一个花篮。这个月仅剩的薪水都赔在这篮阔气的鲜花上了，月底这几天只好扣掉晚饭钱跟上咖啡厅的费用，不然就得借钱了。不过，此刻这些对我来说都无所谓了，甚至还很高兴能用重金来弥补我的小丑行径，因为在这段时间里我一直有个冲动，想重重惩罚自己的愚笨，为自己干的两件蠢事付出惨痛代价。

这不就天下太平了吗？最美的玫瑰装饰在漂漂亮亮的花篮里，而且马上就会派人准时送去了！不料古特纳太太死命地跑到街上追着我问，是啊，这花该送到哪里？给谁呀？少尉先生什么也没交代。噢，原来如此，我真是蠢得可以，激动得什么都忘了。我交代她送到凯柯斯法瓦山庄，要感谢伊萝娜当时惊吓得脱口而出，让我现在能实时想起那可怜受害者的名字：送给艾蒂丝·冯·凯柯斯法瓦小姐。

“当然，当然，凯柯斯法瓦家的老爷们，”古特纳太太语气骄傲地说，“可是我们最死忠的主顾呢！”

接着，下一个问题来了——我正打算离开，她又追问我是不是要写张卡片？卡片？噢，是啊！送件人！送花者的名字！不然她怎么会知道花是谁送的呢？

于是我又回到花店，掏出一张名片写上：“恳请原谅。”不行，这怎么可以！这不又犯下第四个错误了吗？干吗还叫人想起我的蠢事？不然要写什么呢？“由衷深感遗憾。”——不，这更糟了，搞不好最后她还会认为这遗憾指的是她。最好什么都不要写，一个字都不要写。

“只要附上这张名片就好，古特纳太太，除了名片，什么都不要。”

现在终于松了一口气。我急忙赶回军营，匆匆灌下咖啡，勉强熬过训话时间，可能比平时更紧张、更漫不经心。假如一个少尉早晨精神不济地来执勤，在军中大家不会觉得特别奇怪。多少军官常在维也纳通宵达旦之后疲惫不堪地回到军营，眼睛几乎睁不开，连骑马小跑步时都会在马背上睡着。说实在的，不断发号施令、检验考察、骑马散步对我而言反而来得正好。勤务多少能转移我内心的不安，当然，不愉快的记忆依旧盘旋在两个太阳穴之间，一大块苦如胆汁的海绵依旧堵在喉咙里。

然而到了中午，我正要去军官餐厅，一名侍卫兵在后面疯狂追着我喊“少尉先生”。他手里拿着一封信，一个稍长的长方形信封，英式蓝色纸张，飘着淡淡的香气，背面是一个清晰细致的徽印，耸直细长的女性笔迹。我慌慌张张撕开信封读道："敬爱的少尉先生，衷心感谢您美艳的赠花，实在受之有愧，直到此刻还令我惊喜万分。诚挚邀请您光临寒舍喝下午茶，任凭哪天都好。不必事先知会，因为我——遗憾的是——总是窝在家里。艾蒂丝·冯·凯。"

轻柔的字迹。令我不由得忆起那孩子的纤纤手指是如何猛压桌子，想到那苍白的脸是如何骤然烧得发紫，宛如把波尔多红酒倒进杯子里。我读着这几行字，一遍、两遍、三遍，舒了一口气。她不着痕迹地跳过我的愚蠢，又巧妙、得体地暗示自己身体的残缺！"我——遗憾的是——总是窝在家里。"再没有比这更高贵的宽恕方式了，没有分毫受委屈的抱怨。于是我的心头落下了重担，原本臆测会被法庭宣判无期徒刑，现在法官起立，戴上四角法帽宣判："无罪释放。"不由分说，我得尽快去向她道谢。今天是星期四，那就等星期日出门去拜访她，噢，不，还是星期六就去吧！

然而我并有没遵守自己的承诺。我太没耐性，心中的不安一直逼迫我把罪过彻底弥补回来，尽快摆脱慌乱与不快。恐惧感一直刺激我的神经，唯恐在军官餐厅、咖啡厅或其他地方会有人开始谈论我的倒霉事："哎，你倒是说来听听！你去了城外凯柯斯法瓦家，他们家到底怎么样啊？"希望到时候我已经能从容镇定地回答："他们真是讨人喜欢！昨天我又到他们家去喝下午茶了。"听见这样的回答，每个人一定可以立即感觉到我在那儿并非不受欢迎。我衷心希望整件事到此为止，就这样告一段落！无奈内心的烦躁不安到了隔天——也就是星期五——还在持续发挥影响力，当时我正和军中最好的两个朋友费伦兹和约士奇在大街上闲晃，我突然做了个决定：今天要去拜访凯柯斯法瓦一家！于是立刻跟好朋友道别，这突如其来的举动令他们两人觉得莫名其妙。

路途其实没有特别遥远，大步走顶多半个钟头。一开始穿过市中心的五分钟有点无聊，然后顺着满是尘土的乡间大道往前走，这条大道也可以通到操练场，我们的马早已认得路上每一颗石子和每一处弯道（几乎可以松开缰绳让马儿自己走了）。大约走到一半，左手边出现一座小教堂紧邻着桥，从那儿岔出一条小路，这条被老栗子树遮蔽得不见天日的小路可算是私人道路，少有行人、马匹或车子经过，小路旁有一条蜿蜒小溪，溪水悠悠流淌。

小城堡的白色围墙和栅栏门已出现在眼前，说也奇怪，我越靠近它，勇气就消逝得越快，就像在牙医诊所前要按门铃时还不断找借口想打道回府，我也恨不得能立刻逃之夭夭。一定要今天拜访吗？难道不该把那封信看成对方泯除一切尴尬恩仇的表示？我不由自主放慢脚步，这时候打消念头回头还来得及；人如果不想走直路，看到有条弯路就会喜不自胜。于是在我踏上摇摇晃晃的木板过了小溪，从绿荫小路拐到草地上，打算先绕城堡外围走一圈。

坐落在高耸石墙后面的是一幢巴洛克晚期风格的两层楼建筑，占地面积广阔，房屋外漆上丽泉宫[1]的黄色配上绿色的窗叶，颇具老奥地利风味。隔着一座庭院，几间低矮的屋子聚集在一座壮观的

1 丽泉宫（Schloss Schönbrunn），坐落在维也纳近郊的巴洛克艺术建筑，外观为黄色。

大花园里，显然都是仆人的住所、管理处或马厩，我第一次夜访时完全没注意到那座大花园。现在透过牛眼窗——每面高墙上的椭圆形缺口——往里面看，才注意到凯柯斯法瓦这座城堡根本不像它的室内装潢那样，会让人误以为是一幢时髦的现代别墅，反而比较像是实实在在的乡村地主庄园，一栋旧时代的贵族宅院，在波西米亚地区参加军事演习时有时会看到这类房子。唯一让人觉得突兀的是一座兀自矗立的四角塔楼，形状有点像意大利钟楼，也许是从前此地城堡遗留下来的。事后我才想起，之前从操练场上望出去就经常看到这座奇特的塔楼，我一直以为那是村庄的教堂钟楼，现在才注意到这座楼少了一般常见的柱顶，奇特立方体上的屋顶是平的，如果不是拿来做日光浴，就是作为气象观测站使用。我越意识到这座旧式庄园的贵族气息就越觉得不自在，这种地方一定格外重视礼节，偏偏我的初次登场那样笨拙！

绕了一圈，从另一侧再回到栅栏门前，我终于下定决心。迈步走过石子路，路旁分立两排精心修剪得笔直的树。好不容易来到门口，我用力扣下沉重的青铜门环，这里依然承袭古风不使用门铃。仆人很快就出现了，奇怪，他对于我这个不速之客一点也不惊讶，既没有多问，也没有收下我准备好的名片，只是恭恭敬敬地鞠了个躬，请我到会客厅稍候一下，他说两位小姐都还在房间里，不过她们很快就会过来。看来我即将受到热烈欢迎，这一点毋庸置疑。他待我如事先通报过的访客，继续领我往前走。我惴惴不安地再度来到壁面裱上红绸的会客厅，那是当时大家跳舞的地方，我觉得喉头苦涩，仿佛又哽住了，隔壁一定就是那个房间，灾难就发生在那个房间的角落。

我当时干蠢事的地点就在那扇饰以金色雅致图案的奶油色

拉门后面，这会儿虽然看不见，一切却依旧历历在目。不过几分钟，门后陆续传来椅子挪动的声音、低声耳语的声音、来来回回窸窸窣窣的声音，显然那扇门后面有好几个人。我利用等候的时间观察这间会客厅：一整套路易十六风格的古典家具，左右两面墙上挂着戈布兰壁毯[1]，通往花园的几扇玻璃门边墙上有几幅古画，画的是威尼斯大运河和圣马可广场。尽管我对这些东西完全没有概念，但我知道它们一定价值不菲。我并没有进一步分析这些艺术珍品，因为我正聚精会神聆听隔壁房间的动静。我听见盘子碰撞的声音，有扇门嘎嘎作响，这会儿还听到不规律、单调又生硬的拐杖拄地声。

终于有只还看不见的手从里面拉开门扉，迎面走过来的正是伊萝娜。"少尉先生，你来了真令人开心！"她边说边把我带到我再熟悉不过的房间里。就在同一个角落，同一张孔雀石般青绿的桌子后面，同一张沙发长椅上（他们为什么要重现让我尴尬的场景？），坐着那位瘫痪的女孩，一条雪白毛毯密密实实地盖住她的下半身，这样人家就不会看到她的腿——看来是不希望我想到"那件事"。艾蒂丝从她专属的角落露出笑脸欢迎我，她的亲切友善无疑是经过事先练习的，毕竟这次重逢多少延续了初次见面的难堪，她有些费力地把手越过桌子伸给我，我立刻从她不自在的神情里注意到她也在想着"那件事"。我们两人谁也没办法先开口寒暄。

多亏伊萝娜适时抛出问题，打破这窒息的沉默。

"少尉先生想喝什么？茶还是咖啡？"

1 戈布兰壁毯（Gobelins）源于法国巴黎的戈布兰家族，原是专为王室制作织锦画壁饰，戈布兰因此成为织锦画壁饰的同义词。

我回答："噢，完全由你们安排。"

"不，少尉先生，想要什么直说无妨！千万别客气，一点也不麻烦的。"

"如果方便的话，请给我咖啡。"我做出决定，很高兴自己的声音听起来不至于太沙哑。

这个棕发女孩相当机灵，一个简单问题轻轻松松化解了初始的紧张；可是她也很不够意思，因为她随即离开房间去交代仆人为我准备咖啡，留下我和我的受害者单独在房间里，真觉得很不自在。是该说点什么的时候了，再怎么样也该制造话题，偏偏喉咙像被塞子堵住了，眼神也透露出些许尴尬，我完全不敢往沙发方向瞧，因为她一定会认为我在紧盯着藏匿她瘫痪双腿的毛毯。所幸她比我镇静许多，先开口跟我说话，态度有点紧张急躁，却让我第一次认识到她的这一面：

"少尉先生，您要不要找张椅子坐下？那里那里，请把那张扶手椅挪过来一点。您怎么不把佩刀解下来？我们不是要和平相处了吗？……看您想要放在那边那张桌子上或窗台上都可以……随您的便。"

我把扶手椅缓缓拖过来，还是不知道眼睛该看哪里才好，她倒是很果决地帮了我一把。

"我还得谢谢您送来那么漂亮的花……那束花真的很漂亮，您看看它插在花瓶里多美呀！那个……那个……我很抱歉，我当时真的太冲动了……我那天的表现很糟糕，太失控了……整个晚上我都不能睡，觉得很丢脸，您明明是一番好意……又怎么会知道呢？而且，"她突然笑了，笑声听起来尖锐又紧张，"而且您确实也猜中我内心的想法……我的确故意坐在那儿好仔细观察别人跳舞，您过来的时候，正是我最想和大家一起跳舞的时候……我真的很喜欢跳舞，可以看别人跳舞好几个小时，就这么看着，仿佛我的身体也可以感受到每一个跳舞动作……不骗您，真的是每一个动作。好像跳舞的不是别人，而是我自己，我就是那个正在转圈圈、弯着身、一会儿向后退、一会儿让人带着移动、不停摆动身体的舞者……您可能无法想象有人可以这么傻……您知道吗？以前还是孩子的时候，我就已经很会跳舞了，而且疯狂地喜欢跳舞……现在每次做梦也会梦到跳舞。我知道听起来很蠢，我在梦中跳舞，我出了……出了这样的事，对爸爸来说也许不坏，否则我一定会离家跑去当舞者……这件事最让我痴迷，在我的想象里，以自己的身体、借每一个动作、投注全副心力每晚感动千百个人，紧紧抓住他们的视线，触动他们的心灵，升华他们的情感……这一切该有多么美好，多么美好……您看我有多疯狂……我还搜集了所有伟大舞蹈家的照片，每一位我都有，有莎哈瑞、帕芙萝娃和卡儿莎维娜[1]，我有她们每一个人的照片，所有她们诠释的角色和舞姿，您等一下，我给您看……在那里，全都收在那个盒子里……在壁炉那边……在那个中国漆盒里。”——由于不耐烦，她的声音开始带有怒意——“不对，不对，不对，左边那堆书旁边……啊，您真是笨手笨脚……对了对了，就是那一个。”——我总算找到她说的盒子然后递给她。“您看，我最喜欢最上面这一张，帕芙萝娃诠释垂死的天鹅……如果我能追随她，如果我可以到现场亲眼看她跳舞，我相信那一定会是我生命中最幸福的一天。”

1 莎哈瑞（Saharet, 1897—1922），澳大利亚舞者。帕芙萝娃（Anna Pawlowa, 1881—1931），俄国芭蕾舞者。卡儿莎维娜（Tamara Karsawina, 1885—1978），俄国芭蕾舞者。

在我们后面，伊萝娜离开时经过的那扇门上的铰链开始发出细微声响。艾蒂丝像被逮到似的，砰一声迅速把盒子盖起来，像发布命令一样对我说：“不准跟任何人提起这件事！我跟您说的这些话一个字都不准说出去！”

进来的白发仆人蓄着一脸奥匈帝国皇帝的颊须，修剪得整整齐齐，他小心翼翼地推开门，伊萝娜跟在他身后推着橡胶轮子茶车进来，上头摆满茶点和饮品。她把东西摆放好后跟我们一起坐下，我顿时觉得自在许多。一只肥嘟嘟的安哥拉猫蹑手蹑脚地跟着茶车走进来，亲昵地在我脚边蹭来蹭去。多亏这只猫为我提供了很好的话题，我先称赞它，接着我们开始有问有答。我回答她们我会在这里驻扎到什么时候、对驻防地有什么感觉，也让她们知道我认不认识某某少尉、有没有常到维也纳去。我们自在轻松地闲聊起来，原本的紧张气氛在不知不觉间消逝无踪。慢慢地，我甚至稍微敢从侧面端详这两个女孩，她们两人完全属于不同类型。伊萝娜已经完全是个成熟女人了，性感妩媚，身材丰满健美；在她旁边的艾蒂丝半似小孩半似少女，年纪差不多十七八岁，还没发育完全的样子。她们两个形成强烈对比：一般人会想跟其中一个跳舞，想亲吻她；对另一个只会像纵容病人那样轻柔地安抚她、保护她，尤其想安慰她，因为她身上散发出不安的氛围。她的面容没有一刻显得平静，不时左顾右盼，一会儿紧张兮兮地挺直上身，一会儿又仿佛精疲力尽瘫在椅子上。不只动作很神经质，说话也一样，她说话的方式很跳跃，短促而没有间断。我想，也许不受控制和焦躁不安的情绪能补偿她动弹不得的腿，又或者她经常微微发烧，使得手势和说话的拍子十分急躁。可惜我没有太多时间仔细观察，因为她提出一连串问题，加上轻快灵巧的陈述方式，吸引了所有人的注意。我很意外地融入兴奋又有趣的话题里。

过了一个钟头，说不定是一个半钟头，会客厅那头突然出现一个身影。有人似乎害怕打扰到我们，悄悄地走进来。进来的不是别人，正是凯柯斯法瓦。

“请坐，请坐。”我正恭恭敬敬地站起身来，他把我按下，然后弯下身，很快地在孩子额头印上一个吻。他还是穿着那件镶有白色滚边、系着旧式领结的黑大衣（我从来没见过他有其他装扮）。那对眼睛躲在金框眼镜后面仔细观察，让他看起来像个医生，他也的确像个靠近病床的医生，小心翼翼地在瘫痪女孩的身边坐下。奇怪，他进来不过一会儿工夫，整个房间像是罩上了一层忧郁。原本我们聊得很自在，然而他的举止过分小心，时而从旁温柔注视他的孩子，因此扰乱了谈话气氛。过不了多久，他也察觉到我们的不自在，于是很努力地硬是找了些话题。他询问部队的状况，问起骑兵上尉的近况，也问了据说现在在国防部担任师团长的前上校的情形。他似乎认识这些年来在部队里的每一个人，熟悉得出人意料，不知为何我有一种感觉，他有意特别强调他和每位高阶军官的独特交情。

我想，再待十分钟吧，然后就可以悄悄告辞了。这时又有人轻轻敲门，那位仆人进来，走路有如打赤脚似的没有声音，他低声对艾蒂丝耳语，她突然控制不了情绪暴怒起来。

“他可以等，不对，他今天根本就不应该来烦我，叫他走，我不需要他。”

她这一动怒，让我们全部的人很难堪。我发觉自己待太久了，于是尴尬地站起来准备离开，她却像对待仆人一样粗暴地对我嚷道："不行，你留下来！我们什么都还没聊到。"

她蛮横的语气其实很失礼，连她的父亲也感到为难，他一脸无助又关切地劝道："可是艾蒂丝……"

也许是看到父亲的惊慌失措，也许是发现我不知所措地站着，艾蒂丝才意识到自己情绪失控，她突然转向我："请原谅，不过约瑟夫真的可以等，不用这样闯进来。没什么大不了，不过是每天例行的折磨罢了。按摩师要带我做伸展练习，简直无聊到极点，一、二，一、二，伸、屈、屈、伸，说什么只要我照做，我的腿就会好起来。这是我们医生大人的最新发明，完全是个多余的折磨，跟其他方法一样没有半点意义。"

她挑衅地看着她父亲，仿佛要父亲负责。老人难为情地（在我面前羞愧地）弯下身子对她说："可是孩子……你真的要相信康锲医师……"

话讲到一半就停住了，因为艾蒂丝的嘴角开始抽搐，纤巧的鼻翼也在颤动。那晚她的嘴唇也是这样抽搐，我担心她又要发作了，没想到她整张脸突然泛红，乖顺地喃喃低语："好吧，我去就是了，虽然没什么意义，一点意义也没有。少尉先生，不好意思，希望您很快会再来。"

我鞠了个躬，正打算告辞时，她又改变主意了。

"不对，请您再陪爸爸一会儿，等我走出去再离开。"她特别强调"走出去"三个字，语气尖锐又急促，颇有威胁意味。她随即拿起桌上一个小小的铜铃摇了摇——后来我才发现，整栋房子里到处都有这样的铜铃摆在桌子上，放在她伸手范围内，好让她随时唤人，完全不需要花时间等候。铃声尖锐刺耳，刚刚在艾蒂丝发脾气时悄悄退下的仆人马上出现了。

艾蒂丝命令他："帮我。"接着用力把毛毯扔在一旁。伊萝娜弯下身子，低声跟她说话，只听见这个情绪激动的女孩不耐烦地对女伴嚷道："不要！约瑟夫只要把我撑起来就好，我要自己过去。"

接下来的画面让我胆战心惊。仆人弯下身子，熟练地把双手架在艾蒂丝的腋下，一把撑起她轻盈的身体。她直挺挺地站着，双手抓住扶手椅的椅背，先用挑衅的眼神扫过在场的每一个人，再拿起盖在毛毯下的两根拐杖，紧咬嘴唇，将全身重量倚到拐杖上面——拐杖嗒嗒笃笃地响——她很吃力地走着，摇摇晃晃，一会儿冲向前，一会儿歪歪扭扭，怪模怪样。仆人在后面伸出双臂紧盯着她，万一她失去平衡或腿软可以及时扶住。嗒嗒，笃笃，一步又一步，每一步掺杂着叮叮当当、咴咴嚓嚓的声音，像是绷紧的皮革和金属轻柔的摩擦声。她的脚关节必须穿戴支撑器，我实在不忍直视那两条可怜的腿。看到她逞强前进的强硬姿态，我的心仿佛遭冰雪入侵揪紧了一下，我顿时明白她的示威意图，她不准人帮忙，也不肯坐轮椅，是为了告诉我——就是我，要告诉我们所有人：她是个残废。出于绝望的报复心态，她要我们痛苦，拿她受的苦难折磨我们，她不控诉天主，而是指责我们这些健康的人。在这难受的挑衅时刻，我反而感受到她在无助绝望中承受了多么巨大的痛苦，远比上次邀她跳舞，害她绝望崩溃时强烈千倍。终于——时间仿佛静止了——她好不容易晃到门边，粗暴地把摇晃、重心不稳的瘦削身体从一根拐杖丢到另一根拐杖。我实在没有勇气再看她一眼。光是拐杖的生硬响声、每跨出一步敲在地板上的嗒嗒声、拖着支撑器行走的吱嘎声，以及奋力前进发出的沉重喘气，就已经让我激动到心脏跳起来打在军服上。即使她已走出房间，我还一直屏住呼吸竖耳倾听，在那扇紧闭的门扉后面，恐怖的声响越来越小，最后终于听不见了。

直到寂静无声了我才敢再次抬起眼来，这才注意到老先生已经悄悄站起，眼睛用力地注视窗外，非常用力地注视窗外。在游移不定的逆光中只见到他的轮廓，佝偻的身影还是藏不住颤抖的肩膀。即使这位父亲已经习惯每天看着孩子如此费力前进，这一幕仍旧伤透了他的心。

房里空气在我们之间凝结。几分钟后，这个昏黑身影终于转过来，他的脚步迟疑，仿佛踏在湿滑的地面上，轻轻地走过来。

“少尉先生，这孩子没有恶意，请您千万别放在心上，即使她有点粗暴，可是……您根本不知道这些年来她受了多少折磨……一直在试不同的方法，偏偏又进展迟缓，我知道她已经失去耐心了，可是我们还能怎么办？我们只能不断尝试，不试怎么行啊！”

老人在孤零零的茶车前停下来，说话时并没有看我，躲在暗沉眼睑下的眼睛直愣愣地盯着茶车。他像在梦游一样把手伸进打开的糖罐，抓了一块方糖捏在指尖转来转去，呆呆地注视着，然后扔在一旁，看起来就像个喝醉酒的人。他的视线迟迟没有离开茶车，宛如那对他有独特的吸引力。他无意识地拿了一根汤匙，拿起来又放下，然后对着汤匙说起话来：“真希望你知道这孩子从前的模样！以前她成天跑上跑下，风一样爬上楼、进出房间，让我们担惊受怕。十一岁那年，她已经骑着小马奔驰在草地上，快得没有人可以赶上她。我们常常很害怕，我是指亡妻和我，这孩子胆识过人又身手矫健，做什么事都轻而易举，大家都有种错觉，好像她只要张开双臂就可以飞上天了……可是她偏偏发生这种事，偏偏是她……”

稀疏白发中间的分发线朝桌面越垂越低，他的手还在不停拨弄茶车上随意摆放的东西，透露出紧张不安。他放下了汤匙，抓起闲置的糖夹在茶车上鬼画符（我明白他是因为感到羞惭，觉得很不好意思才不敢抬头看我）。

“话说回来，如今要逗她开心还是很容易。就算是最微不足道的小事，也能让她开心得像孩子手舞足蹈，再愚蠢的笑话也能逗得她哈哈大笑，也会因为一本书兴奋不已。我真希望你有看见她收到花时兴高采烈的模样，她本来还担心冒犯到你，这下可以松一口气……你一定不知道，她对一切多么敏感……她的感受比我们强烈几百倍。她现在频频失控，我相信没有人比她更懊恼……可是你要她……你要她怎么控制住自己……复原得这么缓慢，要怎么要求一个孩子一直维持耐心？上天给她这样的打击，要她怎么保持冷静？她从没做过坏事……也从未伤害过人！”

他直勾勾盯着颤抖的手用糖夹在空中画出来的图形，突然受惊一样倏地把糖夹放到桌上弄得叮当作响。好似他忽然清醒过来，意识到不是在跟自己，而是在和一个素昧平生的人说话。他清清喉咙，换了副清醒、抑郁的嗓音，开始生硬地道歉。

“请原谅，少尉先生……我实在不该拿家务事烦扰你！我会这样是因为……实在忍不住说出了口……只不过想跟你解释……希望你不会对这孩子留下不好的印象……你……”

也不知道哪来的勇气，我打断他结结巴巴的话走向他，蓦地伸出双手握住了陌生老人的手，一句话也没说，只是抓住他冰冷、枯瘦、不自觉怯缩的手紧紧握了一下。他讶异地望着我，眼镜镜片斜角向上闪着光芒，后方迟疑的眼神柔和又不知所措地探索我的眼睛。我很怕他在这时候开口，不过他什么也没说，只见到他的黑色瞳孔越来越扩张，仿佛要掉出来。我再次感受到心中一股激动，为了摆脱这感受，我仓促地鞠个躬，然后走出去。

仆人正在前厅帮我穿大衣，我突然感觉到背后有一阵风。不用转身也知道是老先生跟着我走出来，他正站在房门口，打算向我致谢。我不想让自己面有愧色，所以假装不知道他站在我身后，在脉搏狂跳中迅速离开这不幸的家。

第三章

隔天清晨——房子仍罩在死灰色的薄雾里，百叶窗全紧闭着，守护着居民的酣梦——一如每个早晨，我们骑兵中队已经奔驰在前往操练场的路上。先用跳跃步伐走一段不平整的铺石路。骑兵队员在马鞍上摇来晃去，个个睡眼惺忪、动作迟缓、心情恶劣。整支队伍慢腾腾地穿过四五条巷弄，到了宽敞大路上开始用小跑步，接着向右踏上空旷的草地。我下令队伍快跑，坐骑的鼻子喷出一口气，立即嘶嘶叫地向前飞奔。马已熟悉这片柔软、舒服、空旷的草地，它们真是聪明。不需要人鞭策，甚至可以松开缰绳，只要大腿轻轻一夹，它们就会全力冲刺。马跟人一样，也能感受兴奋与淋漓畅快。

我骑在队伍最前面。我热爱骑马。呼啸的冷风打在额头和脸颊上，我可以感觉到汩汩血液自臀部流向松弛的躯干，仿若生命的热力在体内生气勃勃地循环。早晨的空气非常清新，还尝得到夜露的滋味，嗅得到松软泥土的气息和旷野的遍地花香，并能感受到马儿呼吸的温暖鼻息四处流动。清晨的第一回驰骋总是能提振精神，不仅可以摇醒睡意犹浓的身体，也能驱走如浓雾般的昏沉呆滞。不知不觉中，承载着我的轻盈感觉逐渐扩展到胸口，我嘴唇微张，将扑面清风一饮而尽。“驾！驾！”我感觉视线越来越明亮，感官越来越活跃，身后传来节奏规律的佩刀撞击声、马儿此起彼落的喘息声、慢悠泉水流淌的沙沙声和尖锐的马鞍摩擦声，还有马蹄整齐划一的节拍。这支由男人与马组成的队伍融为一体，化为一只半人半马的怪物，情绪高昂地向前狂奔。前进！前进！前进！驾！驾！驾！啊，就这样奔驰，一直驰骋到世界尽头吧！我这乐趣的主宰与创造者心底自豪不已，坐在马鞍上不时回头看手下的士兵。突然发现这些勇敢的骑兵队员全换了面孔，斯拉夫人那种沉重沮丧、呆滞无神、睡眼惺忪的模样像煤灰从眼底一扫而尽。他们察觉到有人在注视他们，一个个挺起背坐直，用微笑响应我眼中的喜悦。我留意到就连这些迟钝的农村子弟也沉浸在驰骋的快感里，享受过往人们飞行的梦。因为年轻，因为宣泄了压力，他们都跟我一样得到肉体上的快乐。

我突然下令：“停！小跑步前进！”所有人倏地勒紧缰绳，整支队伍像突然停止运作的机器一样瞬间减速。他们有点困惑地偷偷瞟向我——他们相当了解我，也相当清楚我抑制不住的纵马欲，因为队伍通常会一鼓作气地狂驰过草地，直到抵达操练场为止。然而，我觉得仿佛有只陌生的手勒紧我的缰绳，刹那间令我想起一件事。我不自觉注意到左边地平线边上那片白色方形围墙、城堡花园的树和平顶塔楼，就像有一颗子弹直直射入心口：说不定有个人正在那儿望着你！这个人之前因为你的跳舞兴致而伤心，现在又因为你的骑马狂热再度伤心；这个人受限于瘫痪的双腿，看见你像小鸟般轻盈驰骋一定羡慕不已。不管怎么说，我突然觉得很羞愧，羞愧自己可以健康、自由自在地尽情奔驰，羞愧自己很幸运能拥有健康的身体，能够体验这种肉体上的快乐，实在是上天很不合宜的偏爱。马儿慢吞吞地走，我让身后那群失望的弟兄跟着自己慢步穿越草地，我没有看他们，但可以感觉到他们在等我的命令，等我让他们再度策马奔驰，可惜他们的等待是徒然。

当然，此刻受到奇特心理障碍困扰的我很清楚，这种自我折磨愚蠢又无意义。因为不许自己享乐，所以也不让别人享乐；因为别人不快乐，所以也不让自己快乐。我知道这样一点意义也没有。我也明白，就在我们开心说着老掉牙笑话的时候，世界上每一秒钟都有人躺在床上呻吟和死去，千千万万窗子后的人受制于贫困，许多人在挨饿。我知道这世上有医院、采石场、矿坑，此刻在工厂、机关、监狱里有数不尽的人被迫劳役，若受到无谓的折磨，更加重了他们的苦难。我很清楚，只要开始想象世界上正在同步上演的不幸就会让人无法入眠，收起嘴角的微笑。不是这种臆测、想象出来的苦难让人惊慌失措、心灰意冷，唯有心怀同情的灵魂亲眼目睹，才有可能真正感受到震撼。我仿佛跌入逼近又真实的幻觉里，原本兴致高昂、沉浸在骑马乐趣里的我蓦地瞥见那张苍白扭曲的脸，看见她拄着拐杖拖着身体穿过大厅，也听见拐杖拄地的声音，还有暗藏的、用来支撑患病关节的器具所发出的刺耳吱嘎声。我大吃了一惊，没有多想也没有迟疑立刻拉住缰绳。令人振奋神往的奔驰你不要，反倒让整支队伍踏着沉重步伐前进，这对谁有好处？现在对自己这样说也没用了。这震撼一击触动到内心靠近良知的地方，我再也没有勇气精神奕奕、自在正常地享受健全身体带来的乐趣。队伍一路磨磨蹭蹭、拖拖拉拉地走到通往操练场的小路，一直到完全离开那座城堡的视线范围，我才振作起来对自己说："荒唐！忘掉这些愚蠢的多愁善感吧！"然后下令："前进！向前冲！"

事情从拉住缰绳那一瞬间开始，也是同情的奇特毒素开始散发的第一个征兆。一开始只是模模糊糊的感觉，就像生了一场大病后醒来，头脑还昏昏沉沉的，觉得好像遭遇过什么事或正遭遇了什么事。我的生活圈一直很小，日子总是过得漫不经心、得过且过，只关注同袍与上级认为重要或有趣的事，自己不曾特别关心什么，别人对我也如此。我从来没有为了什么事而激动。我的家庭关系正常，工作和职业生涯也都安排规划妥当，而我现在才意识到这种无忧无虑的生活让我对一切都漠不关心。现在突然有件事令我挂念，从外面察觉不到，明显看来也不重要。然而，我从她受伤的眼眸中惊觉，原来人的痛苦可以那样深沉，那愤怒的眼神在我体内炸开，蓦然自心底流出一道暖流贯穿全身，引发的狂热激情连自己也无法解释，就像病人无法解释自己的病情。起先我只知道自己已跨出那个自由自在的舒适圈，踏入一个带来新刺激却又让人不安的全新领域。我生平第一次看见感情裂开一个深渊，这深渊莫名散发出诱惑，让我想探测深浅，想要一步跳进去。然而直觉提醒我，不可以向大胆的好奇心屈服，它警告我："够了！你道过歉了！你已弥补过你做的蠢事。"可是心里另一个声音低声说："再去一次！再去感受一次背脊发凉的滋味，感受恐惧和紧张交织的滋味。"接着又听到直觉说："别闹了！不要强迫自己，不要再搅和进去！你这种涉世未深的年轻人根本无法应付，只会做出比第一次更蠢的傻事来。”

出乎意料的是，我根本不需要自己做决定，因为凯柯斯法瓦的信在三天后出现在我的桌上，问我星期日是否愿意到他家用晚餐。他说星期日受邀的都是男客，其中有一位是国防部的F中校，他曾经跟我提过这个人，当然他女儿和伊萝娜也非常欢迎我光临。他的邀约让我这样腼腆的年轻人感到十分得意，承认这点并不让我觉得丢脸。人家并没有忘记我，而且信上提到F中校要出席，像是在暗示凯柯斯法瓦（我立刻明白他是出于感激）正暗地为我谋取获得提拔的机会。

我立刻接受邀请，一点也不后悔。那一晚令人相当满意，在部队里没有人真的在乎我这个低阶军官，在那里却受到讲究的年长绅士诚挚款待，凯柯斯法瓦一定用了什么方法让他们注意我。生平第一次有高阶长官愿意屏除阶级优越感对待我。他问我是否满意所属的部队，有哪些晋升机会。只要我去维也纳或无论有什么需要，他鼓励我尽管去找他。还有那位公证人，一个精力充沛的秃头男士，生得一张圆脸，脾气看起来很温和，一再邀请我到他家去。一位糖厂经理则是一直找我说话——完全不同于军官餐厅里的交谈。在军官餐厅里，上级的任何意见我都必须“绝对顺从地”赞同！我心中油然产生一股舒服的踏实感，不过半小时光景，我已经和他们畅所欲言了。

两个仆人再次端珍馐佳肴上桌，这些美食在过去只听家境富裕的同僚吹嘘过。我第一次尝到鲜美的冰镇鱼子酱、酥皮鹿肉派和雉鸡，还有各式叫人心神舒畅的美酒。我明白赞赏美味佳肴很蠢，但我为什么要否认？我不过是个位阶低、要求不高的年轻少尉，怀着幼稚的虚荣心和几位有名望的年长绅士一同享用人间美食。哎呀可惜了，我一直想着真是可惜了！瓦夫卢胥卡那家伙真该来看看，他这个面色像干酪一样苍白的志愿兵老是吹嘘他们在维也纳萨荷大饭店吃得多丰盛！他们真该到这座城堡来见世面，保证他们会目瞪口呆！没错，这些忌妒鬼如果有机会瞧见我在这里乐在其中，看见国防部中校向我举杯敬酒，看见我和糖厂经理像朋友一般交谈，听他很认真地对我说："我很惊讶您跟所有人都熟。"

旧日的仕女小闺房里已摆好了咖啡，冰镇的法国白兰地倒在宽口大腹杯里不断端上来，还有形形色色的各式烈酒，当然也有圈着一截华丽纸箍的名牌粗雪茄。大家在聊天，凯柯斯法瓦走过来，俯身慎重地问我是想和他们一起打牌，还是想跟小姐们聊天。我立刻表示想跟小姐们聊天，因为冒险跟国防部的中校玩一局终究不太自在。赢了，说不定会惹毛他；输了，我的月俸就再见了。而且我想到皮夹里最多也不过才二十克朗。

牌桌在隔壁架起来的时候，我坐到两个女孩身边，怪的是她们两人今天看起来都特别漂亮，究竟是美酒作祟，还是心情好所致？一切看起来都好迷人。艾蒂丝不像上次见面时那样苍白萎黄、病容满面，可能为了尊重客人而擦了腮红，也可能真的是兴奋的情绪让两颊增添些许红晕。无论如何，今天她嘴角没有紧绷、焦躁抖动的纹路，执拗的双眉没有抽动。她穿着一袭粉红色的长礼服坐在那里，没有毛皮，没有毯子遮住她的缺陷。我想大家的心情都很好，根本没有人想到"那件事"。至于伊萝娜，我甚至怀疑她喝到微醺了，她的眼神如痴如醉，她笑着将美丽丰润的双肩往后一靠，我必须往旁边站开一些，以免抗拒不了诱惑，会假装不小心碰到她裸露的嫩臂，实际上却是故意的。

一口白兰地立即让人身暖心也暖，一支味道浓烈的雪茄搔得鼻子又痒又舒服。刚吃过美味丰盛的大餐，这会儿身边坐着两位美丽动人、情绪亢奋的女孩，即使最愚蠢的笨蛋也能开心地侃侃而谈。我很清楚，除非该死的腼腆个性来捣乱，不然一般而言我称得上是能闲聊的人。然而我这一次状况奇佳，真的很有兴致和她们聊天，和她们闲扯的当然都是些很蠢的小事，都是部队里最近发生的事。譬如上星期邮局快要关门的时候，有位上校想捎封快递到开往维也纳的快车上，他叫了一个枪骑兵，一个真正的斯拉夫农家小伙子，再三叮嘱那封邮件必须立刻送到维也纳。结果那个蠢蛋急急忙忙冲到马厩，把他的马安上马鞍，然后策马直奔通往维也纳的公路去了。如果没有人打电话通知下一个指挥部，那头蠢驴真的就要骑上十八个小时。上天可作证，我说的不是什么需要聚精会神聆听的深刻大道理，真的是一些平凡琐事、军队里流传的老掉牙故事和最近发生的新鲜事罢了。没想到这些故事让两个女孩十分开心，一直笑个没完，这点倒是让我很吃惊。艾蒂丝的笑声如银铃般清脆响亮，最尖锐的高音有时稍显刺耳，不过她真的很开心，快乐真诚地发自内心，因为她瓷器般透明的脸庞越来越红润，一缕健康甚至美丽的气息映亮了脸庞，那对灰色眼眸以往总是有几分刚强与锐利，现在因为单纯的喜悦闪闪发亮。只要她忘记被束缚的身体，我喜欢看着她，她的动作越来越不受拘束，举手投足越来越自在。她很自然地将身体往后靠，开心地笑，畅快地喝，把伊萝娜拉到身边，胳臂搭在她的肩膀上。我那些蠢话真的把这两个人逗到乐不可支。如果说的故事得到热烈回响，说故事的人会受到鼓舞，我因此想起了许多早已遗忘的故事。我感受到全新的勇气，不再腼腆胆怯，和她们一起笑，并且逗她们笑。我们依偎在角落里，像三个玩疯的小孩。

然而，当我正尽情说笑，沉浸在这个快乐的小圈子里时，却也有意无意察觉有人在观察我。他越过眼镜的玻璃镜面，从牌桌那边看过来的眼神温暖、幸福，大大提升了我的幸福感受。这位老先生偶尔会悄悄地（我认为他在别人面前会不好意思）、小心地越过纸牌看我们一眼，有一次刚好与他四目相对，见他亲密地向我轻轻点头。在这一刻，他全神贯注的脸像个正在聆听音乐的人一样熠熠生辉。

就这样时间接近了午夜，我们的闲聊瞎扯没有停止过。一些非常可口的三明治又送上来，有意思的是并非只有我动手享用，两个女孩也拿了不少，也尽情畅饮香醇浓烈、黑里透红的陈年英国葡萄酒。可惜天下没有不散的筵席。艾蒂丝和伊萝娜像老友一样与我握手道别，仿佛我是她们亲爱可靠的好伙伴。我理所当然地承诺很快会再来，可能就是明天或后天。然后我和另外三位男士一起走到前厅，等主人派车送我们回家。仆人正在帮中校穿衣，我就自己取下了大衣。突然感觉到有人想帮我披上大衣，这个人不是别人，正是凯柯斯法瓦先生。我吓了一大跳正急着婉拒（我一个年轻小伙子怎么可以让一位老先生服侍？），他靠过来低声和我说话。

“少尉先生，”老人怯生生地低声说，“少尉先生，您不晓得，您一定无法想象，能够再听到那孩子开怀大笑让我多开心。她平常总是闷闷不乐，今天她就像以前一样，如果……”

中校在这个时候走向我们，亲切地对我笑：“怎样？要走了吗？”凯柯斯法瓦当然不敢在他面前继续说下去，但是我可以感觉到他的手突然轻触我的袖子，怯生生、极其轻柔地抚摸我的袖子，好似人家亲热抚摸小孩或女人那样。这一下轻抚胆怯羞涩，却隐含了难以估量的柔情与感激。我感受到满满的幸福和深深的绝望，这体会再一次震撼了我。我以军人身份恭敬地陪同中校迈下三步阶梯，朝车子的方向走去，然而我得努力打起精神，以免让人发现我正心慌意乱。

第四章

那一晚思绪激烈波动，我无法立刻入睡。表面上看来没有充分理由——老先生只不过轻柔地抚摸了一下我的袖子，没发生别的事——然而这压抑的举动表达出的热烈感谢，已足以在我内心引起轩然大波。在这动人心魄的触碰里，我感受到一股发自内心、纯洁又狂热的柔情，我从不曾从女人那里体验过。我生平第一次清楚意识到，我这样的年轻人能够帮助世界上某一个人，我这么一个渺小、平凡、缺乏自信的军官竟然有能力让别人快乐，我内心的震撼无以言喻。这突如其来的发现叫我有些陶醉，为了厘清这一点，我也许需要再次提醒自己：我一直深信自己是个多余的人，没有人对我感兴趣，没有人在乎我。这想法打从孩提时代起就如影随形，欺压着我的心灵。无论在军校或军事学院里，我都是那种不好不坏、完全不引人注意的中等生，从来不讨人喜爱或得到偏爱。进了部队后，情况也没有好转。因此我深深认为，如果有天我突然消失，像是从马背上摔下来把颈椎摔断了，军中同伴可能只会说声“真令人惋惜”或是“可怜的霍夫米勒”，一个月后就不会有人觉得少了我有什么关系。有人会顶替我的位置，骑我的马，这个人可能会跟我一样，把我的工作做得很好或很差。在过去两个驻防地的时候，我跟我的军中伙伴一样和几个女孩谈过恋爱。亚洛斯劳那位是牙医师助理，维也纳新城那位是身材娇小的裁缝女工。安娜尔和我会一起出去玩；在她休假时我带她进我房间，生日时送她珊瑚项链；我们彼此说过一些绵绵情话，或许确实是出于真心。然而等我一调遣，我们很快就各自找到安慰。刚开始三个月我们还有必要偶尔通几封信，然后我们有了各自的朋友，差别只在情感冲动时，她温柔倾吐的物件从东尼换成斐德尔，过去早被忘得一干二净。目前为止从来没有一个地方让我这个二十五岁的年轻人产生强烈、狂热的情感，我对人生早就不忮不求，只想恪尽本分，绝对不要遭人议论。

然而我真没预料到会发生这种事，我惊讶又好奇地自省，怎么可能？我这样平庸的年轻人也有能力影响别人？我，一个连五十克朗财产都没有的人，带给一个富翁的快乐竟然胜过他的朋友？我，霍夫米勒少尉，可以帮助人？可以安慰人？如果陪一个瘫痪、怅然若失的女孩坐一两个晚上，陪她说话聊天，她的眼睛会因此闪闪发亮，脸颊变得红润有生气，整幢沉闷阴暗的屋子会因此明亮起来，只因为我存在？

奔腾的思绪带领我飞快穿越漆黑的巷弄，全身走到发热。很想扯开大衣，好让心自由舒展。这份惊喜意外催生出一份新的惊喜，还带来叫人越发沉醉的感受，原来和陌生人交朋友如此简单容易，容易极了。我到底付出些什么？不过释出些许同情，在城堡里度过两个快乐、轻松、兴奋的夜晚，光这样就够了吗？每天把所有空闲时间耗在咖啡馆，和无趣的军中同伴玩单调乏味的纸牌游戏，在林荫大道来回散步溜达，真是愚蠢至极！不行，从现在开始不能再过这种无意义的生活，不能再让日子浑浑噩噩空转下去！就在我加快脚步踏过这轻柔夜色时，一股真实的热情让我这个突然觉醒的年轻人决定，从现在起要改变自己的人生。我要减少上咖啡馆的次数，不再玩愚蠢的扑克牌，也不再打台球，快刀斩乱麻地停止所有浪费时间、对别人没益处、让自己变笨的消遣。宁可多去拜访那位生病的女孩，每次去之前多准备一些话题，这样就能一直跟两个女孩说些新鲜有趣的事。我们还可以一起下棋，或一起轻松惬意地度过美好时光。单单一个助人的念头，从现在起成为对别人有用的人，就足以叫我激昂振奋。喜出望外之余我很想放声高歌，甚至想做些疯狂的事。人唯有明白自己对别人的意义，才会感觉到自身存在的意义与使命。

于是就这样，也只因为这样，接下来几个星期的傍晚以及大多数的晚上，我都在凯柯斯法瓦家度过。这样亲密的谈天说地很快就成为习惯，也变成带着危险的宠溺。但是对于一个从小在不同军校之间流浪的年轻人来说，在冷冰冰的军营和烟雾弥漫的军官宿舍外意外找到一个家、一个心灵归宿，这是何等的吸引力啊！值勤完毕大约四点半或五点，然后我散步过去，手都还没碰到门环，凯柯斯法瓦的仆人就已经开心地开了门，仿佛他早就从神奇的窥视孔发现我到来。我从所有的体贴里看出，他们已经很自然地把我当作这个家的一分子，完全迎合我的每一个小缺点和偏好。总是随时准备好我喜欢的那款香烟，我上次随口提到想读的书，总会很刚好地出现在一张矮凳上，书不仅是全新，内页也已经很周到地裁开了。摆在艾蒂丝的躺椅对面的扶手椅是专属于“我”的位置。诸如此类的小细节和琐事虽然微不足道，却为一个陌生空间增添了舒适的家庭温暖，让人在不知不觉中感到轻松愉快。我坐在那里比和军中同伴坐在一起更自在踏实，无论闲聊还是说笑都随心所欲。我第一次察觉，形式的束缚会限制心灵真实的力量，人唯有不受拘束，真正的心智才会显现出来。

其中还不知不觉混合了另一种更神秘的感觉，使得我每天和两个女孩聚在一起都兴致高昂。从小时候被送到军校开始，我这十年、十五年来一直生活在只有男人的地方。从早上到夜里，从夜里到清晨，无论在军事学院的宿舍、演习时的帐篷、房间里、餐桌上、行军途中、马术学校还是课堂上，呼吸的空气往往充斥着男人的气味。最初是男孩子，后来是年轻小伙子，总之都是男人、男人，他们精力充沛的举止、坚定沉重的步伐、低沉的喉音、熏人的体臭、他们的放荡不羁，有时候甚至粗鄙低俗，我都已经习以为常。我自然真心喜欢军中大多数的伙伴，也的确无法抱怨他们没有同样真诚地待我。这种氛围还缺了一股振奋，没有含氧量足够的空气，也少了迷人、让人心动、鼓舞的力量。就像我们出色的军乐队，尽管演奏精准明确却终究只是冷冰冰的铜管乐，听起来生硬粗糙，只按照节拍演奏，因为他们缺乏小提琴那种轻柔弦乐音色。我们军中伙伴混在一起时就是这样，就算是最美好的时刻也总是少了一分柔和，除非每次都有女性在场或是有女性接近的气息。早在当年我们十四岁的时候，大家两两一组穿着合身笔挺的军装走过市中心，只要看见其他男孩在跟女孩调情或漫不经心地闲聊，心中的渴望就叫我们发现，神学院式的军营生活残暴地夺走了我们的青春，与我们同龄的小伙子每天在街上、林荫大道上、溜冰场上、舞厅里理所当然不受拘束地和年轻女孩来往，而我们这些被隔离、被限制住的人，只能远远观望这些穿短裙的精灵，当她们是有魔力的仙子，和女孩说上一句话就像做梦一样遥不可及。这种遗憾无法自记忆中抹除。即使后来遇上各形各色讨人喜欢的女子，也不过是乏善可陈的快餐爱情，根本无法弥补这种少男情怀。在社交场合与年轻女孩偶遇，我每每会变得迟钝、害臊、说话结巴（虽然我已经和十几个女人有过肌肤之亲了）。由于长久以来缺乏和异性往来，我永远不可能表现出单纯、自然、落落大方的态度来。

这种自己也不想承认的孩子气渴望，不想跟满脸胡茬又粗鲁的男性同伴在一起、只想和年轻女孩交朋友的渴望，没想到忽然之间以最完美的方式获得满足。每天下午，我这位在场的唯一男士坐在两个女孩中间，她们清亮的女性嗓音让我全身舒畅（我实在想不出更好的表达方式），这是我第一次和年轻女孩在一起不会害臊，这种幸福感受几乎无法形容。通常只要年轻男女独处的时间稍长，很容易会变成干柴烈火。由于情况特殊，我们相处没有演变成这种关系，反倒只有独特的幸福滋味在增长。几小时的闲谈里没有丝毫暧昧，要不然黄昏时分的促膝谈心会衍生出致命的吸引力。我很乐于承认，伊萝娜让人想一亲芳泽的丰唇、丰腴的手臂、轻柔摇摆间流露出匈牙利人的性感风情，一开始就让我这个年轻人神魂颠倒。好几次必须努力箍紧双手对抗强烈的欲望，以免把这个有一双黑亮笑眼的温暖柔软的小东西一把拥入怀中狂吻。不过打从我们相识不久，伊萝娜就告诉我，她两年前已经和一位在贝斯柯瑞特的候补公证人订婚了，只要艾蒂丝身体复原或者健康情况好转，她就会和那个男人结婚。我猜凯柯斯法瓦一定允诺给这可怜的亲戚一笔嫁妆，只要她能坚持到那时候。再说，倘若我们之间没有真正的热恋，却在她那楚楚可怜、无助地困在轮椅上的女伴背后偷偷摸摸亲吻或手来脚去，这样的行为多么粗鄙恶劣呀！所幸一开始的诱惑很快就烟消云散，我的倾慕转向那病弱可怜、受命运冷落的女孩，而且感觉越来越真挚。对病人的同情有种神秘化学作用，不知不觉中掺杂了柔情。坐在这瘫痪女孩身边，和她聊天，逗她开心，看到她绷紧的薄唇因为笑容和缓下来；有时候她一时情绪暴躁发脾气，只要轻抚她的手，她就会觉得不好意思而平静下来，然后我会接收到她灰色眼眸流露的感激。这些幽微的亲昵感让我与这瘦弱、无法保护自己的女孩，建立起互信互赖的真心情谊，带来的快乐更甚于和她的好姊妹一同上演热情如火的风流戏码。也多亏了这些轻微的冲击，才让我在自己身上发现了全然陌生且从未料想到的温柔情感，一切都该归功于短短这几天来的许多新体悟！

全然陌生的温柔情感无疑更危险！因为再体贴的努力都是白费。健康的人和生病的人、自由自在的人和无法自由行动的人，他们的关系根本不可能永远。不幸会让人脆弱，不间断的痛苦折磨会让想法偏差。就像债权人与债务人之间根深蒂固的尴尬不会消失，正因为一方扮演施惠者，另一方扮演受惠者，彼此的角色无法改变。因此潜藏在病人心中的神经质会强烈抗拒每一分担忧。必须时时留神，不要跨越那道难以察觉的界限，以免关心非但不能安抚，反而使这个容易受伤的女孩受创更深。她如此受宠，一方面希望大家把她当公主服侍，当小孩子溺爱，然而无微不至的照顾又会在下一秒激怒她，因为她更清楚意识到她没有照顾自己的能力。为了让她拿书本或茶杯不至于太费力，别人把矮凳挪到她身边，她立刻眼底冒火厉声呵斥：“你以为我自己拿不到我要的东西吗？”这个瘫痪的女孩像一只关在笼里的野兽，平时温驯地讨好看守人，偶尔还是会冷不防伸出利爪，说自己是个“可怜的残废”，毫不留情地撕毁当场轻松自在的气氛。遇上这种紧张时刻，每个人都要竭尽全力克制自己，以免受到她的恶劣情绪干扰，对她做出不公正的评断。

我可以一再克制住自己，连我自己都很意外。对人之常情有了初步认知后，其他的认知也会不知不觉应运而生。人若能够对世间特有的一种痛苦感同身受——这是种神奇的启蒙教育——之后他能理解所有形式的痛苦，包括最怪异和看来荒谬至极的。因此艾蒂丝偶一为之的捣乱行径丝毫不会困扰我；她的发作越不合理、越折腾人反而越能撼动我。我渐渐理解到，为什么这家的父亲和伊萝娜，甚至全家的人都欢迎我的来访和陪伴。长期的病痛不仅使病人精疲力竭，也把其他人的同情消耗殆尽；强烈的情感是不会持续到永久的。显然父亲和女伴的心灵深处都和焦躁的可怜病人一样受着折磨，心力耗尽、听天由命地忍受。病人对他们来说终究是病人，瘫痪早已是事实，每次病人一时发作，他们只能垂下视线等候风波平息。他们受的惊吓已不像我每次被吓到的那么严重，相较之下，每次只有我一再被她的痛苦撼动，也唯有在我面前，她才会为自己的过分感到羞耻。每当她突然暴怒，只需要略微提醒她“亲爱的艾蒂丝小姐”，她的眼神会立刻变得卑微，脸颊泛红，假使双脚没有困住她，她一定立即逃走，没脸看自己。每次和她道别，她一定会用我完全无法招架的方式乞求来让我动容：“你明天会再来对不对？你不会因为我今天说过的蠢话而生气不理我吧？”这时候心中产生的惊讶总令我费解，除了真心同情之外，我什么也给不了，然而这样的我竟然能对别人有这么大的影响力。

不过这就是青春，每一种全新认知都能让年轻人兴奋激昂。一旦受到感动，便能获得源源不绝的力量。同情是种力量，不仅能鼓舞振奋自己，甚至超越了自己去抚慰别人。我一发现自己拥有这种力量，内心也开始出现奇特的转变。第一次意识到同情的新力量，血液就像注入了毒素，变得越来越温热，越来越鲜红，流动速度越来越快，越来越猛烈。像是得到一记当头棒喝，我再也无法理解自己为何如此愚钝，一直在迷蒙中过着昏暗浑噩的日子。从前压根没注意过的事物，现在起能令我激动、振奋。看过别人痛苦，内心那锐利、洞悉人世的眼便像是苏醒了，到何处都可以看见许多叫我着迷、激动、震撼的细节。然而在我们的世界里街坊相连，屋舍毗邻，处处能感觉到人的命运，灼热的苦难一路蔓延燃烧到世界最底层，所以我不敢松懈，开始过着紧张专注的生活。譬如在试骑新马时，我注意到自己无法再像以前一样往顽强马儿的屁股狠狠抽鞭，因为一想到马儿的疼痛因我而起，我就会非常内疚，马臀上的鞭痕就像是会灼人，让我的皮肤隐隐作痛。或者当我们那位脾气暴躁的骑兵上尉抡起拳头，狠狠地揍向一个可怜的斯拉夫枪骑兵的脸，只因为这个小伙子没把马鞍装好，我的手指在这一刻便会不由自主抽搐起来。挨揍的小伙子全身笔直地站着，双手乖乖地贴着裤缝，在场的其他士兵只管袖手旁观或是幸灾乐祸地笑，只有我，只有我注意到那个迟钝小伙子羞怯低垂的睫毛早已润湿。甚至在军官餐厅中听到嘲笑笨拙同袍的蠢笑话，我也突然觉得无法忍受。自从在这个没能力保护自己的女孩身上体会到弱者所承受的折磨后，各种粗暴行为都会让我义愤填膺，各种无助处境都会引起我的同情。我会开始注意过去忽略的许多琐碎之事，都是从那件意外把同情热泪注入我的眼睛后开始，那些单纯、简单的小事从此可以让我紧张与感动。比如说，我注意到常光顾的那家烟草店的老板娘总是把人家给她的硬币贴到圆亮的眼镜前面观察，顿时怀疑她罹患了白内障。我打算明天小心地探问她，说不定可以请军医哥德包姆来为她检查一下。我也发现志愿兵近来故意冷落红发小个子K，我才想起报上刊登了他伯伯因为贪污渎职而入狱的消息（这个可怜男孩能怎么办？）。于是我利用用餐时间故意坐到他身边，跟他聊了很久，我从他感激的眼神中察觉，他明白我这么做是为了告诉其他人，他们对待他的方式多么不公平、多么卑劣。还有一次是为队上一位士兵求情，要不然上校就要罚他做四小时苦役。我不断做新尝试，每天都乐在其中。我对自己说：从现在开始要尽力帮助每一个人！不再懒散，不再凡事无所谓！在奉献中提升，结识他人的命运以充实自己，用同情心去理解、感受别人的痛苦。我非常讶异自己有这样的转变，心因为感谢这位生病的女孩颤抖不已。我在不知情中伤了这个可怜女孩的心，她的痛苦却授予我同情的神奇力量。

第五章

可是过不了多久，我就从这种浪漫情怀中清醒了，以一种最彻底的方式。事情是这样的：那天下午我们一起玩多米诺骨牌，尔后促膝长谈，大家聊得太开心，以至于谁都没有注意到时间已经很晚了。终于我在十一点半的时候瞥了一眼时钟，吓了一大跳，于是急忙告辞离开。就在那位父亲陪我一起走到大厅的时候才听见屋外狂风飒飒，声音像是千万只黄蜂过境。狂风暴雨打在前檐上。凯柯斯法瓦要我放心："我会派车送您进城。"我拒绝他的好意，认为没有必要。如果司机仅仅因为我的缘故得在晚上十一点半穿戴整齐，到车库里把停好的车开出来，真的会让我觉得非常不好意思（对人有同理心、体贴入微，对我来说都是全新体验，我也是近几个星期才学会的）。可是要在这种恶劣天气里穿着薄薄的漆皮半筒靴，浑身湿答答地在泥泞的林荫大道上走半小时，还不如坐在有柔软座椅的轿车里，舒舒服服地让人飞快送回家有吸引力，于是我屈服了。老人坚持冒雨陪我走到车边，还帮我围上毯子。司机发动引擎，轿车一鼓作气地冲进暴风雨，载我回家。

坐在无声滑行的轿车里十分舒适愉快。车子正朝着营房前进，速度快得像变魔术一样。我轻敲玻璃，嘱咐司机把车子停在市政厅广场——不要让凯柯斯法瓦的高级轿车停在营房前比较好！一个小小的少尉俨然一副大公爵的模样，让高级轿车载到营房，由一个身穿制服的司机伺候着下车，我很清楚这绝对不是一件好事，佩戴黄金勋章的高层不会想看到这种炫耀行径。而且直觉也警告我，尽可能不要将这两个世界混淆在一起。我在外面那个奢华世界里自由自在、无拘无束、独立自主、备受款待；另一个是我服役的世界，必须卑躬屈膝，像个可怜虫一样，为一个月只有三十天而不是三十一天感到如释重负。我的一个自我在无意识中不想让另一个自我发现，有时候我真的无法分辨到底哪一个才是真正的东尼·霍夫米勒。是在军营里服役的那个人，还是在凯柯斯法瓦宅邸享受的那个人？营房外面的那一位，还是营房里面的那一位？

司机依照我的意思把车子停在距离营房两条街的市政厅广场上，我下车后把衣领高高竖起，想要赶快穿过宽阔的广场。然而就在这时候风雨瞬间增强，一阵狂风挟暴雨直直打上我的脸。与其勉强穿越两条街冲回营房，不如找个大门屋檐躲几分钟；也许街尾那家咖啡馆还没打烊，可以安安稳稳地坐在里头，等待老天爷把洒水壶的水倒光。走到咖啡馆只需要经过六栋屋子，看呐，煤气灯的蒙蒙光晕在咖啡馆模糊的窗子上发亮，伙伴们果然还窝在老位置上，这可是弥补交情的大好机会，因为我早该露脸了。可是偏偏昨天、前天、整个星期还有上星期，我都没有来这家咖啡馆。他们有充分理由生我的气；人一旦背信忘义，最起码要维持表面上的礼节。

我拉开咖啡馆的门。为了节省，咖啡馆前半部的灯已熄灭，摊开的报纸四处乱放，侍者欧根正在结算收入，不过后面游乐厅的灯还亮着，我看到军装纽扣的微光。他们果然还坐在那里，永远的扑克牌牌友：约士奇中尉、费伦兹少尉和军医哥德包姆。看来牌局早就结束了，但是个个在我熟悉的咖啡馆慵懒气氛中昏昏欲睡，没人想站起来。我的出现打断了他们无聊的假寐，简直是天上掉下来的礼物。

“各位，东尼出现了！”费伦兹大声向其他人打警报，平常我们总是嘲笑他得了一种咬文嚼字的慢性病，模仿军医的诵咏口气说：“阁下大驾光临真叫我们的小屋蓬荜生辉！”六只笑意疲惫的眼冲着我眨呀眨。“你好啊！你好啊！”

他们高兴，我也高兴。真的都是我的好兄弟，这段期间我没打声招呼也没做任何解释却不见人影，他们一点也不见怪。

我和满脸倦容、拖着脚步走过来的服务生点了一杯黑咖啡，把椅子挪好，免不了问上一句：“怎样，最近有什么新鲜事？”这是我们每次碰面固定的开场白。

费伦兹把他那张大脸鼓得更大，闪闪发亮的眼睛几乎消失在红苹果般的大脸里面。他像拉开面糊一样慢慢地张开嘴：“噢，最新鲜的事啊！”他微微一笑，“就是尊贵的您大发慈悲，再度驾临我们这间寒酸的咖啡馆。”

军医这时身子往后靠，开始模仿凯因茨[1]的语调：“大地之主马哈德最后一次降临尘世，化为凡人，同感悲苦喜乐。”

三个人全都调侃地看着我，我立刻觉得有点火大，暗忖最好

1 约瑟夫·凯因茨（Josef Gottfried Ignaz Kainz，1858—1910），维也纳知名的剧院演员。

自己先招供，免得他们开始问我为什么这些日子都没出现，刚刚又从哪里过来的。我还来不及采取行动，费伦兹已经使了一个怪异的眼色，顶了约士奇一下。

“你们看，”他指指桌下，“喏，还有话说吗？天气这么糟，他竟然还穿着漆皮半筒靴和这身高贵军装！哇，还真厉害！我们的东尼刚刚还待在温暖的屋子里呢！他应该和城外那个老讨债鬼混得不错吧！听药房老板说，每晚都有五道菜，鱼子酱、阉鸡、正牌波士酒和顶级雪茄之类的，跟我们在红狮饭馆吃的猪狗食物简直有天壤之别！哟，我们的东尼，我们全都低估他了，看这小子多狡诈。”

约士奇立刻帮腔：“说到义气，他可就差了点。啊对，亲爱的东尼，你本来可以去跟城外那位老朋友说：‘老友啊，我跟你说，我在军中有几个好伙伴，他们都是中看正直的家伙，不是拿刀子狼吞虎咽的大老粗，不如我带他们来给你们认识认识吧。’可是你没有，你心里一定在想：让他们去痛饮啤酒！让他们的喉咙被难吃的红烧牛肉呛得冒烟！看看我们的友谊多可贵！我早就说过了，你只顾着自己，不会想到别人！不然至少带根味道重的赫门·亚普曼雪茄[1]回来？这样的话，今天就可以饶了你。”

三个人一起哄堂大笑，咂嘴弄舌。我的血液瞬间从脖子冲到耳根。见鬼了，凯柯斯法瓦每次在前厅与我道别时确实都会塞一根顶级雪茄给我，该死的约士奇究竟是怎么猜到的？难道雪茄

1 英国银行家赫门·亚普曼（Herman Upmann）于一八四四年创立的雪茄品牌，第一位非古巴人在哈瓦那使用自己名字为品牌设立工厂的人。强烈、刺鼻并带有泥土味为其特色。

从大衣胸前的两颗纽扣间露出来了？但愿这些家伙什么都没注意到！我一脸窘迫，硬是挤出笑容。

“赫门·亚普曼雪茄当然厉害了！低档雪茄你绝对不会赏脸！我想你也可以试试三等烟。”我把烟盒递给他，可是就在那一瞬间，我的手忍不住抖了一下。前天是我的二十五岁生日，两个女孩不知怎么打听到的。到了晚餐时间，当我正从盘子上拿起餐巾，赫然发现里面沉甸甸，原来里面包了一个烟盒给我当生日礼物。费伦兹注意到我的新烟盒。在我们这个小集团里，一丁点芝麻绿豆小事都可以叫人大惊小怪。

“嘿，那是什么？”他咕哝着，“有新玩意儿！”他直接从我手上拿走烟盒（我能怎么办？），只见他这里摸那里翻，最后把烟盒放在掌心掂掂重量。“你看，照我说，”他把头转向军医，“这烟盒绝对货真价实，拿去！仔细瞧瞧，你那了不起的父亲既然是做这一行的，你应该多少也懂一些。”

军医哥德包姆确实是波兰小镇德罗活贝奇一个金匠的儿子，他把夹鼻眼镜架在稍嫌肥肿的鼻子上，接过烟盒，掂掂重量，仔细检查每一面，像个训练有素的专家一样用指关节敲一敲。

“货真价实，”他最后断定，“纯金制，镌刻，重量十足，用来帮整个部队的人补牙都还绰绰有余，要价大约七百到八百克朗。”

军医这番话叫我震惊（我一直以为那只是个镀金的烟盒），他说完把烟盒传给约士奇，约士奇比其他两个人更尊敬地捧着它（啊！我们这些年轻小伙子是多么尊敬贵重物品啊！）。他仔细赏玩了一番，最后掀开红宝石盒盖惊呼：“喂喂喂！里面有刻字！你们听、你们听！敬祝亲爱的朋友安东·霍夫米勒生日快乐。伊萝娜，艾蒂丝。”

这会儿三个人全都盯着我。“老天爷！”费伦兹最先出声，“你最近倒是挑到好伙伴了！让我致上最高敬意！我最多能送你铜制的火柴盒，这样的东西门儿都没有。”

我的喉头一阵痉挛，明天整支部队的人都会知道这个纯金烟盒的事，知道我是从凯柯斯法瓦家获得这份礼物，知道烟盒里刻了什么字。费伦兹一定会拿我出来炫耀，在军官餐厅里说：“把你那个珍贵烟盒拿出来秀一下！”我只能乖乖拿出烟盒，给骑兵上尉、少校，甚至给上校看。每个人都会拿它在手上掂重、估量一番，再揶揄地端详盒内刻字，然后无可避免会问一堆问题，开一些玩笑，碍于他们是上级，我不能有半分失礼。

窘困之余我只想赶快结束话题，于是我问道：“怎样……有兴趣玩扑克牌吗？”

他们好意的微笑顿时变成捧腹大笑。“你听过这种事吗，费伦兹？”约士奇撞了他一下，“现在十二点半，人家都要打烊了，他才想开始玩牌！”

军医把背往后靠，舒服又懒洋洋地说：“没错、没错，幸福的人不重视时间的。”

他们开怀大笑，又绕着这个无聊玩笑嬉闹了一会儿。然后欧根走过来很客气地催促：打烊时间到了！外头雨势变小，所以我们一起走回营房，在那里握手道别。费伦兹拍拍我的肩膀说：“你这好家伙，终于又归队了。”我感觉这句话是发自他内心的。刚才我为什么那么气他们？他们个个勇敢诚实，没有一丝妒忌和不友善，就算他们跟我开了点玩笑，也根本没有恶意。

他们真的没有恶意，这些正直的家伙！不过他们的大惊小怪以及背后的窃窃私语，无可挽回地破坏了我内心的安全感。与凯柯斯法瓦家迄今建立的特殊关系，大大增添了我的自信。我生平第一次扮演给予的角色，第一次觉得自己帮助了别人。我现在才知道别人如何看待这份关系，更应该说，其他人对所有内在关联并不知情，无可避免只能从表面看这件事。他们如何能理解同情此种微妙的乐趣？如何能理解我一头热地栽进——我无法用别的言辞表达——这种乐趣中？从他们看来，我待在那间殷勤好客的富饶之家是为了亲近有钱人，为了省下晚餐费用，为了收到礼物。他们心中没有恶意，这些好伙伴赐给我一个温暖的角落，上等的雪茄；我为了这样的“乐趣”让人百般奉承，他们并不认为有什么不正直或不正当之处，可是这正是叫我生气之处。因为按照他们的观点，我们这样的骑兵队军官在筵席上坐在富商旁边，只会让富商面子十足。费伦兹和约士奇欣赏把玩纯金烟盒之余，丝毫没有责怪的意思；我若去跟资助者敲一笔竹杠，他们反而还会尊敬我一些。然而，我现在正气自己在怀疑自己。我难道跟寄生虫有什么两样？身为一名军官、一个成年人，可以每晚接受人家的款待和殷勤吗？拿黄金烟盒来说，我根本不应该收下的；丝质围巾也一样，最近有次外头狂风大作，他们帮我披上了这条围巾。骑兵队军官不该让人塞雪茄到口袋里，只为了我在回家路上享用。更遑论一匹马！天哪！明天我一定要赶快跟凯柯斯法瓦说清楚。现在我才想到，前天他嘟哝着我那匹棕色阉马（当然是我自己分期付款买来的）体格已大不如前，他终究说得没错；只是他要从他的养马场里挑一匹三岁大的上等骏马借给我，这匹马绝对可以为我增添光彩，可是不合我的身份。没错，“借”，我已经明白他是什么意思！就如同他允诺要给伊萝娜一笔嫁妆，只要她能照顾他那可怜的孩子到最后。他也想把我买下来，以现金买我的同情、买我说的笑话、买我的陪伴！我这个头脑简单的家伙差点跌入陷阱，没注意到已自降格调成了寄生虫。

荒唐！一会儿后我又跟自己说，还想起老先生如何大受感动地轻抚我的衣袖；每次我还没踏进门，他的脸就已经亮起来。我想起把我和两个女孩紧紧相系的真挚兄妹情谊。她们不在意我有没有多贪一杯，就算是留意到了也只会觉得开心，让我和她们在一起感到舒适自在。荒唐！疯狂至极！我一再跟自己说，荒唐透了——这个老先生竟然比我自己的父亲还疼爱我。

内心一旦开始失衡，所有自我调适与惕厉都没有帮助！我感觉到约士奇与费伦兹的鼓嘴咂舌、惊愕诧异已摧毁了我恬适自在的好心情，不禁扪心自问，你真的只是出于同情、出于同理心才去接触这户有钱人家？难道没有一丁点爱慕虚荣、耳目之欲？无论如何我一定要弄清楚。第一步就是决定从现在起暂停造访，明天下午到凯柯斯法瓦家的例行拜访就此取消。

第六章

第二天我缺席了。公务忙完后，我和费伦兹及约士奇一起溜达到咖啡馆，我们在咖啡馆读报纸，照样玩扑克牌。我的牌运烂透了，因为在我正前方装了护墙板的墙上嵌了一面圆钟：四点二十分、四点三十分、四点四十分、四点五十分，我应该专心计算牌的点数，可是却一直在算时间。我通常在四点半的时候去喝茶，杯盘和茶点在那时都已就绪，如果晚到了十五分钟，他们总会急切地问："今天怎么回事？"我准时出现对他们来说宛如天经地义。约莫从两个半星期前开始，我没有一个下午缺席过，或许这会儿他们也和我一样焦急地盯着时钟，一等再等。我是不是应该出去拨通电话，告诉他们我不会过去了？也许派个小兵去通知会比较好……

"我说东尼，你今天真的很丢脸，牌这样要玩不玩的，专心一点好不好？"约士奇很生气，狠狠地瞪了我一眼，我心不在焉害他被加倍扣分，我连忙打起精神。

"喂，我能不能跟你换个位置？"

"可以呀！不过为什么要换？"

“不晓得。”我撒谎，“大概是店里的噪声把我搞得很烦躁。”

事实上是因为我不想看到那面时钟，不想看到分针无情地一分钟、一分钟往前推。我感到烦躁不安，思绪不时飘向别处，有个念头不断在折磨我：我是不是应该拨通电话跟他们说一声？我第一次察觉，踏入别人的生活后就没办法像电源一样，说接通就接通，说切断就切断，每一个介入别人命运的人，多少会丧失些许自身的自由。

我开始责骂自己是该死的混账，每天大老远走半小时到城外可不是我的责任义务。再者，依照情感纠葛的秘密法则，被惹恼的人总会不自觉地把怒气发泄到无辜的人身上，如同台球受到撞击后总会连带影响别的球。我的气愤没有针对约士奇与费伦兹，反倒是针对凯柯斯法瓦一家。偶尔该让他们等一下！让他们知道，我不是会被礼物和盛情款待收买的人，也不像按摩师或体能教练，时间到了就得出现。千万不能创下先例，更不能让习惯变成义务，何况我也不想让自己受义务的束缚。我就这样困坐在自己愚蠢的执拗里，在咖啡馆里耗了三个半钟头直到七点半，只为了让自己相信、证明自己完全是自由之身，想去就去，想走就走，凯柯斯法瓦家的珍肴美馔和上等雪茄根本无关紧要。

七点半时大家一起动身离开，费伦兹提议到街上晃一下。就在我要尾随两个朋友走出咖啡馆时，一个熟悉的眼神打我身旁快速掠过，那不是伊萝娜吗？错不了，她身上那件酒红色连衣裙和饰有宽带的巴拿马草帽前天才叫我惊艳过。就算没看过她这身装扮，从背影、从她走路腰肢轻摇的样子我就能认出她。只是她匆匆忙忙要赶去哪里？那可不是散步的步伐，简直在冲锋陷阵。不管怎样，我得赶快追上这只美丽的鸟，无论它飞得多快！

“失礼了。”我有点粗鲁地向同伴辞行，他们一脸错愕，我则努力想追上大街上飘舞的红裙。我无法遏制满心的喜悦，期望能在驻防地与凯柯斯法瓦的侄女巧遇。

“伊萝娜，伊萝娜，等一下，等一下！”我在她身后喊着，她走得非常快。终于，她还是停下来了，没有一点惊讶的样子，显然刚刚经过我身旁时早就注意到我了。

“太好了，伊萝娜，我竟然会在城里碰到你！我一直希望可以和你一起在我们的驻防地散散步。到我常去的点心店去坐一会儿好吗？”

“不行，不行。”她有些尴尬地低声说，“我赶时间，他们在等我回去。”

“就让他们多等五分钟，大不了我写一封道歉信让你带回去，不会害你罚站的。走吧，不要那么严肃嘛！”

我真想搂住她。我真的很开心能在另一个世界里遇见她，遇见两个女孩中可以带出来的那一个，如果伙伴能看到我和她这样的美人在一起就更好了！不过伊萝娜依然动也不动，神色慌张。

“不行，我真的得赶快回去。”她急促地说，“车子已经在等了。”确实，在市政厅广场上等待的司机恭恭敬敬地向我行礼。

“至少让我陪你走过去搭车吧？”

“那当然。”她漫不经心地咕哝，“那当然……话说……你今天下午为什么没有过来？”

“今天下午？”我故意慢慢地反问，好像在回想似的，“今天下午？啊！对了，今天下午出了一件倒霉事，上校要买一匹新马，我们全部的人都得一起去，去看马和试马。”（事实上这已经是一个月前的事了，我真的很不会说谎。）

她有点犹豫，似乎想反驳。她为什么一直在绞手套？她的脚为什么如此不安地抖动？这时她突然脱口说："你应该会跟我一起过去用个晚餐吧？"

坚持到底！我内心的声音急忙说，绝对不能让步！至少今天要坚持住！于是我遗憾地叹了口气："真的非常可惜，我很想很想到府上去，不过今天的行程老早就定了，晚上有一个联欢晚会，我实在没办法缺席。"

她眼光锐利地盯着我——奇怪了，她的眉心在这一刻也出现跟艾蒂丝一模一样焦躁不安的皱纹。她一句话也没说，我不确定她是故意不说话，还是因为不好意思开口。司机帮她开了车门，她砰的一声猛力关上车门，隔着车窗问我："明天你会来吧？"

"会的，明天一定过去。"才说完，车子已经开走了。

我还是有点介怀。伊萝娜为何如此行色匆匆？为什么这样拘谨？好像很怕被人看到和我在一起。为何这样急着离开？还有，基于礼貌至少该请她帮我向那位父亲致意，请她代我问候艾蒂丝几句，他们根本没有招惹我！可是我另一方面又很满意自己的保留态度。我坚持下来了，现在他们至少不会认为我硬要巴结他们。

虽然我答应伊萝娜隔天下午同一时间过去拜访，但为了谨慎起见，拜访前先拨了通电话过去。就算只是表面上的礼节，还是严格遵守比较好，至少形式上的礼节意味着安全。我想借此表明，我不愿意成为这间房子的不速之客，从现在起，每次都想先询问是否方便或欢迎我登门拜访。这一回我根本不需要怀疑，因为大门已打开，仆人已经在门口恭候，我才刚进门，他就急急忙忙告诉我：“小姐们在塔楼露台上，她们请少尉先生您一到就立刻上去。”他还补充一句：“我想少尉先生还没有上去过，那里的美丽景色一定会得您赞赏。”

正直的老约瑟夫没说错，虽然这栋奇妙难解的塔楼屡次引起我的好奇，我确实不曾上去过。我之前说过，塔楼原本是很久以前一座颓圮或是被拆除的城堡的一隅（女孩们对它的前身也不是很清楚），这栋四四方方的宏伟塔楼多年来都空着当作仓库使用。艾蒂丝小时候为了吓她的父母，时常沿着损坏严重的楼梯往上爬到塔顶的房间。那个房间里堆满了杂物，睡眼惺忪的蝙蝠嗡嗡作响地飞来飞去，每踏上老旧腐烂木板上一步，就会扬起带霉味的厚重灰尘。这个冰雪聪明的孩子偏偏选这个闲置不用的杂物间当游戏空间和藏身处，因为那里充满了神秘感，脏污窗户的视野一望无际。后来不幸降临，她再也不敢奢望靠动弹不得的两条腿爬上高楼上的浪漫杂物间，她感到所爱被掠夺了。她父亲时常观察她，看她苦涩的眼眸痴望童年时期深爱过却瞬间失去的乐园。

为了给她惊喜，凯柯斯法瓦利用艾蒂丝待在德国疗养院的三个月期间，委托一位维也纳建筑师改建旧塔楼，在上面建了一个舒适的观景露天阳台。艾蒂丝在秋天出院，健康几乎没有明显进展，增建的塔楼已装好跟疗养院一样宽敞的电梯，病人随时可以坐着轮椅到上面欣赏风景。艾蒂丝意外赢回了童年世界。

这位做事有点仓促的建筑师较重视工程技术上的方便，忽略了建筑风格的协调，建筑师替这一栋未加修饰的立方体戴了一顶光溜溜的六角尖塔帽，与其说它呈现玛丽亚·特蕾莎时期典雅华丽的城堡巴洛克风格，倒不如让这顶几何风格的帽子出现在码头船坞或发电厂。话虽如此，这位父亲最初的愿望算是实现了。艾蒂丝兴奋得不得了，这个露天阳台让她喜出望外地摆脱了狭窄单调的病房。她可以用双筒望远镜从专属观景台上眺望辽阔的景色，邻近地区的景致尽收眼底，观察农人播种收割、商业交易和人际交游。经过长久的封闭，她再度与世界接轨，花好几个小时瞭望铁道上像玩具一样生气勃勃的火车，喷着一圈圈长烟横越大地，街道上没有一辆车可以逃过她满满的好奇心。我后来才知道，我们好几次骑马出游、操兵演练及阅兵游行，她都用望远镜一路相随。出于一种奇特的嫉妒，她特意隐瞒这个僻静的郊游地点，家里的访客不会知道她的秘密基地。受邀踏入外人平素不得进入的观景台意味着一种殊荣，要不是忠心的约瑟夫一时兴高采烈露了馅，不然我根本不会注意到。

仆人要带我乘电梯上去。看得出来他十分骄傲，因为这样一部要价不菲的运输工具由他一个人操控。他也告诉我，除了搭电梯外还可以爬小螺旋梯抵达屋顶。螺旋梯很明亮，每层楼侧面的内阳台都有光线照入。我一听就立刻决定不搭乘电梯。我立刻鲜活地想象自己一阶阶拾级而上，看着景致越来越往远方开展，每一个无窗小窄洞的画面都叫人惊叹。风静天清，夏日的大地宛若铺上灿灿金纱，屋宇农舍散落田野间，烟囱吐出的袅袅炊烟画出一圈圈静默的圆。每个轮廓都像是利刃从钢青色天空上切割下来，可以看到盖着稻草的小茅屋，屋脊上当然挂了几窝鹳巢，谷仓前鸭儿戏水的池塘闪烁着金属般的光芒。蜡色田野中穿插几抹玩具国一般的极小身影。鬼斧神工的方块田上有斑点乳牛在吃草，有些妇人在除草，有些在洗衣服，牛只踩着沉重步伐拉着拖车，还有一路疾驶的轻巧小马车。爬到九十阶左右，视野里满是匈牙利平原风光，一直延伸到微微起雾的地平线那端。远方云彩湛蓝，一抹青山缓缓升起，也许是喀尔巴阡山，我们这个小镇簇拥的洋葱尖塔在左侧闪闪发光。我认出了我们的营房、市政厅、校舍、练习场，调到这个驻防地以来，我第一次发觉这个偏僻世界的平淡之美。

然而我无法过分沉浸在眼前美景中，因为我已经抵达了阳台，必须准备向病人问安。一开始根本看不到艾蒂丝，她专属的柔软藤椅背对着我，藤椅像彩色的弧形贝壳把她的细瘦身躯完全包覆起来，看到椅边的桌子上摆了几本书和打开盖子的留声机，我才察觉她在。我略微迟疑，不知该不该骤然走上前，生怕会吓着正在休息或在做清梦的人。于是我沿着四方形的阳台踱了一圈，好让自己正面走向她。等我小心翼翼、蹑手蹑脚地到她面前，才发现她睡着了。她细瘦的身躯被仔细裹好，腿上盖了柔软的毯子，头靠在白色的枕头上，略微侧向一边，金红色的头发围住孩子气的鹅蛋脸，落日为它涂上一层琥珀金的健康光泽。

我不自觉地停下脚步，利用迟疑等待的时刻，像赏画一样注视沉睡中的她。即使大家经常聚在一起，我却从来不曾真正有机会直视她，因为敏感与过度敏感的人若被人细瞧会心生反感。即使聊天时偶尔看她一眼，生气的细纹也会立刻出现在她眉心，她会眼神慌乱，唇边泄露不安情绪，表情没有一时半刻平静。只有现在这时候，她闭着双眼半躺在那里，不会反抗也不会动，我才能注视她那带点棱角且稚气尚存的脸（我觉得自己鬼鬼祟祟像在做贼）。她稚气未脱的脸掺杂了女性特质与些许病容，充满独特的魅力。她的唇像口渴的人一样微张，呼吸轻轻的，光这样的小动作就让她孩童般平坦的胸部像丘陵起伏，仿佛为此气力耗尽，苍白的脸被金红色的头发包围，埋在枕头里。我小心翼翼地越靠越近。她的黑眼圈、太阳穴上的青筋、鼻翼的粉透过光泽泄漏而出，她雪花石膏般的苍白肌肤仅像一件单薄无色的外衣在抵御外袭。我心想，这个人会是多么敏感！肌肤表面下的神经像是不受遮掩地跳动，绒毛般轻盈的身躯承受了多么难估量的苦难，她本应能像精灵一样轻快地奔跑、跳舞摇摆，偏偏被链条锁在坚硬沉重的地上！被束缚住的可怜人！我再次感受到内心的热流，那股被痛苦耗尽却又刺激强烈的同情巨浪，每每在我思及她的不幸遭遇时席卷而来。我的手不住颤抖，想要温柔轻抚她的手臂，想要俯身探向她，却又怕她突然醒来认出我，唇上的笑意便会荡然无存。每次只要想到她或看到她，渴望温存的心就会拌和了同情，促使我靠近她。不要吵醒她，睡觉可以让她忘却真实世界里身体的痛楚！趁病人熟睡时接近他们的心灵多么美妙，所有担心害怕的想法都被囚禁，他们也完全忘记了自身的残疾。偶尔一抹微笑落在他们半启的唇上，就像蝴蝶落上一片晃动的叶子，这微笑非常陌生，根本不像他们，只要一清醒就会立刻被吓跑。我想这是上天的恩赐，所有瘫痪、行动不便、被命运剥夺健康身体的病人，至少在睡梦中全然不知身体的残缺，至少在温柔欺人的梦里以为自己拥有美丽匀称的身体，在黑暗笼罩的睡梦世界里，这个受苦的女孩至少能暂时逃离紧箍肉体的诅咒。最令我动容的无非是她的双手，那双手交叠在毯子上，皮下血管密布，关节纤纤欲折，修尖的指甲略带淡青色。柔细、无血色又无力的一双手，力量也许只够轻抚鸽子和兔子这类小动物，想要握紧或抓东西就嫌虚弱了点。这么柔弱无力的一双手要如何抵抗真切的病痛？如何争取、抓住和持有什么？一思及此，我的情绪不免激动起来。想想自己的手，这双结实有力、肌肉发达又强壮、能够操着缰绳驯服烈马的手几乎让我作呕。我的眼光不由自主地往上移到毯子上，这条毛茸茸的毯子沉甸甸地压在她瘦削的膝盖上，对这个小鸟般轻盈的人儿来说实在太沉重。在这块毯子下藏着一双无力、毫无生气的腿（我不知道这双腿究竟是碎裂了、瘫痪了，或只是很虚弱？我从来没有勇气问个仔细），架在钢制或皮制的支撑器上。我只记得她每次移动时，这套残忍的装置就像链球一样重重挂在她不听使唤的关节上，她只能拖着这个惹人厌的东西行走，一路发出叮当声响。她，娇柔的人儿，脆弱的人儿，偏偏是她，如果她能漂浮、奔跑和翱翔，都会比走路自然许多！

这个念头让我不寒而栗，一股伤痛汩汩涌出流到脚底，仿佛能听见靴刺震动的叮叮声，清脆的声响细微得几乎听不见，却好似已闯入她浅浅的梦。紊乱的深呼吸还没让眼皮睁开，两只手倒是已经要醒过来：十指先是翻开，接着伸长，然后绷紧在一起，就像刚睡醒在打哈欠。接着眼皮诱人地眨动，诧异的眼光在四周探视。

她发现了我，眼神立刻定住，光是视觉接触还无法立即链接到有意识的思考与记忆，不过猛一动之后她完全清醒，认出我来了。血液被她的心脏猛地一抽，一股紫红瞬间涌上双颊。又有人在水晶杯里斟红葡萄酒了。

“我真蠢！”她说着，两道眉毛蹙拢在一起，然后紧张兮兮地伸手把往下掉的毯子拉向自己，好像她赤身裸体被我撞见了。“我真蠢！我一定睡了好一阵子。”接着她的鼻翼开始微微颤动——我认得这山雨欲来的征兆。她一脸挑衅地盯着我。

“为什么不马上把我叫醒？没有人盯着人家睡觉的！根本就不应该。人在睡觉的模样看起来很可笑。”

我觉得有点难堪，我的体贴反倒惹她生气了，只好赶紧说蠢笑话来为自己开脱。我说：“宁可睡着的模样可笑，好过清醒时让人取笑。”

不过她已经用两只手臂把自己从椅子上撑起，眉间的纹路刻得更深了，嘴唇四周也开始如闪电般颤动。她犀利地看着我。

“你昨天为什么没来？”

这一击太出人意料，我顿时哑口无言。她追根究底地继续问：“你一定有什么特别理由让我们坐着干等，不然你至少会拨通电话过来。”

我这个猪脑袋！我应该要猜到她会问这个问题，应该事先准备好答案才对！可惜我只能尴尬地踱步，脑袋绕着老掉牙的借口打转。我说，我们突然要检查新来的补给军马，直到五点左右我还满心希望可以偷溜，偏偏上校还要给全部的人看一匹新马，诸此这般种种。

她的铁灰眼眸严峻而锐利，从头到尾盯着我。我交代得越琐碎，她的视线越是猜疑。我看见她搁在扶手上的手指上下抽动。

“那么，”最后她非常冷酷生硬地问，“检查补给军马这个动人故事是怎么结尾的？上校先生后来有买下那匹全新的马吗？”

我感觉到是我害自己误涉险境。她穿着无指手套的手连敲桌子一次、两次、三次，像是要甩掉关节里的骚动不安。然后她威胁地抬眼看我。

“别再说这些愚蠢的谎言！你说的话里没有一个字是真的。

你怎么敢跟我这样胡说八道？”

她的手越发急遽地敲打桌面，后来她索性把手套使劲抛出去，在空中画出一道弧线。

“这一整段废话没有一个字是真的！一个字也没有！你根本不在马术学校，也没有检查什么补给军马。四点半的时候你就已经坐在咖啡馆里头了，据我所知根本不会有人把马骑到那里去。别再想蒙骗我！我们的司机在六点的时候很凑巧地看到你在那里玩牌。”

我依旧一句话也说不出来，但她猛然把话锋一转：“再说，我为什么得在你面前忸怩作态？难道因为你说了这些谎话，我就得在你面前假惺惺？我一点也不怕说实话，所以要让你知道，我们的司机在咖啡馆看到你根本不是出于偶然，而是我特意让他去的，只为了打听你到底怎么了。我原本以为你是不是生病了，还是遇到了什么事？因为你一通电话也没有拨过来，而……如果你可以站在我的立场想，我这样一个神经兮兮的人……根本无法忍受人家让我等……我就是无法忍受……所以我就派司机进城去。他在营房听人家说，少尉先生安然无恙地在咖啡馆玩牌，因此我请求伊萝娜去探听你为什么这样冷落我们……是不是因为我前天说了什么冒犯你……我有时候确实也对自己的肆无忌惮很没辙……所以，如你所见，和你坦承这一切我心中无愧……而你努力编造幼稚离谱的借口……你对朋友撒谎，难道不觉得这样的行为很卑劣吗？”

我想回答她——我想，我甚至有勇气把费伦兹和约士奇那个愚蠢故事完完整整告诉她，可是她立刻强硬地下达命令：

“不要再编新的故事了……不要再编新的谎话了，我无法再忍受！我已经被谎话喂到要吐出来。从早到晚每个人都在喂我吞谎话：‘你今天看起来气色真好，你今天进步多了……太好了，已经进步好多，比之前好太多了。’从早到晚都要吞这些定心丸，没有人知道我都快被噎死了。为什么你不直截了当地说：‘我昨天没空，没兴致。’我们并没有把你长期预订下来，我会很高兴你能拨个电话告诉我：‘我今天不出城了，我们宁可在城里闲晃。’你觉得我就那么傻，难道我会不懂，要你每天来这里担任好心看护很过分吗？难道我会不懂，一个成年人宁可骑马四处游玩，或用健康的双腿散步，也不愿意终日困在别人家的椅子上打发时间吗？让我反感和无法忍受的只有一件事：借口、骗局和谎言，这会把我掐到无法呼吸。我没有像你们所有人以为的那么笨，我已经可以忍受善意的真诚，即使那很令人嫌恶。你知道吗？就在几天前，我们家新雇了一位来自波希米亚的清洁妇，原来的那位过世了。第一天，她根本还没有跟任何人说过话，就注意到人家怎么把拄着拐杖的我扶到扶手椅上，她吓得手中的清洁刷都掉了，大声叫出来：‘老天爷啊，真是太不幸了，真是太不幸了！一个出身这么富有、这么有教养的小姐……竟然是个残废！’伊萝娜立刻像个疯婆子大骂这名实话实说的妇人，打算马上开除她，把她撵走。可是我却觉得很高兴，她的惊吓反应让我很开心，因为那出自真心，在没有任何心理准备下看到那个情景，受到惊吓才是人性的反应。我马上给她十克朗，她立刻跑去教堂为我祷告……因为这件事我那一整天都很开心，真的很开心，我终于知道陌生人第一次看到我的真实感受……可是你们，你们总是认为要用虚伪的体贴来保护我，甚至还以为你们该死的体贴会让我开心……难道你们以为我脑袋没长眼吗？难道以为在你们的闲话与口吃背后，我就感觉不到你们和那位勇敢且独一无二的真诚妇人一样恐惧和不舒服吗？你们认为每次我拿拐杖的时候，我会不知道你们全都突然屏住呼吸吗？我难道不会注意到你们的慌张，硬是要挤出话题聊天吗？好像我完全不懂你们老是喂我吃镇定剂加糖、糖加镇定剂这类作呕的甜言蜜语……我可是很清楚，每次门在你们背后关上，我像个尸体一样躺到床上之后，你们全都松了一口气……我也很清楚你们如何虚情假意地叹气：'这可怜的孩子。'可是你们也对自己非常满意，因为你们无微不至地牺牲了一小时、两小时的时间陪伴'这个可怜、生病的孩子'。我根本不需要任何人牺牲！我不要你们觉得自己有责任，每天要端出一定分量的同情来服侍我，我对这种怜悯的同情嗤之以鼻，完全不屑。我不需要任何同情！如果你想来就来，不想来就不要来！但请真诚对我，不要编些什么检查补给军马和试骑新马的故事！我没办法……没办法再忍受谎话和你们那些让人反感到极点的体贴！”

最后几句话完全无法控制地冲出口，她目光灼灼，一脸惨白。然后她一阵抽搐，像是精疲力竭一样把头靠在椅背上。隔了一会儿，血液才慢慢流回到因激动而不停颤抖的唇上。

“所以，”她轻轻吁了口气，仿佛觉得十分丢脸，“我有必要把话一次说清楚！现在我说完了！这件事到此为止。麻烦给我……给我一根烟。”

这时我表现异于平常，平时我很能自制，我的两只手坚定有力。不过她这次意外大爆发太让我震撼，我的四肢像瘫痪一样动弹不得，活到现在从没有事让我如此震惊。我吃力地从烟盒里抽出一根烟给她，帮她点燃火柴。就在要递火柴的时候，我的手指抖得太厉害没办法拿稳，火苗在空中一闪就熄了。只好再点一根，这一次还是一样在我颤抖的手上晃了一阵，好不容易才为她点燃烟。我的动作如此笨拙，她一定注意到我内心的震惊，因为她用一种惊讶不安的声音轻轻问我："这是怎么了？你在发抖……什么……什么让你这么激动？……这些事跟你又有什么关系？"

火柴棒上的小小火苗熄灭了。我一声不吭，她很吃惊地喃喃自语："我这些废话怎么会让您如此激动？爸爸说得果然没错，你真的是一个……一个非常奇特的人。"

就在这时候，我们背后传来一阵轻微的隆隆声。那是电梯的声音，它正要上升到我们所在的阳台。约瑟夫打开电梯门，凯柯斯法瓦像是做错事一样畏缩地走出来，肩膀不自觉地缩在一起。他每次都是以这身姿态靠近生病的女儿。

第七章

我急忙起身问候刚走过来的凯柯斯法瓦。他很拘束地点了点头，然后俯身亲吻艾蒂丝的额头。尔后一阵诡异的沉默。这里每个人都能察觉到屋内发生的每一件事，这个老人一定也感觉到我们之间的紧绷气氛。他垂着眼，不安地站在一旁。我觉得他是恨不得马上逃离这里。此时艾蒂丝有意打破僵局。

“你看看，爸爸，少尉先生今天第一次上来参观阳台。”

我接着说：“真的，这里真是美极了。”话一说完，我立即尴尬地意识到自己说了很无趣的客套话，于是说不下去了。为了化解拘束的气氛，凯柯斯法瓦俯身探向扶手椅。

“我担心再过一会儿你在这里会太冷，要不要下去比较好？”

艾蒂丝回答：“也好。”大家都很开心，这样一来就可以找些能转移注意力的无意义的事情，像是把书整理好、帮她围上披巾、摇铃。这里也备有铃铛，就跟屋里每张桌子上准备的一样。两分钟后，电梯隆隆升到顶楼，约瑟夫小心翼翼地把瘫痪女孩坐的扶手椅推进电梯里。

“我们马上就下去。”凯柯斯法瓦温柔地对她挥手，“你要不要先梳洗，准备吃晚餐？我和少尉先生可以利用这段时间到花园散步。”

仆人关起电梯门，坐在轮椅上的瘫痪女孩宛如沉入墓穴般直坠深处。老人与我都不由自主地别过头去。我们一语不发，但是我倏地感觉到他步步迟疑地接近。

“如果你不介意，少尉先生，我想和你聊聊……我的意思是想麻烦你一件事……我们还是去我的办公室好了，就在管理大楼那边，可以吗？当然，如果不排斥的话……不然……不然我们去花园散步也可以。”

我回答：“是我的荣幸，冯·凯柯斯法瓦先生。”就在这时候电梯又隆隆地升上来要接我们下去。我们搭电梯下楼，越过庭院，朝管理大楼走去。我留意到凯柯斯法瓦小心翼翼、紧挨着墙壁蹑手蹑脚地走，他缩起身子，像是怕被人逮到似的。我不由自主地——我别无他法——同样踩着轻巧小心的步伐跟在他身后。

到了墙面未经细心粉刷的低矮管理大楼尽头，他打开通往他办公室的那扇门。跟我营房里的房间比起来，这间办公室的装潢并没有讲究多少。一张十分廉价的书桌已经严重耗损，几张老旧的沙发椅上处处都是污渍斑点，糊在墙上的壁纸已破破烂烂，上面还挂了几张显然好些年没使用过的老旧表格，就连那难受的霉味都让我很不愉快地想起我们自己的国库办公室。光第一眼就能看出——这短短几天内我已明白——这个老人将所有奢华、所有享受都花在孩子身上，自己却节俭得像个吝啬的农夫。由于他走在前面，我第一次注意到他黑色大衣的手肘处已经磨损得厉害，说不定已经穿了十年、十五年。

凯柯斯法瓦把办公室里宽敞的黑皮革高脚椅推给我，那是唯一一张舒服的椅子。“请坐，少尉先生，你请坐。”他说话的语气温柔而恳切。在我抓住他推过来的椅子之前，他给自己拉了一张摇摇晃晃的藤椅。然后我们俩干坐着，挨得很近。他可以开始了，现在应该要开始了，我理解自己满头心焦，等着他开口，像他这样的有钱人、一位百万富翁，会需要我这个卑微少尉的帮助？可是他只管固执地垂着头，仿佛在端详自己的鞋子。我听到他略微前倾的胸部发出的呼吸声，压抑而沉重。

凯柯斯法瓦终于抬起头来，额头沁着汗珠，他摘下起雾的眼镜，少了这层闪闪发光的保护，他的脸立刻变得不一样，看起来更赤裸、更可怜、更悲观。跟大多数近视的人一样，没戴眼镜时的眼睛看起来比有戴时更没光泽、更疲惫。从他略微发炎的眼缘得知，这位老人睡得很少，而且睡得很差。我再度感觉到心中那股温热的狂流——那是同情，我现在知道了，我心中再度掀起了同情的巨浪。现在坐在我面前的不再是有钱的冯·凯柯斯法瓦先生，而是一位忧心忡忡的老人。

这时他清了清嗓子开始说话，僵硬的声音还不肯听他使唤：“少尉先生，我想请你帮个大忙……我很清楚我没有权力劳烦你，你还不是很认识我们……而且，你也有权拒绝……当然你可以拒绝……或许这是我痴心妄想，强人所难。不过打从第一眼看到你，我就很信任你，我立即感觉到你是一位好人，乐于助人，没错，没错，没错。”我做一个手势，表示他过奖了。“你是好人，拥有某种特质，能让人感到安全踏实，有时候……我有一种感觉，好像你被送到我这里来是……”他话说到一半打住了，但我知道他想说的是“天主的旨意”，只是他没有勇气说出来。

“你被送到我这儿来，成为我诉说真心话的对象……我想要拜托你的不会太多……瞧我这样喋喋不休，竟然没有问过你是不是想听。”

“我当然想听。”

“谢谢你……人一旦老了，只消看一眼，就能完完全全看清一个人……我知道好人的模样，是我妻子让我知道的，愿天主赐她进入天堂……她的死对我而言是第一件不幸的事，不过今天我会说，也许这样比较好，因为她不需要和我一起亲眼看见这孩子身上的不幸……她一定会受不了。你知道五年前是怎么开始的……一开始我也不相信会这么久……我们怎么会想得到，一个好端端的孩子本来跟其他孩子一样跑跑跳跳到处玩耍，像颗陀螺到处转……然后突然间，这些都变成过去式，永远的过去式……话说，每个人从小到大都敬畏医生……只要在报纸上读到哪个医生带来什么奇迹，某某医生能缝合心脏、某某医生能移植眼睛，就认为……我们一定会相信，不是吗？这种轻而易举的事对医生来说会有什么……她只是个孩子……一个孩子，健健康康地来到这个世界，一直以来都很健康，一定很快就会好转的。因此刚开始的时候我根本一点也不惊讶，因为我从来不相信，没有任何一刻相信天主会这样打击一个孩子，一个无辜的孩子，永远，永远……真的，如果事情发生在我身上——我的一双腿已经带我四处奔波够久了，我还需要它们做什么……而且，我不是一个好人，做过许多糟糕的事，我也……哎呀！我刚刚到底在说什么？……真的……真的，如果事情发生在我身上，我能够理解。可是天主怎么会瞄不准，打击一个没有错、一个无辜的……我们怎么能理解一个活蹦乱跳的人，一个小孩子的双腿突然就这样坏死了？只因为一个不起眼的东西，一个芽孢杆菌，医生们这么说过，他们说过这类的话……可是这只是一种说辞，只是一个借口。另一方面，残酷的事实是孩子不过是躺在那里，突然间四肢都僵硬了，再也无法走动，而当时我就站在旁边，却连一点抵抗的能力都没有……根本让人无法理解啊！”

他急急忙忙用手背揩去湿乱头发上滴下的汗水。“当然，所有的医生我都问过了……只要哪里有名医，我们就去……我把所有的医生都请来了，医生们个个侃侃而谈，以拉丁语表示意见、讨论、主持会诊，一个用这种方法试，接着换另一个用另一种方法试，都说他们抱持希望，充满信心，然后拿了他们该拿的钱，他们离开了，一切依然如故。是呀，确实有些改善，事实上也真的大为好转。以前她总是得平躺，整个身子瘫痪……现在至少两只手、上半身已经恢复正常，她可以自己拄着拐杖走路……确实有比较好了，不对，应该说好太多了，我不能诬赖人家，真的好太多了……不过还是没有人可以完全治好她……每个人都只是耸耸肩说：‘要有耐心，要有耐心，要有耐心……’只有一个人可以和她一起坚持下去，只有一位，就是康铎医生……我不知道从维也纳来的你有没有听说过他？”

我只得摇摇头，我从来没听过这个名字。

“这是当然的，你怎么会知道他，你是个健康的人，他也从来不喜欢自吹自擂……他甚至不是什么教授，从来也没有在大学里教过书。我也不认为他的诊所会有很多病人……意思是他不会去找很多病人来看病。他根本就是一个怪人，非常特别的人……我不确定这样解释对不对，他对每名庸医都能处理的寻常病例不感兴趣……只对其他医生耸肩离去的困难病例感兴趣。我一个大老粗，自然不能宣称康铎医师比其他医师还要优秀，但我知道，相较于其他医师，他是比他们都好的好人。我会认识他是因为我太太，我亲眼目睹他如何为我太太奋战……即使到了最后一刻，他是唯一不愿意放弃的人。当时我感觉到，这个人和每一位病患同生共死。他有，我不知道表达正不正确……他就是有热忱，比疾病还要强韧的热忱……不像其他人，只是汲汲营营想赚钱，想成为大学教授，想成为宫廷参事……他根本就不为自己着想，只想到其他人，想到受苦的人。不可讳言，他真的是一个很棒的人！”

老先生相当激动，他的眼睛刚才还疲倦万分，这会儿已经闪烁着炽热的光芒。

“一个非常棒的人，我跟你说，他从来没有丢下任何人，对他来说，每一个病患都是他的责任……我知道我没办法正确表达……可是他就像是会有罪恶感，如果他没办法帮上病人的忙……他觉得是自己的错……为此——你可能不相信我，可是我跟你发誓，这是真的！有一次，他打算做的事没有成功……他跟一位快要瞎掉的妇人承诺一定会帮助她重见光明……后来那名妇人真的瞎了，他就娶了她。你想想看，一个年轻人娶了一名失明妇女，这名妇女比他大七岁，人长得不漂亮，又没有钱，还是个歇斯底里的人，现在成了他的负担，对他一点也不感激……可不是吗？这说明了他是个什么样的人，你一定可以理解我有多幸运，可以找到这样一个人……他待我的孩子如己出，我的遗嘱里也有提到他……一个人可以这样帮助我的孩子，除了他没有别人了，愿天主保佑！愿天主保佑！”

老人双手交握犹如祷告，然后身体猛地一震，向我挪近了一些。

“听我说，少尉先生，我想请求你，我已经告诉你康铎医师多么具有同情心……不过你看，你知道吗？……正因为他是这么好的一个人，这也让我担心……我一直很害怕，你知道吗？……我很担心他因为顾及我的感受而没有说出实情，没有说出全部的实情……他总是跟我保证，总是安慰我，情况一定会越来越好，这个孩子一定能够完全康复……可是，每次只要我仔细问他什么时候可以康复，或是这样的情形还要拖多久，他总是一味逃避我的问题，只说：‘要有耐心！要有耐心！’可是人心里总该有个明确的答案吧……我是个生病的老人，我总得知道自己能不能活着看到这一天，她能不能康复，完全康复……我没有办法了，请相信我，少尉先生，我不能再这样活下去……我必须知道她是不是一定能治好、什么时候能治好……我一定要知道，我再也无法忍受这种不确定感。”

他站起来，整个人激动不已，三步并两步迅速走到窗边。我已经很熟悉这种反应，每当眼泪在眼眶里打转，他就会像这样突然转身离开。他也不想要别人同情，和他女儿那么相似！他的右手笨拙地伸进暗惨惨的黑上衣里，从里面的口袋里掏出一条手帕，白费力气地作势要揩去额头的汗水，我却很清楚看见他红肿的眼皮。他在房间里来回踱步一次、两次，发出一阵阵低声叹息，我已分不清这是腐坏的地板在他来回步行时发出的声音，还是这个年迈老人自己发出来的。他像个游泳的人，在蹬腿游出去之前突然吸了一口气。

“请你原谅……我想说的其实不是这个……我想说什么？哎……康铎医师明天又会从维也纳来，他在电话里说的……每隔两三个星期，他总会定期过来看看……如果可以按照我的意思，我根本不会让他离开……他可以在这里住下来，无论付他多少钱我都愿意。可是他说他需要保持一定距离观察，为了……一定的距离才能……是啊……我想说什么？我知道了……我要说他明天会过来，明天下午要帮艾蒂丝做检查，每次都会留下来吃晚餐，然后搭夜间快车回去。我在想，如果有人偶然问他，这个人必须是陌生人，跟这件事情没有任何关系，是他完全不认识的人……这么问他……很偶然地，就像在探听一个认识的人的消息……问他瘫痪的状况到底怎么样，问他是不是认为这个孩子真的还能够康复，完全康复……你听到了吗？完全康复。还有，他认为目前这种状况还要多久……我有预感他不会对你说谎……他不需要对你掩饰什么，面对你，他可以平静地说出实情……换作是我，他可能就会有所保留，我毕竟是孩子的父亲，一个又老又病的人，他知道如果说实话会撕碎我的心……当然你不能让他发现你已经和我谈过……必须在非常偶然的情况下问起，好似别人顺便跟医生探听消息……你愿意……可以为我做这件事吗？”

我怎么能够拒绝？坐在我面前的老人眼眶泛泪，犹如等待最高法院判决的号角，等着我答应他的请求。无须考虑，他说的我全都答应了。他的双手猛地伸向我。

“我早就知道……你那时候再度来访，对那个孩子那么好，我就知道了……之后……对，你知道的……我当时就知道你能够理解我……你，就只有你能够为我去问他……我向你承诺，对你发誓，无论事前事后都不会有人知道，艾蒂丝不会知道，康铎不会知道，伊萝娜也不会知道……只有我知道你帮了多大的忙，帮了我一个多么了不起的忙。”

“你太客气了，冯·凯柯斯法瓦先生……这不过是举手之劳。”

“不是，这不光是举手之劳……这是相当大的……一个非常非常大的忙，你帮了我一个大忙……一个非常非常大的忙，如果……”他突然缩一下身子，连声音听起来都有点畏缩胆怯，“如果我哪天有机会可以……可以为你做点什么的话……也许你可以……”

我的反应一定十分吃惊（莫非他现在就想报答我？），因为他结结巴巴地匆匆补了几句，他每次一激动，说话就会开始结巴：“不是的，请不要误会……我的意思不过是……我不是指物质上的……我的意思只是……我是指……我的关系还不错……我认识许多政府部门人士，也包括国防部的人……在现今社会里，有个可以指望的人不是坏事……所以我的意思不过是……每个人都会有机会的……就这样……这就是我想要表达的。”

他把双手伸向我的胆怯尴尬的姿态，让我感到羞愧。谈话期间他从来没有抬头看我一眼，一直往下看，宛如在跟自己的两只手说话。现在他不安地抬起头来，伸手摸索之前脱下的眼镜，用瑟缩颤抖的手指摆弄着。

“也许这样比较好，”他喃喃自语道，“我们现在过去，要不然……要不然艾蒂丝会注意到我们离开太久了。没办法，对她一定要非常非常小心，自从她生病后，她就……不知道怎么搞的，她就变得比任何人还要敏感。在房间里就可以知道屋里发生的每件事……别人还没告诉她，她就可以猜出所有事……结果她最后都会……所以我才建议我们现在过去，免得她起疑心。”

我们走去会客厅，艾蒂丝已经坐在轮椅上等了。我们一踏进会客厅，她立刻抬起锐利的灰色眼眸迎接我们，像是要从我们有些尴尬、微微低垂的额头，读出我们刚刚说了些什么。由于我们只字未提，她整个晚上没说几句话，一直专心在自己的世界里沉思。

第八章

凯柯斯法瓦请求我尽可能无拘无束地向未曾谋面的医生打探麻痹女孩的复原机会，我在他面前把这件事形容成“举手之劳”，表面上看来也真的只是一件微不足道的事；但我实在很难细述这件突来的任务对我个人有多重大的意义。一个年轻人忽然面对别人赋予的使命，而且必须完全靠自己的精神和力量去完成，这样最能增加他的自信心，帮助他塑造出自己的性格来。虽然从前也肩负过他人托付，但总是勤务、军队方面的责任，只是奉上级命令去执行任务的军官，局限在限定影响范围内，譬如对骑兵中队发号施令、指挥运输、采购马匹、调解小兵纠纷之类。所有命令与执行符合国家的标准规定，也都有白纸黑字或明文根据。若有疑难争论，只消征询经验丰富的老鸟就可以确实完成委托任务。然而，凯柯斯法瓦的请求实非军官的职权所及，对象是仍属未知的内在的我，能力与执行的极限还有待探索。这位无助的陌生人在朋友及熟人圈里偏偏选中我，这种信任比曾经受过的任务表扬或同伴赞美都还令我高兴。

可是，这份喜悦也带来沮丧，因为我最近才看清，过去自己对周遭的关心与同情是多么愚钝和漫不经心！我怎么能够跟这家人来往好几个星期，却连最简单、最理所当然的问题也没问过：这个可怜的小女孩会不会一辈子瘫痪？难道医生高明的技术不能找到治好四肢衰弱的方法？这耻辱叫人无法忍受：我竟然连一次都没问过伊萝娜，问过她父亲或团里的军医。从一开始我就很宿命地把瘫痪当成事实接受，折磨老父亲多年的焦虑与惶恐现在像一颗子弹直穿入我的心坎。倘若这位医生真的能解脱那孩子的痛苦该有多好！假如套上枷锁的可怜双腿能再次自由迈步，假如这个被天主欺骗的造物能再次像风一样奔跑、在楼梯上下、沉迷在自己欢笑的余韵中，幸福又快乐的该有多好！这想法让我迷醉，脑海中想象着我们两三个人骑马飞跃田野，想象她不是在监禁的房间里等我，而是能站在大门口欢迎我，陪我一起散步，这些情景真是充满了乐趣。此刻的我已经迫不及待地数时间，巴不得能快点向陌生的医师打听消息，简直比凯柯斯法瓦本人还焦急。在我生命中，没有一项任务如此重要。

第二天，我比平常更早（特地为此请了假）出现在凯柯斯法瓦家。迎接我的只有伊萝娜一个人，她告诉我，维也纳来的医生已经到了，现在正在艾蒂丝房里，似乎要做彻底检查。他已经来了两个半钟头，待会儿艾蒂丝可能会因为疲倦而无法过来；我得将就与她相伴。她补充：就看我有没有更好的打算。

从这些话里我很欣喜地发现（一个只有两个人知道的秘密总是会让人特别虚荣），凯柯斯法瓦并没有让她知道我们之间的约定，但我也不动声色。于是我们下棋消磨时间，过了好久才听到隔壁房间传来殷切期盼的脚步声。凯柯斯法瓦和康铎医师终于一边热烈讨论一边走了进来，我必须强迫自己镇定，压抑心中的震惊，因为我对他的第一印象是非常失望。一旦从别人口中听过某个素昧平生的陌生人的许多有趣事迹，大脑的视觉想象力就会不由自主地勾勒出画面，还会不客气地滥用大脑里最珍贵、最浪漫的记忆素材。凯柯斯法瓦在对我描述康铎的时候，我为了把他想象成一位天才医生，便抓住一些公式化特征，就像平庸导演和剧场发型师惯用的“医生”舞台造型：有修养、目光炯炯有神且犀利、举止优雅、言语机灵充满哲理——我们老是无可救药地一再幻想特殊的人拥有特殊的气质，第一眼就能让人惊艳。当我要向面前这位始料未及的矮胖先生致意时，难堪得像有一拳狠狠揍上我的胃——他既是个秃头又是大近视，皱巴巴的灰色西装上还沾着烟灰，领带打得歪七扭八。先前幻想他有一对诊断力精确的犀利眼睛，便宜钢制夹鼻眼镜后面的眼神却是昏昏欲睡又散漫。凯柯斯法瓦还来不及开口为我介绍，康铎就已经把他湿答答的小手伸过来，很快便转过身去烟桌点烟，伸起懒腰来。

“好啦，总算可以休息了。不过亲爱的朋友，我得马上老实告诉你，我肚子饿得咕噜响，最好一会儿就有东西吃。如果晚餐还没备妥，也许约瑟夫可以先拿些点心给我，奶油面包或随便什么都好。”说着便大剌剌地瘫坐在扶手椅上：“我每次总忘记下午这班快车没有餐车，这又印证了奥地利典型的不关国家痛痒……”然后又说：“哎呀，太好了。”他突然停顿下来，只等仆人拉开餐厅的门：“你分秒不差的精神真叫人放心，约瑟夫。光冲着这点，我也要大大夸奖你们的主厨。今天我忙得要命，根本来不及吃午餐。”

说着他索性大步走到餐厅坐下，也不等我们，径自着急地围上餐巾，啧啧有声地大口喝起汤来——我觉得稍嫌大声了点。他在忙碌之际既没有对凯柯斯法瓦，也没对我浪费唇舌说一个字，光吃饭就够他忙的，两只近视眼还同时瞄准着葡萄酒。

“妙哉——你们大名鼎鼎的绍莫罗得尼[1]，还是一八九七年份的！这种酒上次喝过，光为了它，我就应该坐车冲到你们这儿来。不，约瑟夫，先别斟酒，最好先给我一杯啤酒……好，谢谢。”

他一口气干掉一杯啤酒，从迅速上桌的大盘子里夹了好几大块食物放进餐盘，然后开始舒舒服服地细嚼慢咽起来。由于他根本无视我们在场，我才有时间从侧面观察这位大快朵颐的仁兄。极度失望的我察觉到，这位受人景仰的绅士只有一张平凡痴肥的脸，圆得像满月，还像月球表面那样满是坑洞与脓疱，鼻子长得像马铃薯，下巴的轮廓看不见，浓密的胡茬盖住红红的两颊，脖子短得像颗球，简直称得上维也纳方言里所说的“酒囊饭袋”——脾气好却咕哝没完的享乐主义者。他就用这副惬意模样坐在那里大吃大喝，纽扣开了一半的西装背心被弄得皱巴巴；他那处变不惊、慢条斯理的咀嚼模样渐渐开始挑拨我的神经——也许是因为我想起中校和工厂老板就在这同一张餐桌上待我礼貌亲切；也许是因为我心中忧虑：这个十足的老饕每次啧啧品酒前一定先举起酒杯对着光细看，我能从他口中骗取到机密问题的精确答案吗？

“嗯，最近这一带有什么大新闻？田里收成如何？前几个星期的天气不会太干，也不会太热吧？我是从报上得知这些消息的。工厂呢？你们糖业公会又决定要涨价了？”康铎有时会停止

1 Szomorodni，匈牙利甜点酒。

狼吞虎咽，顺口蹦出这些让我觉得不着边际、根本不需要别人认真回答的问题。他似乎故意忽视我，尽管我听闻过医生典型的粗鲁作风，仍然对这个好脾气的大老粗心生莫名的愤怒，害我气恼得一句话也不想说。

他一点也不觉得我们在场有干扰到他。最后大家转移阵地到会客厅，仆人已经贴心地准备好黑咖啡，他轻松地吁了一口气，不偏不倚地摔进艾蒂丝专属的特制躺椅。这张椅子特别设计了许多方便的机关，譬如旋转书架、烟灰缸和可调式椅背。愤怒不仅会让人恶毒，也会让人目光敏锐，看他懒洋洋地瘫在那里，一双短腿裹在松松垮垮的袜子里，肥肥的肚子活像个摇晃布丁，我不禁得意起来；为了表示我一点也不稀罕去高攀他，于是转过一张扶手椅背对着他坐下。康铎却对我明摆的沉默和凯柯斯法瓦紧张不安的来回完全无所谓。老人像个幽魂一样在会客厅里出没，只为了把雪茄、打火机和干邑白兰地放在医生方便的位置——康铎马上不客气地从盒子里拿了三四根进口雪茄，两根放在咖啡杯旁备用。虽然那张躺椅已欣然配合他肥胖的身躯深陷下去，他似乎还嫌不够舒适，不安分地翻来覆去，直到找着最舒适的位置为止。等喝完第二杯咖啡，他才像一只酒足饭饱的野兽满意地长舒一口气。我觉得他真是恶心到极点。这时他突然四肢一伸，满脸嘲弄地对着凯柯斯法瓦眨眼睛。

“喏，您怎么急得像热锅上的蚂蚁，舍不得让我好好享用这根上等雪茄？就因为您等不及想听我报告！不过您了解我这个人。您知道的，我一向不喜欢把吃饭和看病混为一谈，更何况我刚才是真的饿坏了，也累坏了。我今天从早上七点半起就马不停蹄地四处奔波，不只胃空空如也，就连整个脑袋都干涸了。那么……”他徐徐吸了口雪茄，喷出一个灰色的烟圈，“亲爱的朋友，我们现在开始吧！一切都很好。行走练习、伸展练习都相当好。比起上次，也许今天稍微好了那么一点点。正如方才所说，我们可以满意了。只不过……”他又吸了一口雪茄，“只不过从整体来看……也就是一般人所说的心理层面，我觉得她今天……您先别吓到，亲爱的朋友……我觉得她今天有些不一样。”

虽然康铎有事先警告，凯柯斯法瓦还是惊恐不已，只见他握在手里的小汤匙开始猛打战。

“不一样……您这是什么意思……怎么不一样？”

“这——不一样就是不一样……亲爱的朋友，我又没说是恶化。套句老爸歌德说的，您可不能任意解读我的话。我自己暂时还不太清楚到底发生了什么事，不过……不过就是有什么地方不对劲。”

老人手里仍握着汤匙，显然是无力把它放下来。

“什么……什么不对劲？”

康铎医师抓了抓脑袋：“嗯，如果我知道就好了！反正您别担心！我们说的是正经学术，不胡扯夸张，而且我最好再清楚明白讲一次：我不觉得病况有变化，而是她自己的内心有变化。她今天好像有心事，但我不知道是什么。我第一次有这种感觉，不知怎么的，她好像从我手中溜掉了。”他又吸了一口烟，一对敏捷的小眼睛迅速转向凯柯斯法瓦：“您知道吗？我们最好现在就开诚布公。我们可以摊牌，不用不好意思。那么……亲爱的朋友，现在请老实明白告诉我：你们在这段时间是不是失去耐性而去找了别的医生？我不在的时候是不是有别人帮艾蒂丝做过检查或治疗？”

凯柯斯法瓦吓得跳起来，好像有人指控他犯了重大罪行似的："我的天，大夫，我以孩子的性命向您发誓……"

"好了……好了……拜托别发誓诅咒！"康铎医师连忙打断他，"不发誓我也相信您。解决了，我的问题！算我错了！我没命中，诊断错误，就算宫廷参事和教授也会犯错嘛。真是蠢到家了……我可以对天发誓，这……那一定是有其他什么事……不过说也奇怪，真的很奇怪……您允许我……"他替自己斟了第三杯咖啡。

"是，不过她究竟怎么了？什么地方变了？……您是什么意思？"老人干瘪的嘴唇结结巴巴挤出这句话。

"亲爱的朋友，您真是难倒我了。任何忧虑都是多余的，我再说一次，以名誉担保。如果有任何严重的情况，我怎么会在一个陌生人面前……抱歉，少尉先生，我没有恶意，我只是认为……我就不会坐在这张扶手椅上说了，而且还这么惬意地品尝白兰地——这果然是极品。"

他又靠回椅背，双眼闭上片刻。

"是啊，她到底有什么改变，这实在很难轻松解释，这已经是能解释的极限了。我首先猜想有个陌生医师干涉了我们的治疗——真的，这点我不再相信了，冯·凯柯斯法瓦先生，我向您发誓——原因是今天艾蒂丝和我之间有些事头一次进行得不顺利，以往的联结不在了……您等等……也许我可以表达得更清楚一点。我是说……在长期治疗的情况下，医生与病人之间无可避免会产生特殊联结，也许把这种关系称为联结甚至太过粗糙，因为它指的是'接触'，仅止于肉体上的。特别的是，这种关系夹杂着信任与不信任，彼此牵制，互相吸引又互相排斥，不过当然，这种关系每次都不同，我们也已经习惯了。有时候医生觉得病人变了，有时候却是病人觉得医生变了；有时候只要一个眼神便能了解彼此，有时候却各说各话……是啊，双方的互动关系极其微妙，难以掌握，更无法测量。最简单的解释方法就是做个比较，甚至不惜冒险做个粗糙的比较。也就是说，与病人的关系就像您离开几天后回来了，拿出打字机打字，它还是跟过去一样运作正常，打出来的字完全没变；不过您还是从说不出来的小地方感觉到有人用过这台打字机。或者少尉先生，如果有人把您的马借去骑了两天，保证您也会感觉出来。可能是步伐或姿势不对劲，不知怎么它好像挣脱了您的掌控，可能您也说不出来从什么地方注意到这些变化，因为这些变化小到微不足道……我知道，这些都是十分粗糙的比喻，医生与病人的关系当然细腻得多；方才已经跟您说过，如果硬要解释艾蒂丝从上次到现在的变化，我真的会非常难堪。不过的确有东西让她改变——可是我恨自己找不出来。”

凯柯斯法瓦气喘吁吁地问：“可是这……有什么具体表现？”我发现康铎所有的发誓恳求都不足以安抚老人的心，他整个额头因为渗出汗水而闪闪发亮。

“怎么具体表现？嗯，就是从一些小事，难以捉摸的小事。从伸展练习的时候我便注意到她在反抗我；我还没来得及开始正正经经检查，她就已经跟我闹革命：‘没必要，跟以前一样。’平常她总是迫不及待等着我的诊断结果。后来我建议一些特殊练习动作，她又说了些愚蠢的话，例如‘哎呀，这根本没用’，或者‘做这个不会有进步’。评语本身并不重要，但是艾蒂丝心情恶劣或神经受到过度刺激。亲爱的朋友，她以前从未这样跟我说话。喏，也许真的只是因为心情不好……每个人都会有的。”

“但是真的吗？……她的病况没有恶化？”

“还要我保证几次您才相信？倘若真是如此，做医生的我难道不会跟做父亲的您一样紧张？可是您看，我一直这么沉稳，而且对她这种叛逆心态一点都不生气。坦白说，您这小女儿的举止比前几个星期来得更烦躁易怒、更激动，也更没耐性。可能也给您制造了不少难题吧？不过另一方面，这种反抗也代表着生命意志在强化，想恢复健康的意志变强了；生理机制运作变得越有力、越正常，自然就越发想迫使自己战胜病魔。请相信我，我们并非如您所想象，特别喜欢言听计从的‘乖乖’病人。这种病人自动自发的精神不强。我们医生比较希望见到病人有激烈，甚至暴躁的反抗意志，比起最有效的药物，表面上胡闹的反应有时反而更有疗效。所以我再郑重强调一次，我一点都不担心。假如现在要采用新疗法，可以苛求她付出最大的努力；按目前的状况来看，此刻也许是善用她心理力量的最佳时机。”他抬起头注视我们，“我不知道您是否能完全了解我的话。”

我无意识地回答：“当然。”这是我对他说的第一句话。这些道理对我来说是如此理所当然而浅显。

可是老人依然僵住没动，目光呆滞望着前方。我察觉到他一点都没听懂康铎的解释，因为他不愿意听懂。因为他把全部注意力与恐惧都集中在一个点上：她会不会康复？很快就能复原吗？什么时候？

“那是什么疗法？”每当他情绪激动时，说话总是结结巴巴，“什么新的疗法……您刚才不是说到什么新疗法吗？……您想尝试哪种新疗法？”（我马上发现他对这个“新”字非常敏感，紧咬着不放，对他来说，里头藏着一丝新希望。）

“就放手让我来做吧，亲爱的朋友，无论我做什么实验，什么时候做，只要别催我，别总是想逼我完成不可能的任务！你们的‘病例’——虽然这么说不好听，但这是我们医界惯用的说法——绝对是我最关切的事。我们总会找到解决之道。”

老人沉默着，眼神沮丧。我见他费力压抑住想再次提问的无意义冲动。康铎应该也感受到这股沉默的压力，因为他猛然站起来。

“可不是吗？今天的任务算是完成啦。我已经把我的印象告诉您，其他的就是废话和说大话了……纵使最近艾蒂丝的脾气果真变暴躁，您也不必害怕，我会查明问题出在哪里。只要做一件事：不要整天心烦意乱的，操心地绕着病人打转。然后第二件事：请留心自己的精神状况。您看起来像是睡眠不足，我担心您在自寻烦恼、钻牛角尖，让自己越陷越深，反而不能对孩子负起责任。最好能马上照我的嘱咐，今晚早点上床就寝，睡前服用几滴缬草液，明天就会恢复精神了。报告完毕，今天的看诊结束了！我把这根雪茄抽完就上路。”

“您真的……真的要走了？”

康铎医师主意已定：“是的，亲爱的朋友，今天就到此为止！我今晚还有最后一个有点过劳症状的患者，我开给他的处方是大量散步。您看看我，从早晨七点半起就马不停蹄地疲于奔命，整个上午待在医院里就为了一个古怪病例，也就是……唉，还是别提了……然后赶火车，来到这里，我们当医生的偶尔得换换新鲜空气才能保持脑袋清醒。今天不要开车送我了，我宁可走路进城去！今天恰好有一轮灿烂明亮的满月。当然，我不会抢走您的少尉先生；如果您不听医生的禁令还硬撑不睡的话，他一定能再陪您一会儿。”

我顿时想起我的使命。我急切说明：不，明天必须特别早起值勤，原本刚才就想告辞了。

“好吧，既然您这么说，我们就一起进城吧。”

这下凯柯斯法瓦的灰色眼睛头一回绽放火花：委托的任务！那个问题！套出答案！他终于想起来了。

“我立刻就去睡觉。”他的语气出乎意料地顺从，还在康铎背后悄悄向我使眼色。他不需要提醒我，我已经从袖口上感觉到脉搏剧烈跳动。我知道，现在要看我的表现了。

第九章

康铎和我才刚跨出大门便停在最上层的台阶上，因为门前花园景致美得令人窒息。屋内那几个钟头大伙都处在不安的情绪，任谁也没闲情逸致往窗外望；此刻场景全然转变，带给我们无比惊喜。偌大满月像磨亮的银盘挂在满天星斗间，白日阳光的余热让温度闷得像夏季，又多亏那道耀眼光芒，宛若有一座冬季乐园从天而降。两排笔直树墙的影子护卫着开敞的道路，铺在中间的砾石像刚飘下的新雪晶莹夺目，树木屏住了呼吸僵立，像桃花心木和玻璃时而映在月光下，时而藏在黑暗里。我从没感受过如此阴森的月光，整座花园淹没在冰光闪耀的潮涌里，四下万籁俱寂；是的，这看似冬之光的魔力让人沉迷，让我们的脚步不由自主地逗留在像滑溜玻璃的光亮台阶上。当我们走在泛着雪光的砾石大道上，才赫然发现走在路上的不再是两个人，而是四个人，锋利的月光清楚勾勒出我们的影子，在前面拉得好长好长。我不得不仔细端详这两个顽固的黑色伙伴，它们健步如飞的剪影强调出我们的每个动作。人的感觉有时真是幼稚得很，见到自己的影子比又胖又矮的同伴修长苗条，甚至“好看多了”，我满足地放下心来。这份优越感让我信心大增——我知道，要承认自己如此昏庸需要莫大的勇气。最奇特的偶然无时无刻能左右你的心灵，尤其是最微不足道的表象，往往能增强或削弱我们的勇气。

我们一路默不作声走到栅栏门前。为了关门，自然得回头向后看。宅邸正面像刷上一层青磷一样泛着银蓝色光芒，像一大块明亮的冰，恣意的月光强得刺眼，让人分不清楚哪扇窗是被屋里的灯火点亮，还是屋外月光照亮的。直到铁门把手重重关上才打破了寂静；这片阴森沉寂里的尘世声音让康铎鼓起勇气向我转过来，一副我没意料到的自在模样。

“可怜的凯柯斯法瓦！我一直在自责，刚才是不是对他太粗鲁了点。我当然知道他巴不得再多留我几个钟头，问一百个问题，或是问一百次同样的问题。可是我真的不行了，今天实在累坏了，从早到晚都在看病，还都是些没进展的病例。”

此时我们已经走在林荫大道上，树影交织成网，月光穿过缝隙渗透进来。大路中央白冰般的砾石被衬得耀眼，我们就沿着这明亮的光线管道前进。出于敬畏，我没有应声，但康铎似乎根本没注意到我。

“再说，有时候我就是受不了他的固执。您知道吗？我们从事医疗工作的人觉得最难搞的根本不是病人，你总会学到与病人相处的正确方法，会找出一门技巧。如果病人抱怨、追问或逼供，这也是他们的症状，就像发烧或头痛一样。我们从一开始就计算到他们会不耐烦，也做好心理准备武装起来，而且每个医生都有一套安慰病人的说辞和谎话，就像给他们安眠药与止痛剂那样。可是没人能像病患家属和亲人一样让我们的日子不好过，他们总要介入病人与医生之间，总是想知道‘真相’，其实他们一点资格都没有。他们做的一切就像全世界只有这个人生病，医生只需要照顾这个病人，没有别人。凯柯斯法瓦问个不停，我真的不生气，不过您知道吗？如果长期焦灼不安，有时真会让人失去耐性。就算跟他解释了十遍，我现在城里有位重症患者正值生死交关，他明明知道，还是每天打电话来催了又催，想强迫人满足他的期待。身为他的医生我也知道，情绪激动会对他造成多大的伤害，我的担忧比他想象的还多，多很多。幸好他不知道情况有多糟。”

我吓了一大跳，原来情况很糟！本想不着痕迹地打探消息，没想到康铎自己主动谈起来。我激动地追问：“请见谅，康铎医师，不过您会了解，我十分不安……我完全没想到艾蒂丝的情况如此堪虑……”

“艾蒂丝？”康铎愕然地转身看我。他似乎现在才注意到自己在跟另外一个人说话。“为什么说到艾蒂丝去了？我根本没提到艾蒂丝啊……您完全误会我了……不，不，艾蒂丝的情况真的很稳定，可惜一直是这样稳定不变。但是凯柯斯法瓦，我非常担心他，而且越来越担心。难道您没发现他最近几个月变了很多，气色看来非常差，周周每况愈下？”

“我当然无从判断……因为几星期前才有荣幸认识冯·凯柯斯法瓦先生，何况……”

“噢，原来如此，是啊！请原谅……您当然无从察觉……可是我，我已经认识他好几年，今天偶然瞥见他的手，着实吃了一惊，您没注意到吗？他那双手瘦骨嶙峋，简直毫无血色。您知道吗？若你看过很多死人的手，如今却在活生生的人身上看到手泛着紫青，内心不震惊也难。还有……他动辄多愁善感，这点非常不好：只要有一丝情绪波动，他的眼眶就湿了；只要有一点点不安，马上就怕得脸色惨白。尤其像凯柯斯法瓦这种曾经身经百战、精力充沛的男人，现在变得如此屈服退缩，实在令人忧心。可惜，硬汉变成了软脚虾，这绝对不是好现象，我甚至不乐见他突然充满菩萨心肠，这代表身心内部一定有东西不协调、不对劲了。当然，我老早就想帮他做彻底检查，只是不敢跟他开口。因为，我的天，倘若现在还引起他怀疑自己是否病了，甚至想到自己可能会死去，留下瘫痪的孩子在世上，这简直无法想象！此刻女儿的病盘踞在他脑中，情绪焦灼不安……不，不，少尉先生，您误会我的意思了，我最担心的不是艾蒂丝，而是他……我怕，这个老人来日不多了。”

我像是被人击溃了。我从未想过这些。我那时不过二十五岁，还没有亲人过世的经验，因此无法立刻体会有个才跟你同桌吃饭、说话、喝酒的人，可能明天就会裹着尸布，僵硬地躺在那里。想到这里，我的心脏瞬间感到微微刺痛，仿佛被扎了一针，看来我真的喜欢上这个老先生了。我因为激动变得很狼狈，只想随便响应他的话。

“太可怕了”，我头昏脑涨地说，“若真是这样，那就太可怕了。他高贵、雍容大度、慈悲为怀，的确是我见过的正牌匈牙利贵族……”

此时发生的事却让我大吃一惊。康铎冷不防站住，我也不由得停下脚步。他凝视我，眼镜镜片泛着光芒蛮横地转过来。停滞了两个呼吸的时间后，他才诧异地问：“贵族？……而且还是正牌的？……凯柯斯法瓦？抱歉，亲爱的少尉先生……不过您说的……正牌的匈牙利贵族……不是在开玩笑吧？”

我没完全搞懂他的问题，只感觉自己好像说了什么蠢话，于是尴尬地说："我只能从自己的角度判断，每次冯·凯柯斯法瓦先生都对我展现出最高贵、最仁慈的一面……我们军队里的人总说匈牙利贵族盛气凌人……可是……我……我还未遇见过比他更仁慈的人……我……我……"

我不再作声，因为康铎仍然从侧面仔细审视着我。他圆圆的脸在月光下发亮，两个超大镜片闪烁不定，我只能隐约察觉到镜片后两只在寻觅的眼睛，这令我十分不自在，觉得自己像只昆虫，正在锐利清晰的放大镜下死命挣扎。我们两人在路上面对面站着，若这里不是空无一人，真会引起旁人好奇观看。然后康铎低下头，又开始迈步向前走，仿佛在喃喃自语：

"您真是……一个奇怪的人。请原谅，这句话绝无恶意。不过这确实很奇怪，您必须承认我说的，真的很奇怪……因为我听说，您和凯柯斯法瓦家来往已经几个星期了。您住在一个小城里，那里可说是个鸡窝，咯咯狂叫不停的鸡窝。您竟然把凯柯斯法瓦视为贵人……难道您从没听军中弟兄提过……我不能说是轻蔑，但总是一些闲言闲语，说他的贵族家世才没几年？……无论如何，一定有人跟您说过什么传言。"

"没有，"我郑重反驳，开始感觉到怒火中烧（被评价成"奇怪"或"奇特"的感觉实在很差），"很遗憾，没有人跟我说过什么传言，我也从未跟同袍谈过冯·凯柯斯法瓦先生的事。"

"这就怪了，"康铎喃喃自语，"怪了。我一直以为他把您的为人性格描述得太夸张。坦白告诉您吧——我今天注定一整天都在做错误判断——他对您那样热情，我有点无法置信……我无法真的相信您到他府上拜访，纯粹只是因为那次跳舞的乌龙事件，而且一去再去……单纯地出于同情、关心。您不知道这个老人被别人敲诈得多严重——本来我打算（为什么不干脆告诉您呢？）一探究竟，是什么把您吸引到这里来。我猜想，若不是一个非常——我该怎么婉转表达呢？——一个心机重的小伙子想骗取财富；如果他是真心诚意，那一定是个心智还十分青涩、历练不多的年轻人，因为悲剧和危险事物只会对年轻人产生奇特的吸引力。年轻人的直觉几乎都是对的，您已经很精确嗅到了……这个凯柯斯法瓦真是一个怪胎，我很清楚别人会说什么话唾弃他，不过只有这点，这么说请见谅，您把他说成贵族让我觉得很可笑。但请相信我，没有人比我认识他更深——您不必因为对他和这个生病的可怜孩子付出这么多友谊而感到丢脸。无论别人跟您说了什么闲话，千万不要被他们左右，这些坏话和今天亲切、楚楚可怜的凯柯斯法瓦真的没有关系。”

康铎迈着大步前进时说着这些话，根本没看我一眼。过了好一会儿，他的步伐才慢了下来。我发现他在思考，因此不愿打扰他。我们肩并肩默默地走了四五分钟。一辆马车驶来，于是我们避开到路边，农村马车夫满眼好奇地盯着这奇特的一对，一个少尉跟一个又矮又胖、戴眼镜的先生，三更半夜在大路上默不作声地散步。我们让马车经过，然后康铎突然转过来。

“听着，少尉先生。只做一半的事和只说一半的暗示向来都不是好事；世上所有恶事的罪魁祸首都要归咎于半心半意。也许我刚才不经意说溜嘴的话已经太多，我绝不想破坏您善良的信念。另一方面，这些话已挑起您的好奇，一定会去向别人打听，恐怕您不会得到百分之百的真相。您长期与一家人来往，却不知道他们是些什么人，简直让人无法置信。可能您也无法再跟从前一样无拘无束地上门。倘若您真的想多了解我们这位朋友，少尉先生，我很乐意为您效劳。”

“当然了。”

康铎看了看表：“十点四十五分，我的火车在凌晨一点二十分开，我们有足足两个小时的时间。不过我不认为这种事情适合在大马路上说，也许您知道哪里有可以慢慢谈的僻静角落。”

我想了想：“最好去腓特烈大公街的提洛酒馆，那里有小包厢，不会有人打扰。”

他回答：“好极了！那里会很适合。”说着又开始加快了脚步。

我们一直走到路的尽头，没再多说。不消多久，就着明亮月光就看见城里的屋舍排在两旁，幸好没在这些空荡巷弄里遇见任何一个军中弟兄。不知为何，要是他们改天跟我打听身旁这号人物，我可能会十分尴尬。自从被卷入这桩特殊事件，我便小心翼翼地藏起每一条可以通往迷宫的线索，这座迷宫却不断在引诱我走向越来越神秘的深处。

提洛酒馆位于一条古老弯曲小巷弄的偏僻角落，外界风评不佳，只能称得上是二三流，却是一家舒适的小酒馆，由于守门人宽容又健忘，使得这里尤其受我们军人青睐。根据警察规定，要住双人房必须填写登记单——即使是大白天——而他总是故意忘记。对于需要小心谨慎的状况都很保密，不管是马拉松或闪电幽会，任何人想进入爱巢不必从引人注意的大门出入（想在小城里掩人耳目很难！），可以从容不迫地从酒吧柜台直接上楼，抵达秘密基地。虽说这家酒馆不太正派，但楼下酒吧贩卖的泰拉诺酒和麝香白酒[1]味道浓郁粗犷，真的无可挑剔。每晚总是有不少居民聚集在笨重没铺桌巾的原木桌旁畅饮，少不了要对地方与世界大事高谈阔论，难免会出现激动的场面。长方形的酒馆布置得稍嫌庸俗，很适合那些老实单纯的酒客，他们不过想喝个小酒，闷闷地围坐在一起。在这楼上设了整排所谓的“包厢”，每间包厢都有相当厚的隔音木墙，墙上还画蛇添足地装饰了烙印画和庸俗的祝酒词。穿堂后面挂着厚厚的门帘，将八个小包厢完全盖起来，简直就是Chambres séparées[2]，而且也真的达到它的目的。假如有军官或第一年的志愿兵想跟几个维也纳来的女孩寻欢作乐不想被人看见，通常都会事先预订一间，据闻连我们纪律最严格的上校都赞同酒馆这项明智的措施，因为普通百姓便难以窥探他那些年轻小鬼花天酒地的行径。保密也是这家酒馆的最高经营原则：老板费莱特纳严格下令，身穿提洛民俗服装的女服务生要掀开神圣的门帘前，得先在门口夸张地咳嗽几声；除非客人按铃叫人，否则也不能随便打扰。如此既能保住军队的名声，也满足了官兵的享乐需求。

不过，用包厢只为了谈话不受干扰，在这家酒馆的历史记载上实属罕见。可是万一康铎医师在披露秘密时被登门弟兄的寒暄打断，或是让他们心生好奇，我可是会非常尴尬。倘若来个官阶

1 泰拉诺酒（Terlano），产自意大利北部的南提洛。麝香白酒（Muskateller）出自该种葡萄品种。

2 法语，密闭式隔间。

更高的人，我更必须乖乖跳起来行礼。光是跟康铎一起进入酒馆就让我不自在，假如被人撞见我和一个肥胖的陌生人溜进这种私密空间共处，天晓得隔天会惹来多大的骚动和嘲笑！幸好一踏进酒馆我便满意地发现酒馆里人数寥寥可数，小驻扎地每到月底必定是这景况。团里的人一个也没有，整排包厢任君挑选。

康铎一口气点了两大升白葡萄酒，并且立刻买单，慷慨地丢给女服务生一大笔小费，表明不再需要她进来。她感恩地说了句“请慢用”，然后识相地永远消失。门帘垂下来，只会偶尔模糊听见中央大桌客人的高声谈笑。我们在完全密封的包厢里，十分安全。

康铎先为我在高脚杯里斟酒，然后为自己斟一杯。他举手投足时都在深思，让我发觉到他正在脑中整理要对我说的话（可能也包括想对我隐瞒的话）。当他转向我时，先前令我反感的困倦与迟钝感竟一扫而空，眼神变得十分专注。

“我们最好从头说起，先把贵族拉尤斯·冯·凯柯斯法瓦先生摆在一边，因为那时候还不存在这号人物。当时既没有身穿一袭黑大衣、戴着金边眼镜的地主，也没有贵族甚至巨富。在匈牙利与斯洛伐克边境一个贫穷村落里，只有一个瘦小、窄胸、目光锐利、名叫李奥波德·卡尼兹的犹太男孩。大家都叫他莱穆尔·卡尼兹。”

我一定是跳了起来，或是表情十分诧异，我对任何秘密都有心理准备，偏偏这种开场白超乎了想象。康铎露出理所当然的笑容，继续说下去：

“是啊，卡尼兹，李奥波德·卡尼兹，这是无法改变的事实；直到许多年后，名字才按照某部长请托改成浓厚的马扎尔风，再装饰上一个贵族封号。您大概想不到，一个人只要有势力，人脉佳，长年居住此地，就可以重新换上一层皮，弄个非常马扎尔的名字，甚至还能变成贵族。不过话说回来，您还年轻，怎会知道这些。往事早已尘封多年，连滚滚莱塔河水[1]都奔流不复啊。那时这个小鬼头，这个目光锐利、狡猾机灵的犹太男孩不是趁农人上酒馆买醉时帮他们看管马匹或农车，就是帮市场上的女人提菜篮回家，好换得几颗马铃薯。

“凯柯斯法瓦或者卡尼兹的父亲绝非巨富，而是个鬓角垂着长辫子的贫穷犹太人，在当地镇郊公路旁租了一间卖烧酒的小酒馆。伐木工和马车夫每天早晚会在那里休息，以便在入出喀尔巴阡山森林前后喝上一杯或几杯七十度的烧酒取暖。有时候液体的烈火过度刺激感官，他们会把椅子和杯子都砸碎；在一次闹事中，卡尼兹的父亲不幸挨了致命一击。几个在市场喝得烂醉的农夫一过来便开始互殴，酒馆主人想保护他那点可怜家当，企图把他们拉开，一个大块头马车夫把他重重扔进角落，他只能躺在那里呻吟。从那天起他就日日吐血，一年后死在医院里。身后一毛钱都没留下，卡尼兹的母亲是个勇敢的女人，靠着帮人洗衣、接生来养活自己和几个年幼的孩子。除此之外她还不辞辛苦地沿街叫卖，卡尼兹就跟在后面扛货包。此外，哪里能捞点小钱他就去做工；帮生意人跑腿，在附近村落当信差。别的孩子还在高兴地玩弹珠时，他小小年纪就已经知道东西值多少钱，哪里能做买卖，如何买卖，怎样让别人觉得他有用，少不了他。他还挤出时间来自修。犹太拉比教他读书写字，他的领悟力很强，一教就

1 Leitha，欧洲中部河流，为多瑙河支流，流经奥地利和匈牙利，在莫松马扎尔注入多瑙河。

会，十三岁便能偶尔帮忙律师做文书，替小贩填表、报税，赚取几个铜板。为了节省灯油钱——每一滴煤油对穷人都太浪费——他夜夜坐在巡逻队小屋前面的信号灯下（村里没有车站）努力阅读别人撕掉丢弃的旧报纸。看好他的村内耆老当时就抚着胡子预言，这孩子将来一定会成大器。

“至于他后来是如何离开斯洛伐克的村子到维也纳去的，我无从得知。可是当他二十岁出现在这一带时，已经在一家有名望的保险公司担任代理人了。由于他工作努力不懈，除了这份正式工作外还兼办上百项的小型业务。他俨然成了加里西亚人所说的‘代办人’，代理各种买卖、中介，为供需两方搭起桥梁。

“人们先是容忍他，不久便开始注意他，甚至需要他。因为他无所不知，无所不晓；这里有个寡妇想嫁女儿，他就立刻自告奋勇当媒人；那里有人想移民美国，需要相关信息与文件，卡尼兹就帮他们设法弄来。此外他还买卖旧衣物、钟表、古董，为田地、货品和马匹估价、做交换；假如有军官需要担保，他也能办到。他的知识与影响力逐年扩大。

“凭着孜孜不倦和不屈不挠的精神能赚不少钱。然而真正的财富必须透过收支之间的特殊比例才能累积，这又是我们的好朋友卡尼兹直上青云的另一个秘密。除了一大群亲戚需要资助并供弟弟念大学以外，这些年他几乎没什么花费，唯一给自己的奢侈品就是那件黑大衣以及那副您也很熟悉的镀金丝边眼镜，目的在纯朴的农人面前塑造他‘博学’的形象。当他跻身富人行列之后，却仍小心谨慎对外谦称自己只是个普通的代理人。因为‘代理人’是个非常美妙的词汇，仿佛是件宽松的大衣，大衣后面可以隐藏任何东西。凯柯斯法瓦最需要隐藏的就是他早就不再是个小小的中介，早就是重要的出资人与企业家了。对他来说，真正拥有财富似乎比炫耀财富来得更重要，也更正确（仿佛他读过叔本华讨论一个人的真面目与外在模样议题的智慧书《附录与补遗》[1]似的）。

“一个勤奋、聪明又节俭的人，早晚都会致富，这在我看来不需要什么特别的哲学观，也不值得惊叹；毕竟我们当医生的最清楚，在生死关键时刻，一个人的银行账户是帮不上什么大忙的。真正令我慑服的是我们的卡尼兹打从一开始那份魔鬼般的意志，下定决心同时累积财富与知识。火车上的长夜、搭车和住旅馆的空当以及散步的每一刻，他都用来阅读与学习。他潜心研读关于贸易法和产业法的全部法律典籍，为的就是成为自己的律师；他留心伦敦与巴黎的拍卖会，俨然是一位专业的古董商；还像个银行家那样，精通各种投资与交易。他的生意自然越做越大。他从佃农那里找到小地主，再从小地主找到大地主；不久之后，他就开始当起全年农作收成与森林地的买卖中介，给工厂送原料、成立企业财团，最后更批准成为军队物资的供货商。在政府部门的访客室里越来越常见到那件黑色大衣与金边眼镜了。不过，当地人依然——那时他可能已坐拥二十五万甚至五十万克朗的财产——当他是个微不足道的代办人，在街上见到‘这个’卡尼兹仍旧随随便便打招呼，直到他大要手段，突然从莱穆尔·卡尼兹摇身一变成了高贵的冯·凯柯斯法瓦先生。”

1 作品原名*Parerga und Paralipomena*，一八五一年出版。

第十章

康铎忽然打住："好！刚才我跟您说的全都是二手数据，接下来的故事是他亲口告诉我的。他妻子手术开刀那一夜，我们在疗养院的房间里从晚上十点一直等到隔天清晨，他在那时候告诉我的。从这里开始，我可以担保所说的一字一句都千真万确，因为人在这种时刻不会说谎。"

康铎一边沉思，一边缓缓吞下一小口酒，然后再新点上一根雪茄。我想，这应该是他那晚的第四根，这样不间断地抽烟令我印象深刻。我开始了解，身为医生的他刻意采用迟钝而亲切的调调，说话不慌不忙、表面上漫不经心其实是一种特殊技巧，好利用短短的片刻冷静思考（或是观察）。他那肥厚、疲倦的双唇吸了三四口雪茄，眼神像是沉入梦乡一样凝视着缕缕上升的烟。然后他冷不防抽动了一下。

"李奥波德或莱穆尔·卡尼兹变成冯·凯柯斯法瓦庄园大地主和绅士的故事源头，发生在一列从布达佩斯前往维也纳的载客火车上。我们这位朋友虽然已四十有二、头发灰白，夜晚大多还是在旅途奔波中度过——节俭吝啬如他，连时间也不舍得浪费——而且我不必强调，他都是乘坐三等车厢，毫无例外。经验丰富的他早就学会夜间旅行的特殊诀窍。首先在又冷又硬的木头板凳上摊开一床苏格兰花格旅行毛毯，那是他在一次拍卖会上捡到的便宜。然后细心挂好那件不可缺少的黑大衣，避免弄皱或磨损；将金边眼镜放入盒中，再从麻布旅行袋中拿出——他死也不肯买个皮箱——一件老旧的粗绒家居服，最后再压低帽子紧遮住脸，免得灯光刺激眼睛。他就这样蜷缩在车厢角落，早已习惯成自然，坐着也能做梦；当他还是小莱穆尔时就已经学会夜晚不需要床，随时可以席地而眠了。

“不过这回我们的朋友却没睡着，因为同车厢里还有三个人在大谈生意经。每当卡尼兹一听到别人谈的是生意话题，就会忍不住竖起耳朵。他的学习欲如同钱财欲，并没有因岁月而减弱，两个欲望仿佛钳子的两个铁片，被铁螺丝钉紧紧拴住。

“本来他已经快要睡着，可是一个关键词立刻把他吓醒，有如听见号角的马。是一个数字：‘您想想看，只因为一件天大的蠢事，幸运之星就降临在这小子身上，六万克朗轻松入手。’

“什么六万克朗？谁有六万克朗？卡尼兹猛地清醒过来，好像一盆冷水瞬间将他眼里的睡意全都浇熄了。谁赚了六万克朗？怎么赚的？他一定得搞清楚。毋庸赘言，他小心提防在这三人面前泄露出他在偷听，反而把帽子往前额压得更低，让阴影完全遮住眼睛，让这些人以为他真的睡得很沉；另一方面，他又十分狡诈地利用每次火车行驶的震动，让身体不着痕迹地慢慢朝他们挪近，绝没有因为车轮噪声遗漏任何一个字。

“这个年轻人越说越激动，仿佛在吹着愤怒的号角，也因此卡尼兹才清醒过来。原来这个人是维也纳某律师的文书，因为一个出包的案子对老板气愤不已，他激动地强调：

“‘这家伙根本彻底搞砸了！只为了去开一个愚蠢的法庭会议，这顶多能替他赚进五十克朗，使得他隔天才去布达佩斯，而那头笨母牛就在这时候被人骗得晕头转向。本来一切都十分圆满——遗嘱完美无缺、最佳的瑞士证人、医师评鉴书也没得挑剔，证明欧罗斯瓦夫人在立遗嘱时神志完全清醒。那群侄孙和靠裙带攀上亲戚的骗徒特地请了律师在下午八卦周刊上爆料，其实他们连一个铜钱都拿不到。所以我这笨牛老板信心满满，而且因为星期五才要开庭，于是他从容地回维也纳去参加那个该死的法庭会议。不料此时，对方的律师维兹纳，这个狡猾的无赖趁势偷偷接近那女人，做了友谊拜访，那头脑简单的母牛就神经错乱了——他学起北部方言腔调，模仿那女人的口吻说：我根本不想要这么多钱，只想平平静静过日子。是啊，她现在得到她要的平静了，那群骗子却轻轻松松拿到她那份遗产的四分之三！不等我老板过来，这笨女人就签了一份协议书，有史以来最愚蠢不过、荒谬到极点的协议书：随便画上一笔就白白送掉五十万。’

“少尉先生，现在请注意，”康铎医师转过来对我说，“正当这年轻人大肆抨击的时候，我们的朋友卡尼兹像一只蜷缩起来的刺猬，不动声色地坐在角落里，帽子已经拉到眉毛边，全神贯注没遗漏任何一个字。他立刻明白是怎么一回事，因为欧罗斯瓦这桩官司——我当然用的是假名，因为真名大家都很熟悉——可是当时所有匈牙利报章杂志的头条，的确是轰动一时的大事；我在此简短说明来龙去脉。

“欧罗斯瓦老侯爵夫人从乌克兰移居来此时已家财万贯，她比夫君足足多活了三十五年。她坚韧如皮革，心肠恶毒如戴胜鸟，自从她两个可怜的女儿在同一晚死于白喉，她打从心底痛恨欧罗斯瓦家族所有人，就因为他们活了下来。我打从心底相信，据说她出于恶意与恼怒，故意不将遗产传给等得不耐烦的侄子和侄孙女，所以才活到八十四岁。倘若有觊觎财产的亲戚想登门求见，她一概拒绝；即使家人写来内容亲切温暖的书信，也扔到桌底，不予回复。孩子和丈夫死后，她变得性情乖戾，愤世嫉俗，一年当中住在凯柯斯法瓦庄园的时间只有两三个月，从来不见有人上门拜访。其他时候，她游历世界各地，居住在尼斯和蒙特勒，排场华丽，缕衣貂裘目不暇接，差人造型美发，修护指甲，梳妆打扮，阅读法文小说，购买数不清的衣裳，逛过一间又一间店铺，像个俄国小贩般与人讨价还价，斥责谩骂。她唯一能容忍出现在身边的，只有贴身女侍。但是想当然耳，女侍的日子自然很不好过。这位沉静的可怜女子日日要喂食三只愠怒狺狺的可憎杜宾犬，帮它们梳毛，带出门溜达，还要弹琴娱乐那位傻老太婆，为其朗读书籍，忍受她无端爆发的愤怒辱骂。根据可靠的传闻，有时候老妇人几杯白兰地下肚，或者喝多了威士忌——这是她在乌克兰时就有的习惯——女侍甚至还得忍受一阵毒打。在尼斯和坎城，艾克斯班勒和蒙特勒等各处奢华场所，无人不晓这位表情阴郁不乐的矮胖老妪。她哈巴狗似的圆脸涂上厚厚一层粉，染了头发，而且老是扯着嗓子说话，不在乎是否有人聆听，还与侍者大吵大闹，像个粗暴的中士，不称她心意的人，免不了要遭受她冷眼无礼的对待。女侍身形瘦削，苍白无色，一头金发，双眼透出惊恐不安，外出散步时，始终只能牵着狗儿跟在女主人后头而非一旁，宛如一道影子。那散步的行列看来阴森恐怖。明眼人都看得出她对女主人粗野的举止感到羞耻惭愧，同时又惧之如活脱脱的恶魔。

“七十八岁那年，欧罗斯瓦侯爵夫人在泰利特一家伊丽莎白皇后每访必住的旅馆中罹患了严重的肺炎。消息怎么传到匈牙利的，始终费人疑猜。总之，亲戚们不约而同匆忙赶来，占据了旅馆，缠着医生探问消息，然后等待着。等待着她一命呜呼。

“可是恶意发挥了保命作用。老泼妇逐渐恢复健康，焦躁的亲戚一听说痊愈的老妪首次要现身大厅的那天，全部脚底抹油溜之大吉。欧罗斯瓦侯爵夫人早就听闻继承人个个担忧不安，已经赶来聚集在此。她个性刻薄又邪恶，打从一开始就买通了侍者和打扫女仆，要他们把亲戚所讲的每一句话原原本本告诉她。事情果然如她所料。心急草率的亲戚如狼群般争斗不休，谁能拥有凯柯斯法瓦，欧罗斯瓦该给谁，谁又能拿到珍珠，谁有权取得乌克兰的产业，欧夫纳街上那座宫殿的主人又应该是谁的。这是射向她的第一枪。一个月后，布达佩斯方面来了一封名为德韶尔的借贷掮客所写的信，信中表明除非她白纸黑字保证其侄孙德兹佐为共同继承人，否则他无法延长德兹佐偿付借款的期限。这是压垮骆驼的最后一根稻草。欧罗斯瓦侯爵夫人打电报到布达佩斯约见律师，与他拟定一份新遗嘱，更甚者——恶意使人高瞻远瞩——还找来两位能明确证实侯爵夫人神志清楚的医生作为见证人。律师将遗嘱带回布达佩斯，之后足足在他的事务所里密封了六年，因为老欧罗斯瓦侯爵夫人根本不急着步上黄泉路。等到遗嘱终于拆封那天，结果完全出乎众人意料。唯一继承人是贴身女侍，来自威斯瓦伦的安涅特·毕雅特·狄辰霍夫。这时女侍的名前缀次在众家亲戚耳里引发骇人轰隆雷鸣。凯柯斯法瓦属于她，还有欧罗斯瓦、制糖厂、养马场、布达佩斯宫殿。老侯爵夫人只把乌克兰的产业和现金留给乌克兰的家乡，用来建设一座俄罗斯教堂。那些亲戚一枚纽扣也没有捞到。更狠毒的是，她还在遗嘱里清楚载明她特意忽视亲戚的理由：‘他们不应该期待我死去。’

“于是一桩众人津津乐道的丑闻就这么冒出头了。亲戚个个骂骂咧咧，疾声抗议，迫不及待冲去找律师，发布了陈腔滥调的声明，强调遗嘱是侯爵夫人重病期间在神志不清的状况下拟定的，又说她对贴身女侍言听计从，有如病态，还强调女侍诡计多端，强行施加影响力，无疑强暴了病人的真正意志。律师们同时试图将事情闹得举国皆知，扩大成民族事务，强调欧罗斯瓦家族自阿尔帕德[1]时代以来的产业竟然落入一个外国人手里，而且还是个普鲁士女人，另外一半财产甚至沦落到了西里尔教会。布达佩斯全城上下沸沸扬扬，议论纷纷，其他事情全被抛诸脑后，报纸也大篇幅满版报道。但尽管相关人士愤愤不平，大吵大闹，事态依旧不乐观。这些继承人已在两处法院输掉诉讼。雪上加霜的是，居住在泰利特的两位医生仍然健在，再一次证实老侯爵夫人当时神志十分清楚。其他证人在交叉审讯中也不得不坦承，老夫人最后几年虽然脾气乖张，但是脑筋毫不糊涂。律师们使出诡计花招、威胁恫吓，最后全都铩羽而归。百分之百能肯定，王家法庭不会推翻先前已裁示、有利于狄辰霍夫小姐的判决了。

“卡尼兹自然也读过这场官司的相关报道，但是仍然竖耳倾听，一个字也不放过，因为他对他人的金钱交易极有兴趣，那正是他想学习的课题。此外，早在担任代理人时期，他便知道凯柯斯法瓦庄园了。

1 Árpád，匈牙利首位统一各部族的大公，于十世纪时创建阿尔帕德王朝。

“‘你可以想见，’矮小的年轻文书又说，‘我老板回来后看见那个蠢女人被骗得团团转，一定气得火冒三丈。她已在文件上签名放弃欧罗斯瓦和欧夫纳街的宫殿，只拿到凯柯斯法瓦庄园和养马场就心满意足了。那些唯利是图的鬣狗承诺她以后无须再上法院打官司，显然让她印象深刻。那些继承人甚至愿意慷慨承担她所有的律师费用。不过，这份协议应该不具法律效力，仍可提出非议，毕竟签字时只有证人在场，而非在公证人面前签署。何况那帮贪婪的家伙身无分文，不堪承受新法院延宕的流程，早晚只会被拖垮。当然了，我老板责无旁贷应该撵走这帮人，反对协议无效，维护女继承人的利益，这是他该死的责任。但是那帮人明白怎么抓住他的小辫子——只要他别再吭声，他们愿意私底下付给他六万克朗的律师费。他反正被那个蠢女人气得满肚子火，怨怼她在半个钟头里被人诓骗了整整一百万元，所以干脆宣布协议有效，捞进了大把钞票。六万克朗，你说说看，他蠢不可及去了一趟维也纳，弄拧了当事人的事情，竟还得了六万大洋！老天爷平白无故赐福给这无赖，他得有多走运呐。现在，数百万的遗产，那女人只得到凯柯斯法瓦庄园。据我所知，她很快也会把庄园搞得乱七八糟。真是愚蠢至极的笨牛！’

“‘她究竟会怎么处理庄园呢？’另一个人问道。

“‘我告诉你，她会搞得一塌糊涂！绝对胡搞一通！对了，我还耳闻制糖公会的人打算接收她的制糖厂。我想应该是后天吧，总经理就会从布达佩斯赶来。至于那座庄园，听说有个叫佩特罗维奇的人有兴趣租下，他是那儿的管家。不过制糖公会的人也可能会接管庄园。他们有的是钱，应该是家法国银行——你们没在报上看过消息吗？——正准备和波西米亚工业界联手……’

“话题接着就流于一般内容了。不过我们的卡尼兹已听得够多了，耳朵红得发烫。没几个人像他这么熟悉凯柯斯法瓦庄园，二十年前他便到过那儿给家具器皿办理保险。他也认识佩特罗维奇，可说打从经营买卖开始即与他熟识。看似忠厚老实的管家管理庄园多年来中饱私囊，私吞了一大笔钱，透过卡尼兹居中介绍，把钱借贷给戈林格博士抵押。不过，卡尼兹最挂心的，是一柜子他仍历历在目的中国瓷器，另外还有几尊釉彩雕塑和丝织品，全都是欧罗斯瓦侯爵夫人曾在北京担任过公使的祖父流传下来的。只有卡尼兹一人了解这些物品价值不菲。侯爵夫人还在世时，他曾经代表芝加哥的罗森菲尔交涉购买事宜，那全是稀世珍宝，或许价值两至三千镑。老欧罗斯瓦侯爵夫人自然毫无概念近几十年来东亚的艺术珍品在美国的行情有多好，她粗暴地打发掉卡尼兹，说什么也不会卖，要他滚到地狱去。这些稀世珍宝若是还保留着——卡尼兹一思及此，不由得一阵哆嗦——趁着产权转换时，或许能以非常低廉的价格取得。不过，首要上策当然还是拿到全数物品的优先购买权。

“我们的卡尼兹假装忽然醒来——那三个旅人早就聊到别的事情去了——高明地打了个哈欠，伸伸懒腰，拿出表来看，再过半小时，火车即将在您驻防的地区停下。他匆匆忙忙折好家居服，穿上不可缺少的黑大衣，把一切收拾妥当。两点三十分一到，他迅速下了火车，驱车前往红狮旅馆，要了一个房间。他就像面临战役胜负未卜的总司令一般辗转难眠，这点我也无须特别强调了。他早上七点整就已起床，一秒也没耽搁，踩在泥泞上，大步走过我们刚才经过的林荫大道，往庄园去。抢先一步，一定要抢在别人前面，他心想。在贪婪的吸血鬼从布达佩斯飞来之前办妥一切事情！赶紧说服佩特罗维奇，他倘若打算贩卖家具的话，得立刻通知他。万不得已，就和他一起出价买下整个庄园，分产的时候确保自己能拿到家具等珍品。

“侯爵夫人过世后，庄园里的仆役已寥寥无几，所以卡尼兹大可安心，悠闲走进庄园，从容不迫观察周遭一切。他心中暗忖，真是一片秀丽的产业，确实经过精心维护，百叶窗才刚涂刷过，墙壁漆上了清新的色彩，还有新造的篱笆——不错、不错，这个佩特罗维奇心里很清楚为什么要进行这么多的修缮工程，每笔账单上总有丰厚的佣金会落入他的腰袋里。但是，这家伙究竟在哪儿呢？庄园大门紧锁着，不管怎么使劲敲，管家房始终没有动静——要是那家伙最后去了布达佩斯，和那个头脑简单的狄辰霍夫签订合约，可就要命了！

“卡尼兹焦急地晃过一扇又一扇的门，又是叫喊，又是拍手，却始终不见人影。一个人也没有！他最后悄悄潜近一道小边门，忽地瞥见玻璃温室里有个女人身影。他透过玻璃，只看得见她正在浇花。终于找到人探询消息了。卡尼兹粗鲁地敲着窗玻璃，朝内喊了声‘喂’，两手一边拍着巴掌，想要引起对方的注意。在温室里忙着花事的女子大吃一惊，露出仿佛闯了祸似的怯生生模样，犹豫了一会儿后，才敢走到门口来。眼前的女子身材瘦削，一头金发，年纪老大不小，身穿朴素的深色衣衫，外系一条印花棉布围裙，现正站在木柱之间，手里握着还半张开的花剪。

“卡尼兹不耐烦地朝她嚷着：‘您叫人等得可真久啊！佩特罗维奇在哪儿？’

“‘谁？’骨瘦如柴的姑娘目露惊愕问道，不由自主往后退了一步，把花剪藏到身后。

“‘谁？这里有几个佩特罗维奇呢？我说的佩特罗维奇是——那个管家！’

“‘啊，请见谅……那个……那个管家先生……嗯……我自己也还没看过他……我想，他到维也纳去了……不过，他妻子说希望他今晚能够回家。’

“希望、希望，卡尼兹一肚子火想着。看来要等到傍晚才行了，又得在旅馆多浪费一晚，支出不必要的新开销，还完全无法确知结果。

“‘真讨厌！那家伙干吗偏偏今天出门！’他低声嘟哝着，然后又对姑娘说：‘我可以参观这座庄园吗？有人手中有钥匙吗？’

“‘钥匙？’她惊讶地把他的话重复了一次。

“‘没错，见鬼了，就是钥匙！’（她为什么傻乎乎地晃来晃去啊？他心想。也许佩特罗维奇吩咐过她，不准让别人进屋。好吧，大不了塞点小费给这头胆怯怕事的母牛。）卡尼兹立刻换上一副和蔼可亲的脸孔，讲起了土气的维也纳方言：

“‘哎，您别吓成那个样子！俺绝对不会搬走您的东西，只是希望到处看看罢了嘛。怎么样呢，您手上到底有没有钥匙呀？’

“‘钥匙……我当然有钥匙。’她结结巴巴地说，‘……可是……我不确定管家先生什么时候……’

“‘俺刚才说过啦，俺不需要您的佩特罗维奇。好了，别拖拖拉拉的。您熟悉这屋子吗？’

“笨拙的姑娘越发局促不安了：‘我想……多少还有点熟悉……’

“蠢瓜一个，卡尼兹心里叨念着。这个佩特罗维奇真是雇了个糟糕的人啊！接着他大声命令道：

“‘现在走吧，我可没有多少时间。’

“他迈开步伐走在前头，而她果真跟了上来，一副惶惶不安、拘谨卑怯的模样。走到大门口时，她又踯躅不前了。

“‘看在老天的分上，您赶紧开门吧！’这个人怎么如此迟钝，如此羞赧啊，卡尼兹内心十分恼火。慎重起见，卡尼兹趁她从破旧干瘪的皮包拿出钥匙时又问道：

“‘您平常在庄园里都做些什么工作？’

“受惊的姑娘停下脚步，满脸通红。‘我是……’她才张嘴，随即又改口说，‘……我以前是……我以前是侯爵夫人的贴身女侍。’

“现在换我们的卡尼兹吓得喘不过气来了（我向您发誓，要他这类型的男人惊慌失措，简直是难上加难）。他不由自主后退一步。

“‘您该不会是……狄辰霍夫小姐吧？’

“‘我就是。’她惊惶无措，好似有人指控她犯了过错。

“卡尼兹这辈子从不识什么叫作狼狈窘迫，但是此时此刻，他窘迫得无地自容，没想到自己竟瞎了眼，一头撞上传说中的狄辰霍夫小姐，也就是凯柯斯法瓦的继承者。他赶紧转换说话的语气。

“‘请见谅，’他慌了手脚，急忙摘下帽子，说话结结巴巴，‘对不起，小姐……没有人通知我说小姐已经抵达此地了……我一无所知……请您见谅……我来此只是……’

“他顿住了，现在得赶快编撰出有说服力的理由才行。

“‘为了保险一事前来……已故的侯爵夫人多年前仍健在

时，我便曾多次造访，可惜当时没机会见到小姐您……我是因为这事而来，只是为了保险一事……单纯来看看地产是否完好无损……这是我们的职责。不过，这事儿也不急。’

“‘噢，请进，请进……’她戒慎恐惧地说，‘我对这类事情并不清楚，您最好还是和佩德络维契先生谈谈。’

“‘当然、当然。’我们的卡尼兹连声答道，他尚未完全回过神来，‘……我当然会等佩德络维契先生。’（他私下想，没有必要纠正她。）‘但是，小姐您如果不嫌麻烦，我或许可以迅速看过一遍庄园，事情很快就可以办妥。家具等物品应该没有多大改变吧。’

“‘没有、没有。’她急忙说，‘完全没有改变。如果您想亲眼证实的话……’

“‘真是太好了，小姐。’卡尼兹微微一鞠躬，两个人于是走进了屋里。

“他一进沙龙，第一眼先查看您已经认识的瓜尔迪[1]的四幅画，接着到隔壁，如今是艾蒂丝的闺房，看看摆放中国瓷器的柜子、编织着故事图画的挂毯与小巧玲珑的玉器。他终于松了口气，所有东西都还在。佩特罗维奇一件也没偷，这愚蠢的家伙宁可从燕麦、苜蓿、马铃薯交易和修缮建筑当中偷摸点油水。狄辰霍夫小姐觉得自己在陌生人聚精会神、激动四下张望时打扰到他，有点不知所措，干脆拉起紧闭的百叶窗，日光顿时洒落屋内。从挑高的玻璃门往外望，花园的景致一览无遗。卡尼兹提醒自己要和她说话，别忽略了她！和她套好交情！

1 瓜尔迪（Francesco Guardi, 1793—1712），威尼斯画家。

“‘花园美景尽收眼底，真是漂亮啊。’他深深吸了口气说道，‘能住在这儿，实在好福气。’

“‘是的，景致十分优美。’她顺从地随口附和，但是语气听来并非发乎真心。卡尼兹即刻察觉，这位胆怯的女子早已忘记如何公然反驳他人了。过了好一会儿，她才又改口补充说：‘可是侯爵夫人住在这儿始终不舒心。她总是说平坦的田野使人忧郁哀伤。她其实只喜欢群山和大海。这一带对她而言太偏僻、太孤凉了，而人……’

“她又顿住不语了。快点和她说话、和她说话，卡尼兹不断提醒自己。和她维持好关系！

“‘但愿您现在会在此长住下来了，小姐？’

“‘我？’她不自觉抬高了双手，仿佛想推开什么不顺心意的东西似的，‘我吗？……不！噢，不是的！我一个人孤零零住在偌大的房子里做什么？……不、不，一切安置妥当后，我就会立刻离开。’

“卡尼兹小心翼翼从旁偷觑着她。这个可怜的女主人，在庞硕的空间里显得多么瘦弱啊！若非她脸色太苍白，神情太畏缩，其实仍称得上是个标致的姑娘。瘦削的长脸上眼帘低垂，宛如一片被连绵阴雨糟蹋的美景。矢车菊般娇嫩的浅蓝色眼眸，眼神柔和又温暖，却不敢大胆散发光芒，总是一再害羞地畏缩在眼睑底下。卡尼兹是个训练有素的观察家，一眼就看出她早被消磨得失去自我意志。一个没有自我意志的人，可随意受人摆弄。赶快和她说话，和她攀谈！于是他眉头深锁，面露关切探询道：

“‘可是这片漂亮的产业该怎么办呢？要维护此处，需要有人管理呀，一个严格且坚强的管理者！’

“‘我不知道，我不知道！’她焦躁地说。惶惶不安在她柔弱的身躯里流窜。这一瞬间，卡尼兹豁然明白，她多年来寄人篱下，已经没有勇气做出独立的决定。这份遗产不过是份引人发愁的重担，沉沉压在她瘦弱的肩上。获得遗产时，她受到的惊吓毋宁多于喜悦。卡尼兹飞快动着脑筋。二十年来，他可没白学了买卖之道，招揽生意、抢生意早已得心应手。代理人的首要法则是鼓吹买家出手，说服卖家脱手，因此他立刻重弹起劝人贩卖的老调。他暗忖道，必须让她对这事‘倒尽胃口’，最终即可一举租下她全部的产业，而且抢先佩特罗维奇一步。这小子今天前往维也纳说不定还正是我的好运。他毫不耽搁，又换上一副深感遗憾的同情模样。

“‘是的，您说得没错！这么大的产业同时也是种莫大的折磨，永远不让人有喘口气的机会，每天得和管家、仆役与邻居纠缠不休，心生烦恼，遑论还有税务人员与律师！只要被他们察觉到有点产业，有点钱财，连最后一个子儿他们也会想榨光。无论对别人多好，到头来身边全只有敌人。一点用也没有，一点用也没有——只要嗅到钱的味道，人人最后都成了盗贼。遗憾呐，真是遗憾，您说得一点也没错：得要有副铁腕，才能管理这样的产业，否则无力可应付。然而铁腕是天生的，况且之后还要面对永无休止的战斗。’

“‘哎，是的。’她深深吐了口气，显然想起了可怕的往事，‘可怕啊，人一沾到钱，就面目可憎，变得可怖！这种事我以前从来不知道。’

“人？那些人干卡尼兹什么事啊？他干吗在乎他们人好或不好？尽快租下庄园，越有利可图越好！他侧耳聆听，彬彬有礼点着头。他一边听，一边回话，脑中另一个角落却一边盘算该如何在最短时间内办妥一切。成立财团，承租下凯柯斯法瓦庄园，包括农庄、制糖厂和养马场，之后再把一切转租给佩特罗维奇，只要能确保屋里的家具珍品就可以了。

“首要之务是立刻开价租赁，并拿琐碎的麻烦事好好吓唬她。如此一来，不管提报费用多少，她都会接受。她不懂得精打细算，没赚过钱，所以不配拥有丰厚家产。他脑袋里所有的纤维和神经全神贯注运转，但两片嘴唇仍继续动着，表达关切之意。

“‘最可怕的还是打官司，让人一刻儿也不得安宁，永远无法从没完没了的争执脱身，所以我吓得一直不敢出手购买地产。永无止境的官司，见不完的律师，老是得出庭、接受审讯，还有丑闻……不，宁可生活简朴恬淡，过得心安理得，也不要老是操忧恼怒。以为拥有了一笔房产，事实上却是成了他人的猎犬，永远不得安宁。这座庄园，这处古意盎然的优美地产确实美不胜收……不可思议……但是，也需要强韧的神经与钢铁般的拳头，否则只是无穷无尽的负担……’

“她原本低垂着头听他说话，这时蓦地抬起头，从肺腑深处逸出一声凝重的叹息：‘是的，可怕的负担……要是能卖掉就好了！’”

第十一章

康铎医生忽然打住话题："少尉先生，我得在此先打个岔，让您明白，这句简洁扼要的话对我们朋友的生命具有多大的意义。我先前说过了，凯柯斯法瓦是在他生命中最沉重的一天告诉我这件事的，就在他夫人临终之际。这种时刻，我们一辈子大概也只能经历两三回。面对这样的时刻，纵使狡猾多端的人，也感觉需要在另一个人面前开诚布公吐露真情，就像是面对天主一样。他当时的模样，我如今仍历历在目。我们坐在疗养院楼下的候诊室里，他靠过来挨着我，低声滔滔不绝，语气激动不安。我感觉他希望透过连续不停的叙说，忘记楼上的妻子即将死去。他说了又说，一刻也不停歇，想借此麻醉自己。但是，当他讲到狄辰霍夫小姐对他说'要是能卖掉就好了！'，忽然间却顿住了。少尉先生，您想想，那位不复年幼的姑娘毫无心机，在一时冲动下，脱口坦承希望能尽快、尽快、尽快卖掉凯柯斯法瓦庄园，如今事隔十五六年，凯柯斯法瓦提到此事时，竟依旧激动莫名，脸色都发白了。他对我重复了两三次'要是能卖掉就好了'，几乎是原汁原味重现了她的语气。当年的李奥波德·卡尼兹感知敏锐，能迅速觉察情势。他立刻明白这辈子最大的买卖正要落在自己手中，只要顺水推舟，一把抓住就行了。他可以单独买下这座华美的宅邸，而非只是承租下来。他压住诧异之情，若无其事与姑娘天南地北聊着，但脑袋里千头万绪。他暗自盘算，自然要赶在佩特罗维奇或者布达佩斯那个经理之前独力买下来。我不可以让她溜走，一定得阻断她的退路。在成为凯柯斯法瓦的主人之前，我不会离去。我们的智力在危急时刻具有一种神秘莫测的潜力。于是卡尼兹脑袋里一边为自己盘算，只为自己着想，嘴巴却慢条斯理说出另一番截然不同的意思：

"'卖掉……嗯，当然，小姐，要卖掉没有问题，什么都能卖……贩卖本身不难，但是要卖个好价钱，却是一门艺术……卖得好，才是关键！要找到诚实不欺的主顾，他要了解这一带，熟悉土地和居民……拥有良好的人脉，千千万万别找律师，他们只会唆使人打官司，派不上用场……然后，就这件事来说，还有一点非常重要：一定要现金买卖。要找到一个不使用汇票和债券的买家，以免还得烦恼好几年……要卖得妥当，卖个合适的价钱。'（他心里同时计算着：我的价格可以出到四十五万，顶多至四十五万。那些名画至少值个五万，说不定能提高到十万，还有房子、养马场……只不过得再检查那些是否已抵押，探探她的口风，看有没有人已经抢在我前面出价了……）接着他忽然心一横说：

"'小姐，请原谅我问得唐突——您心里对价格是否大概有个底了呢？我的意思是，您有没有个具体的数字了？'

"'没有。'她不知所措答道，惊愕地看着他。

"噢，糟糕！完蛋了！卡尼兹心想。这下可糟了！买卖最困难的地方，就是和无法给个价格的人进行磋商。这些人会到处奔走，四处打探，到头来大家都估了价钱，人多嘴杂，乱出主意。如果给她时间到处询问，那可麻烦了。卡尼兹内心尽管波涛汹涌，口中依然十分殷勤：

“‘不过想必小姐您心里多少有个想法吧……毕竟得知道房产有没有抵押，又是抵押了多少……’

“‘抵……抵押？’她把话重复了一遍。卡尼兹立刻察觉她是生平第一次听到这个名词。

“‘我是说……一定约略估过价吧……因为有鉴于遗产税……我或许有点多管闲事，但是我衷心希望能给您建议，还请您多多见谅。律师没有告诉您什么数目吗？’

“‘律师？’她隐隐约约似乎想起了什么，‘有的、有的……请等等……没错，律师写过信给我，关于某个估价……是的，您说得没错，因为缴税的缘故。但是……但是文档全是用匈牙利文写的，我根本不懂匈牙利文。没错，我想起来了，律师要我找人翻译文档内容。老天啊，这阵子生活一团糟，我把这事忘得一干二净了。全部文档一定还搁在我那儿的袋子里……那儿是……我住在管家房，我实在没办法睡在侯爵夫人以前的卧房里啊……您若真不嫌麻烦，可否好心和我一同过去，我把所有文档给您过目……也就是说……’她蓦然停顿不语，‘也就是说，您若是不觉得这些琐事恼人的话……’

“卡尼兹激动得浑身颤抖。事情发生得太快，只在梦境中才见得到这种惊人进展。她竟然心甘情愿要让他看所有的文档，看估价单。如此一来，他终于能拿到优先购买权了。他毕恭毕敬行了一礼。

“‘敬爱的小姐，能为您尽点绵薄之力，提出建议，我感到十分荣幸。不是我夸口，这种事我多少有点经验。侯爵夫人——此时他决定说谎——一旦需要了解财务上的状况，总是会咨询我的意见。她很清楚我一心只在乎能否提供最佳建议……’

“他们走向管家房。相关诉讼档案果真全部胡乱塞在公文包里，包括与律师往来的所有文件、缴费单据、协议副本等。她焦虑不安地翻阅文档，卡尼兹在一旁注视着她，呼吸沉重，双手不住发抖。最后她终于摊开了一张纸。

“‘我想这应该就是那封信了。’

“卡尼兹接过信，信上别着一份匈牙利文的附件。维也纳律师在信上简短写道：‘我的匈牙利同事方才通知我，他透过自己的人脉，为这笔遗产成功估了一个特别低廉的价钱，以免需要多缴遗产税。我认为这儿得出的估价大约是实际价值的三分之一，有些对象甚至低至四分之一……’卡尼兹拿过估价单，双手瑟瑟抖个不停。他只对一项东西感兴趣，亦即凯柯斯法瓦庄园，估计价格为十九万克朗。

“卡尼兹霎时脸色发白。他估算出来的价格也差不多如此，正好是信上故意被压低的价格的三倍，亦即六十万至七十万克朗，而律师对于中国花瓶甚至还一无所知呢。现在该给她报价多少？数位在他眼前活蹦乱跳，闪烁飞跃。

“不过他一旁传来惶惶不安的声音问道：‘是这份文件吗？您看得懂吗？’

“‘当然没有问题。’卡尼兹忽地惊醒过来，‘当然……呃……律师通知您……凯柯斯法瓦庄园估价总值为十九万克朗。但这不过是估计的价格罢了。’

“‘估计……的价格？……请您原谅……不过，估计的价格是什么意思呢？’

“该使出杀手锏了，现在不出手，就永远别出手！卡尼兹费力调匀呼吸：‘估计的价格……嗯，估计的价格……始终是不清不楚……非常暧昧的东西……因为……因为……官方估计的价格也不一定完全符合实际售价。没有办法指望估计价格，换句话说，无法确切指望能达到那个价格……有时候当然能相符，有时候甚至会超过……但只在特定情况下才有可能……就像每次在拍卖会上得碰运气一样……估计的价格是种不牢靠的依据，而且十分含糊……譬如……只是种比喻……’卡尼兹浑身颤抖，价格别说得太少，也别说太多！‘像庄园这样的对象，官方若估价十九万克朗……可以推测假使……假使……要卖出的话，至少能值个十五万，这是最低价格！无论如何一定能达到这个价钱。’

“‘您说多少？’

“卡尼兹血液陡升，两耳里隆隆作响。她猛然转向他，情绪激动莫名，仿佛使尽最后一丝气力压抑着怒气问他话。她识破他的骗人把戏了吗？要不要赶紧再加个五万克朗？但是他内心有个声音道：赌赌看！于是他决定孤注一掷。尽管脉搏如擂鼓般撞击着太阳穴，他仍旧一派谦逊说道：

“‘是的，我无论如何至少会要求这个数目。我相信一定能达到这个目标的。’

“就在此时，只听得他身边一无所知的姑娘发乎内心讶然惊呼道：‘这么多？您真的认为……有这么多吗？……’卡尼兹闻言，心脏忽地停止跳动，方才仍轰隆冲击的脉搏完全停顿静止。

“卡尼兹花了些时间才镇定心神。勉强稳住呼吸后，他又以憨厚老实人那种确信无凿的口吻回答：‘是的，小姐，我以我的人格担保，一定能拿到这个价格的。’”

康铎医生又停顿不语。起初我以为他停下来点烟，却发现他忽然变得很焦躁。他取下夹鼻眼镜，又戴了回去，再理平了稀疏的头发，像是头发碍着了他似的，然后久久打量着我，眼神惶恐不宁。接着，猛然往后一靠，整个人沉入沙发里。

“少尉先生，我或许向您吐露太多事情了，比我本意想说的还要多。但是希望您千万别误会我的意思。我开诚布公告诉您凯柯斯法瓦当年智取一无所知的姑娘所使出的诡计，绝非要您对他心生反感。今晚邀请我们进餐的这位坎坷男人患有心脏病，我们也都看见了他有多心烦意乱。他把孩子托付给我，只要能治愈可怜的女儿，即使花光所有财产也在所不惜。他不再是当年那个从事不清不白买卖的商人，而我是今日最没有资格控诉他的人。他绝望无助，需要真正地说明，所以我认为您从我这儿得知真相，比从别人那儿道听途说的好。有一点还望您铭记在心，凯柯斯法瓦（或者说当年还叫作卡尼兹这名字）那天前往凯柯斯法瓦，并非存心要向不谙世事的姑娘低价索买庄园，不过是想顺道做个小生意，除外无他。天大的好机会降临他头上，若不彻底利用，他就不是凯柯斯法瓦了。但是您将看见情势起了变化。

“我宁愿舍弃枝微末节，也不希望长篇大论唠唠叨叨。我只希望向您透露，那几个小时是他生命中最紧张、最激动的时刻。您不妨设身处地想象那个情境：对一位高不成、低不就的普通代理人，一位来路不明的生意人来说，眼前的机会宛如瞬间滑落夜空的流星，让他一夜之间得以富甲一方。二十四小时内赚到的钱，比他过去二十四年惨淡经营获取的小本薄利多上许多。更诱人的是，他完全无须死皮赖脸追着牺牲者，不必死缠烂打，不必说得对方头昏脑涨。反而是牺牲者心甘情愿落入圈套，自己舔上拿着屠刀的手。他唯一的风险就怕半路杀出个程咬金。所以，他一刻也不能让女继承者从手里溜走，给她时间打探消息。他必须赶在管家回来前，将她拖离凯柯斯法瓦。而采取这些预防措施时，却一秒也不可泄露自己有兴趣销售庄园。

“趁着援军抵达之前，一举攻占陷入重围的凯柯斯法瓦碉堡，此举犹如拿破仑般大胆，也充满着拿破仑式的危险。但是，机缘巧合往往乐于帮助冒险取巧的赌徒一臂之力。一个卡尼兹自己也没料到的意外，一件残酷却又自然不过的事实，暗地为他整平了道路。换句话说，可怜的女侍继承庄园不过才几个钟头，却已历经多方蜂拥而来的侮辱和仇视，因此她只有一个心愿，那就是离开，赶快离去！卑躬屈膝之徒看见邻人忽然间竟能脱离同样苦闷繁重的劳役，像乘着天使之翼似的脱身，心中油然生出嫉恨，这种表现实在是卑劣至极。卑微的心灵宁可原谅一位侯爵疯狂快速累积财富，也不愿宽宥背负同样命运桎梏的人获得微不足道的自由。凯柯斯法瓦的仆役一看竟是北德女人在措手不及间拥有了凯柯斯法瓦庄园，成为他们的主人，实在难压心头怒火。当年她帮性情暴躁的侯爵夫人梳头时，头上常被丢梳子和刷子的情景还历历在目呀。佩特罗维奇一听到女继承人抵达的消息，立刻动身前往车站，免得和她打照面。他那位曾经是庄园厨娘的鄙俗妻子欢迎她所说的话却是：‘哎，我想您应该不会喜欢住在咱们这儿，这儿对您来说是不够体面的。’男佣把她的行李啪一声用力扔在门口，她得自己把行李拖过门槛，管家的妻子丝毫没有意愿伸手帮她一把。午餐没有备妥，谁也没来照料她。夜晚，窗外还可清楚听见其他人故意大声对话，提及某个‘图谋遗产的女人’和‘骗子’。

“打从这一开始的会面，性格软弱的可怜继承人便心知肚明自己在此处将不会有好日子。光只凭这缘故——卡尼兹对此倒是始料未及——她十分开心地接受了卡尼兹的建议，打算当天就搭车前往维也纳，去见卡尼兹所谓的可靠买主。就她看来，眼前的男子态度严肃，乐于助人又博学多闻，还透出忧郁的眼神，宛如天之使者。所以她没再继续追问。她心怀感激，将所有文档交给他，倾听他建议如何进行投资，湛蓝的眼眸仿佛也跟着静静聆听。他要她从事稳当一点的投资，安全合格的国家债券，财产一毛钱也不要托付给私人保管，要把钱全部存放在银行，请一位奥匈帝国公家机关的公证人管理。还说现在找来她的律师毫无意义，他们除了弄拧清楚明朗的事情之外，有何用处呢？他继续编织远景，三年后、五年后她或许能卖个更高的价钱。不过中间却要付出代价，和法院与政府机关打交道也会引来烦心事。他从她再次透出惊恐神色的眼睛看出这个平和的女子有多么厌恶上法院和买卖，于是他不断大吹特吹各种理论根据，各色旋律汇奏齐鸣：赶快行动！赶快行动！下午四点，不等佩特罗维奇返回，他们已经达成协议，搭上快车前往维也纳了。事情发生得如狂风骤雨般又急又快，狄辰霍夫小姐根本来不及有机会询问这位陌生先生尊姓大名，就已经把所有遗产授权给他贩卖。

“他们搭乘头等快车，这是凯柯斯法瓦第一次坐在红丝绒软垫上。抵达维也纳后，他带她下榻凯特纳街一家上等旅馆，自己同样也要了一间房。由于卡尼兹一方面需要在这天晚上要他的同谋，也就是那位叫作戈林格博士的律师准备买卖契约，好在隔天给这块到口的肥肉框上无懈可击的法律形式；另一方面，他一分钟也不敢离开受害者半步。于是乎他想出了个主意，我不得不打从心里承认那是个天才想法。他从节目预告得知歌剧院里正巡回演出一出蔚为轰动的戏码，因此建议狄辰霍夫小姐好好利用空闲的夜晚前往欣赏。而据他所知，有位先生期待能买座宏伟的庄园，所以他希望当晚能够找到对方。狄辰霍夫小姐受到如此殷勤的照顾深受感动，欣然同意他的建议。于是他把她塞进歌剧院，确保她会钉在那儿四个小时，再搭乘出租马车——这也是他生平第一次——火速赶到他的同谋兼销赃者戈林格博士的住处。戈林格不在家。卡尼兹在一家小酒馆找到了他，承诺只要他当天夜里拟定好买卖契约的一切细项，并在第二天傍晚七点带着完成的契约把公证人约来，就付给他两千克朗。

“商谈期间，卡尼兹始终——他生平第一次如此挥霍——要出租马车在律师屋前等候。下完指导棋后，他又驱车飞奔回歌剧院，幸好及时在大厅入口拦截到兴奋得晕头转向的狄辰霍夫小姐，送她回到住所。这夜他又辗转难眠了。他越接近目标，越是被猜疑折磨得焦虑烦躁，担心这位从头到尾总是柔顺听话的姑娘半途抽身。他一次又一次下床，仔仔细细研拟隔天的作战策略：首要之务是千万别让她有独处的时候；租一辆出租马车，随时四处等待着，千万不可步行，免得最后在街上巧遇她的律师；阻止她阅读报纸，上头可能会报道欧罗斯瓦诉讼案那份协议；也不可让她心生疑虑，怀疑自己又被骗了第二次。然而，所有的恐惧与小心谨慎其实是过虑了，因为受害者压根儿不想逃开，她宛如一只拴在粉红细带子上的羔羊，驯服地跟在坏牧羊人的身后。我们的朋友奔波了一晚，精疲力竭走进旅馆早餐室时，她早已穿着那件同样是自己缝制的衣裳，耐心端坐等候着。我们的朋友从早到晚拖着狄辰霍夫小姐绕着圈子团团转，拿他在辗转难眠的夜晚挖空心思特地想出来的人为困难来蒙蔽她，其实完全是多此一举。

“细节我就不多说了。总之，他拖着她去找自己的律师，从那儿打了些电话，谈的却是不相关的事务。他带她到银行，请来机要办事员，洽询投资事项，并且开设账户。然后又硬拉着她拜访两三家抵押机构和一家诡异的不动产公司，假装必须到那儿打听消息。她始终跟着他行动，坐在接待室里静静等候，他则佯装在谈判业务。她当了侯爵夫人十二年的奴隶，在外等候这件事早已内化成自然而然的举动，所以她并未因此感觉受到排挤与贬抑，只是两手交缠，耐心等待。若是有人经过，那双湛蓝的双眼立刻垂下目光。她像个听话的孩子，不厌其烦完成卡尼兹提议的全部事项。她在银行表格上签完字后，不再多看一眼；尚未收到款项，也毫不迟疑就签署了收据。卡尼兹不由得生出邪恶的念头：是不是给这个傻女人十四万，甚或是十三万，她也会同样满意呢？机要办事员建议她投资铁路有价证券，她说：‘好的。’提议她买进银行股票，也说：‘好。’只不过她每次都会惊恐地看一眼她伟大的顾问。所有的买卖交易、签字和表格，甚至光只是看见白花花的钞票，显然都会引起她内心不安，让她既感敬畏又觉得难堪。她一心一意渴望逃离一切不明所以的忙乱，只想安安静静坐在房里看书，打打毛线或者弹钢琴，而非脑筋转不过来，忐忑难安地面对这些责任重大的决定。

“不过卡尼兹将她困在人造的圈子耍得团团转，一部分正如他所承诺的，真的帮助她将卖掉的房款进行稳当的投资，一部分则企图搞得她晕头转向。他们就这样从早上九点忙到晚上五点半，两个人最后疲惫不堪，他于是提议到咖啡馆歇口气。他告诉她，该办的事情差不多都办妥了，卖掉庄园一事进行得十分顺利。最后只要七点时到公证人那儿签署合约，取走卖得的款项就行了。她闻言顿时容光焕发。

“‘啊，那么我明天终于可以动身了吗？’湛蓝的双眼神采晶亮凝望着他。

“‘当然啦。’卡尼兹安抚她说，‘一个钟头后，您就是世上最自由的人了，再也不需要为钱财和房产忧愁。您六千克朗的养老金投资得稳稳妥妥，随时爱住哪儿就住哪儿。’

“他出于礼貌询问她计划上哪儿去。她方才神采奕奕的脸庞瞬间黯然无光。

“‘我考虑过，最好还是先去威斯法伦找亲戚。我想明天一早有趟火车开往科隆。’

“卡尼兹即刻涌起满腔热忱，连忙叫来餐厅领班要了一份行车时刻表，查看班车时间，联结各种可能的车次。先搭乘维也纳—法兰克福—科隆的快车，之后在欧斯拿布吕肯转车。搭乘上午九点二十分的晨车最为方便，晚上即抵达法兰克福。他建议她在那儿过一夜，以免过度劳累。他急切地继续翻着时刻表，在广告栏上发现一家基督新教办的寄宿所。他要她无须操心，说会帮她张罗车票，明天上午也会送她到车站。时间就在诸如此类的说明中飞速流逝，比他预料得还要快。他终于抬眼望了一眼时钟，催促说：‘我们得到公证人那儿去了。’

“不到一个钟头，事情全办妥了。不到一个钟头，我们的朋友便夺走了女继承人四分之三的财产。卡尼兹的同谋看着契约写上了凯柯斯法瓦庄园的名字，又看见价格如此低廉，趁着狄辰霍夫小姐没注意，觑起一只眼，钦佩地对老搭档使眼色。这种老友般的钦佩之意若是化成语言，不外乎是：‘了不起啊，你这个无赖！看看你取得了什么成就呀！’公证人眼镜底下的一双眼睛，饶有兴味地打量着狄辰霍夫小姐。他和其他人一样，也从报纸上得知争夺欧罗斯瓦侯爵夫人遗产一事。这位法律人士认为如此情绪化转卖产业，其实不是好事。可怜的女人，他心想，你落入坏人的脏手里了！不过，公证人的职责不在于签订合约时向买主或卖家提出警告，而是盖下印章，登记契约，最后收取费用。这位循规蹈矩的人即使目睹过几起不干不净的买卖，还是得盖下皇家鹰徽印鉴。因此他只是垂下头，一丝不苟摊开契约，彬彬有礼地请狄辰霍夫小姐先签下名字。

“这位胆怯的女子忽地受到惊吓，犹豫不决望着她的大顾问卡尼兹，等到看见他示意，受到鼓励之后，才敢走近桌子，用娟秀端正的清晰德文写下‘安涅特·毕雅特·狄辰霍夫’，我们的朋友随后也签上自己的名字。于是一切都解决了，契约签署完成，购屋费用也交到了公证人手里，银行账户也有了，隔天支票就须汇进去。李奥波德·卡尼兹把笔一挥，财产轻轻松松就这么增加了两倍，或者三倍。此刻开始，凯柯斯法瓦庄园的主人和拥有者只有他，而非其他人。

“公证人小心翼翼吸干契约上未干的签名墨迹，分别和三个人握了握手，然后走下楼梯。先是狄辰霍夫小姐跟着下楼，后面是大气不敢喘一声的卡尼兹，走在最后的是戈林格博士。卡尼兹的同谋不断拿手杖从后面戳他的肋骨，用喝多了酒的沙哑嗓音，装腔作势严肃地低声说着拉文丁（只有卡尼兹听得懂）：‘头号大流氓、头号大流氓！’惹得卡尼兹火冒三丈。然而，戈林格博士在大门口嘲讽地深深一鞠躬后，卡尼兹反而又感觉不自在，因为接下来就剩下他和受害者独处了。一想到此，他不由得心惊胆跳。

“不过，亲爱的少尉先生，我不想慷慨激昂夸大说我们的朋友忽然之间良心发现，但是您务必尝试理解这出人意表的转折。卡尼兹一笔签完名后，这两个当事人之间的外在情势便产生了关键性的变化。请您想想：卡尼兹身为买主，整整两天与可怜的卖家姑娘斗智抗衡，她曾经是他必须施展计谋围困捕获，强迫举旗投降的对手，而今这场财务军事战役却已宣告结束了。拿破仑卡尼兹取得胜利，彻底赢得了战争。而这位一身朴素衣裳、文雅贤淑的可怜姑娘，像个幽魂似的与他并肩走在鲸鱼巷，已不再是他的对手，不再是他的敌人。尽管听起来不寻常，然而我们的朋友在迅速得胜的一瞬间，内心其实深感抑郁，因为他的牺牲者太轻而易举便容许他取得胜利了。人对他人行不公不义之事时，倘若发现或者自以为受害之人也曾做错某件小事，犯下不合理的行为，说也奇怪，心情反而会感到放松，显得心安理得。只要能错怪受骗者至少犯过一件小错，多少能减轻良心的负担。但是，卡尼兹完全无以指责这位受害者，连一丝细枝末节的事情也没得怪罪。她束手就缚，向他投降，甚至始终睁着毫不起疑的湛蓝双眼不胜感激地凝视着他。事情结束了，他现在该对她说什么呢？恭喜您成功卖掉了庄园？这不就摆明祝贺她蒙受损失吗？他心绪如麻，情绪越发低落。忽地有个念头飞快掠过他脑海：我应该送她回旅馆，一切就会结束，成为过去。

“话说回来，他身边的受害者明显也开始心神不宁，步伐逐渐变了样，踟蹰犹豫，若有所思。卡尼兹虽然低头走路，眼里却没忽略这种变化，从她犹犹豫豫迈出步伐的方式（他没胆子看她的脸），感觉她正绞尽脑汁想着事情。他不由得心生恐惧，暗自对自己说：她终于发现我就是那个买主，眼看要开口责备我了，说不定还非常后悔自己鲁莽行事，也许明天就跑去找她的律师。

“但是，就在他们默不作声并肩而行，影子挨着影子，走完了整条鲸鱼巷时，她终于鼓足了勇气，清清嗓子说：

“‘请您见谅……不过，因为我明天一大早就要动身离开，因此希望在此之前能把所有事情处理妥当……我尤其感谢您的大力帮忙……所以……所以……想请您最好马上告诉我……我需要付您多少钱，酬谢您如此尽心尽力？居中联系这件事，浪费了您不少时间……我明天一大早就出门了……希望能把所有事情都处理妥当。’

“我们的朋友闻言，脚步顿住了，心脏也顿住了。他再也承受不了了！事态发展完全出乎他的意料。羞愧感排山倒海袭来，仿佛他盛怒之下殴打了一条狗，挨打的狗儿反而还匍匐爬近，露出哀求的眼神，一边舔着那只打它的残酷的手。

“‘不，不，别这么说。’他慌乱无措，连声推辞，‘没有，您什么也没欠我。’他感觉全身直冒汗。这个凡事深谋远虑的人，多年来学会要周密估算对方可能会出现的反应，此次却遭遇了前所未有的局面。从事代理人的艰辛岁月里，他曾经遭人拒之门外，打招呼也没得到响应，在他经营买卖的地区，有些巷弄他还宁可回避绕道。但是，居然有人向他表示感谢之意，这种情形他倒是从来没见过。即使他做尽一切，做了这样的事情，她仍向他致谢。面对第一个出现这种反应的人，他感到羞愧难堪，因此一反本性，感觉到有必要向她道歉。

“‘不，’他吞吞吐吐，‘您万万不可这么说……您不需要再付钱给我……我什么也不接受……我只希望没有搞砸事情，而且一切全都符合您的心意……再多等一阵子或许会比较好，是的，若是您没那么着急，恐怕可以……可以卖得更好的价钱……只是，您希望尽快脱手，所以我想这样处理对您更加有利。天主明鉴，我认为这样对您是更加有利的。’

“他的呼吸又恢复了平顺。这一番话，他可是说得真心诚意呢。

“‘像您这种不谙买卖的人，能够趁早撒手是最好的。宁愿少赚点，但是安全无虞……请您……’他用力咽下一口唾沫，‘请您……我恳切请求您，事后若是他人煽动说您做了赔钱生意，把庄园卖得太便宜了，请千万别受他们蛊惑。每笔买卖结束后，总有人爱跑来装腔作势，说长道短，表示自己可以支付更多钱，支付更大一笔费用……但事情真临到他们头上了，往往又不会付款。这些人会把汇票，或者是债券和股票塞给您……那些东西对您一文不值，真的毫无价值。我向您发誓，我在这里当着您的面发誓，我们的银行是第一流的，您的钱保险稳当。您会定期收到年金，一天也不会耽搁，一个钟头也不会延误，不会出任何差池。请您相信我……我向您发誓……这样做对您最为有利。’

“他们这时已经来到旅馆门口。卡尼兹犹豫不前，心想，我至少应该邀请她共进晚餐，或者上剧院看戏。这时，她向他伸出双手。

“‘我想我不该再继续耽搁您了……这两天您为我牺牲这

么多时间，我心里头一直过意不去。两天来，您把时间全花在我的事情上，我真的觉得没人能像您如此全心全意奉献。我……我要……再次谢谢您。从来没有……’她脸上微微泛起红晕，‘从来没有人对我这么好，这么热忱相助……我怎么也想不到自己竟能一下子就摆脱此事，而且一切帮我安排得又好又简单……我非常感谢您，真的非常感谢您！’

“卡尼兹握住她的手，不由自主抬起眼凝望着她。她脸上那抹备受惊吓的熟悉神情被温暖的情感所破除，平日苍白无色、惊恐万分的脸庞，转眼间生气勃勃，光彩照人。那表情丰富的湛蓝双眸，配上洋溢感激之情的淡淡笑容，看上去宛如孩子一般天真。卡尼兹冥思苦想，却找不到适当的话。她道过晚安后，即转身离去，步伐轻巧而且踏实，与之前截然不同。这是如释重负、无牵无挂者的脚步。卡尼兹心虚地看着她的背影，有种感觉不断萦绕在心头：我还想和她说说话。但是门房已经递来钥匙，小厮接着领她走到电梯口。一切都过去了。

“这是受害者向刽子手道别的场面，但卡尼兹感觉像拿着斧头砍到了自己的脑门。他头昏脑涨站了几分钟，两眼发直瞪着空荡荡的旅馆大厅。最后，街上熙来攘往的人潮卷走了他，他不知道自己身往何处。至今为止，尚无人这样看待他，充满人情，心怀感激。也从来无人这样对他说话。‘我真的非常感谢您！’这句话又不由自主回荡在他耳边。这个人是他使计抢劫的对象，他诓骗的也正是这个人！他不时停下脚步，擦去额头上沁出的汗珠，恍如梦游似的踉踉跄跄走在凯特纳街上，漫无目的。忽然之间，他在大型玻璃店的橱窗玻璃上迎面撞见了自己的脸。他目不转睛盯着自己的倒影，就像端详着报纸上的罪犯照片，想要找出五官中究竟哪里隐藏着犯罪特征。是戽斗下巴里？邪恶的嘴唇上？冷酷的眼中？他瞪着自己，看见眼镜底下自己那双惊恐圆睁的眼睛，刹那间想起了先前另外那双眼眸。人就应该拥有那样的双眼，他震惊想道，而不是像我这种眼眶泛红、贪婪又焦躁的眼睛。人应该拥有那样的双眼，湛蓝清澈、晶莹透亮，由于怀抱内在的信念而生意盎然（他想起自己的母亲在星期五夜晚也总会透出这样的目光）。是的，我们就该成为宁可受骗也不欺骗他人的人，成为一位正派耿直、心无邪念之士。只有这些人才会受到天主眷顾。他暗忖着，我的聪明才智并未为我带来幸福，我依旧遭受重重挫败，惶惶不安。然后，李奥波德·卡尼兹继续沿着街道走下去，觉得自己越来越陌生。在他取得最重要胜利的这一天，心情却糟糕透顶。

“最后，他觉得好像有点饿了，在一家咖啡馆坐了下来，点了餐，但是一口也吃不下。他兀自苦思冥想：我要卖掉凯柯斯法瓦庄园，立刻转手卖掉。我要一座庄园有何用处，我又不是农夫。难道要我只身一人住十八个房间，成日和那个狡猾的承租人佩特罗维奇缠斗不休吗？实在荒唐不经。我真该为一家抵押公司买下庄园，而非挂在自己名下……如果她到时候发现我正是买主的话……何况我也不想在这次交易上赚太多钱！她若是同意，我会归还庄园，只收取百分之二十，甚至是百分之十的利润。只要她后悔了，随时能收回庄园。

“这个念头减轻了他的负担。他想着：我明天就写信给她，或者也可以明天一大早亲自跑一趟，趁她出发前给她建议啊。嗯，我自愿给她买回庄园的选择权。他认为自己可以因此安然睡着觉了。谁知尽管卡尼兹两个晚上辗转难眠，这一夜仍旧睡得很不安稳，难以入睡。那句‘非常’，那句‘我真的非常感谢您’不断在耳边响起，北德口音，有点陌生，却摆荡着真心诚意，激动得他神经直颤。这笔生意是他经手过的规模最大、最幸运、也最没良心的交易，但二十五年以来，却也为他带来最沉重的忧愁。

“才七点半，卡尼兹已经走在街上。他知道经过帕绍的快车会在九点二十分开出，所以想赶快去买点巧克力或者糖果。他迫切需要表达感激之意，或许私下还渴望再听见悦耳的外国口音说出‘我非常感谢您’这句崭新的话。他买了一大盒最漂亮、最昂贵的糖果，但是在他眼底，作为赠别之礼仍显得不够气派，所以又到下一家店买了鲜花，很大一把的艳红花束。他将两样东西一左一右拿在手里，回到旅馆，交代门房立刻将两份礼物送到狄辰霍夫小姐房里。一开始就按照维也纳的方式以贵族名号尊称他的门房，毕恭毕敬回道：‘好的，遵命，冯·卡尼兹阁下，狄辰霍夫女士正在早餐室里用膳。’

“卡尼兹考虑了一会儿。昨天的道别在他心中激起万千波涛，他害怕再度见面会破坏美好的回忆。不过，他仍旧下定决心，手里拿着糖果和鲜花，毅然决然走进了早餐室。

“她正背对他坐着。即使没有看见她的脸，这位瘦弱姑娘孤孤单单坐在桌旁所散发出的谦逊沉静，竟违反本意地撩动了他的心弦。他羞怯地走过去，冷不防将糖果和鲜花放在桌上，说：‘为您旅途准备的一点小心意。’

“她吓了一大跳，顿时涨得满脸通红。这是她第一次收到别人送的花，或者应该说，争夺遗产的亲戚当中曾经有人想套交情与她结盟，曾送过几朵干瘪的玫瑰到她房间，但是脾气暴烈的侯爵夫人差她立刻退回去。如今有人送花给她，没人能够再禁止她收下了。

“‘啊，别这样，’她嗫嚅着说，‘我怎么担待得起？对我来说，这花实在……太……太漂亮了。’

“尽管如此，她还是感激地抬起眼。不知道是花色映照或者是血冲脑门的关系，她尴尬的脸上氤氲着一层粉红色光辉，越来越红。此时此刻，这个不再年轻的女孩简直美若天仙。

“‘您要不要坐下？’她混乱之余说道。卡尼兹笨拙地在她对面坐下。

“‘您真的要离开了吗？’他问，不由自主颤抖的声音泄露了他真心诚意的遗憾。

“‘是的。’她说完垂下了头。这句‘是的’里头听不出喜悦，却也没有悲哀，没有希望，也没有失望，静静流泻而出，听天由命，波澜不兴。

“卡尼兹窘迫不已，加上渴望为其效劳，于是主动询问她是否事先打过电报通知亲友她抵达的时间了。没有，噢，没有，那样做会吓坏她的亲友，他们家里好几年没接过电报了。卡尼兹继续追问：他们总是至亲吧？至亲，噢，不，完全不是。算是个外甥女，是她已过世的同父异母姐姐的女儿。她根本就没见过外甥女的丈夫。他们有座小庄园，附设养蜂场。两夫妇亲切来信说那儿有个房间可以给她使用，随她心意想住多久就住多久。

“‘但是您在那个偏僻的小地方要做什么呢？’卡尼兹问。

“‘我不知道。’她低垂着目光说。

“我们的朋友情绪越来越激动。这个女人浑身飘散着空虚、孤寂，举止惶恐迷惘，却又带着无所谓的淡漠忍受自己和自己的命运。他不由得想到了自己，想起自己漂泊不定、居无定所的生活。他从她的漫无目标，感受到了自己的漫无目标。

“‘实在很荒谬呀。’他简直激动莫名，‘别住到亲戚家去，那样做没有好处。何况，您也没有必要再把自己埋葬在一个小地方啊。’

“她凝望着他，目露感激，却又哀切。‘没错。’她叹了口气，‘我自己也有点害怕住到那儿去。可是，我又该怎么办才好呢？’

“她面无表情空洞地说，随后又抬起湛蓝的双眸望着他——昨天卡尼兹才对自己说人就应该拥有那样的眼睛——仿佛期待他能给个建议。忽然之间，他不清楚自己怎么了，感觉有个念头、有个愿望急于脱口而出。

“‘那么您还是宁可留在这里好。’他说，然后又不由自主低声补充了一句，‘留在我的身边。’

“她大吃一惊，愣愣瞪着他看，他才明白自己下意识把话脱口而出了。他不像平素那样周密思考、仔细斟酌、再三检核，话就这么从嘴里溜了出来。一个他自己既不明白也没承认过的心愿，冷不防化成了声音、震波、语调。看见她涨得红彤彤的脸，他这才察觉到自己说了什么，恐惧油然而生，担心她可能会误会他了。她十之八九心想：他要她当情妇。为免她心生遭人侮辱的念头，他连忙补充说：‘我是说——成为我的妻子。’

“她身子猛然一弹，嘴唇直哆嗦。他不知道从嘴里会逸出啜泣声，还是恶狠狠的咒骂。但她蓦地跳了起来，冲出早餐室。

“我们的朋友面临了生平最糟糕的一刻，这才明白自己犯下蠢事了。他贬低、侮辱、蔑视了唯一一个尊敬他的善良女子。他这个年纪一把的老头子，一个犹太人，獐头鼠目，形貌丑陋，一个四处兜售的代理人，一个追逐金钱的家伙，怎么能向内心高尚、心思细腻的女子提出这种要求！他不禁认为她心生厌恶甚而转身跑开，着实合情合理。她终于认清了我，终于表露出我应得的鄙视了。我宁可她这么做，也比感谢我对她要出的流氓行径好多了。卡尼兹丝毫没有因为她转身逃开而感觉受辱，他在这一瞬间反而——这是他亲口向我坦承的——开心雀跃，因为他受到了应有的惩罚。从此以后，她想起他时，心里会蓄满轻视，就像他轻视自己一样。

“不过，她随后又现身门口，眼眶湿润，情绪激动莫名，肩膀不住颤抖。她走到桌子前，两只手得先紧握着扶手，才能再度坐下来。她轻声呼吸，目光抬也没抬说：

“‘请您原谅……请您原谅我方才直跳起来忽然跑开的失礼行径。只是我实在太吃惊了……您怎么能？您根本不认识我呀……您根本完全不认识我……’

“卡尼兹目瞪口呆，说不出半句话。他看见她并非怒火中烧，反而流露出赤裸裸的恐惧，心里受到深深的震撼。他出乎意料脱口向她求婚，她受到的惊吓并不亚于他。他们谁也没有勇气和对方说话，没有勇气看对方一眼。不过，这天上午她没有动身离开。两人从早到晚一直待在一起。三天后，他再次向她求婚，两个月以后他们结婚了。”

第十二章

康铎医生停顿了一会儿："嗯，就剩最后一句话，我很快就说完了。我只想再说一次，这里的人流言蜚语，议论纷纷说我们的朋友谄媚奉承，要诈接近这位继承人，拿婚约套住她，骗走了凯柯斯法瓦庄园。但是我要再度强调，那绝非事实。正如您所知，卡尼兹当时已经得手庄园，没有必要娶她为妻，他并非经过算计后才开口求婚的。这个小小的代理人根本没胆子耍心机追求秀气文雅的碧眼姑娘，反而被自己打从心底涌现的真挚情感吓一跳，因为那并非他的本意。不过，很奇妙的是，这股情感日后也始终真挚如初。

"这场荒谬的求婚造就了一段罕见的幸福婚姻。对立矛盾一旦互补得当，就能产生最完美的和谐。表面上最出人意表之事，往往最自然不过了。这对忽然结合的夫妻，一开始的反应是害怕彼此。卡尼兹怀疑有人会把他过去从事见不得人的买卖经历告诉她，她也许会在最后一刻轻蔑地将他推开。所以他殚精竭虑掩饰自己的过去。他停止一切游走在法律边缘的生意，转让手中的借据，即使赔钱也在所不惜，还和以前的同伙断绝往来。他受了洗，选择了一位有头有脸的教父，花了一大笔钱，在他的姓氏卡尼兹后面安上有贵族派头的‘冯·凯柯斯法瓦’。而就如同大多数的改名换姓者一样，他自己原本的姓氏也很快从名片上消失无踪。但是，婚礼之前，他始终惶惶不可终日，担忧她仍会受到惊吓，就在今日，或者明日、后天收回她的信任。反观她，十二年来天天被残暴的前主人叱喝无能、愚蠢、邪恶、肤浅，魔鬼般的专制压迫毁掉了她一分一寸的自信，因此预期新的主人同样也会折磨她、羞辱她、责骂她、歧视她，因而早就先听天由命，预计自己又会像奴隶般被使唤，仿佛这是她逃避不了的命运。但是看吧，她所做的一切都是对的。她把自己的一生交到这个男人手里，听任他安排，而对方每天一再向她表达感激，始终毕恭毕敬，小心翼翼对待她。这位姑娘受宠若惊，简直难以理解如此浓郁的万般柔情。原本已半枯萎的姑娘又重新绽放，变得明艳动人，丰腴柔嫩。过了一两年，她才敢真正相信自己这个受人忽视、遭人践踏压迫的女子，也能够像其他女子一样为人敬重，备受宠爱。不过，这两人真正的幸福是从孩子诞生那天才开始的。

“在那几年，凯柯斯法瓦重燃工作热忱，积极经营生意。昔日的小代理人早已成为过去，业务也渐具规模。他将制糖厂现代化，入股维也纳新城的炼钢厂，与酒精联合企业进行了一场卓越出色的谈判，这场协商还曾轰动一时，脍炙人口。他成为了富翁，变成地地道道的有钱人，但是生活始终低调隐秘，简朴节俭一如往常，仿佛不希望别人时时想起他们，也很少邀请客人来家里做客。您已经熟悉的那处庄园，当年更加简陋、更是土里土气。当然，他们也比今日还要幸福快乐！

“接着，第一次试验降临他头上。他妻子很长一段时间老是觉得身体不舒服，没有胃口。她一天天消瘦，越来越容易感到疲累，越来越困倦无力。但是又担心惊扰工作繁忙的丈夫挂心她这个微不足道的人，所以每逢发病，总是紧闭双唇，隐瞒疼痛。最后纸终于包不住火，却已经太迟了。她被救护车送到维也纳，原本只是要进行胃溃疡手术，最后却诊断出罹患了癌症。我正是此时认识凯柯斯法瓦的，我从来没在别人身上见过比他更狂乱、更深沉的绝望。他不能，也不愿意理解医学再也无能为力拯救他的妻子。他认为我们医生不再进行医治，没有能力施救，全不过是因为怠惰懒散、漠不关心，而且能力不足。只要能够治好妻子，他愿意提供五万、十万克朗给教授。手术当天，他还打电报到布达佩斯、慕尼黑、柏林，延请第一流的权威专家，只求能找到一位医生能诊断说他的妻子或许可免挨这一刀。但结果如我们所料，病人果真回天乏术，死在了手术刀下，那时他对我们咆哮大叫，说我们全都是刽子手。我这辈子永远也忘不了他那双狂乱的眼睛。

“这件事成了他生命的转折点。从那天起，这位商业界的苦行僧身上产生了一些改变。他从童年便服侍的一位神明已然死去，亦即金钱。对他而言，如今世上只剩下他的孩子。他雇用了一些女家庭教师和佣人，大肆翻修庄园。曾经节俭成性的他变得穷奢极侈，尽情享受。他拉着才九岁、十岁的女儿前往尼斯、巴黎、维也纳，对她溺爱娇惯，宠爱的方式往往荒谬至极。他昔日聚敛钱财时狂热野蛮，而今也以同样的狂热大把挥霍财富，丝毫不把金钱看在眼里。或许您认为他高尚、高贵也不见得完全没有道理，事实上，多年来他养成了一股不寻常的漠然态度，毫不在乎收益和赔钱等事。自从花了数百万也买不回妻子的性命后，他学会了蔑视金钱。

“时间不早了，我不打算详述他对女儿的偶像崇拜等细节。话说回来，这种崇拜之心是可以理解的。那几年，小女孩一天天长大，出落得标致灵秀，的确美若天仙，秀气轻灵、窈窕婀娜，而且一双灰眸熠熠晶亮，亲切温和。她继承了母亲的腼腆婉约，继承了父亲的犀利敏锐。她在无拘无束的美好状态下成长，自然而然心智清亮，朝气蓬勃，惹人疼爱，从未经历过敌意或者艰苦的孩子才会如此茁壮。这个日渐衰老的男人，从不敢奢望自己沉重污浊的血液，竟然能够孕育出热爱人世万物的开朗女孩，不由得心生陶醉。唯有理解这一点，才能充分判断他第二次遭遇不幸时心情有多么绝望。他不能，也不愿意理解——直到今天也没有办法理解——为什么偏偏是这个孩子，他的孩子，要遭受终身残废的打击。我真的很不乐意全盘托出他在极度绝望中犯下的荒唐事。他的执拗任性，把世上所有的医生给纠缠得绝望不已，还端出巨额款项，企图逼迫我们立刻妙手回春。他每两天就打一次电话给我，没有什么目的，只不过是无法控制自己焦灼不安的情绪。细节我不想再详述了。不过，最近有个同事偷偷告诉我，这位老人家每个星期都会到大学图书馆，置身在大学生当中，笨拙地抄写字典里所有的外来词汇，一连好几个小时认真钻研所有医学专业书籍，怀抱一丝希望，以为自己或许能发现我们医生忽略或者遗忘了的治疗方法。我从别的方面又听说——您或许会觉得可笑，但是往往要有了这种荒谬疯狂，才能体会到激情的伟大——他不仅允诺捐一大笔钱给犹太教堂，同样也答应捐给本地基督教会巨额款项，就希望孩子能够恢复健康。他心绪纷乱，不知道该祈求哪个神，是历代祖先崇敬却被他抛弃的神，还是自己最近信奉的神。同时又心生恐惧，害怕惹得这边的神不高兴，那边的神也生气，所以同时宣誓敬拜两边的神。

“但是，我之所以告诉您这类近乎可笑的细节，绝不是出于嚼舌根的心态。您只要明白一点，光是有人愿意倾听这个备受打击、心力交瘁的老人说话，打从心底感受他的忧虑，或者至少愿意尝试理解他的愁苦，对他有多么意义重大。我很清楚他的冥顽不灵以及以自我为中心让别人有多为难，仿佛我们这个负荷了众多苦难灾祸的世界上，只有他遭遇不幸，只有他的孩子遭遇不幸。然而，这个时候却万万不能弃他于不顾，因为排山倒海的无助感开始损害他的健康了。而您，亲爱的少尉先生，您的的确确做了件好事，您多少把您的青春、您的活力和自由无拘的态度，带进了这栋悲惨的屋子里。有鉴于此，我担心您因受到流言蜚语的影响而脑筋迷糊，所以才把他的私生活告诉您，这是我倾诉原委的唯一理由。但或许多说了几句，远超过我可以负责的范围。不过，我应该可以指望我告诉您的一切严格仅限于您我之间，绝对不会外流吧？”

“当然。”我不假思索脱口而出。在他整个叙述过程中，这是我开口说的第一句话。我木然发愣，不单是因为这番出人意表的坦承，就像把手套由内而外翻了过来，彻底翻转我对凯柯斯法瓦的整体印象。与此同时，我也对自己的迟钝与愚蠢大感惊讶。活到二十五岁，我始终拿肤浅庸俗的眼光闯荡世界！一连好几个星期，我每天到这户人家做客，被自己的同情心蒙蔽了双眼，自以为慎重，实则愚昧，没有胆量开口询问姑娘的病情，也从未探听屋子里显然欠缺的母亲去了哪里，更不敢探问凯柯斯法瓦这位特别之人的财富从何而来。我怎么会忽略了他那状似杏仁的阴郁双眼并不属于一位匈牙利贵族，而是属于历经千年斗争，目光磨炼得锐利精明同时又困倦不堪的犹太民族呢？我怎么丝毫没有察觉艾蒂丝的身上还混杂了其他元素，怎么没有看出这栋屋子里保准有什么事情受到不寻常过往的纠缠，显得阴气森森？忽然之间，一连串的琐事姗姗而来，一一涌现在我的脑海：我们上校有次回应凯柯斯法瓦的问候时，目光异常冷淡，仅举起两只手指轻触帽檐，敷衍了事；还有同袍们围坐在咖啡馆里时，称呼他是一个“老摩尼教徒”。我感觉自己宛如置身在黑漆漆的房间里，窗帘忽地被人拉开，阳光猛然刺进眼睛，不由得眼冒金星。亮晃晃的光线刺目难受，照得人晕头转向，脚步踉跄。

不过康铎仿佛能读出我的心思似的，弯身凑过来，柔软的小手碰触我的手，像个医生看诊似的安抚着我。

“少尉先生，您当然料想不到这种情况呀，怎么可能料得到呢！您在一个封闭的穷乡僻壤中被抚养长大，更何况现在正值幸福美好的年纪呀。您这个年纪，尚未学会看待世间不寻常的事物一开始应先心存猜疑。我比您虚长年纪，您要相信我——偶尔受到生命的捉弄，也无须感到羞耻。您的瞳孔里还没沾染上那种被诊断为邪恶之眼的过分敏锐的目光，看待人和事物宁可深信不疑，不妨说这是种上天的恩典。否则您也没办法如此了不起，帮助垂垂老者和生病的可怜孩子！不，请您别感到讶异，也别心生羞愧，您出于善良的本能，已做出非常正确的事情了！”

他将烟蒂扔到角落，伸伸懒腰，将椅子往后一推：“我想我差不多该动身了。”

我的心里出现了奇怪的变化，所以我虽然也跟着站了起来，但是还感到头昏沉沉的。我的情绪特别激动。听闻了这一切意外之事，我的头脑受到极度刺激，甚至变得异常清醒，但是内心有个地方又感觉到沉重的压力。我清楚记得自己在康铎叙述时有个问题想请教他，却因为心神不定，没有机会打断他。在某个段落，我想要了解某个细节！现在有机会提出问题了，我却记不起来了。想必是我听得激动，把问题给冲走了。我回溯谈话的各个转折处，但不过是白费力气。感觉就像明明感受到身体有个部位疼痛不已，却无法明确指出疼痛之处。我们穿越客人已经走了一半的小酒馆往外走，我独自搜索枯肠，拼命回想。

我们踏出门外，康铎抬头仰望。“啊哈，”他微笑说道，俨然流露出满意的口气，“今晚月光实在太刺眼了，我的预感果然没错。暴风雨眼看要来了，肯定还是场滂沱大雨。我们得加快脚步赶路。”

他说得没错。沉睡的屋舍之间，虽然凝滞无风，空气闷窒，但是乌云在东方团团凝聚，形成浓厚的云层，飘过夜空，隐隐约约遮掩了昏黄暗淡的月亮。浓云已障蔽半边夜空，黑漆漆一片，一大团宛如金属的扎实团块，黝黑如庞然巨龟，缓缓往前爬行，偶被远方闪电照亮。每次电光一闪，穹苍深处总传来不耐烦的隆隆咕哝，宛如有头野兽被激怒了似的。

“差不多半个钟头后，老天可会好好赏我们一顿了。”康铎判断说，“我还可以在下雨前赶到车站不被淋湿，但是少尉先生您最好赶快往回走，否则可要浑身湿透了。”

但是我模模糊糊知道自己还有些事情要问他，却想不起是什么。记忆淹没在昏沉麻木的黝黑之中，就像夜空中被奔腾翻涌的乌云所吞噬的月亮。大脑深处始终有个暧昧不明的念头蠢蠢跳动着，仿佛一股持续不断的刺骨疼痛。

“没关系，我可以冒次险。”我答道。

“那么就赶紧走吧！走得越快越好。刚才坐了太久，两条腿都僵硬了。”

腿都僵硬了——这就是关键词！电光石火间，一道亮光闪进我意识的最深处。我顿时恍然大悟，想起自己要请教康铎的问题了，那个我无论如何必须请教的问题，亦即那个任务！凯柯斯法瓦交付的任务！我整段时间或许在潜意识里只想着凯柯斯法瓦，想着那个半身不遂的女孩有没有治愈的可能。现在该是我提出问题的时候了。我一边和康锋大步走过阒静无人的巷弄，一边小心翼翼开口问道：

“不好意思，康铎医生……您刚才所说的一切，我当然听得兴味盎然……我的意思是，那些事情至关重要。但是您应该能了解，正因为这个缘故，所以我有事情想请教您……这事压在我心头很久了……而您毕竟是她的医生，没人比您更了解病情……我是个门外汉，缺乏正确的观念……所以我很想知道您究竟有什么看法。我是说，艾蒂丝的瘫痪只是暂时性的，还是永远无法治愈呢？”

康铎猛地抬起头看着我，眼神锐利，两道镜片上的反光直射着我的脸。他的目光熠熠慑人，眼神凶猛，如针般刺进我的皮肤，我不由自主别过脸。他该不会怀疑这是凯柯斯法瓦托付给我的任务吧？他起了疑心吗？不过，只见他又低下头，喃喃自语说着话，但脚底下速度不变，甚至可能更加迅捷。

“当然啦！我早就应该预料到这个问题。每次结尾总是如此。治得好还是治不好，黑或者白，仿佛事情就是这么简单似的！光是‘健康’和‘生病’这两个词，一位有良知、负责任的医生就不该说出口，毕竟疾病始于何处，健康又结束于何处？遑论‘治得好’和‘治不好’！这两种说法用得相当广泛，到诊所来的人没有一个不是带着它们离开。但是，您永远不可能从我口中听到‘治不好’这个词的。绝对不可能！我知道上个世纪最睿智聪颖之人尼采，曾写下一句可怕的话：‘千万别成为身患绝症者的医生。’他身后留给我们解决的众多矛盾且危险的句子当中，这句话最为谬误。应该反其道而行才是对的啊。我主张医生之所以行医，正是要成为身患不治之症者的医生才对，甚至更进一步说，唯有成为所谓不治之症者的医生，才是经过考验的货真价实的医生。医生若是打从一开始就抱着‘无法治愈’的想法，等于背离了自己真正的使命，临阵脱逃，缴械投降。我自然也很清楚，在某些病例中干脆说‘无法治愈’，装出听天由命的表情，一拿了丰厚的出诊费就转身离开，事情简单多了，也易如反掌。是呀、是呀，最方便、效果最好的，莫非只医治业经证明、保证绝对能治愈的病例，只要翻阅厚重的旧医典，就能找到完整的治疗方式。呐，高兴这么做的人就去做吧。但我认为这本身不过是种可悲的成就：正如同诗人只想要一再重弹老调，而非尝试未说之事，是的，将言语无法表达的意境化成文字；抑或像哲学家，宁愿第九十九遍阐述早已众所周知的知识，也不愿意花工夫思索混沌未明的事理。‘无法治愈’不过是相对概念，而非绝对概念。医学是种日新月异的知识，无法治愈的病例只存在于当下，只存在于我们的时代，亦即存在我们狭隘、短浅的目光中！不过，重点不在于我们这个当下。我们的科学一日千里，今日看不见治愈机会的数百起病例，明日或者后天也许就会找到，甚或‘创造’出治愈的可能性。因此，请您务必留意，”他口气愤慨，仿佛我冒犯了他，“对我而言，没有无法治愈的疾病，原则上我不放弃任何事情，也不遗弃任何一个人。没人能从我嘴里套出‘无法治愈’这个说法。纵使是在最绝望的困境中，我会说出口的最极端话语也只不过是‘目前尚未治愈’的疾病，亦即：我们当代的科学尚且无法治愈。”

康铎急急迈着大步，我费了很大的劲才跟得上他。这时他冷不防放慢了脚步。

“也许我表达得太复杂、太抽象了。要在客栈到车站的途中把这类事情说得一清二楚，确实很困难。或许举个例子，您会更容易理解我的意思。这是个非常特别的例子，而且对我来说是锥心刺骨的痛。二十二年前，我还是个年轻的医学系学生，年纪大约与您现在相仿，念第四学期。那时，我父亲生病了，他一向身强体健、精力旺盛、行动力强，我衷心爱他、尊敬他。医生诊断他患了糖尿病，您大概听说过，这是侵袭人类的疾病当中最残忍且最狠毒的一种。人体组织毫无预警停止吸收养分，不再输送脂肪和糖，病人日渐衰弱，说穿了其实是活生生饿死。我不想拿细节折磨您，那些细节毁了我整整三年的青春。

“现在请您听着：当时的科学知识对于治疗糖尿病完全束手无策，只会折磨病人摄取特殊饮食，每一克都得称量精准，每喝一口都要测量清楚，但是医生其实心知肚明——我身为医生，自然也清楚——一切不过是拖延大限将至的时间，多撑个两三年不啻是种可怕的毁灭过程，在一个饮食丰饶的世界里悲惨饿死。您可以想见当年还是大学生的我，未来的医生，找过一个又一个权威专家，遍览群书与专业著作。但是我四处得到的响应不管是口头或者书面，都是‘无法治愈、无法治愈’，从此我对这句话深恶痛绝。从那天起，我痛恨这句话，因为我只能眼睁睁看着世上最深爱的人悲惨死去，比一只麻木迟钝的牲口还不如，却是一筹莫展。在我拿到博士学位前三个月，他便过世了。

“现在请您听好了：几天前，医学协会请来一位顶尖的化学医学家演讲，他提到在美国和其他几个国家的实验室里，研究从腺体萃取出一种物质，如今已取得相当大的进展。他主张无需十年，糖尿病绝对就能成为一种‘已被解决的’疾病。您可以想象我一想到当年这物质若已出现几百克的话，我在世界上最深爱的人不会饱受折磨，不会因此过世，或者至少能抱持治愈他、救活他的希望时，有多激动。您现在能了解我听到‘无法治愈’这个判决有多气愤了吧？我可是日日夜夜梦想着，总有一天一定可以发现、发明一种特效药，而且绝对要找到特效药，一定有人能成功，说不定就是我。我们上大学那时候，特别印制了传单明确告诫我们大学生梅毒是种‘不治之症’，但是现在不也可治愈了吗？尼采、舒曼和舒伯特，还有我不知道的其他梅毒不幸受害者，绝非死于一种‘不治之症’，而是死于在当时尚且‘无法治愈’的疾病。是的，您可以说从双重意义来看，他们都太早过世了。对我们医生来说，每一天都会出现新鲜的、出乎意料的美好事情，这些事情甚至在昨日还无法想象呢！每次看见其他医生对某个病例耸耸肩，一副爱莫能助的模样，我就火冒三丈，气得心脏抽搐，因为我还不知道明天、后天会不会出现什么药物。但是，我的心也因为同时怀抱无穷希望而颤动不已：或许你会找到特效药，或许会有人在恰当的最后时机为这些人发明出药物。什么事情都有可能，即使是不可能的事情也一样。我们的科学今日堵在门前，不得其门而入时，往往已出乎意料在后面开了另外一扇门；我们的方法一旦失败了，就想办法发明新的；科学一筹莫展时，总是会出现奇迹。没错，现代医学中仍旧会发生真正的奇迹，在荧亮璀璨的灯光照耀下出现的奇迹，违反一切逻辑与经验。有时候甚至还能逼出奇迹来。您认为我若不是怀抱终究会出现关键性奇迹的希望，她的病情将大大好转，有必要折磨这位姑娘，连带自己也不好受吗？我承认她的病情很棘手，难以驾驭，多年来不如我希望的迅速大有斩获。即使如此，即使如此，我也不会因此放弃。”

我聚精会神听他述说。他说的一切我都懂。但是潜意识里，那位老人家的顽固和恐惧不知不觉感染了我。我想要知道更多内情，更多肯定的、精确的细节，于是我又追问道：“所以说，您相信病情会好转——也就是说……您治疗这病已经有了明确的进展了吗？”

康铎医生不发一语。我的话似乎激怒了他。他迈着两条短腿越走越急。

“您怎么坚称我在治疗这病上有了明确进展呢？难不成您证实了这点吗？您对整件事究竟又有何了解？您认识这位患者不过才几个星期，而我却治疗她长达五年了。”

他猛然停下脚步：“我干脆一次向您说清楚：我丝毫没有取得任何实质的进展，也没有确切的成效，这就是重点！我在她身上来回试验，来回治疗，活脱像个由澡堂按摩师假扮成的医生，漫无目的，毫无目标。我到现在什么成果也没有。”

他愤慨的情绪吓了我一跳。我显然伤害了他身为医生的尊严，于是赶紧安抚他。

“但是凯柯斯法瓦先生向我描述过电疗浴大大恢复了艾蒂丝

的精神，尤其是注射……”

康铎又忽地停下来，硬生生把我说了一半的话打断。

“胡说八道！完完全全是胡扯！您可千万别被那个老傻瓜给洗脑了！您当真相信电疗浴那类的玩意儿能治好半身不遂吗？您难道不清楚我们医生惯用的伎俩？我们倘若黔驴技穷，就会想方设法赢得时间，使出荒谬的伎俩，花言巧语，耍得病患团团转，以免他察觉我们手足无措。幸运的是，病人出于本性，大多时候也会跟着我们一起说谎，成为我们的共犯。她当然觉得好多了！不管您吃柠檬或者喝牛奶，洗冷水澡还是热水，任何疗程一开始总会导致有机体转变，产生新的刺激，始终保持乐观的病人便以为病情因此有所好转。这种自我暗示是我们的最佳帮手，即使对愚蠢透顶的医生也大有帮助。但是这有个缺点，一旦新的刺激减弱，立刻会出现反应，我们就得迅速改变招式，再一次拿新的疗程虚晃一招。我们这种人针对毫无指望的严重情况，会一直使用此类伎俩操弄病人，或许哪天能凑巧发现真正有效的治疗方式。不，请您别说客套话。与期望相较之下，我心里有数，自己在治疗艾蒂丝的病情上取得的进展有多么渺小！我至今为止努力的一切——请您别误会了——电疗、按摩等诸如此类的骗人把戏，并未能实质帮助她的腿痊愈。”

康铎怒气冲冲地朝自己大发雷霆，让我感觉有必要帮他辩护，摆脱他良心的谴责。于是我怯怯地补充说：“可是……我亲眼看见的，归功于那个机器，她能走路了……那个帮助她行走和伸展的机器……”

但是，康铎这时不再正常说话，而是朝我大吼大叫了，他吼得义愤填膺，毫无顾忌，两个行走在空旷巷子里的晚归路人，不由得好奇地回过头来看。

“我已经告诉您那是骗人的把戏，骗人的把戏！助行器只对我有用，而不是她！那些机械不过是瞎忙活的器具，纯粹是瞎忙活的器具，您了解吗？……不是姑娘需要那些，需要的人是我，因为凯柯斯法瓦一家人不想再继续忍耐下去了，我承受不起他们的催逼，不得不再次给老人打一剂强心针，加强他的信心。我没有其他选择，只能给失去耐性的姑娘负上千斤重担，就像为执拗挣扎的囚犯铐上脚镣一样……换句话说，那机械或许稍微能强化肌腱……我当时实在无计可施了……我必须争取时间才行……不过，对于使用这些伎俩和机械，我一点儿也不会感到羞愧，您也亲眼看见成果了，艾蒂丝自我说服，认为装上器具之后走路好多了。她父亲得意扬扬，认为我帮助了她。所有人全对我这个伟大的天才奇迹创造者钦佩万分，连您也把我视为万能博士来咨询！”

他顿住不语，摘下帽子，用手抹了抹湿漉漉的额头，然后不怀好意从一旁打量着我。

“恐怕您不是特别喜欢听这番话吧！您原本认为医生是救人者、是真理的化身，而这个想象就此幻灭了。您青春有为，热情洋溢，对于医学道德有另一番想象。但是我现在察觉到……您已有点醒悟，或者可说甚至对这些手法倒尽胃口！不过，很遗憾的是，医学和道德完全是两回事：任何疾病本身都是一种无政府的混乱行动，是对大自然的造反行径，因此可以采取一切手段对付它，不择手段。不，不要同情病人，因为病人将自身置于法律之外，他们违反了秩序。而为了重建秩序，为了恢复病人健康，就得如同对付叛乱一样，必须毫无顾忌采取行动，手里抓到什么就使用什么。因为单凭善意和真理，无法治愈人类，一个人也治愈不了。骗人的伎俩一旦治愈了疾病，就不再是卑鄙的骗人伎俩，而是最上等的药物了。我碰到始终束手无策的病例，就得想方设法帮助病人拖延时间。长达五年的时间不断想出新招式，尤其是特别不认同自己的技术时，少尉先生，那也不是件容易之事啊！总之，一切的恭维称赞，我一律敬谢不敏！”

我面前这个身材又矮又短的胖子激动万分，仿佛我一开口反驳，就会吃上他的拳头。就在此刻，乌云遮蔽的漆黑地平线那端，蓦地划过一道蓝色闪电，宛如一条血管，随即响起一阵沉闷的雷声。康铎忽然爆出大笑。

“您看，老天的怒气给了答案。呐，您这个可怜人，今天可是吃足了苦头呀，幻想一个接一个遭解剖刀割除，先是关于匈牙利显赫权贵的想象，接着又是对于悲天悯人、完美无瑕的医生与救人者的幻想。不过您必须理解，那个老傻瓜的赞扬实在令人恼怒！偏偏在艾蒂丝这个病例上，多愁善感的草率马虎尤其引我反感，因为进展十分缓慢，我在她的病例上也尚未找到，亦即尚未发明关键性疗方，自己早就够恼火了。”

他默不作声走了几步，然后转过来看着我，表情稍微和善了一点。

“对了，我不希望您认为我内心已经‘放弃了’这个病例，就像我们医生常用的漂亮修辞。恰好相反，我反而绝不会放手，即使还要再花上一年或者五年时间也在所不惜。此外，说也凑巧，就在听完我刚才告诉您的那个演讲的当天晚上，我在一份巴黎的医学杂志上，读到一篇治疗瘫痪的文章，一个非常怪异的案例。患者四十岁，瘫在床上整整两年，四肢完全无法动弹，维耶诺教授花了四个月治疗他，最后他又能生龙活虎爬个六层楼了。

请您想想，四个月就有如此疗效，我的病例与此完全类似，我却瞎搅和了五年，毫无成果。当我读到这篇文章时，受到的冲击和激励该有多大！当然，我不是很熟悉那个病例的病源学和治疗方式，维耶诺教授似乎罕见地结合了一系列的治疗形式，例如到坎城做日光浴，装上整套仪器，做某种体操，等等。没有详细的病历，我自然无法想象他的新方法是否能够实际套用在我们的病例上，又能取得多大成效。不过，我亲自写信给维耶诺教授，请教更详尽的资料。也因此，我今天才不厌其烦又再次仔仔细细检查艾蒂丝，折磨着她，毕竟我们需要取得对照比较的可能数据啊。所以您看，我绝对不会鸣金收兵，宣布投降，反而紧紧抓住每一根能救命的稻草。或许新的治疗方式当中，真存在着可能性——我说的是‘或许’，我不说了，喋喋不休了一堆废话。现在别再谈我该死的职业了！”

这时，我们已经距离火车站相当近了，眼看谈话的机会就要结束，我连忙又问道：“也就是说，您认为……”

然而这一刻，矮小的胖子猛然停住脚步。

“我没有认为什么，”他怒叱我说，“也根本没有‘也就是说’！你们大伙究竟想要我怎么做？我又没有电话专线直通敬爱的天主。我什么也没说，什么确定的话都没说。我什么也不认为，什么也不相信，什么也不想，也不许诺任何事。我已经说了太多废话，现在该结束了！谢谢您陪伴我这一程。您最好赶紧往回走，否则您的军装将被雨淋得湿透。”

他显然火冒三丈（我不懂他为什么生气），因为他没有与我握手道别，便迈着两条短腿跑向车站。我觉得他似乎有点扁平足。

第十三章

康铎判断得很精准。人类神经早已感受到的暴风雨果不其然大肆逼近，浓厚的乌云像沉重的黑箱子，堆聚在惶惶颤动的树梢上方，发出隆隆响声，偶尔被一道闪电的电光照得灰白透亮。阵阵狂风不时来回摇撼潮湿的空气，空气中弥漫着火光的焦味。城市已换了一副面貌，我急速往回跑，街道迥异于几分钟前仍凝滞屏息、浸淫在银白月色中的景致。招牌被吹得噼啪哐啷、嘎嘎作响，好似做了阴郁的噩梦，受到了惊吓；房门不安地啪啪晃动，烟囱萧萧直鸣。有几户人家好奇地亮起了灯光，几扇窗前闪现身穿白色衬衣的人，小心翼翼赶在风雨来袭前关紧窗户。零星几个晚归的路人匆匆忙忙奔过街角，仿佛受到一阵恐惧狂风的驱赶。即使是平日夜晚也还算热闹的宽阔广场，这时也寥无人迹。市府大钟被照得通亮，傻傻地瞪着苍白眼神，呆望着异常荒凉的空洞。不过重要的是，多亏了康铎的警告，我才能赶在暴风雨之前回到家。再转过两个街角，穿越军营前的市区花园，就能待在自己的房间内，彻底思考我在前几个钟头所经历、所听到的出乎意料的事情了。

军营前的小花园完全笼罩在一片黑暗中，树叶簌簌飘颤，底下的空气却凝滞沉郁。偶起一阵急促的劲风，宛如一条蛇嘶嘶钻过叶丛而去，扬起的声响随即又回归于更加令人毛骨悚然的寂静之中。我越走越急，眼看就要走到大门，树后忽然有道人影一闪，从阴暗处走出了一个人。我有点吓了一跳，但是并未慢下脚步——哎，顶多是某个习惯在暗处等待士兵经过的妓女嘛。可是惹我恼火的是，我感觉身后有个陌生的脚步声蹑手蹑脚紧跟着不离开。不要脸的臭婊子，竟厚颜无耻纠缠着我，我打算狠狠骂她一顿，于是转过身去。忽地一道闪电打下，亮光瞬间照亮了黑暗，我瞥见一位颤颤巍巍的老人上气不接下气跟在我后头，顿时吓得六神无主。对方光着头没戴帽子，金框眼镜闪耀着光——竟然是凯柯斯法瓦！

一开始，我在错愕之余简直无法相信自己的眼睛。凯柯斯法瓦竟然出现在我们营区花园——这实在不可能啊，我三个小时前才和康铎一起离开他的宅邸，那时他已疲惫不堪了。究竟是我出现错觉，还是老人疯了？他发着高烧下床，只套了件单薄的外套，没有穿上大衣，胡乱梦游迷了路？但是眼前的人正是他，绝对不会错。在成千上万的人当中，我也能认出那沮丧消沉、弯腰驼背、畏畏缩缩的走路模样。

"老天爷啊，冯·凯柯斯法瓦先生。"我瞠目结舌地说，"您怎么来了？您不是上床休息了吗？"

"没有……或者说，是的……但是我睡不着……我还想……"

"赶紧回家去呀！您瞧瞧，暴风雨随时会降下。您的车子不在这里吗？"

“在另一边……停在军营左边等着我。”

“太好了！那么赶紧过去！车子要是开快点，还能及时将您送回家。快走吧，冯·凯柯斯法瓦先生。”但他仍踌躇不前，我干脆抓住他的胳臂，想要拖他走。他却粗暴地挣脱了我。

“马上，马上……我就要走了，少尉先生……可是……可是您先告诉我，他怎么说？”

“谁？”我的问题、我的错愕都是发乎真心的。我们头顶上狂风怒吼，风势越来越强，吹得树木哀叹连连，弯身低垂，仿佛想把自己连根拔起，倾盆大雨可能转瞬间便落下。我心里当然只想着一件事，最自然不过的事，那就是该怎么把这个显然并未察觉到暴雨将至且精神迷乱不清的老人送回家去。不过，他几乎要耐不住脾气，话说得结结巴巴。

“康铎医生啊……您不是送他一程嘛……”

我现在终于懂了。这次在黑暗中相遇，显而易见绝非凑巧。这个焦躁不安的人等在军营大门前的花园里，就为了赶快得知确切的消息。他潜伏在大门入口前守候着，我绝对不可能逃过他的眼睛。他心绪不宁，焦虑难耐，花了两三个钟头的时间在此来回踱步，卑屈地藏身在小城破旧寒酸的花园里，平时夜晚这里只有女仆会来和情郎幽会。或许他推测我只陪康铎走一小段路，送他到火车站后，马上会回到军营。然而我却毫不知情，让他在此等了又等，等了两三个小时，自己则和康铎待在酒馆里。生病的老人就像从前等候欠债者一样，不屈不挠耐心守着，绝不打退堂鼓。这股偏激的执拗里，有某些东西激起了我的怒火，同时又令我感动不已。

“情况非常乐观。”我安抚他道，“一切都会好转的，我对此深具信心。明天下午我再把更多谈话内容告诉您，一字不漏原原本本地说给您听。现在请您赶快上车，您也看得出来我们不能再浪费时间了。”

“好的，我这就走。”他不情不愿勉强让我带着走。我催促他走了二三十步后，感觉自己手臂上的负担越来越重。

“请等一下。”他口齿不清地说。“让我在长椅上歇会儿。我没办法……走不动了。”

老人家走路确实摇摇晃晃，像个酩酊大醉的人。雷声隆隆作响，越来越近，我不得不使出全身力量，在浓黑的夜色中，磕磕绊绊好不容易才把他搀扶到长椅旁。他呼吸沉重，跌坐在椅子上。久候多时显然耗尽了他的体力。这也难怪，他花了三个小时四下窥探，撑着疲累的双脚站哨找人，心中惶惶无措。他幸运逮到了我之后，这才意识到自己有多劳顿、有多紧张。他气力尽失，宛如被击倒似的瘫靠在穷人坐的长椅上。这里工人平日中午在椅上吃干粮，退休老人和孕妇下午坐着休息，夜晚则是妓女招揽士兵做生意的地方。这个全城最富有的老人，却在此等了又等。我明白他等待的是什么，心里顿时出现一种预感：除非我能振作他的心情，否则别想将这固执的老人带离长椅。（倘若有个同袍这时撞见我们两人状似特别亲密的话，实在是非常恼人！）我必须先安抚他才行。我的同情心再度涌现，这股该死的热浪又一次在心头翻腾，我无力招架，意志耗弱。我弯低身子往前靠，开口劝他。

我们身边狂风大作，呼啸喧嚣，但是老人丝毫没有察觉周遭的状况。在他眼里，既无天空，也没有乌云和暴雨，世界上只有他的孩子和孩子的健康。我怎么忍心就事论事把真实状况告诉这个因为激动、衰弱而浑身颤抖的人呢？说康铎自己对这件事也没有十足的把握？老人需要某种东西能让他牢牢抓住，就像之前他快跌倒时，紧扶着我伸出的援手一样。于是我迅速将费了好大的劲才从康铎嘴里套出的少数能使人安慰的期待总结一番。我告诉他，康铎听说了一种新的治疗方式，维耶诺教授已经在法国试验过了，也取得非常优秀的成果。昏暗中，我立刻感觉到身旁有什么东西动了起来，发出窸窸窣窣的声音。老人方才还瘫软无力的身体这时凑了过来，仿佛想要从我身上取暖似的。其实我不应该再多给承诺，但是同情心继续把我往前拉，远超过我能负责的程度。没错，这种疗法成效非凡。我一而再、再而三地鼓励他，再过四个月、三个月，将会达到出人意料的疗效，说不定——不，甚至可以斩钉截铁地说，拿来治疗艾蒂丝也不会失败。我的内心逐渐对这夸大其词的说法产生了兴趣，因为安慰的效果实在太迷人了。每次他贪得无厌追问着我“您真的相信吗？”或者“他真的说了这话？”，我因为心情焦灼，加上软弱无能，总是极力给予肯定，这时他靠在我身上的重量似乎也跟着减轻了一点。我感觉自己这一番话逐渐增强了他的信心。在这一个钟头里，我生平第一次也是最后一次体验到，在所有灵光一现的创意之中，隐含着令人陶醉的乐趣。

我已经想不起来自己在那张穷人长椅上对凯柯斯法瓦预示了什么，承诺了什么，而且之后也永远不会知道。正如他贪渴地倾听我说的一字一句，深深沉醉其中，他闪耀幸福的凝神倾听也引发了我的乐趣，让我欲罢不能，承诺越给越多。我们谁也没留神在我们四周闪放的电光，没有注意到益发紧迫的隆隆雷声。我们紧紧相依：一个说，一个听；一个听，一个说。我一而再、再而三地发乎最诚挚的信心向他保证：“是的，她将恢复健康，很快就会复原，肯定会康复的。”只为了一次又一次听他嗫嚅说出“啊”和“谢天谢地”，感受极度亢奋之际那种销人心魂又令人沉醉的狂喜。谁知道我们就这样在此坐了多久，忽然间，最后一道关键性强风袭来。磅礴奔腾的暴风雨将至前，往往先刮起这种狂风，仿佛要为暴雨铲平道路。树木一下子被吹得纷纷弯了腰，枝丫断裂，嘎吱噼啪响，栗子像飞弹似的此起彼落打在我们身上，尘土漫天飞扬，犹如庞然硕大的浓云将我们团团裹住。

“回家去，您得赶快回家。”我一把将他拉起，他丝毫没有反抗。我的鼓励为他注入了力量，恢复了健康，他走路不再似之前那般踉跄摇晃。他脚步凌乱，飞也似的和我一起赶到等待的车子那儿，然后由司机扶进车里。我这才松了一口气。我知道他安全无虞，也安慰了他。现在他终于能够安然入睡了，这个深受震撼的老人，终于能够睡得深沉、安稳又幸福。

然而就在我怕他着凉，赶忙拿毯子要盖住他两脚的短暂瞬间，发生了骇人惊慌的事情。他猛然一左一右紧抓住我两只手腕，我还来不及挣脱，只见他已把我两手拉到嘴边，先吻了右手，然后左手，接着又是右手，最后再换左手。

“明天见，明天见。”他喃喃低语道。汽车疾驶离去，宛如被正好刮起的刺骨疾风给抬走。我张口结舌，呆立原地。不过，雨滴噼里啪啦开始落下，似鼓槌、如冰雹般轰隆隆打在我的军帽上。我在淅淅沥沥的倾盆大雨中跑完通向军营的最后四五十步。我浑身湿透，才一跑到军营大门，一道闪电立刻劈下，将笼罩在狂风暴雨夜里的街道照得亮晃晃的。继之而来一阵震耳雷鸣，天际仿佛一起被扯了下来。这道大雷一定就打在附近，因为地面为之撼动，玻璃震得哐啷哐啷，像破碎了似的。突如其来的刺目电光虽然炫得我双眼发僵，但我已不似一分钟前，老人家感激涕零拉过我的手亲吻时吓得那么厉害了。

情绪激烈亢奋后，睡眠连带会变得深沉香甜。隔天早晨，我从自己醒来的状态察觉到，暴风雨前的抑郁气氛和夜晚谈话时如触电般的紧绷情绪，使我昏沉恍惚。我仿佛从深不可测的深渊惊跳而出，先是呆望着习以为常的军营房间，感觉很陌生，接着开始思索自己何时跌入这种深渊般的睡眠，又何以至此，但结果只是白费力气。不过现在没有时间井井有条回溯既往了，我的另一个记忆力——属于公事上的记忆力，似乎与我储存私事的记忆泾渭分明，如军纪般严格执行功能——即刻提醒我，今天要进行特殊操练。底下吹响军号，清晰可闻战马嗒嗒踏着马蹄。我从勤务兵一再催促的焦急模样看出，动身的时刻已迫在眉睫了。我迅速穿上早已准备好放在一旁的军服，点起一支烟，火速冲下阶梯，跑进中庭，及时入列，整装待发的骑兵中队正喊出“前进、开步走”的命令迈步出发。

置身在策马行军的纵队，人的存在已不再是个单独的个体。此起彼落的嗒嗒马蹄声回荡在耳边，很难保持头脑清晰思考，也不能做白日梦。实际上在阵阵刺耳的嗒嗒声中，我只感觉到骑兵队正悠闲地在一个尽善尽美的夏日里策马前行，人们想象中的完美夏日正是如此：碧空如洗，万里无云，一片清朗。阳光虽然炽烈，却毫不显闷热，四周景致的轮廓分外鲜明。远方的每一栋房舍、每一棵树、每一寸田野，清清楚楚尽收眼底，没有一处遗漏，仿佛就置于自己手上。窗台上花团锦簇，屋顶冒出缕缕炊烟，更因浓烈又清透的色彩显得生机盎然。我几乎认不出眼前这条我们一周又一周以同样速度奔驰其上、迈向同样目标的无聊公路，繁密的树叶在我们头顶上拱成一片宛如新刷的绿荫穹顶，枝丫茂盛，翠绿更显浓郁。我卸下重担，悠闲自在骑坐在马鞍上，最近几天、几个星期以来压迫我神经的一切焦虑不安、沉重阴郁与重重问题，全都一扫而空。这个灿烂的夏日上午，我任务执行得实在出色，找不出比这次更卓越的表现了。任何事做起来得心应手，水到渠成，一切都如愿以偿，令人感觉舒畅。蔚蓝的天空，碧绿的草地，热血沸腾的优秀战马，只要胯下一夹，缰绳一收，便驯服地听从命令，甚至连自己发号施令的声音也悦耳动听。

强烈的幸福感也如同一切令人陶醉的事物，多少也会使人麻痹。沉浸在眼前的美景，享受当下，总能让人遗忘过去的种种。因此，我在马鞍上度过几个小时精神振奋的时光，下午沿熟悉的道路前往庄园时，前一晚的境遇只剩朦朦胧胧的面貌。我的心全被无忧无虑以及期待他人快乐的喜悦之情所占满。自己感到幸福愉快时，也会把其他人想象成一样幸福愉快。

果不其然，我才在熟悉不过的庄园大门上一敲，平素毕恭毕敬、公事公办的仆人随即应门，招呼的声音特别快活，而且立刻催促我说：“我可否现在就领着少尉先生上塔楼去呢？两位小姐已经在上头恭候大驾了。”

不过他说话时为何双手躁动不停？为什么满面春风望着我？为什么又迫不及待冲向前头？我迈步登上回旋梯走向露台时不由得问自己，他究竟怎么回事？这个老约瑟夫今天到底怎么啦？他焦灼难耐，急着火速将我带到上头。这个规矩老实的家伙究竟是怎么一回事呢？

不过，感受到愉快的心情，总是令人心旷神怡。在阳光灿烂的六月天，我迈着健壮年轻的双腿走上弯弯曲曲的阶梯，从侧窗望去，一会儿看见北方，一会儿南方，忽一会儿是东方，接着又是西方，广阔无际的夏日风光一览无遗，亦是悦目娱心。距离塔顶只剩下十或十二级阶梯时，一件意想不到的事情绊住了我的脚。昏暗的回旋楼梯间，忽地飘荡着舞曲旋律，轻快飞扬，空灵似幻，由小提琴拉出主旋律，大提琴伴奏，生动活泼的女声花腔交缠唱和，萦绕乐曲之上，平添风格。我大为讶然。音乐从哪儿传来的呢？近在耳边，又恍若远在天际；犹如清灵仙乐，却又似凡俗之音，一首轻歌剧中的流行曲，仿佛从穹苍飘落人间。或许附近某家旅馆里有乐队演奏，风儿用仅存的一丝震颤，将巧妙的旋律传送过来？但是下一秒我即察觉这支空中管弦乐队是在露台上演奏，但是并非真正的乐队，而是来自一台简单的留声机。我怎么如此愚笨啊，我真以为今天能四处感受到心醉神迷，能期待奇迹呢。怎么可能把整个管弦乐队塞进狭窄的塔楼露台呀！不过，我再登上几阶后，又变得不确定了。音乐毫无疑问是从留声机流泻而出的，但是那欢唱的女声，听来如此自由无拘，如此逼真生动，不太像发自一台嗡嗡作响的小箱子，而是姑娘亲口唱出的乐音，唱得天真欢愉、热情奔放。我停下脚步，更加凝神细听。饱满的高音无疑是伊萝娜的嗓音，优美、充沛、生动，如同她的胳臂一般柔嫩。但是一起唱和的歌声又属于谁呢？那是我不熟悉的声音。显然艾蒂丝邀请了女性友人，一位不拘小节、活泼动人的年轻姑娘。我由衷好奇不已，迫不及待想见见这位啾啾喳喳、出乎意料飞落在我们塔上的小燕子。我一踏上露台，发现只有艾蒂丝和伊萝娜两位姑娘相伴而坐，而发出轻盈愉悦、无拘无束银铃般歌声与笑声的人竟然是艾蒂丝时，不由得目瞪口呆，无以复加。我之所以错愕不已，实在是一夜之间产生了如此的变化，对我来说总是不太自然。只有心里安稳踏实、身体健康的人浸淫在满满的幸福中，才能无忧无虑地高声欢唱。但是这个孩子，这个生病的姑娘不可能已经痊愈，除非在夜与日转换之际确实发生了奇迹。我不由得讶异，她为什么如此陶醉，究竟是什么迷惑了她，以至于从喉咙里、从灵魂深处飞跃出幸福至极的沉稳自信？我很难解释自己刚开始的感受，其实心里觉得很不舒服，仿佛我意外撞见了两位女孩赤身裸体。若非这位生病的姑娘对我隐瞒她真正的本质，故弄玄虚，就是她真的一夜之间脱胎换骨，成了另一个人？但是，为什么会如此？究竟怎么办到的？

但是两位姑娘看见我时，丝毫不显得慌乱，大大出乎我的意料。

“马上就好了。”艾蒂丝对我喊着，然后对伊萝娜说，“赶紧关掉留声机吧。”接着招呼我过去。

“您终于来了，总算来了，我已经久候您多时了。快说吧！请把一切经过告诉我，但是要说得非常、非常仔细……爸爸把所有事情全混淆在一起，听得我一头雾水……您也知道，他只要一激动，就没法子好好说话……请您想想，他半夜三更上楼来找我时，我正因为可怕的暴风雨而辗转难眠，冷得要命，风从窗户灌进来，我没有气力爬下床，内心一直希望会有人清醒，可以上楼来把窗户关好。这时，我忽然听见了脚步声，越来越近。我先是吓了一大跳，毕竟已经半夜两点或三点了呀。惊吓中，我一开始没有认出是爸爸，因为他简直变了一副模样。他急切走到我床边，拦都拦不住……您真应该亲眼看看他，他又哭又笑……没错，您想想看，爸爸畅怀大笑，笑声响亮，肆无忌惮，两脚交互舞动着，活脱像个大孩子似的！等他一开始叙述，我却是如此困惑迷惘，起先还无法相信他的话……我以为爸爸在做梦，或者做梦的人是我。但是，伊萝娜后来也上楼来了，我们又聊又笑，直到天明……不过，现在您倒是说一下……请您说说……那个新的治疗方式是怎么一回事呢？”

我挣扎着不要露出骇然惊慌的神态，但我感觉就像遭到汹涌波涛迎面冲袭，脚步踉跄不稳，竭力想要顶住波涛冲击，却始终徒劳无功。她那句话犹如闪电般划过，我顿时豁然开朗。我，只有我，才会在这个一无所知的姑娘身上诱出崭新悦耳的声音；我，只有我，在她心里注入会招致厄运的明确信心。凯柯斯法瓦一定把康铎告诉我的话转达给她听了。可是，康铎究竟对我说了什么？……我又传出了哪些话呢？康铎把话说得非常小心谨慎，字斟句酌，而我这个受到同情心牵制的傻瓜又加油添醋胡诌了什么，使得整栋庄园因此明朗欢乐，心烦意乱的惊慌老人转眼返老还童，受苦受难的病人误以为自己痊愈了？我究竟……

“呐，怎么一回事……您还在犹豫什么呢？”艾蒂丝催促着，“您很清楚每一个字、每一句话对我有多重要啊。所以说，康铎到底向您说了些什么呢？”

“他说了些什么？”我把话重复了一遍，想要争取点时间，“呃……您不是已经知道了吗？……您知道的，都是好消息……康铎医生希望随着时间过去，能出现最好的结果……我若是没弄错，他打算尝试一种新的疗法，已经去打探详情……据称是效果非常好的治疗方式……如果……如果我理解正确的话……我当然无法评断，不过，至少您可以信任他，当他……我相信，我确信他会办得妥妥当当的……”

但是，她若非没有察觉我闪烁其词，就是焦灼不耐的情绪淹没了心里一切抵抗。

“啊哈，我就知道这样下去不会有进展的，没有人会比自己更了解……您还记得我对您说过按摩、电疗和助行器全都是瞎折腾罢了吗？……这些进展太缓慢，叫人怎么抱有期望……您看，今天我自己就没有先询问过他，自行拆下了这个愚蠢的机器……您简直无法想象我顿时感觉多轻松……马上就能好好走路了……我相信都是这该死的机器绊得我不能走。不行，我早就感觉到必须换个方式治疗才行……但是……但是您现在倒是赶紧告诉我，那个法国教授的治疗方式究竟是怎么一回事啊？一定非得到那儿去不可？不能在此地治疗吗？我痛恨疗养院，厌恶那种地方……更何况，我不想看见病人！……我看自己就已经看够了……所以说是怎么样的疗程呢？……喏，您赶快说吧！……最要紧的，需要多长的治疗时间呀？真的很快就能治好吗？爸爸说他四个月就治好了患者，只要四个月，患者就能上楼下楼，可以活动手脚……这……这实在难以置信！……您别默不作声坐着啊，请您快点说！……他打算何时开始治疗，整个疗程需要多久时间呢？”

赶紧收手，我暗自对自己说。别让她陷入这种疯狂中执着不放，误以为一切仿佛已经稳当明确，十拿九稳了。于是我小心翼翼开口，试图给她泼点冷水：

“确切的日期……当然喽，没有哪位医生一开始就能确定日期的，我不相信现在就能把日期确定下来……更何况……康铎医生只约略提到这种方式……他说据称疗效非常好，不过，至于是否完全可靠……我的意思是……还是只能根据个案具体试验而定……总之，得耐心等待，等到他……”

然而她情绪亢奋，激动莫名，根本听不进我心虚的反驳。

“啊，您不了解他！从他嘴里套不出什么明确的说法的。他简直谨慎过头了啦。但是，即使他只暧昧地答应了一点儿，也会从头到尾都成功的。他这个人可以信任的。您不知道我多需要治愈我的病，至少确切知道一定能结束治疗也好……他们老是告诉我要有耐心，耐心！但是得让人清楚要忍耐到什么程度，又要忍受多久呀。若有人告诉我还要再六个月、还要拖一年——我就会说，好吧，我忍下来，然后做好他人要求的事情……但是谢天谢地，终于有一丝曙光了！您没法想象昨天我感觉有多轻松，仿佛自己根本才刚开始活着。今天一早，我们已经出城去了——您很讶异，不是吗？——自从我知道自己度过危机后，别人怎么说、怎么想，或者背后怎么打量我、怜悯我，我都不在乎了……现在我要每天都开车出去，向自己证明，漫长的愚蠢等待和咬牙忍耐终于结束了。而明天，星期日——您也放假吧——我们还计划了大事。爸爸答应我明天开车到养马场去。我好几年没去了，大概四五年的时间……我根本不想再上街。但是明天我们要搭车外出，您当然也一起来。您一定会大吃一惊的，伊萝娜和我一起准备了大惊喜。或者……”她转头对伊萝娜大笑道，“我现在就要泄露这个天大的秘密吗？”

“说吧。”伊萝娜笑着说，“别再保守秘密了！”

“好吧，亲爱的朋友，请您听好了——爸爸希望我们搭汽车出门。可是车子开得太快，坐车也很无聊。这时，我想起约瑟夫曾经提到那个性格古怪的老侯爵夫人——您知道的，这座庄园以前归她所有，一个可憎的人物——她每次出门，总是乘四驾马车，那是辆大型的四轮旅行马车，车身涂得五彩缤纷，就停在车棚里……她为了通告天下自己贵为侯爵夫人，所以每次出门总要人套上四驾马车，即使只前往火车站也一样。除她之外，附近不准有人乘坐这种马车……您想想看，若能像蒙主宠召的侯爵夫人一样驾马车出游，该是多么有趣啊！而且老车夫还在这儿……哎呀，您不认识这位能干的老总管。自从我们有了汽车后，他就退休了。不过您真应该看看，当他得知我们要乘坐四驾马车出游时，立刻迈着摇晃不稳的两腿颤颤巍巍走上来，想到这把岁数还能再驾马车，他高兴得泪流满面……事情全都安排就绪了，早上八点我们就驾车出门……由于一大清早就得起床，您理所当然要在此过夜。您可是不能拒绝的。楼下已帮您准备好舒适的房间，您还需要什么，要皮斯塔给您从军营带来——对了，皮斯塔明天会装扮成仆人，就像在侯爵夫人身边服侍……不行，别争辩。您一定得让我们开心，没有拒绝的余地，否则饶不了您……”

她的话宛如旋紧后不断运转的发条，一刻不歇。我张口结舌听她滔滔不绝，犹因眼前不可思议的转变而头昏脑涨。她的声音判若两人，不若平日讲话时语调烦躁不耐，变得轻快流畅；那张原本熟悉的脸庞也换了个样子，健康的鲜嫩肤色取代了病恹恹的蜡黄面色；漫不经心的急躁举止也已不复见。她微醺般陶醉地坐在我面前，双眸熠熠生辉，嘴角笑意飞扬。这种浓郁的陶醉欣喜不由自主感染了我，我仿佛酒醉般逐渐放松内心的抗拒。我欺骗自己说，或许这事是真的，或者终有一天会成真。也许我根本没有欺骗她，说不定她真的很快就会痊愈。说穿了，我其实没有说谎，抑或说的全然不是谎话，毕竟康铎确实阅读过一项惊人的治疗方式，有什么道理不会在这个充满诚挚信心、使人感动的孩子身上奏效？也许在这个光只是感受到一丝康复的气息，就雀跃不已、精神振奋的敏感人儿身上会出现奇迹呢？为什么要浇灭使她神采飞扬的热切心情，为什么要拿怯懦畏缩来折磨她？这个可怜人早就折磨自己够久了。就如同一位以空泛言语激起众人热情的演说家，这种热情后来又变成真正的力量回馈回他身上；同样，我浮滥夸大的同情在姑娘身上所引发的坚定信心，也回返到我的心里，逐渐无法战胜。最后老父亲露面，发现我们三人散发着无忧无虑的亢奋气氛。我们天南地北聊着，拟订计划，好似艾蒂丝早已痊愈，身体健康。她问到哪儿可以再学习骑马，我们军团是否愿意指导她，给予帮助？还有，父亲现在是不是该把答应捐给教堂修建新屋顶的费用拿给神父呢？一切大胆冒失的计划，显然理所当然预示了她痊愈有望。她无忧无虑地开怀大笑，嬉笑戏谑，我心里最后的一丝抗议从此不再吭声。夜晚我一人在房间独处时，心底才升起微弱的声音提醒自己：她给自己的承诺不会太夸大吗？你是不是最好想办法冷静她那胸有成竹的危险自信？但是，我没有继续深思。我何须担心自己说了太多还是太少呢？即使我预告太多，远超过我该说的话，但是她听了我出于同情而扯的谎言后也非常开心啊。让人开心，绝对不是罪过或者不公不义之事。

第十四章

昨天预先宣布的郊游，一大清早就热热闹闹展开了。阳光洒落在我留宿的干净客房，照得房间通亮。我一醒来，最先传入耳里的就是喧哗笑声。我走近窗前，瞥见老侯爵夫人那辆大概是昨天夜里拉出车棚的庞然旅行马车，庄园的仆役全跑出来围观，赞叹纷纷。富丽堂皇的马车当真是该送到博物馆展示的古董，一百年前，甚至可能是一百五十年前，由坐落于制绳场大街上的维也纳皇家马车制造商为侯爵家一位祖先建造。马车设置了美轮美奂的弹簧，防止巨大车轮行进时引起的震动。车身贴上绘有牧羊场景与古代寓言的古色古香壁纸，图案画得有点憨拙。当年或许色彩鲜艳缤纷，如今已有点褪色了。铺着绸缎软垫的马车内部，隐藏着各式各样设计精巧的舒适设备，旅途中，我们有机会一一玩赏，例如可折叠的小桌子、小镜子和香水瓶等。这个硕大的玩具建造于一个业已消逝的世纪，乍看之下感觉不太真实，仿佛化装舞会的道具。然而正是这一特色产生了平易近人的效果，仆役和佣人们个个兴高采烈，宛如欢度嘉年华会般，一心一意使这艘行驶在乡村道路上的沉重大笨船能够灵活运转。制糖厂的技工特别热心地帮车轮上油，还拿槌子敲打铁皮护板，仔细检查。四匹马全套上缰绳，周身装饰着一束束鲜花，犹如拉着结婚礼车。老马车夫约奈克趁此机会在一旁趾高气扬地训人。他身穿褪色的侯爵府制服，两条患痛风的腿出人意表竟走动得相当灵活。他向年轻仆役说明他全部的技术与知识，这些仆役虽会骑脚踏车，必要时也能操作摩托车，却不会正确驾驭四驾马车。昨天晚上他还向厨师解释，昔日在举行赛马寻踪游戏或类似活动时，仍旧务求府邸的荣誉，即使前往非常偏远的地方，在林间和草地上端出点心时，也应遵行在庄园餐厅供餐时的礼节，餐点也理当精致丰盛。于是在他的监督下，佣人张罗着锦缎桌布、餐巾和银制餐具，装进当年侯爵府银器室里绣饰着家徽的盒子。这时头戴白色亚麻大盘帽、笑容可掬的厨师才能拿出真正的餐点，有烤鸡、火腿、馅饼、刚出炉的白面包和好几瓶酒，酒瓶全以稻草包住，免得在凹凸起伏的乡村道路上给撞破了。一个年轻小伙子代表厨师伺候大家，他被安排在车后的位置，以前侯爵府的跑腿就站在那里，旁边则是头戴五彩羽毛帽的执勤仆役。由于这类繁琐的装饰功夫，因此准备过程多多少少呈现出舞台般的欢乐气氛。

我们奇特出游的消息早已沸沸扬扬迅速传开，所以不乏观众前来凑热闹。从邻近村庄跑来许多农夫，穿着五颜六色的乡下庆典服装；附近救济院来了满脸皱纹的老太太和烟斗不离嘴的白发老翁们；但最主要的，还是从远近各处跑来的赤脚孩童，他们惊讶得目瞪口呆，先是盯着装饰了娇嫩鲜花的马匹，目光随后又往上望向马车夫。马车夫的手虽已干枯，却仍稳稳操控绑着神秘绳结的长马鞭。皮斯塔同样不遑多让，也令他们雀跃不已。平时大伙只认得身穿蓝色司机制服的他，现在他却套上古老侯爵府的号衣，手里拿着银亮的狩猎号角，跃跃欲试急着想吹奏出发的信号。不过就算要动身，也得等我们享用完早餐。

等我们终于走近华丽隆重的大马车，不由得暗自发笑，因为我们不若豪华马车和气势焕发的仆役来得气派有看头，实在有意思。凯柯斯法瓦仍旧穿着一成不变的黑大衣，腿部僵硬，不灵活地登上饰着陌生贵族家徽的马车，活像只黑鹤，看起来有点滑稽古怪。对于两位姑娘，大伙或许期待看见她们一身洛可可的华丽服饰，头发扑满白粉，脸颊点颗美人痣，手里摇曳着一把花哨的扇子。至于我，玛丽亚·特蕾莎女皇时代白得耀眼的骑兵制服大概还比较恰当，而非我蓝色的轻骑兵军服。不过，即使没有这些历史服装，善良的人们一看见我们终于坐进笨重庞然的车厢，依旧感到庄严慎重。皮斯塔举起号角，响亮吹奏一声，号角声漫过欢欣鼓舞激动挥手招呼的围观仆役。老马车夫马鞭一抽，漂亮地在空中画了个大圈，啪的一声，宛如枪响。巨大的马车一启动，猛然激烈一震，大家被震得头晕目眩撞成一团，笑得不可遏止。但是能干的马车夫随即熟练地驾驭四匹马穿越大门，我们坐在庞然大肚的车厢里，忽然觉得大门狭窄得有点叫人心慌，但最后总算顺利走上公路。

我们沿途造成很大的轰动，也赢得了众人不可思议的尊敬，但这其实不足为奇。几十年来，附近这一带没再看过侯爵家的马车与四驾马车。对农夫们而言，马车突如其来重新出现，似乎预示将要发生一件近乎超自然的事件。说不定他们以为我们正要驱车前往皇宫，或者皇帝陛下驾到，或是发生了其他无法想象的事情，因为马车经过之处，众人一律飞快脱下帽子，宛如麦穗被人一刀割下。光脚的孩童们兴高采烈追逐着马车。若是半路上遇见其他车辆，例如载满干草的车子或者轻型的乡村马车，对方车夫会利落地迅速跃下车座，摘下帽子，勒住马匹让我们通过。整条街只属于我们所有，无一例外，就如同在封建时代似的，物美丰饶的土地和滚滚麦穗属于我们，人和动物也是我们的。乘坐这辆庞然大物，速度当然快不起来，我们这一路因此有了双倍的机会仔细游览风光，拿一切寻开心，两位姑娘尤其好好利用了这个大好机会。新鲜的事物总吸引着年轻人，例如我们这辆显眼特殊的马车，路人看见我们不合时宜的外貌所展现的恭顺敬畏，还有其他大大小小的意外惊喜等，一切迥异于寻常的经历提高了两位姑娘的兴致，她们心醉神迷，心花怒放。尤其是已经好几个月没有正式迈出过大门的艾蒂丝，更是在清朗明亮的夏日里，纵情释放她无法控制的疯癫劲。

我们第一站停在一个小村庄，这时正好扬起悠长钟声，呼唤村民参加周日礼拜。阡陌纵横的田间小径上，几个姗姗来迟的人正赶往村里。夏日里，一束束高耸的麦秆间，只见男人头上的丝绸黑平礼帽，至于在女人身上，只能看见五颜六色的编织帽。人们从四方八方涌来，形成一条徒步前进的长龙，犹如面貌模糊的毛毛虫，穿越金色麦浪。我们从不太干净的主要干道进村，把几只鹅吓得嘎嘎乱叫，惊慌四逃。这时，嗡嗡鸣响的钟声静了下来，周日礼拜开始了。艾蒂丝忽然冷不防开口，强烈要求大家下车，一起参加礼拜。

忠厚老实的乡下人看见自己寒酸的市集广场上竟然停了一辆不可思议的马车，而平时从道听途说中认识的地主带着家人——显然他们也把我当成家族一员——希望出席他们小教堂的礼拜时，他们不由得欢呼喝彩，大为激动。教堂司事赶紧迎了出来，仿佛当年的卡尼兹当真成了欧罗斯瓦侯爵本人。他奉承地通知我们说，神父要等我们进了教堂才开始礼拜。众人心怀敬畏，低头夹道欢迎我们。他们一看见体弱的艾蒂丝由约瑟夫和伊萝娜搀扶进来，明显深受感动。这些单纯的人发现厄运也毫不畏惧恶狠狠地降临在“有钱人”头上时，往往最受震撼。四下响起一阵窃窃私语，不过妇女们随即热心地赶忙拿来坐垫，让这位衰弱的姑娘尽量能坐得舒适。当然是坐在第一排，他们很快就清出了第一排的位置。紧接着，神父开始弥撒，感觉他为了我们，似乎特别主持得庄严隆重。教堂建筑分外单纯简朴，我深受感动。妇女的歌声清脆嘹亮，男声显得粗犷笨拙，孩童的嗓音天真又纯洁。比起我在家乡圣斯蒂芬主教座堂和圣奥古斯丁教堂每个周日习以为常的精致庄重仪式，这些单纯的歌声反而让我感受到更纯粹、更直接的虔敬信仰。

我不经意往身旁的艾蒂丝望了一眼，发觉她竟凝神专注，全心全意祈祷着。我大吃一惊，不由自主分了神。至今为止，我从未在她身上发现一丝迹象，能推测她受过虔诚的教育或者拥有虔诚的思想。但现在，我从她身上看见另外一种祈祷方式，那与大部分学习而来的祷告习惯截然不同。她苍白的脸低垂着，犹如一个冒着强烈暴风前进的人；双手紧握着诵经台，外在的感官仿佛全转向内在，嘴里不知不觉喃喃念诵着经文。她全身紧绷的姿态透露出急切的渴望，似乎想要竭尽最后一丝气力，迫使自己达成极端之事。教堂的黑色木椅偶尔传来一阵抖动，竟是因为她潜心祈祷，深受撼动，不禁全身颤抖，猛烈得连僵硬的木头也随之晃动。我立刻明白，她正在向天主祈求某种明确的事物，希望能从他那儿得到。要感受到这位生病的姑娘，这个半身不遂的患者渴望何事，一点儿也不困难。

礼拜结束后，我们扶艾蒂丝回到马车上，她仍旧久久沉浸在自己的思绪里，一言不发，不再淘气嬉戏，也不再好奇地东张西望。仿佛刚才半小时全神专注于内心炽烈的搏斗，耗损了她的元气，使她疲惫不堪。我们自然也收敛了态度，一路上安静无声，不由得渐渐感到昏昏欲睡。快接近中午时，我们抵达了养马场。

我们在养马场自然也受到特别的欢迎。邻近地区的小伙子显然听说我们来访的消息，立刻牵出最桀骜不驯的烈马，策马纵驰，急速奔向我们，散发出阿拉伯式的异国风情。皮肤晒得黝黑的年轻人，纵声欢呼吆喝，衣领大敞，扁平帽子上曳着五彩缤纷的长条带，白色的马裤宽大飘逸。他们就像一群贝都因人，在未装马鞍的马背上奔骋飞驰，如狂风暴雨势不可挡，好像要把我们一个劲儿冲翻似的。我们拉车的马儿慌张不安地竖起了耳朵，老约奈克不得不使劲绷紧双脚，使劲拉稳缰绳。忽听一声哨响，这帮疯狂的人蓦地巧妙排成一列，转变成英姿焕发的高傲随从，一路护送我们到养马场管理员那儿。

对我这个科班出身的骑兵来说，这儿有太多东西可让人看得目不暇接。他们为两位姑娘牵来了几匹小马。两人一看见小马瘦骨嶙峋的脚走路仍不灵光，笨拙的嘴还不懂得好好咀嚼递到面前的糖，简直乐不可支。我们大家各取所需开心嬉戏着。厨房小伙子遵循着约奈克的指示，露天摆设好了丰盛的餐点。不一会儿，在浓郁滑顺的美酒佳酿助兴下，我们原本有些冷却的欢乐情绪又逐渐高亢。大伙天南地北无所不谈，更感受到彼此志同道合，无拘无束。在这几个小时里，总有抹阴郁的想法掠过我心头，正如一抹薄云飘过蔚蓝如丝的晴空。因为一直以来，我始终把我们当中这个最瘦弱却也笑得最响亮、最开心、最幸福的女孩，当成承受病痛的患者，绝望无助，心烦意乱；或者，眼前这个拥有丰富兽医知识正在检查马匹的老人，轻拍着马儿，和每个小伙子开玩笑，塞小费给他们，竟是两天前受到狂乱恐惧驱使，像个梦游者在夜晚拦截我的人。就连自己，我也差点认不出来，四肢如此轻盈，仿佛上了热油般放松。用完餐后，艾蒂丝被领到养马场管理员妻子的房间稍事休息，我接连试骑了几匹马。我和几个年轻人比赛，在草原上策马奔驰，松开缰绳，感受到一种前所未有的酣畅自在。啊，真希望能永远停留在此，不必听命于任何人，在一望无际的田野上自由奔放，享受飞翔般的无拘无束！我一路驰骋到很远的地方，听见狩猎号角响起，催促我们回返时，心里还不禁感到一丝惆怅。

熟门熟路的约奈克回程选择了另一条路，让我们有机会浏览另一番风光，大概也是因为沿着这条路，会在一处清凉的小树林走上比较长的一段时间。这一天事事顺利，幸福无比，最后一桩等待着我们的意外惊喜，更为此行锦上添花。马车驶入一处约莫有二十户人家的不起眼小村庄，这偏僻小地方的唯一道路几乎被十几辆空荡荡的货车给堵住。奇怪的是，却不见有人现身，为我们体积庞大的马车腾出路来，仿佛整区的人都给地面吞噬了。只见约奈克手执大马鞭，熟练地往空中啪地一抽，声响犹如手枪击发。不一会儿，比星期日还要空荡的景象很快就有了解释。有几个人惊慌失措赶忙跑过来，才知道这是一场令人愉快的误会。

原来这一带最有钱的农夫的儿子，今天迎娶住在另一个村庄的穷亲戚的女儿。在我们无法通行的那条街的尽头，有座谷仓腾出来供人跳舞，身材相当肥壮的新郎父亲从那儿冲出来欢迎我们，他的脸因为殷勤巴结而涨得通红。或许他当真以为名闻遐迩的冯·凯柯斯法瓦地主，为了赏他和儿子一个面子，特地套上四驾马车，亲自出席结婚典礼；或许他因为虚荣，趁机利用了我们意外经过此地的机会，好在别人面前提高他在村子里的声望。总之，他不停哈腰鞠躬，希望等街道净空之后，凯柯斯法瓦先生和其他客人能赏光，干一杯他家酿造的匈牙利葡萄酒，祝福年轻新婚夫妻健康幸福。我们反正兴致高昂，自然不会婉拒如此盛情的邀约。于是我们小心翼翼搀扶艾蒂丝下车。心怀敬意的群众往后退，让出一条宽阔的通道，在两旁窃窃私语，惊愕不已瞪着眼看。我们宛如凯旋的将军，穿越夹道人群，走进农舍舞厅。

进一步细看，舞厅其实是一座清空的谷仓。谷仓两旁，拿木板在空啤酒桶上各搭了一个平台。右边平台上放置了一张长桌，铺着农家自织的白色亚麻桌巾，上面摆满丰盛的美酒佳肴。长桌旁，新郎家人围坐在新婚夫妻身边，自然也少不了当地乡绅、神父和宪兵队长。对面的平台上，坐着非常浪漫的蓄胡吉卜赛乐手，还有小提琴、低音提琴和齐特琴。打谷场夯得严严实实，变身为舞池，挤满了宾客。谷仓里摩肩接踵，人满为患，小孩子不准进入，有些挤在门口向内张望，有一些爬到屋顶，坐在梁上两只脚晃呀晃，开开心心看着热闹。

有几位较不够分量的亲戚立刻从尊荣的主桌退下，让座给我们。我们毫无成见，自然而然和这些忠厚老实的乡下人坐在一起。他们看见高贵的老爷小姐如此平易近人，显得非常惊讶。新郎的父亲兴奋得全身发颤，端来一个大酒壶，亲自帮我们的杯子斟满了酒，扬声大喊："为老爷的幸福健康干一杯！"四下立刻响起热烈的响应，欢呼声远远传到外头的巷子里。接着，他把儿子和他的新婚妻子拉过来。新娘是个臀部略显丰满的羞怯女孩，华丽缤纷的礼服和洁白的新娘花冠，为她增添动人的姿色。她激动得面色绯红，笨手笨脚地向凯柯斯法瓦屈膝行礼，毕恭毕敬地亲吻艾蒂丝的手。艾蒂丝显然也激动了起来。每次年轻女孩看见结婚典礼时，似乎总会不知所措，因为在这一时刻，同性间神秘的休戚与共感受占据了她们的心灵，从此灵犀相通。艾蒂丝脸颊也泛起了红晕，将谦卑的女孩拉到身旁，拥抱了她。接着灵机一动，从手指上脱下一只戒指——一只细薄的老戒指，不是很贵重——套在新娘的指头上。突如其来的赠予，吓得新娘魂不附体，惊慌失措望向公公，仿佛询问自己是否真的可以收下这份大礼。公公刚骄傲地点头同意，新娘已幸福得泪如泉涌。一阵热烈的感谢浪潮又向我们涌来。毫不任性骄纵的乡下老实人从四面八方挤了过来。他们的眼神清楚透露出非常乐意特意做点什么，以表达对我们的感激之情，但是谁也不敢向如此高尚的“老爷小姐们”攀谈，一个字也不敢说。老农夫的太太热泪盈眶，像个喝醉的人踉踉跄跄地周旋在人群之间，莫大的荣耀降临在儿子婚礼上，她不由得头昏目眩。新郎拘谨局促，一会儿看着他的新娘，一会儿望着我们，一会儿又盯着自己油亮的沉重长筒靴。

在这个节骨眼，凯柯斯法瓦做出了明智之举，化解了逐渐尴尬不已的敬畏气氛。他诚挚地与新郎、新郎父亲和几位乡绅一一握手，请他们别为了自己的缘故，中断了美好的欢庆活动。年轻人应该随心所欲尽兴跳舞，无拘无束尽情庆祝婚礼，因为没有什么能比这件事更令我们开心的了。与此同时，他招手要乐队中第一小提琴手上前来。小提琴手早已右臂底下夹着小提琴，弓着背，全身僵硬似的等在平台前了。凯柯斯法瓦丢给他一张钞票，示意他开始演奏。钞票面额想必不小，因为巴结谄媚的小伙子仿佛触电似的弹了起来，陡然奔回原来站的平台，向其他乐手眨眨眼，下一秒乐声即刻扬起，四个小伙子奏起了音乐，这的确只有匈牙利人和吉卜赛人才办得到。第一声齐特琴就已弹得勇猛有声，敲破了大伙的拘谨局促。转瞬间，男男女女成双成对滑入舞池，兴奋踏着舞步，比之前更狂野、更奔放，所有的小伙子和姑娘全都雄心勃勃，想表现给我们看真正的匈牙利人有多么会跳舞。年轻人尽情摇摆身躯，起劲跃动、手舞足蹈，原本还充斥敬畏之意的寂静舞厅，一晃眼陷入炽热旋风。他们欣喜若狂踩着舞步，每一步都震得平台上的酒杯叮当作响。

艾蒂丝目光晶亮，欣赏着眼前的热闹喧哗。忽然间，我感觉到她的手放上了我的胳臂，命令道：“您也得下场跳舞。”幸好新娘仍晕头转向怔怔盯着手上的戒指，尚未卷入舞池旋风里。我向她一鞠躬，邀请她跳舞。她先是因这不合乎礼仪的特殊荣耀而两颊通红，随后顺从地接受我的领舞。我们两个成了模范，新郎因此再度鼓起了勇气，他在父亲极力怂恿下，也邀请伊萝娜翩翩起舞。这时，齐特琴手把乐器弹敲得更加疯狂，小提琴手活脱像个蓄胡的黑衣魔鬼，激动地拉奏着小提琴。我相信这座村子里，从来不曾像在这场婚礼上，如此狂欢作乐跳着舞，以后也不会再有。

但是，意外事件接二连三发生。这种喜庆场合，绝对少不了吉卜赛老妇人的身影，其中一个看见新娘收到如此丰厚的赠礼，也被吸引得挤到平台前，胡搅蛮缠，要艾蒂丝让她看手相。艾蒂丝显然觉得很尴尬，一方面心里非常好奇，另一方面又羞于当着这么多人的面参与这类骗人把戏。我灵光一现，轻轻推着冯·凯柯斯法瓦先生和其他人，要他们全部离开平台，免得有谁听到神秘的预言。好奇的人只能开怀大笑远远站着，旁观吉卜赛老妇人跪在艾蒂丝面前，抓起她的手仔细钻研，嘴里胡言乱语一通。在匈牙利，人人识得吉卜赛妇人这套老把戏，说穿了，就是挑人最喜欢听的话讲，靠着吉利的信息大捞一笔。然而奇怪的是，艾蒂丝听着驼背老妇人沙哑的嗓音在耳边急切低语，情绪似乎越来越激动，我大感意外。她的鼻翼歙张，表示内心一定激动万分。她神情专注，凝神倾听，身子越弯越低，偶尔四下张望，忧心忡忡，看看是否有人偷听，非常谨慎。然后，她招手要父亲过去，在他耳边悄悄交代了几句，只见他一如既往，随即从胸前口袋掏出几张钞票塞给吉卜赛老妇人。看在村民眼里，这笔金额想必是无法计算的天文数字，只见贪得无厌的老妇人好似被人一刀砍倒，腿一软跪倒在地，像个疯婆子似的亲吻艾蒂丝的裙摆，嘴里念叨着费人疑猜的咒语，一边抚摸她瘫痪的双脚，动作越来越急促。突地，她猛然退开，仿佛害怕手里的巨款又被人抢走。

“我们现在离开吧。”我在凯柯斯法瓦先生的耳边窃窃低语，因为我察觉到艾蒂丝脸色刷白。我叫来皮斯塔，他和伊萝娜拿着艾蒂丝的拐杖，连拖带扶，合力将摇摇欲坠的她搀扶到马车旁。音乐乍然而止，忠厚老实的村民又是挥手又是欢呼，谁也不愿意缺席陪我们启程。乐手围着马车，飞快响亮弹奏一声，为我们送行，全村居民欢声雷动，大喊着“万岁、万岁”。老约奈克费了九牛二虎之力，才控制住早已不习惯这类战争似喧嚣而骚动不安的马儿。

我有点担心坐在对面的艾蒂丝。她仍旧浑身发抖，似乎受什么令人激动的事情折磨。忽然间，她竟哭了出来。不过，那是喜极而泣。她笑的时候也哭，哭的时候也笑。狡猾的吉卜赛女人毫无疑问预言她很快就会恢复健康，甚至可能还说了其他事情。

但是这位啜泣的姑娘只是不耐烦地说了一句：“哎，别理我，不要理我！”将别人拒之心门外。受到强烈震撼的她，似乎感受到一种前所未有的诡异乐趣。她不断重复“别理我！不要理我！”这句话。“我知道她是个骗子，那个老太婆。啊，我自己心里有数。可是，为什么人就不能糊涂一次呢！为什么不能老老实实让人诓骗一回呢！”

第十五章

我们再度驾马车穿越庄园大门时，天色已暗。大家盛情请我留下来用餐，但是我没有兴致。我觉得已经够了，甚至可能还太多了。我尽情享受了这个漫长的灿烂夏日，玩得很尽兴，增一点，添一点，只会减损快乐的感受，宁可现在沿着熟悉的林荫大道回家。我心绪平静舒坦，仿如曝晒一天之后的夏日空气，不再有所渴求，只想满怀感激回味一切，咀嚼一切。于是我提早告辞，离开庄园。夜空星辉斑斓，温柔照耀着我。暮霭浓黑，微风缓缓吹拂过隐没在夜色中的田野，似乎对着我徐徐欢唱。我心旌摇曳，热情汹涌，宇宙万物和芸芸众生，显得如此美好，励人心志。真想拥抱每一棵树，像抚摸心上人的肌肤般轻抚树木；想要进入陌生人家，与素昧平生的人同桌共坐，向他们吐露一切。我的胸襟狭隘窄小，情感却炽热强烈，我渴望与人分享，倾诉衷情，宣泄热情，直想将泛滥的磨人幸福感受分送出去，尽可能馈赠他人！

我终于回到了军营，勤务兵站在房门口等我。我第一次注意到（今天所有事情对我都宛如是第一次经历），这个鲁塞尼亚的农家小伙子长了一张忠心耿耿的圆脸，红润如苹果。啊，也该让他开心开心啊，我心里想着。最好送他点钱，给自己和情人买点啤酒喝。今天应该放他假，明天也放，放他一整个星期的假！我这时已把手伸进口袋，将一枚银币拿在手中了，却见他忽地挺胸立正，两手紧贴裤缝，报告说：“少尉先生，您有一份电报。”

电报？一股不舒服感立刻涌上心头。世上会有谁有事找我？只有不好的事情才会抽风似的找上门。我快步走向桌旁，桌上躺着陌生的纸，封得严严实实的。我的手指动作迟缓，勉勉强强撕开电报。电报上字数不多，但语意犀利，毫不含糊：“明日应召至凯柯斯法瓦府。务必先与您晤谈。五时于提洛酒馆等候。康铎。”

短短一分钟内，晕眩的微醺醉意倏地消失，脑筋一下子清醒，如水晶般清透晶澈。这种情况我曾经历过一次，发生在去年为一位同袍举行的欢送会上，他将迎娶北波西米亚一位腰缠万贯的工厂厂长之女，事先邀请我们参加排场奢华的晚宴。这家伙出手着实大方，毫不吝啬，端上一瓶又一瓶浓郁香醇的波尔多酒，后来还请我们畅饮香槟。根据酒品不同，有些人喝了酒后爱大声喧哗，有些人变得郁郁寡欢。大伙抱来抱去，开怀畅笑，放声高歌，叫嚣喧哗，闹得不可开交。席间杯觥交错，不断举杯敬酒，白兰地和利口酒一杯杯纷纷下肚。大家吞云吐雾，烟雾缭绕，炙热窒闷的餐厅笼罩在淡蓝色的浓雾中，最后谁也没有注意到朦胧的窗户外头，天边已泛起一片鱼肚白。约莫三四点，大部分人坐都坐不直了，若还有人喊干杯，他们也顶多瘫软趴在桌上，瞪着无神呆滞的双眼往上翻了翻。有人想上厕所，就踩着蹒跚的脚步，摇摇晃晃走向门口，或者像个装满东西的袋子栽倒在地。总之，没有人口齿清晰或脑筋清楚了。

这时，大门猛然打开，上校（之后我会对他多加着墨）风风火火疾步走进来，由于人声鼎沸，喧闹嘈杂，只有寥寥几人察觉到他，或者说认出了他。他粗暴地走到桌旁，一拳打在杯盘狼藉的桌面，盘子、杯子震得叮当作响。只听上校语气严峻刺耳至极，命令道："安静！"

只这么一喊，四下顿时鸦雀无声，连昏昏沉沉打着盹的人，也立刻睁开眼睛眨巴眨巴，头脑完全清醒。上校简短宣布今天上午师长将突袭视察部队，他不希望出一丁点儿差错，给部队蒙上耻辱。这时，奇怪的事情发生了：所有人瞬间神志清明，醉意顿消，仿佛有人打开了一扇内在的窗户，酒气全飘散出窗外。原本混沌糊涂的神情也变了，一听到职责，每个人马上绷紧神经，振作精神。两分钟后，全员离开一片狼藉的宴席，对于自己该履行的责任与义务一清二楚。士兵全被叫醒，勤务兵疾步到处奔走，所有的东西也都迅速清洁刷洗，就连马鞍上的鞍桥，也擦得干干净净。几个小时后，终于通过令人胆战心惊的视察，没有出半点纰漏。

我一拆开电报，心里那股温柔微醺的美好感受，也如出一辙从我身上崩落。刹那间，我明白自己好几个小时以来不愿意承认的事情：一切兴奋高亢的情绪不过是谎言带来的迷醉，我由于软弱，由于不祥的同情心，迷惑了他人，参与了这个骗局。我心里有数，康铎是来要求解释的。现在我得为自己与他人的得意忘形付出代价了。

心里若是焦灼不安，必定会准时赴约，我甚至在约定前的十五分钟，就已站在酒馆门口。康铎则是从火车站搭乘双驾马车准时抵达，不早也不晚。他免去了客套礼节，径自走向我。

“太好了，您准时赴约，我就知道能够指望您。我们最好还是到上次那个角落去，我们要谈的事情，可不能传入他人耳里。”

我觉得他懒洋洋的态度好像有所改变，情绪似乎激动烦躁，却又自我克制着。他脚步沉重走进酒馆，态度近乎粗暴地命令殷勤迎来的女侍者说：“送一升葡萄酒来，就是前天那种酒。别来打扰我们，有事我会叫你。”

我们坐了下来。女侍者还没把酒放稳，康铎已迫不及待开口。

“我就开门见山地说了——我得动作快点，否则城外那家人若是听到风声，心生猜疑，会以为我们两个在这儿阴谋捣蛋。光是打发掉无论如何也要立刻送我到城外庄园的司机，已经够麻烦了。不过我们回到正题吧，这样您才能明白发生什么事！

“是这样的，前天我收到一封电报。‘敬爱的朋友，请您尽速前来。大家心急如焚，恭候大驾。谨致诚挚信赖之意，感激万分。凯柯斯法瓦敬上。’接连看见‘尽速’和‘心急如焚’这类极端的字眼，我感觉很不舒服。为什么突然会心急如焚？前几天我不是才检查过艾蒂丝吗？再说，特别拍电报来表达他的信赖是什么意思？感激又所为何来？总之，我没把这当成十万火急的事，暂且先将电报搁置一旁，毕竟这老人家一天到晚发神经干这种事。但是，昨天一早我却受到了冲击。艾蒂丝给我来了一封快信，信中长篇大论，语无伦次，激昂亢奋之情跃然纸上。她说自己一开始就知道我是世界上唯一能拯救她的人，我们终于要熬出头了，她无法形容她有多么高兴。她写信的目的只想向我保证，我绝对可以百分之百信任她。我接下来安排的疗程不管有多艰难，她也会满怀信心一一照做。只不过我应该尽快、立刻进行新的疗程，她简直心急火燎，迫不及待了。她又重申一次：我可以向她提出任何要求，只求我能赶快开始。诸如此类，等等。

“无论如何，‘新的疗程’这句话使我恍然大悟。我顿时了解，必定有人多嘴，向老人或者向他的千金提到维耶诺教授的治疗方式。这种事不可能空穴来风。而这个人除了您，不可能有第二人选，少尉先生。”

我大概不由自主动了一下，因为他立刻咄咄逼人说：“请勿争辩这一点！我没有向其他人提过维耶诺教授的方法，一点儿口风也没有透露。如果城外那家人相信几个月后能像抹布擦掉灰尘一样，将现在的病一扫而光，那就是您的责任了。不过，我们也无须相互指责。要说多嘴，我们两人半斤八两，我把事情告诉了您，您又加油添醋转达给他人。我对您说话应该更加谨慎，这是我的责任，毕竟治疗病患不是您的本行，怎么可能了解病人和他们的亲属所使用的词汇不同于一般人？怎么也想不到‘也许’听在他们耳里，立刻成了‘肯定’。因此，要给予他们希望，必须小心提炼出恰当的剂量，否则乐观主义会冲昏了他们的头，使其变得粗暴疯狂。

“不过，就谈到这里吧。事情发生就发生了，后悔没有意义！我们也无须追究责任！我约您来此，不是要找您抬杠。既然您干涉了我的事情，那么我觉得有义务向您解释来龙去脉。这是我请您来此的目的。”

康铎这时才第一次抬起头正眼看我，不过他的目光毫不严厉，反而露出万分同情，现在就连声音也柔和了起来。

“亲爱的少尉先生，我知道接下来这番话，会让您感到非常痛苦。但是话说现在没有时间多愁善感，哀叹惋惜。我向您说明过，在医学杂志上读过那篇报道后，我即刻写信向维耶诺教授询问更详细的信息。我相信我只透露了这些。嗯，昨天上午，我收到了他的回复，和艾蒂丝那封热情洋溢的信一起送来的。乍看之下，他的答复是正面的。维耶诺真的在那位病患和其他几位病人身上取得了惊人成效，遗憾的是，他的治疗方式无法运用在我们的病例身上，这正是尴尬之处。他治愈的是患有结核性脊椎炎的病人——我就不再赘言专业细节了——这种病只要改变受压位置，就能再度恢复运动神经的功能。而我们的病例是中枢神经系统受损，维耶诺教授所使用的种种疗法，例如穿着马甲躺着不动进行日光浴，以及他所发展的特殊体操，等等，一开始就没有办法纳入考虑。遗憾！非常遗憾啊！他的方法完全不适用在我们的病例身上。苛求那个可怜的姑娘接受全套繁琐麻烦的疗程，十之八九只是折磨她罢了，完全毫无用处。好，这就是我有责任告知您明白的事情。现在您已了解事情的真实状况，您给予可怜的姑娘无谓的希望，让她欣喜若狂，以为自己几个月内又能跑跑跳跳，翩翩起舞，实在是轻率至极！谁也别想从我口中听见如此愚蠢的说法。反观您，冒冒失失承诺为她摘下天上的星星和月亮，现在大家全紧抓着您不放，是有其道理的。归根究底，是您搞砸了整件事，就只有您一个人。”

我感觉手指发僵。打从看见躺在桌上的电报那一刻，虽然下意识预感到这一切，但是康铎向我说明时就事论事的强硬态度，仍让我感觉被人拿了把钝斧往脑门一砍。我本能想要为自己辩护，不乐意扛下全部的责任。不过，我嘴里挤出来的话，却像个做错事被逮到的小学生般支吾其词。

“为什么这么说呢？……我不过是想做点好事……即使我对凯柯斯法瓦说了什么，也纯粹是出于……出于……”

“我明白，我都明白。”康铎打断我，“当然是他死缠烂打，逼着您说的。他那不顾一切的执着，确实谁也无法招架。是的，我都知道，我知道您纯粹出于同情，也就是说，出于最高尚、最良善的动机而一时心软。但是我也曾经警告过您，同情心可是该死的双面刃啊，若是不懂得使用，最好收手，心尤其要稳住。同情心就如同吗啡，只有一开始能减缓病人的痛苦，是种药物，是种辅助手段。但若不懂得掌握正确剂量，不及时停药，摇身一变，就成了杀人的致命毒药。刚开始注射几剂，能使人感觉舒服，镇静心神，减轻疼痛。然而要命的是，人这个有机体，不管是身体或者心灵，皆拥有可怕的惊人适应力。于是就像神经系统需要越来越多的吗啡，我们的情感也要求越来越多的同情，不知餍足，最后远超过我们的能力。不管是在何处，迟早有一天，不可避免将出现非说‘不行’的时刻。到那时候，已无心思顾虑别人听到最后这次拒绝，比起您从未伸出援手，究竟会不会更加恨您。是的，亲爱的少尉先生，人得确实控制自己的同情心，否则后果比麻木不仁危害更深啊。这点我们医生清楚，法官也知道，执法人员和当铺老板也都懂这个道理。如果大家同情心不时泛滥，这个世界就停滞不前了。同情心是危险的玩意儿，是危险的玩意儿啊！您也看见您自己一时心软，给这儿造成了什么麻烦呀。”

“话虽如此……可是总不能……总不能眼睁睁看着别人绝望受苦，而弃之不顾吧……毕竟也没关系，如果我能设法……”

康铎忽然疾言厉色打断我。

“错了，大有关系！如果拿同情心把别人当傻子耍，责任可是相当重大，他妈的非常重大！一个成熟的人插手干预事情之前必须三思而后行，决定自己要走到何种地步，而不是随便玩弄他人的感情！我承认您出于纯正高尚的动机，才把这些人哄得晕头转向。但是，在这个世上，不会问您是态度冷硬或者个性迟疑，而是取决于最后究竟成功了还是搞砸了。同情，当然是美事一桩！不过，同情可分为两种。一种是胆怯善感，说白了其实只是心灵焦灼，面对他人的不幸，急于从难堪的情绪波动中尽快脱身。这种同情，绝不是共感他人的痛苦，不如说是种本能的防御，免得自己的心灵受到波及。另一种才是货真价实的同情，不是感情用事，反而富有创造性。这种同情清楚自己的目标，坚决果决，耐性十足，能共同经历一切苦难，直到用尽最后一丝力气，甚至力竭也不罢休。唯有走到最后，唯有走到极端痛苦的尽头，唯有耐性超凡，才有能力帮助别人。只有决心舍己为人，牺牲奉献，才有资格帮助别人！”

他的声音里隐含着一丝苦涩，我不由自主地想起凯柯斯法瓦曾经说过，康铎因为无法治愈一位盲眼女子，最后娶其为妻，仿佛想要赎罪似的。双目失明的妻子非但没有心怀感激，反而处处折磨他。不过，他这时又轻柔地把手放在我胳臂上，感觉体贴又温暖。

“哎，我这番话没有恶意。您不过是感情用事，这种事谁都会碰上。言归正传，回到您和我身上。我请您到这儿来，不是为了闲扯心理学。我们必须正视实际的问题。在这件事上，我们显然需要取得共识。您绝不可以再一次从背后破坏我的计划。请您听清楚了！读完艾蒂丝那封信后，我很遗憾不得不假设我们的朋友已完全陷入疯狂，鬼迷心窍，以为采用那个不适用的疗法，能像拿海绵一样干干净净擦去一身复杂的疾病。这件蠢事已深植他们心中，非常危险，除了立刻动手术将之取出，别无他法。越早采取行动越好，对我们大家都有益处。当然，这将会是沉重的打击。真理虽始终是苦口良药，可是也不能容许痴心妄想继续滋长。但您尽可以放心，我会小心处理，尽可能照顾到他们的感受。

“现在谈谈您吧！对我而言，最方便的方法自然是将所有责任推给您，说您误解我的意思，您言过其实或者胡言乱语了。但是我不会这样做，宁愿将责任揽在自己身上。只是话先说在前头，我也无法完全让您置身事外。您了解那个老人家，明白他脾气固执得可怕。即使我说破了嘴，解释一百遍，还把维耶诺教授的信拿给他看，他也会哀叹连连说‘但是您承诺过少尉先生……’以及‘可是少尉先生说……’。他会不断引用您说过的话，佯装即使如此，依旧存在着某种希望，以哄骗我和自己。您若不当见证人，我和他之间将没完没了。痴妄幻想不像温度计里的水银，轻轻一晃，就能轻易甩下。被残忍宣布得了不治之症的病患一旦拥有一丝希望，即使渺如一枝麦秆，他也能立刻制作成大梁，再拿大梁建盖出一整栋房舍。但是这种海市蜃楼对病人伤害极大，趁着痴心妄想尚未在海市蜃楼中落户生根之前尽速拆除，是我身为医生的职责。我们处理这件事务必干净利落，不得浪费时间。”

康铎停顿不语，显然在等我表示赞同。但是我没有勇气迎视他的目光。我心脏剧烈狂跳，昨日景象也随之一一掠过我眼前：我们兴高采烈驾着马车驶过夏日乡村风光，生病姑娘的脸庞沐浴在阳光下，洋溢着幸福，容光焕发，还有她温柔抚摸小马的模样，宛如女王般端坐在喜宴桌旁。老人家的眼泪又是如何一再滚滚滑入笑得抽搐的嘴里。种种的一切，将因猛然一击而灰飞烟灭！变得焕然一新的姑娘又将退回原形，只凭一句话，就要把千辛万苦逃出绝望处境的姑娘，再度打回焦灼难耐的无间地狱！不行，我知道自己不可能做出这种事，于是畏畏缩缩地说：

“可是，是不是最好……”在他探问的眼神逼视之下，我又语塞了。

“什么？”他口气尖锐地问道。

“我只是想说，是否……是不是可以先缓一缓，暂且别坦白……至少等个几天，因为……因为……印象中她昨天似乎完全做好接受新疗程的准备了……我是说，内心做好了准备……如同您之前所言……她现在有了心理力量……我指的是，她现在或许有能力激发出更多内在力量，只要……只要再多给一点时间，让她相信自己所期待的新疗法，最后能够彻底把她治愈……您……您没有亲眼看见，所以您……您无法想象，光是告诉她可能治好，就对她造成了多大的影响……我印象中，她的行动确实立刻灵活多了……我的意思是，难道不应该先让这种影响发挥一下作用吗？……当然……”我的声音从唇边逸失，因为我感觉到康铎抬起眼，惊讶地盯着我看，“当然，我对此一无所知……”

康铎始终目不转睛看着我，然后低声发牢骚：

“瞧瞧，这可不是置身先知当中的扫罗[1]吗？简直是判若两人嘛！您似乎彻底卷入了这件事，甚至连‘心理力量’都记住了！再加上您的临床诊断——我都不知道自己居然不知不觉培养了一位助手和会诊医生！除此之外，”他若有所思，一只手神经质地轻轻搔着头发，“您所说的话，其实一点儿不蠢——很抱歉，我指的当然是就医学上来看并不愚蠢。奇怪，真的很古怪，接到艾蒂丝那封兴奋若狂的信时，有那么一会儿时间，我也问自己，在您说服她相信自己将会飞速痊愈之后，有没有可能充分利用她这种积极亢奋的态度……同事先生，您的考虑确实不坏啊！要安排这件事易如反掌，就把她送到瑞士的恩加丁，我有个朋友在那儿当医生。让她沉浸在幸福中，相信自己即将开始新的疗程，但其实不过仍是老套。乍一出手，或许能取得惊人的成效，我们将收到一批又一批洋溢热情的感谢信函。怀抱幻想，改变空气，换个场所，强化能量，这一切动作确实会大有帮助，也能哄慰人心，毕竟在恩加丁待上两个星期，就连您和我也能出其不意振奋精神。不过，亲爱的少尉先生，身为医生，我要斟酌的不仅是开头，还有疗程进展与结尾，尤其是结尾。我必须考虑到反作用力，当希望膨胀到无以复加的程度时，不可避免会产生反作用力——是的，不可避免！我身为医生，同时也是步步斟酌的棋手以及耐性十足的玩家，但是绝对不能成为碰运取巧的赌徒。至少由别人偿付赌注时，严禁如此。”

“可是……可是您不也认为病情会明显好转啊……”

1 以色列联合王国的开国国王。（编者注）

“确实如此，一开始病情会往前迈进一大步。女性对于感受，对于幻想的反应始终十分惊人。不过请您想象一下，几个月后，我们提到的所谓心理力量一旦耗竭殆尽，受到煽动勉强激起的意志已颓靡不振，热情也挥霍衰竭，更甚者，度过几个星期紧张的日子，她现在明确预期自己届时会康复的时机一直没有来临，没有彻底恢复健康，会怎么样？麻烦您设想一下，这种状况出现在饱受焦灼之苦而衰弱力疲的敏感姑娘身上，结果会有多悲惨！我们的问题不在于使病情稍有起色，而是涉及更基本的关键，是要将需要耐性的缓慢而可靠的方法，调整成冒失危险的躁进方法呀！她若是发现自己遭人蓄意欺骗，以后要怎么信任我，信任别的医生，或者其他人呢？即使真相残酷无情，也宁愿告诉她实情。在医学上，使用手术刀往往是较温和的手段。别再拖延了！出于好意，我实在无法承担这类别有心机的后果。请您要三思啊？换作您是我的话，有勇气这么做吗？”

“有的。”我不假思索回答，才一说完，就被自己脱口而出的话吓一跳。“意思是……”我小心翼翼补充说，“只要她多少有点进展，我一定坦诚相告……请您原谅，医生……这要求听来很过分……可是您最近不像我观察到他们迫切需要能够攻克难关的东西，而且……当然必须告诉她真相……但是应该等到她可以承受的时候……不是现在，医生，我向您发誓……只要不是现在就行……不要现在就告诉她。”

“那么，应该是什么时候呢？……”他沉吟道，“更何况，该由谁来冒这个险？总有一天势必要解释原委，到时候她的失望将危险百倍，是的，甚至会危及生命。您真的愿意承担这样的责任吗？”

“是的。”我语气坚定（我之所以语气如此坚定，是因为害怕必须和他立刻前往庄园），“完全由我一人承担责任。我十分清楚，暂时给予艾蒂丝希望，让她以为能够痊愈，彻底恢复健康，对她目前大有帮助。日后若是需要向她解释，或许是我们……我许下太多承诺，我会真心诚意坦白。我相信她会谅解一切的。”

康铎目不转睛注视着我。“了不起！”他终于喃喃说，“您对自己的能力可真有信心啊！不过说也奇怪，您发乎内心的信念竟也感染了我们其他人，先是城外那户人家，然后恐怕我也逐渐受到了感染！好，若您真能承担责任，在危机出现时负责平复艾蒂丝的心情，那么……那么事情当然又是另外一番面貌了……或许真可以冒个险，再等个几天，等到她心绪稳定一点……不过，少尉先生，一旦负起这类责任，就没有回头路了！我有义务在事前详细警告您。我们医生在手术前都会提醒病患注意各种可能的风险。而承诺一位长久不良于行的人在最短的时间内能够完全复原，不比拿手术刀所需担负的责任还要轻微。所以请您得仔细想清楚，要鼓舞一个受到自己欺骗的人再度振作，需要的气力可是无法估量哟！我讨厌事情不清不楚，闪烁其词。所以，在我放弃原本打算立刻开诚布公，向凯柯斯法瓦解释那个疗法不适用我们的病例，很遗憾他们还要再多点耐心之前，我必须知道是否可以信赖您。我能够确实指望您届时不会弃我于不顾吗？”

“绝对可以。”

“好吧。”康铎一把推开酒杯。我们谁也滴酒未沾。“不如这么说吧，但愿一切顺利，因为这么拖下去，我心里总觉得不舒坦。我现在把我的打算清楚告诉您——我是一步也不会逾越真实情况。我会建议她到恩加丁接受治疗，但同时也解释维耶诺的方式完全没有经过测试，明确强调要他们别期待奇迹出现。尽管如此，他们如果仍旧因为信任您，而沉溺于荒谬愚蠢的希望中，接下来就要看您了——您答应我了——您要及时把这件事情，您的事情处理妥当。我信任您更甚于自己身为医生的良知，或许有点冒险，不过我愿意承担后果。毕竟我们两个都是为了可怜的患病姑娘好。”

康铎站起身：“如同方才所说，一旦因为失望而出现危机，我就指望您了。比起我的耐性，但愿您的焦灼不安能取得更好的结果。我们就再给可怜的孩子充满信心的几个星期吧！这段时间她若确实大有起色，那么帮助她的人是您，不是我。事情就这样吧！我差不多该走了。城外那户人家还在等我呢。”

我们离开酒馆，马车在门前等他。康铎坐进了车里。在最后一刻，我的嘴唇抽动了一下，仿佛想把他叫回来，但是马儿已拉动车子全速前进。事已无法挽回了。

三个小时后，我在军营宿舍里的桌子上发现了一张便签，字迹是仓促中写下，由汽车司机火速送来的：“请您明天尽可能一大早过来。有许多事情要告诉您。康铎医生刚才在此。十天后我们就要动身。我高兴得要命。艾蒂丝。”

第十六章

说来奇怪，那本书竟碰巧在这一夜落入我手里。一般而言，我不太读书。我营房宿舍里摇晃不稳的书架上，放着六或八本军事书籍，其中包括《勤务规章》和《军阶名录》，对我们军人来说，这两本简直就是完全必用手册。除此之外，一旁还摆了二十几本经典文学，军校毕业后，我总随身带到各个驻防地，可是从来没翻阅过。带着这些书，或许只是想为我不得不居住的空荡陌生营房，增添一点私人家当。除此之外，还有一些印制粗糙、装帧拙劣的书籍，未裁切的书页只割开了一半，我完全没把书看完。这些书落到我手上的过程也莫名其妙。有个驼背又矮小的叫卖小贩，偶尔会跑到我们咖啡馆来，睁着泪汪汪的红肿双眼，眼神特别忧伤，缠着人兜售信纸、铅笔，还有一些廉价的低级色情文学，例如《卡萨诺瓦艳情记》《十日谈》《歌手回忆录》，或者有趣的《军营韵事特集》等所谓的风流文学，他希望这些书能够在骑兵圈里热卖。我出于同情——又是同情！——或许也是想摆脱神情哀伤的他的苦苦纠缠，所以我接二连三买了三四本印制低劣的下流书籍，然后漫不经心随手摆在架上。

不过这天晚上，我疲惫不堪，神经刺激过度，辗转难眠，也无法清晰思考，于是想找本书，转移自己的注意力，看倦了好有睡意。我抓起童年读过但印象已有点模糊的《一千零一夜》，希望天真烂漫、五光十色的故事，能够发挥最有效的麻醉作用。我躺在床上，昏昏沉沉读起书，整个人懒散无力，不太想翻页，遇到没有裁切开的页面，为了省事，干脆直接跳过。我注意力涣散，读了开头莎赫札德和国王的故事后，又继续往下读。忽地，我猛然吓得跳起来。我读到一篇奇怪的童话，有个年轻人看见一个老瘸子躺在路上。“瘸子”一词像尖锐的剧痛抽刺着我，神经也因为突如其来的想象如遭闪电焚击。童话中，白发苍苍的老瘸子绝望地祈求年轻人，说自己无法行走，问年轻人能否把他驮在肩上。具有恻隐之心的年轻人——恻隐之心，为什么你要有恻隐之心？我心想——果真伸出援手，弯下腰，把老人驮在肩上。

但是外表看似无助的老头子，实际上是个妖精，是邪恶的妖怪、卑鄙的魔法师。他一骑上年轻人肩膀，毛茸茸的双脚蓦地缠上恩人的脖子，怎么甩也甩不掉，将一心助人的年轻人当作坐骑，残酷地鞭打驱使。肆无忌惮的无情老家伙，一个劲儿催促怜悯他的年轻人，不让他有时间喘息。恶灵想到哪里，可怜的年轻人就得驮着他去，从此不再有自己的意志。他是坐骑，是坏蛋的奴隶，即使两膝摇晃、嘴唇龟裂，但因为怜悯别人而成了丑角，也只能继续往前跑，肩上驮着诡计多端、卑鄙邪恶的老人，像驮着自己悲惨的命运。

我停止阅读，心脏激烈跳动，好似要从胸口跳了出来。我一边看书，一边产生了令人无法忍受的幻觉，我竟然看见了那个阴险狡诈的老头子，看见他先是躺在地上，泪眼愁眉睁着眼睛，乞求富有同情心的年轻人大发慈悲，还看见他后来怎么骑上了年轻人的肩膀。妖精一头白发披散两旁，还戴着一副金框眼镜。迅雷不及掩耳间，我本能把童话故事里的老头和凯柯斯法瓦的脸合在一起，自己则在刹那间成了不幸的坐骑，遭他鞭打，驱策往前。是的，我清楚感觉到喉头紧紧锁住，简直透不过气来。书从我手中掉落。我躺在床上，浑身冰冷，听着心脏撞击肋骨的咚咚声，宛如敲在硬木上。我睡得很不安稳，睡梦中恶毒的猎人仍旧不断驱赶着我，我不知道要跑向何方。隔天一大早醒来时，头发湿漉漉的，全身乏力，疲惫不已，仿佛长途跋涉，不断赶路。

上午我和同袍出操，即使谨慎照表操课，精神警醒执行勤务，依然无济于事。下午我一踏上那条无可避免的道路，走向庄园，肩膀随即感觉到鬼魅般的重担。我有预感，从现在起必须担负的责任，变成了一种难如登天的全新职责。我的良心因此有所动摇。那一夜，我在花园长凳告诉老人家，他的女儿不久的将来痊愈有望，纯粹是出于同情而夸大其词，所以下意识没说出实话，甚至也违反了我的意志，但我不是有意欺骗，绝不是故意说出恶劣的谎言。可是，尔后，情况不同了，我已很清楚短期内不可能治愈，所以必须假装泰然冷静，步步为营，硬着头皮坚持下去。撒谎时不动声色，以免露出马脚，语气须坚信不疑，像个老奸巨猾的罪犯，犯案前几个星期、几个月，精心策划行动的每一细节，周密思索辩护借口。我生平第一次明白，世上最恶劣的坏事不是邪恶与残酷造成的，而是应该归罪于软弱。

后来在凯柯斯法瓦庄园里发生的一切，果然正如我所担忧的。我才走进塔顶的露台，就受到热忱欢迎。我特意带了几朵鲜花，想要一开始先转开对我的注意。可是她忽然惊呼一声：“老天啊，您何必带花送我呢？我又不是首席歌剧女伶！”下一秒我就坐到了这位迫不及待的姑娘身旁，听她滔滔不绝从头开始细说。她的声音透露出一丝梦幻的语调，她称康铎医生是“噢，这个独一无二的大好人！”，说他再度使她鼓起勇气。十天后，他们就要启程前往瑞士恩加丁的一家疗养院——既然终于要采取激烈措施医治这个病，何必要再多耽搁一天呢？她老早就知道以往使用的医疗手段错得离谱，什么电疗啊、按摩啦，以及种种的愚蠢机械，全都于事无补，不会有进展。老天啊，差不多快到紧要关头了。她曾经两次试图了断自己，试过两次，全都失败了。若非现在情况有变，她是不会告诉我的。没有人能够长久依赖他人而生存于世，每走一步、做一点小事都要靠人帮忙，一刻钟也无法独立自主，终日遭人窥视，受人监视，还因为觉得自己只会带给别人负担，是场噩梦，是令人难以忍受的存在，使人感觉透不过气来。是的，也该是时候了，差不多是紧要关头了。只要治疗得当，我将看见她复原得有多神速。过去那些微不足道的愚蠢好转，根本算不上有所起色！要么就彻底恢复健康，否则不算康复。啊，光是想象会复原，就令人喜不自胜，感觉万分美妙……

她就这样娓娓而谈，欣喜若狂，宛如山间溪涧喷涌，水流湍急，珠花飞溅。我感觉自己俨然像位医生，倾听发烧的病人呓语连连，看着刚正不阿的指针，数着她剧烈跳动的脉搏，忧心不安地把这种激动热烈、焦急烧灼，诊断为精神失常最确凿的临床证明。一听见她奔放的笑声如轻柔浪花般漫淹过澎湃汹涌的湍湍话语，我总不由得全身直打哆嗦，因为我知道她不知道的事情呀。我知道她在自我欺骗，知道我们正在欺骗她。她终于打住不讲，这时我宛如在夜晚行进中的火车上，因为车轮骤然刹住而忽然惊醒。不过，她是自己蓦地打住话头的：

“呐，您有什么看法？您为何傻里傻气坐着，请容我这么说，宛如受惊似的坐着呢？为什么您不说话？您一点儿也不为我感到高兴吗？”

我感觉被人赃俱获似的。现在若不用真正兴高采烈的开朗语调说话，以后恐怕也永远办不到了。但是我不过是个可怜的说谎新手，尚未掌握有意欺瞒的技巧，所以费了点劲儿才硬生生拼凑出几句话：

“您怎能这么说？我不过是吓到了……您一定能够理解的……在我们维也纳，若是遇见天大的喜事，总是会说：‘高兴得说不出话来。’……我当然为您感到莫大的喜悦。”

从我口中说出的话矫揉造作，听起来毫无感情，我自己听了都作呕欲吐，她一定也立刻察觉到我心中有所郁结。只见她态度大变，欢愉之情顿时黯淡下来，露出恼火的表情，仿佛被人从梦中摇醒。方才因亢奋而熠熠生辉的双眼，忽地变得冷峻，横眉竖眼，宛如张弓挟矢，即将射出愤怒之箭。

“哦，我怎么察觉不出您为我感到莫大的喜悦呢！”

我听出她话中的贬损之意，试图安抚她说：“可是，孩子……”

只见她身子霍然一正：“您别老是叫我‘孩子’，您明明清楚我无法忍受这种叫法。您究竟又大我几岁呢？您不是特别感到惊喜，对此尤其不是十分……十分……关心，或许我有资格冒昧觉得讶异。不过话说回来，您为什么不应该高兴呢？毕竟这间陋室将关闭几个月，您可以趁机休息喘口气，和同袍在咖啡馆里玩玩塔罗牌，摆脱服侍病人的无聊差事啊。是的、是的，我相信您确实感到高兴。您又可以舒服过日子了。”

她的话一句又一句重重击来，深深打中我惶惶不安的良心。我毫无疑问露出了马脚。我很清楚，这种时候她若是情绪一上来，会变得非常危险，于是我试图把争论转化成轻松有趣的谈话，好转移她的注意力。

“舒服过日子，您想得真美哟！骑兵能在七、八、九月过上舒服的日子，哈！您难道不知道这几个月正是骑兵受苦受难的旺季吗？先是准备演习，接着往来调防波西尼亚或者加里西亚，再来就是正式的演习以及盛大的阅兵典礼！军官躁动不安，士兵疲于奔命，从早到晚只有勤务，凡事一丝不苟，全得精准执行。这场纷乱要一直热闹到九月下旬。”

“到九月下旬？……”她忽然陷入沉思，脑子里似乎转着念头。“但是，什么时候……”她终于开口说道，“什么时候来呢？”

我一头雾水。真的，她的意思我一点儿也听不懂，于是天真问道：“上哪儿去？”

她又眉头紧蹙：“您别老是问得如此笨拙，行吗？！来看我们啊！来看我！”

“到恩加丁？”

“否则是哪儿呢？难不成是崔普斯缀尔游乐园吗？”

我现在才恍然大悟。我才花光最后七克朗买了一束花，哪怕去维也纳一趟车票只要半价，对我来说也是种奢侈，现在却要我负担前往恩加丁的旅费，实在有欠考虑。

“您瞧瞧，”我畅怀大笑，“这就是你们老百姓对军人的看法，上咖啡馆、打台球，漫步林荫大道，兴致一来，就换上便服，花个几星期游历世界各地。外出远足一下，可真是简单极了。两根手指往帽檐一放，说：‘再会了，上校先生，我现在没什么精力继续当兵了！等我改天觉得又有劲了，到时候再见吧！’你们以为我们枯燥乏味的日子过得有多惬意呢！您知道吗？我们这种人若想额外放一小时的假，就得缠上绷带，报告时露出老实服从的谦卑模样，‘毕恭毕敬’提出请求。不错，只是请一小时的假，就得如此大费周折，弄出一大堆名堂。若是要请一整天，至少得有个姑妈不幸死亡或者家人出殡。我如果在演习期间，态度恭顺谦卑，向上校说明我想放个八天假，到瑞士游览风光，那么我还真想瞧瞧他会端出什么表情。他想必会回敬我几句您在任何纯正文雅的字典里都找不到的话。行不通的，我亲爱的艾蒂丝小姐，您把事情想得太简单了。”

“哎呀，天下无难事，只怕有心人！您可别妄自尊大，以为军队里缺了您不行似的！您不在的日子里，就让其他同袍来训练您的鲁塞尼亚羊群就好了。再说，爸爸半个钟头就能办妥请假事宜。他在国防部里有十几个熟人，只要上级一句话，就能满足您的要求。何况除了您的马术学校和练兵场，您也该多开开眼界，对您只有好处没有坏处。所以别找借口，事情就这么决定了。爸爸会把事情办妥的。”

我真是蠢啊。但是，她那散漫随便的口气惹恼了我。这几年的军旅生涯，毕竟也培养出我某种军官自尊心。一个血气方刚、不知天高地厚的黄毛丫头，居高临下支使国防部各个将军，仿佛他们是她父亲的私人职员！我感觉受到贬低，那些身穿蓝色大礼服的将军，可是被我们视为神明呐！不过，即使我怒火中烧，口气仍旧轻松说道：

“好吧，到瑞士恩加丁度假，听起来挺不错呢！若是真如您所设想，无须我毕恭毕敬‘苦苦恳求’，便有人将这等好事送到我面前，那可真是太棒了。不过，令尊还需要向国防部为少尉霍夫米勒先生申请一笔特殊旅费赞助哟。”

这下换她愕然口呆了。她听得如堕五里雾中，觉得我的话中有一层看不透的意思，秀眉在烦躁不耐的两眼上方蹙得更紧了。看来我必须把话说得更清楚一点。

“理智一点，孩子……抱歉，我们理性地谈一谈吧，艾蒂丝小姐。很遗憾事情不如您设想的那么容易。您是否考虑过，这场荒唐的旅行需要耗费多少钱吗？”

“啊，原来您指的是这个呀？”她的口气坦率又天真，听起来非常大方，“这根本小事一桩。顶多几百克朗吧，一点儿也不碍事。”

至此，我再也控制不住自己的火气了，因为那正是我最敏感的地雷。我想我曾经说过，我在军团里属于身无分文的那一群，只能仰赖军饷和姑妈微薄的津贴过活，我对此备感痛苦。在我们的圈子里，若是有人当着我的面语气轻蔑地谈到钱的事情，好似那不过像到处丛生的蓟草，我总会大动肝火。这是我的痛处。在这一方面，不良于行的人是我，拿着拐杖的人是我。正因如此，这个娇生惯养的任性姑娘，这个明明自己饱受缺陷之苦、痛不欲生的人，竟无法理解我的痛苦，我不由得怒不可遏，举止失常。我不禁违反本意，近乎粗暴地吼道：

“顶多几百克朗？小事一桩，不是吗？对军官来说，不过是无足挂齿的区区小事！听我竟提起这鸡毛蒜皮的琐事，您一定会觉得寒碜吧？不是吗，寒碜、小家子气、吝啬极了？但是，您是否好好思考过，我们这些人是如何缩衣节食过日子的？历经了什么艰辛？又是如何做牛做马吗？”

她觑着眼睛愣视着我。愚蠢的是，我猜测那目光含有鄙夷之意，心头顿生冲动，想把我的贫穷状况全摊出来让她明白。因此，就如同当初她为了折磨我们这些健康的人，故意在我们面前一瘸一瘸走过房间，以自己的残废模样挑衅我们，报复我们拥有健康，我也感觉体内涌起一股愤怒的乐趣，想将自己的拮据困顿、仰赖他人生存的窘境，全都赤裸裸摊在她眼前。

“您究竟知不知道一个少尉能领多少军俸？”我朝她吼道，“您认真思考过这个问题吗？好，我就告诉您吧：每月一日领到两百克朗，要供三十天或者三十一天花用，还有义务要把日子过得‘合乎军官身份’。他靠这点军俸要支付饭钱、房钱、裁缝费和鞋费，以及‘合乎军官身份’的奢侈品。更别提战马如果出了差错，愿老天垂怜。若是精打细算后还能攒下几个铜板，就到您老拿来调侃是军官乐园的咖啡馆大吃一顿。假如他真的像个临时工一样节衣缩食，就能在咖啡馆乐园里一边啜饮一大碗牛奶咖啡，一边品尝山珍海味。”

我今日知道，自己当初如此宣泄愤怒有多么愚蠢，简直是种犯罪行为。一个成长过程备受宠爱、不谙世事的十七岁孩子，一个长年关在自己房间里的瘸子姑娘，怎么能想象金钱的价值、军俸和我们登峰造极的贫困灾难呢？但是，把自己受到的无数细琐侮辱，一次报复在某个人身上，这种乐趣似乎冷不防从背后扑向我，使得我盲目乱打，不假思索，宛如一个盛怒之下猛攻穷打的人，完全不知道自己下手有多重。

但是我才一抬起头，当即已明白自己打得有多野蛮、有多凶残。她身为病人，敏锐善感，立刻察觉到自己不知不觉中触及我最敏感的地方。她不由自主面红耳赤，飞快用手捂着脸。我看得出来她内心使劲抗拒，显然易见有某个念头使她热血上冲，涨红了脸。

“而您……您还买那么贵的花送给我？”

尴尬的气氛当头笼罩，久久不去。我对她感到不好意思，她在我面前也觉得羞愧。我们都不是有意要伤害对方。眼下谁也不敢再多说一句话。忽然间，风儿暖暖轻拂过林木的声音，楼下庭院里母鸡的咯咯声，清晰可闻，远处还不时传来车子驶过省道时微弱的车轮滚动声。这时她又再度振作了精神。

“我真笨，竟然听信您的胡诌乱语！我真傻得可以了，甚至还动了脾气。您何必管一趟旅程要花多少钱呢？您来看我们，自然是我们的座上宾。您认为您好心来看我们……爸爸还会同意让您破费吗？真是一派胡言！我可是让您当傻子耍了……好了，别再谈这事……不，我说过了，别再说了。”

但是这一点我不能妥协。我以前早就说过，没有比当食客这种想法更令我无法忍受了。

“不行！还要再说一句！我们谁也不希望引起误会吧！所以我有话直说了：我不希望有人为我向军团请假，不愿意别人帮我付款。我不喜欢要求破例优待，获得方便。我要和同袍并肩同进，不要额外好处，也不需他人庇护。我知道您是出于好意，令尊大人也是一片好意。但是有些人就是不能平白受禄，享尽生活中所有好事……这件事就到此为止吧。”

“也就是说，您不愿意来了？”

“我并没有说不愿意。我向您清楚解释了为什么无法过去。”

“即使我父亲邀请您也不成？”

“也不去。”

“那……即使是我求您呢？……如果我诚心诚意求您，盛情邀请您呢？”

“请您别这样做，没有意义的。”

她垂下了头。不过我还是察觉到她唇边抽搐，像远方的闪电，明确预示了一场危险的愤怒风暴即将来临。因为这个骄纵任性的可怜孩子，屋里人人都得看她眼色，遵照她意愿行事，现在竟然有人敢反抗她，对她说“不”，她因此怒火中烧。她陡然抓起桌上的花束，气急败坏远远丢到栏杆外。

“好。”从她齿缝迸出了这个字，“至少我总算清楚您的友谊有多深了。考验过一次也好！就为了几个同袍可能会在咖啡馆里嚼舌根，您就举出一堆借口搪塞！就因为害怕在军团留下不良的操行分数，宁愿扫了朋友的兴致！……好！解决了！我不会再苦苦哀求您了。您没有兴趣——好吧！结束了！”

但我感觉她激动的情绪尚未完全消退，因为她一次又一次顽强重复着“好”这个字，两只手还同时用力紧抓着扶手，撑起身体，仿佛要冲起来攻击人似的。忽然间，她看着我，目光尖锐。

“好，这件事结束了。我们谦卑的请求已遭拒绝。您不来看我们，不愿意来看我们。您不喜欢这样做。好！我们能撑过去的，毕竟以前没有您，日子也过来了……不过，有件事我想要知道，您愿意现在真心诚意回答我吗？”

“当然愿意。”

“要老老实实回答！人格保证！请您以人格担保！”

“如果您坚持如此的话——我以人格担保。”

“好、好。”她口气冷硬，干净利落一连重复着“好”，好似拿了把刀一下割掉了什么东西，“好。别担心，我不会再坚持阁下大驾光临。我只想知道一件事，而您已经以人格向我担保了。那就是，您觉得来看我们并不恰当，因为您感觉不是滋味，因为您窘迫不安……或者其他什么原因……不过那与我又有何干？好……好。这件事算是解决了。但是，现在请您诚实回答，清楚明确回答我：您究竟又为什么要上我们家来呢？”

我对她可能提出的任何问题都有心理准备，唯独没料到会出现这个问题。我错愕木然，结结巴巴说了几句预备作为开场白的话，希望能够争取时间。

“这个……这件事很简单啊……根本不需要人格保证……”

“是吗？……简单吗？很好！这样更好了！那就请说吧！”

这下无法再规避了。对我而言，说实话最为省事，但是我发觉自己必须小心翼翼，修饰说法才行。于是我故作轻松，一派自然说：

“亲爱的艾蒂丝小姐，请别在我身上寻找什么神秘的动机。您毕竟了解我这个人，应该清楚我不太会考虑自己的一言一行。我向您发誓，我从未想过要检验自己为什么上这户人家，为何拜访那户人家，为什么自己喜欢这个人，却讨厌那个人。我没办法给您更明智或者更蠢的说法，只能说我之所以经常到府上拜访，是因为我很喜欢过来看你们，比起别的地方，我在府上感觉舒服百倍。我以人格担保。我想你们或许稍微受到轻歌剧的影响，认为我们骑兵总是气宇轩昂、风趣幽默，仿佛成年累月都在热闹过节似的。但是，从内部来看，情况却不如表面那般气派优雅，即使是备受称颂的同志情谊，有时候也不是那么可靠。若是有十几个人套在一起拉车，总会有一个人特别使劲；倘若有机会升迁晋级，很容易会得罪排在前面的人。我们每说一个字都得时时小心留意，而且永远不确定自己是否惹了上面的大头不高兴。空气中总氤氲着一场风暴。服兵役说穿了就是一种劳役，而劳役又不能独立进行。何况，军营和酒馆不算是真正的居家生活，在这种地方，谁也不需要谁，谁也不关心谁。是的，没错，和同袍在一起，有时候非常愉快，相处热络，但是最终仍无法真正获得安全感。而我到府上来，把佩剑一解下，各式各样的担忧不安也随之搁置一旁。我惬意自在和你们谈天说地，那么……"

"嗯……那么怎样呢？"她心焦如火，脱口问道。

"那么……呐，您或许会觉得我如此直言不讳，有点厚颜无耻……那么，我也就说服自己，你们很乐意有我为伴。我觉得自己是这里的一分子，比起其他地方，我在府上感觉更加像在自己家里一样。我每次注视您时，总觉得……"

我不由自主顿了一下。不过她立刻重复我的话，口气依然激动："嗯，我怎么样了……"

"……这儿有个人，待在她身边，我并不像和同袍相处时那样显得多余……当然，我知道自己无足轻重，有时候也觉得奇怪，你们怎么没有老早对我感到厌烦……我经常……你们并不知道我经常提心吊胆，担心你们是否已经不喜欢我了……可是，我又总会想起您孤单一人待在偌大的空荡房子里，如果有人来看您，您会有多高兴。您瞧，这个想法始终不断鼓舞着我……我每次在塔顶或者您闺房见到您，总对自己说，我来看您是好事，免除您孤零零一个人闲坐无事，寂寞度过一天漫长的时光。您真的无法理解这点吗？”

这时，出现了出乎意料的变化。她灰色的双眸顿时僵滞不动，仿佛我的话里有东西将瞳孔化成了石头。但是手指同时又渐渐骚动不安，上上下下摸着扶手，随后又敲起平滑的木头表面，先是轻轻敲着，接着越来越急躁。她的嘴角微微扯动，下一秒忽地唐突说道：

“是的，我理解，我完全理解您的意思……您现在……我想您现在真的说出了实话。您说得非常、非常客气，万分委婉，但是我仍清清楚楚理解了您的意思，理解得十分透彻……您说您来看我，是因为我是如此‘孤单’，换句话说，就是因为我被钉死在这该死的轮椅上，所以您每天才会步履沉重到城外来。您这个好心人只是动了恻隐之心，来探望这个‘生病的可怜孩子’——我不在场时，大家都这么叫我。我早就知道了，我都知道。您出于同情才来看我，是的、是的，我相信您，您现在又何必否认呢？您正是所谓的‘好心人’，也喜欢听我父亲这么称呼您。这样的‘好心人’看见挨打的狗、看见长了疥疮的猫，都有怜悯之心，有何理由不对瘸子大表同情呢？”

她冷不防挣扎着要撑起身子，不灵活的身体掠过一阵痉挛。

“还真感谢啊！但我不屑接受这种针对我的残疾而生的友谊……没错，您别露出后悔不已的眼神！您当然会感到遗憾，因为您不小心说出了实话，承认自己之所以上我家来，是因为我让您‘觉得可怜’，就像那个女仆说的那样。只不过女仆是发乎真心说这话，而且直言不讳。但是，您身为一位‘好心人’，表达得更为委婉、更加‘体贴’，拐弯抹角说是因为我一整天孤零零独坐此处的关系。我全身上下早就感觉到您纯粹是因为同情才过来的，而且您还希望自己的牺牲奉献，能换得他人的赞赏。但是很遗憾，我不喜欢别人为我牺牲！不管是谁牺牲，我都无法忍受了，何况是您……我不准您这么做，您听见了吗？我禁止您这样做……您以为我真的得仰赖您随意来此一坐，依赖您那晶亮暧昧的‘关怀备至’目光，或者‘婉转贴心’的闲聊吗？……不，谢天谢地，我不需要你们大家……我能够处理自己的事，我一个人就熬过来了。如果撑不下去，我也知道要怎么摆脱你们……您看！”她一只手忽地翻过来，伸到我面前，“这里，您看这伤疤！我已经试过一次，只是太笨拙了，拿了把钝剪刀，无法割到动脉。倒霉的是，他们还及时赶来，包扎了我的伤口，否则我早就摆脱你们大家，还有你们卑鄙的同情心！下一次我会做得更漂亮，您放心好了！别以为我会毫无反抗，甘心任你们处置！我宁可去死，也好过受人怜悯。瞧！”她忽然放声大笑，笑声宛如锯子锯物般粗糙刺耳，“您瞧那儿！我那忧心忡忡的贴心父亲为我修建这座塔时，忘了这个……只记得要让我饱览美景……医生也说要多晒太阳，这儿阳光充沛，空气清新。但是谁也没想到这露台对我有多大用处，父亲没想到，医生和建筑师也都一样……您自己往下看……”她猛然撑起自己，把摇晃不稳的身体瞬间甩到栏杆边，双手死命抓住栏杆，“从这儿掉下去有四五层楼高，底下是坚硬的石块……那就够了……谢天谢地，我的肌肉还有充足的力量，可以让我攀过栏杆。是的，我拄着拐杖走路，练就出一身结实的肌肉。只需要猛然一甩，就能永远摆脱你们该死的同情心。你们大家这下也可以轻松了，父亲、伊萝娜，还有您，我这个怪物像梦魇似的压得你们无法透气……您看，易如反掌，只要稍微弯身向下，然后……”

她眼睛闪着怪异的光辉，整个人弯身俯过栏杆，我惊慌失色跳起来，飞速抓住她的胳臂。但是她仿佛遭火焚身，全身一颤，对着我嚷道：

“走开！……您怎么胆敢碰我！……走开！……我有权利做自己想做的事。放手！……立刻放开我！”

我没有理会她的话，设法用力把她从栏杆上拉下来，她忽然转过上半身，朝我胸口一推。可怕的事情发生了。她这一推，失去了支撑点，重心也失去平衡，松软无力的膝盖宛如被镰刀一砍，顿时一萎，猛地瘫软倒下，跌落时，还想抓住桌子稳住自己，却只掀翻了桌子。最后千钧一发间，我还尝试想扶住摇摇晃晃正要扑倒、肢体不灵光的姑娘，结果桌上的东西纷纷落了我们一身，花瓶哐一声砸得粉碎，杯子、盘子四散飞落，汤匙丁零当啷掉下。那只大青铜铃发出咚隆一声巨响，掉落在地，沿着露台一路滚去，里头的木槌当当当敲个不停。

瘫痪的姑娘不幸瘫倒在地，躺在地上毫无反抗之力，愤怒得直打哆嗦，又气愤又羞愧，号啕大哭。我想要扶起那单薄的身躯，她却奋力挣扎，对我咆哮：

“走开……走开……走开，您这个下流、粗鲁的家伙……”

她两只手在身边乱挥，一再试图要自己爬起来，不愿意我帮忙。每次我凑过去想扶她一把，她就缩起身子拼命反抗。狂怒之中，她朝我大吼大叫：“走开……不准碰我……滚开！”我这辈子没经历过这么可怕的事情。

这时候，我们背后传来轻微的嗡嗡声，电梯升上来了，显然青铜铃滚落在地，发出的声响把随时待命的仆人给唤来了。他急急忙忙走过来，惊恐的双眼立刻识趣地垂下目光，看也没看我一眼，径自轻轻架起她颤抖不已的身体——他想必习惯了这个动作——抱着不断啜泣的姑娘走向电梯。一分钟后，电梯又发出轻微的嗡嗡声往下降。我独自一人呆立原地，身边是翻倒的桌子、摔破的杯盘，一片狼藉。仿佛闪电凭空而落，打个正着，将东西炸得满地掉落，乱七八糟四散一地。

第十七章

我不知道自己在露台上破碎的杯盘之间站了多久，来势凶猛的脾气完全弄得我晕头转向，我怎么也想不透怎么会有如此发展。我到底说了什么蠢话？究竟为什么会激起这股无法解释的愤怒呢？不过，我背后又传来类似通风机的熟悉声响，电梯再次上升。仆人约瑟夫又走了过来，那张始终刮得干干净净的脸庞，笼罩着奇怪的愁雾。我心想他是来收拾整理的。站在这一片破烂狼藉中妨碍他打扫，我感觉很不好意思。但是他目光低垂，一声不响走近我，同时从地上捡起一条餐巾。

“请您原谅，少尉先生。”他谨慎地压低了嗓子说。每次说话，似乎都伴随着鞠躬敬礼（啊，他是个老派的奥地利仆人呀）。“请允许我稍微给少尉先生擦掉水渍。”

我的目光随着他忙碌不停的手往下看，这才发现上衣和浅色军裤各沾有一大片水渍。显然我俯身想扶起跌倒的姑娘时，随着桌子翻倒而掉落的茶杯，里头的茶水溅到了我身上。仆人跪在地上，拿着餐巾在水渍上又是擦、又是拍。我从上方俯视他一头灰发、形状方正的脑袋，忍不住怀疑这个老人是不是故意把身子弯得很低，免得我看见他的脸和深受震撼的眼神。

“不行，这样不行。”他最后忧郁地说道，头依旧没抬起，“少尉先生，我最好派司机到军营取另外一套军装过来，您这样是无法出门的。不过，请您放心，一个钟头后衣服就干了，我会立刻把裤子熨得平平整整。”

他听起来只是用专业的口吻热心说着话，语调却不由自主泄露出关切，还有些许错愕。我告诉他别费事了，不如帮我打电话叫车，我本来也马上要回去了。但是他出乎意料干咳了几声，抬起略带疲惫的善良眼睛，恳求地看着我。

“拜托，少尉先生是否能够再留一会儿？如果少尉先生现在就离开，实在太可怕了。我很清楚少尉先生若不多等片刻，小姐的情绪一定会激动得吓人。伊萝娜小姐现在陪着她……把她送上床了。不过，伊萝娜小姐吩咐我转达您，她随后就过来，希望少尉先生务必等她。”

我一反本意，内心深受感动。大家多么疼爱这个病人啊！人人都娇宠她、为她说情！这个善良的老人被自己的勇气吓得惊慌失措，又忙不迭地在我的军装上来回擦拭，动作特别显眼。我不禁感觉有必要对他说些真诚的话，于是轻轻拍他的肩膀说：

“约瑟夫，由它去吧，没关系的！太阳很快就晒干水渍了。我希望您泡的茶不会太浓，免得留下一大片明显的痕迹。由它去吧，约瑟夫，您还不如收拾一下这些餐具。我会等伊萝娜小姐过来。”

“噢，少尉先生愿意等，实在太好了！”他可真是松了口气，“凯柯斯法瓦老爷也快回来了，他一定很高兴欢迎少尉先生。他特别交代我……”

这时，楼梯间传来轻盈的脚步声，伊萝娜上楼来了。她也像约瑟夫刚才一样，眼睛低垂向我走来。

“艾蒂丝请您下楼到她卧室一会儿。只待一会儿！她要我转达您，她诚心诚意请求您过去。”

我们一起走下螺旋梯，彼此不发一语，默默穿越会客室和第二间房，走进显然通往各个卧室的长廊。走廊又阴暗又狭窄，我们两人的肩膀偶尔碰到一起，也可能是因为我情绪激动，走得浮躁不安、步履不稳的关系。伊萝娜在第二扇门前停下脚步，急切地在我耳边低语：

“您要好好对待她。我不知道方才在塔顶发生什么事，不过我很清楚她这种突如其来的脾气爆发。我们大家都很清楚，但是谁也不能生她的气，真的不能。我们这种人根本无法想象从早到晚无助地躺着，一筹莫展，是什么样的滋味。神经到最后想必积累了重重不安，满腹激愤，总有一天要发泄出来，她自己不知道，而且也不愿意如此。请您相信我，事后没人比这个可怜的孩子更悲伤了。正因为她无地自容，深切自责，更应该加倍对她好。”

我没有回答，回答也只是多余。伊萝娜反正一定察觉我内心受到了强烈震撼。她小心翼翼敲了敲房门，房内怯生生轻轻传来一声“请进”，她又赶紧嘱咐说：“请您别待太久，只要一会儿就行！”

手一推，门便无声无息开启，我走了进去。我第一眼注意到房间相当宽敞，橘色的窗帘严严实实遮住了靠近花园那侧的窗户，房内晕成一片红色朦胧光影，看不清楚家具摆设。过了一会儿，我才分辨出房间深处有个浅色的长方形床铺。那儿传来一声熟悉的腼腆声音。

“请过来，坐在这凳子上。我只耽搁您一点儿时间。”

我靠过去，枕头上那张瘦削的脸隐藏在秀发底下，微微绽光。一床色彩缤纷的棉被盖在她身上，棉被上的花卉刺绣一路蔓延到孩子气的细瘦下巴。艾蒂丝有点戒慎恐惧，等待我就座后，才敢畏畏缩缩发出声音。

“请您原谅我在这儿接待您，只是我的头很昏……我不应该在大太阳底下待那么久，每次这样晒太阳，我总会头昏脑涨……我觉得自己刚才实在神志不清了，我……但是……但是，您会全忘了吧……对吗？您没再生气我的粗暴无礼了吧？”

她的声音里蕴含着浓浓哀求，诚惶诚恐，我不由得立刻打断她：“您在想什么啊……全都是我的错……我不应该让您在烈日高温下坐那么久。”

“这么说，可以相信您的话……您不生我的气了，真的不生气了？”

“完全不生您的气。”

“您还会再来……像以前一样？”

“没错。不过，当然有个条件。”

她不安地望着我：“什么条件？”

“您要对我多点信心，别动不动就担忧得罪我或是污辱我！朋友之间并不会老是烦心这些无稽之事。但愿您知道自己神采奕奕、心情愉快时，有多迷人就好了！我们大家也会随之开心，您父亲、伊萝娜和我，还有屋子里上上下下全都会非常高兴！我真希望您能看见前天郊游时的自己，您是多么兴高采烈，我们大家也跟着快乐——我整个晚上都还一直回想呢。”

“您整个晚上都在想我？”她抬起眼睛望着我，似乎有点不太肯定，“真的吗？”

“想了整个晚上。啊，我怎么可能忘记这么美好的日子呢。整个旅程精彩美妙，太棒了！”

“是的。”她的语气如梦似幻，“真的很棒……太——美——妙——了……先是驾车越过田野，然后看小马，还有参加村里的婚礼……从头到尾都美妙非凡！啊，我真应该经常驱车出游！或许真是因为一天到晚呆坐在家里，愚蠢封闭了自己，神经都衰弱了。您说得没错，我疑心病太重了……我是说，患病之后才变成这样的，老天啊，我不记得自己以前曾经害怕过谁……生病后，我变得没有安全感，惶惶恐惧……总是想象每个人都盯着我的拐杖，人人都在可怜我……我知道那是不懂事的幼稚骄傲在作祟，是跟自己闹脾气，十分愚蠢。我也知道那样做是找自己麻烦，只会耗弱神经。但是，如果这病一拖再拖，永无止境，怎不叫我心生猜疑呢！啊，真希望这件事最后能够赶快结束，我才不会心情郁闷，暴躁易怒！”

“事情确实很快就会结束了啊。您需要的只是勇气，再多一点勇气就行了，加上耐性。”

她微微撑起身子：“您相信……您确实相信新疗程可以结束这件事吗？……您想想，前夜爸爸上来时，我还信心十足……可是今晚不知道什么原因，一阵恐惧忽然袭上我心头，害怕医生弄错了，告诉我假信息，因为……因为我想起了一些事情。以前我对医生的信任，对康铎医生的信任，就如同信仰天主一样虔敬。治疗时，一开始是医生观察病人，但久而久之，病人也懂得观察医生了……都是这个样子的。可是昨天——这件事我只告诉您一个人——昨天他检查我的身体时，我偶尔有种感觉……哎，我该怎么解释才好……他好像……好像在对我演戏……他显得局促尴尬，装模作样，不像平常那么坦率、那么真诚……我不知道为什么，就是感觉他由于某种原因，无法坦然面对我……当然，我听到他打算尽快送我到瑞士后，高兴得不得了……但是……但是私底下……这件事我只对您一个人说……那股无谓的恐惧始终挥之不去……不过请您别告诉他，拜托，千万不要！……新疗程似乎哪里不对劲……他好像只是想用这个方法来哄我……或是只想借此安抚爸爸……您瞧，我就是没办法摆脱这种可怕的猜疑。可是这能怪我吗？听多了别人唠叨说很快就会康复，实际上病情却是进展缓慢，慢得非常可怕，能不开始怀疑自己、猜疑别人吗？不，我真的再也无法忍受这种永无止境的等待了！”

她又激动地撑起身体，两手不停颤抖。我赶快俯身靠向她。

“别这样！别……别又激动了！您还记得刚才答应过我的话吗？……”

“好，好的，您说得没错！折磨自己一点儿用也没有，只不过牵连了别人受罪。而其他人，这能怪其他人吗？我对其他人来说本来就是累赘，拖累他们的生活……但是，不，我一点儿也不想谈这事，真的，我不想……我只想谢谢您不再生气我愚蠢大发脾气……也感谢您总是对我这么好，这么……这么叫我感动，我实在不值得您这样对待我……而我偏偏对您……不过，我们不会再谈这件事了，对吗？”

“永远不会再提起了，请您放心吧。现在您好好休息一下。”

我站起来，伸手打算向她道别。她躺在枕头上，模样清丽动人，对我绽放笑颜，表情半是胆怯腼腆，半是平静祥和，看起来就是个孩子，一个即将入睡的孩子。事情好转，不安的气氛烟消云散，宛如暴雨过后的清朗碧空。我靠近她，感觉没有牵绊，心情甚至愉快了起来。但是，她忽然间惊坐起身。

“天哪，怎么回事？您的制服……”

她注意到我的军装沾了一大片水渍。她一定回想起只有自己跌落时摔破了杯子，才可能酿成这个小灾祸，顿时心生内疚，一双眼睑随即低垂，遮住了双眸，原本已经伸出来的手又吓得缩了回去。看见她把这种傻气的琐事看得这么严重，我深受感动，所以装出轻松的口气安抚她。

“啊，没事的。”我开玩笑说，“没什么大不了的，只是有个顽皮的小孩把水泼到了我身上。”

她的眼神依然慌乱失措。不过，她也改成了戏谑的口吻，心怀感激说：“您有没有把顽皮的小孩狠狠修理一顿呢？”

“没有。”我回答说，完全是闹着玩的语气，“用不着修理，那孩子早又乖乖听话了。”

“您真的不生她的气了吗？”

“完全不生气。您真应该听听她说‘请您原谅’，多么悦耳啊！”

“所以您不会怀恨在心了吗？”

“不会，一旦原谅，事情就忘了。只不过，她当然要继续乖乖听话，做好别人要求的事情。”

“那孩子该怎么做呢？”

“要有耐心，亲切待人，保持心情愉快，别在太阳底下坐太久，多搭车兜风，确实听从医生的指示。不过现在这孩子得先睡觉了，不可以再说话，不许再胡思乱想。晚安。”

我把手伸向她。她躺在床上，巧笑倩兮，双眸熠熠生辉，容貌美丽迷人。她五根纤巧的手指放在我手中，温暖又安稳。

然后我转身离开，心情轻松愉快。我的手握上了门把，身后忽地传来一连串轻笑声。

“那孩子现在很乖吗？”

“无可挑剔，所以她得了一百分。但是现在该睡觉了，睡觉、睡觉，别再想些不好的事。”

我已经半打开门，一阵轻笑又飘了过来，傻里傻气又有点淘气。枕头那儿再度传来声音说：“您忘了听话的乖孩子在睡前该得到什么吗？”

“什么？”

“乖孩子应该得到一个晚安吻呀。”

我无缘由地感到心里不太舒服。她的声音里闪烁着一丝挑逗的语气，我不喜欢。之前她眼神火热地盯着我看，我已经觉得有点过头了。不过，我不想扫了她的兴，惹这位容易激动的姑娘生气。

“啊，当然了。”我故作漫不经心地随口说，“我差点给忘了。”

我又往回走几步，来到她的床边，忽然觉得一阵静默，原来她憋住了气息。她的视线一直盯在我身上，看着我走近，头靠在枕头上动也不动。手和手指一样纹风未动，只有两只眼睛牢牢盯在我身上，随着我的动作游移。

快点、快点，我暗自思忖，心里越来越不舒服。我匆匆忙忙弯下身，嘴唇浅浅地在她额上仓促一吻，还特地小心别碰触她太多肌肤，只在近处感受到她模糊暧昧的发香。

然而这时候，她的双手忽然举起，显然放在棉被上等待多时了。我还来不及挪开头，两只手已像钳子似的从两边紧紧压住我的太阳穴，把我的头往下扳，将我的嘴从她额头移到她唇上。她的唇紧紧贴住我的，炽热、贪婪地吸吮着，两人牙齿从而碰到一起。她的胸部同时拱起，使劲往上挺，想要碰触我弯下去的身体。我这辈子没遇过比这个残废孩子的吻更狂热、更绝望，又更饥渴的了。

但是不够，还不够！她使出烂醉似的蛮力紧紧搂着我，直到自己透不过气来，才渐渐松开拥抱，但两手随即急躁地从太阳穴插进我的头发里，始终没有放开我。后来她暂时松了一会儿手，往回躺，深情地凝望着我，然后再度搂住我，随意在我的脸颊、额头、眼睛和嘴唇贪婪热吻，吻得狂野却又虚软无力。每吻一次，她就嗫嚅叹息说："傻瓜……傻瓜……你这个傻瓜……"叫唤声渐渐炽热，不断说着"你、你、你"。她的攻势越来越饥渴，越来越热情。对我的吻和拥抱越来越激烈，痉挛似的拼命使劲。忽然间，她全身猛地一震，好似一匹布乍然裂成两半……她终于放开我，头躺回枕头上，双眼闪闪发光，志得意满地注视着我。

接着，她急忙转过头，精疲力竭，羞愧地低声说道："现在走吧，快走，你这个傻瓜……走呀！"

我走出去，不，是步履踉跄摇摇晃晃走出房门，一来到阴暗的走廊，身上最后一丝气力也消失了。我头昏脑涨，天旋地转，不得不扶着墙稳住自己。原来如此，原来是这么回事！这就是她如此焦躁不安，莫名对我咄咄逼人的秘密。然而揭露得太迟了。我的惊吓莫可名状，感觉就像一个不做多想、轻松自在低头赏花的人，却忽然遭一条毒蛇迎面袭来。若是这位敏感的姑娘打我、骂我，唾我口水，或许还不会令我如此惊慌失措，因为她敏感易怒，我早已做好随时面对意外之事的心理准备。唯独没料到此事，没料到她这样一个饱受命运摧残的病人，竟然可能会爱人，而且也渴望被爱。没料到这个孩子，这个尚未成熟的姑娘，这个上天束手无策的未完成品（我找不到其他的词形容了），竟然通晓一位真正女人的万种风情与热切欲望，胆敢妄想恋爱，胆敢渴慕爱情。我什么都料到了，就是没想到这个饱受命运捉弄而成残废的姑娘，没有气力拖动自己的身体，居然梦想爱人与被爱。也没想到她竟严重误会我了，我纯粹出于同情，才会一再过来看她。但是转眼间我恍然大悟，顿时大吃一惊。我这个唯一的男人，一天又一天，来到囚室关切这位与世隔绝、遭人遗弃的姑娘，她自然期待从我这个受同情心摆弄的傻子身上，得到另外一种柔情。我一头热的浮滥同情心要对此负起重大责任。但是我这个笨蛋，迟钝得无可救药，对此却浑然未觉，只在她身上看见受苦的人，看见一个瘸子，一个孩子，而非一个女人。即使只是短暂刹那，我内心也从没想象过在裹着她的棉被底下，有个赤裸裸的娇躯在呼吸，在感受，在等待，那是一副女人的躯体，和其他女人一样渴望爱与被爱。我这个二十五岁的年轻人想也不敢想，女人中的病患、残废、发育不全者、年老色衰者、无家可归者、受辱者，居然也有胆子去爱。涉世未深的年轻人真正开始生活、经历生活前，总是根据所听所读的余晖想象世界、形塑世界。拥有属于自己的阅历之前，必然是依循别人的观点和典范。在书中、戏剧或者电影里（电影简化了现实生活，使其变得肤浅），往往只有年轻、漂亮、万中选一的人，才彼此爱慕渴望。我始终认为，必须特别英俊挺拔、才干出色、得天独厚，才能获得女子青睐。这也是我面对一些艳遇会裹足不前的原因。我能泰然自若、无拘无束与两个女孩相处，是因为在我们的往来互动中，我一开始就排除了与性吸引力有关的一切情爱。而我从未怀疑她们除了认为我是个亲切的年轻人、一个好朋友之外，还会有其他想法。虽然我偶尔感受到伊萝娜的性感之美，却从来没有把艾蒂丝视为异性，脑中当然未曾隐约想过在艾蒂丝单薄瘦弱的身体里，会有同样的内脏在运作，灵魂里也有强烈欲望在催迫，就像其他女人一样。从这一刻开始，我才逐渐了解（诗人多半对此讳莫如深），比起生活幸福、身体健康者，那些遭人遗弃、受人污辱、面貌丑陋、年老体衰、憔悴枯萎、受人贬抑的人在渴慕爱情时，心里的贪婪更加激切、更为危险。他们的爱狂热、阴沉、黑暗。这些上天的继子继女没有未来、没有希望，却拥有世间最饥渴、最绝望的激情。他们只有透过爱与被爱，才感觉得到自己的存在合情合理。从绝望的深渊底部，发出渴求生命的惊慌呐喊，听来最为惊心动魄——我这个涉世未深、没有经历过大风大浪的人，想也不敢去想这种可怕的秘密！直到这一刻，这番醒悟才像一把烫得灼热的利刃刺进我心里。

傻瓜！——现在我也才明白她向我拱起半成熟的胸部，贴紧我的胸膛时，惊慌中会脱口而出这个词。傻瓜！——是的，她这样叫我是对的！其他人想必第一眼就看透了情势，父亲、伊萝娜、约瑟夫和其他仆役，大家早就猜疑她的爱、她的激情，或许还因此感觉惊慌失措，八成也有不祥的预感。只有我这个被同情心冲昏头的傻瓜浑然未觉，只知扮演善良老实的呆头鹅同伴，夸夸畅谈，插科打诨，没有察觉她因为我的不解风情与迟钝不觉，焦灼的心灵受到无比煎熬。就像三流喜剧中，悲伤阴郁的主角深陷一场阴谋中，观众早就一清二楚他已落入圈套，只有他这个笨蛋仍旧一本正经继续表演，无愁无忧演了又演，始终不明白自己陷入何种天罗地网（而别人打从一开始便已熟悉网的每根纤维、每个网眼）。庄园里的人想必在一旁清清楚楚看见我在这场荒唐的感情捉迷藏中胡乱摸索，直到她粗暴地揭去我眼上的绷带。然而，就像一点微弱的灯光便足以同时照亮房内的十几件物品，我现在终于——太迟了、太迟了！——明白过去几个星期许许多多的细节，不禁羞愧得无地自容。至今我才恍然大悟，为什么我每次肆无忌惮地叫她“孩子”，她总是气得牙痒痒。她根本不想被我当成孩子，而是女人、恋人。现在我总算了解，为什么我有时候明显因为她的跛脚而深感震撼时，她的嘴唇会不安地颤抖；了解她为什么痛恨我的怜悯之心，怨得咬牙切齿。她身上的女性本能显然洞察到，同情不过是一种温吞的兄妹情谊，不过是真正爱情混沌悲哀的替代品。可怜的姑娘想来一直苦苦等待着尚未出现的一句话，等待着信号，显示我茅塞顿开，但是她的等待始终落空。她想必在我高谈阔论的时候备受折磨，在焦灼不安的炙热铁网上煎熬，心灵一抽一颤殷切等候，等待第一个含情款款的姿势，等待我至少终于察觉到她的热情。而我什么也没说，什么也没做，却又不走得远远的，依旧每日来访，因而不断增强了她的信念。但是我的心灵却又驽钝不察，使她迷惘不已。不难理解她为什么终于神经崩溃，将我给生吞活剥了！

所有一切，化作数百个画面，飞快闪过我的脑海。我仿佛遭到炸弹攻击似的，靠在昏暗走廊的墙上，喘不过气来，两脚几乎和她的腿一样瘫痪麻木。我在黑暗中摸索了两次，想要继续前进，第三次才摸到了门把。这扇门后是会客室，我脑筋迅速转动着，左边有道门通往玄关大厅，我的佩剑和军帽就放在那儿。所以我该趁着仆人没来，快速穿越会客室，继续往前走，继续走。立刻走上阶梯，赶快走，继续走，别停留！尽快逃离庄园，否则晚了，可能会遇见想探询内情、知道答案的人。趁现在赶快离开，别遇见她父亲、伊萝娜和约瑟夫，最好谁也别碰见，免得我像个蠢蛋似的在圈套里越陷越深。快走，赶快离开就对了！

然而已经太迟了！会客室里已等着伊萝娜，她显然也听见了我的脚步声。她一看见我，脸色立刻大变。

“耶稣玛利亚，怎么回事？您的脸色好苍白……是……是艾蒂丝又发生什么事了吗？”

“没事，没事。”我好不容易才有力气挤出几个字，一心只想赶快离开，“我想她现在睡了。请见谅，我得回营了。”

但是我粗鲁的态度想必透露出震惊恐慌，只见伊萝娜果决地抓住我的胳臂，硬把我按倒，不，推到单人沙发上。

“这里，您先坐下来再说。您得先冷静一下……您的头发……您的头发成什么样子了？您头发凌乱，一身污垢……不行，您坐着。”我正想弹起来，她又说：“我去拿杯白兰地。”

伊萝娜走到酒柜前倒了杯酒，我一口灌了下去。她忧心忡忡看着我颤抖着手把酒杯放下（我这辈子从来没这么虚弱，感觉精力尽失），然后静静在我旁边坐下，默不作声，偶尔从旁小心翼翼投来一瞥，眼神里尽是担忧，仿佛正在观察一位病人似的。她最后终于开口问道：“艾蒂丝……对您说了什么？……我的意思是，说了……什么和您有关的话？”

从她关切的态度看来，我感觉她全都猜到了。但是我虚脱软弱，无力反驳，只能轻声低喃：“是的。”

她纹风未动，也不发一语，我只察觉到她的呼吸忽然变得急促。她战战兢兢凑近身子。

“您难道……真的直到现在才发现这件事吗？”

“我怎么料得到这种事……如此荒谬！如此疯狂！……她怎么会有这种想法……怎么会对我……为什么偏偏是我？……”

伊萝娜轻叹道：“天啊，但她始终认为您纯粹是为了她而来……您是因为这个原因才来看我们的。但是我……我压根儿不相信，因为您总是这么……这么落落大方，这么亲切真诚，完全是另外一种样子。我打从一开始就担心您只是同情罢了，可是我怎么忍心警告那个可怜的孩子，劝她打消给她带来幸福感的痴心妄想呢？我怎么能如此残忍……几个星期以来，她脑子里仅有一个想法，您对她……她反复问我，问了又问，我是否认为您真的喜欢她。我总不能残酷对待她……我必须安抚她，增强她的信心。”

我再也克制不了自己：“错了，您反而必须劝她，非打消她的念头不可。她疯了，热昏了头，满脑子幼稚的奇思幻想……那不过是一般黄毛丫头对制服的迷恋，明天若是换了别的军官来，对象也会换成他。您必须向她解释清楚……务必及时劝她打消念头。对象是我，单纯只是偶然，碰巧来的人是我，不是别人，不是一个比我更优秀的同袍。在她这个年纪，这种事情很快就会过去的……”

然而伊萝娜悲伤地摇了摇头：“不是的，亲爱的朋友，您别欺骗自己了。艾蒂丝对此事非常认真，认真得可怕，甚至一天比一天还要危险……不，亲爱的朋友，这么严重的事情，我无法忽然之间帮您卸下负担，让您轻松以对。您若是能料想到庄园里发生什么事就好了……三更半夜，铜铃总要响个三次、四次，铃声刺耳吓人。她肆无忌惮唤醒大家，等到大家心惊胆跳，以为发生什么事情，急忙赶到她床边后，她却又直挺挺坐在床上，一脸迷惘困惑，凝神发呆，翻来覆去老是问我们同样一个问题：‘你会不会觉得他至少有点喜欢我，即使只有那么一丁点儿？我长得又不丑。’然后她会要一面镜子，却又立刻扔掉。一会儿后，她也意识到自己的行为有多疯狂。但是两个钟头以后，一切戏码又从头来过。她深感绝望，不断问着她的父亲、问约瑟夫和女仆，昨天甚至还私下请来那个吉卜赛老妇人——您还记得她吧？——帮她算命，又算了一次……她写了五封信给您，封封内容又多又长，但写完又马上撕掉。从早到晚，从凌晨到深夜，她想的、说的没有别的，只有这事。有一次她还要求我去找您，探询您是否喜欢她，只有一点喜欢，还是……还是讨厌她，因为您没说什么话，有点闪烁回避。她要我立刻动身，在路上拦住您，还叫司机即刻将车开过来。她把要我对您说的话、询问您的问题，谆谆交代了不下三次、四次、五次。最后一刻，我都已经站在玄关大厅了，又听见铜铃响起，我不得不穿着大衣、头戴帽子走回她身边，她要我以母亲的生命发誓，绝对不可对您有任何暗示。唉，您怎会知道呢！每当您在身后关上庄园大门离开，对您而言，事情就结束了。但是您前脚才一走，她就一字不漏把您对她说过的话讲给我听，问我相不相信，或者有什么想法……我如果说：‘你也看见他有多喜欢你。’她便朝我大嚷：‘你骗人！那不是真的！他今天没对我说过一句好话。’但是，她同时又想再听一次，所以我得重复把话讲三次，向她发誓……然后，还有那个老爷子！从那之后，他完全失魂落魄。他将您视如己出，宠爱有加。您真该看看他睁着疲惫的双眼，一连好几个小时坐在她的床边，抚摸她，安慰她，直到她终于入睡。然后他回到房间，彻夜未眠，心神不宁走来走去，踱来踱去……您……您真的对一切毫无察觉吗？”

“没有！”我绝望得无法控制自己，音量大得吓人，“没有，我向您发誓，我什么也没察觉到！一丁点儿也没有！难道您以为我早已猜想到这件事，还能来府上，和你们安然坐在一起下棋、玩多米诺骨牌、听唱片吗？……她怎么生出这种妄想，认为我……偏偏是我……她怎能要求我同意这种胡闹，接受这种儿戏？……不行、不行、不行！”

一想到自己并非出于本愿为人所爱，我就感到万般痛苦，直想一跃而起，可是伊萝娜使劲拽住我的手腕。

“安静点！亲爱的朋友，我求求您，千万别激动，我尤其恳求您稍微小声点！隔墙有耳，她总有本事听到别人说话呀。拜托您看在上天分上，请别冤枉她。因为恰好是您将新疗程的信息先告知了她的父亲，消息是由您而来的，所以可怜的她将之视为一种讯号。老爷子当时三更半夜立刻冲到她的卧房，将她唤醒，您真的无法想象，这两人相对而泣，感谢上天终于要结束这种可怕的日子。他们坚信一旦艾蒂丝痊愈，像其他人一样健康，您就会……我不需要把话讲得太明了。正因为如此，您不可以在她需要健全神经来面对新疗程的时候，干扰她的心绪。我们必须极其小心，上天垂怜，别让她获悉您是如此……如此感到惊慌恐惧。”

但是绝望的我怎么也无暇顾及了：“不行、不行、不行。”我用手猛烈敲着扶手：“不行，我没办法……我也不愿意受人爱慕，如此被人所爱……我没办法假装若无其事，再也无法自由自在大方调笑，甜言蜜语了……我办不到！您根本不知道刚才发生了什么事……在那儿，在她的卧室里……她彻底误解我了。我对她只有恻隐之心，只有同情，唯独如此罢了，其他什么也没有！”

伊萝娜沉默不语，凝望出神，然后叹了口气。

“嗯，我打从一开始就对此感到忧心！这段时间，我隐约有所感觉……但是，老天啊，现在该怎么办？该如何委婉让她明白这件事？”

我们默默无语呆坐着。该说的都说了。我们彼此心里有数却无计可施，找不到出路。蓦然间，伊萝娜直起身子凝神细听，表情紧张。我几乎同时也听到了大门传来车子驶近的引擎声。一定是凯柯斯法瓦回来了。她霍然站了起来。

“您现在最好别与他打照面……您的情绪太激动，无法若无其事和他说话……请您等一下，我尽快取来您的军帽与佩剑，最简单的方式是从后门走到花园去。我会编个借口，解释您为何无法待到晚上。”

她一个箭步就取来我的东西。幸好佣人赶到车子那儿去了，我才能不引人注意，穿越庄园建筑。走到了花园后，我心里的恐惧大肆蹿升，很害怕遇到人不得不说话，所以急急忙忙加快脚步。我缩头弯腰，第二次像个受惊胆怯的小偷似的，逃离这座不祥的宅邸。

第十八章

我这个涉世不深的年轻人始终认为患相思、为爱烦恼是最折磨人心的事情。可是这一刻，我开始觉得还有其他或许比患相思、渴望爱情更煎熬的烦恼，那就是非己所愿为人所爱，却无力抵抗对方排山倒海而来的激情。眼睁睁看着身旁有个人受到渴望炙热灼烧，只能袖手旁观，束手无策，没有权利、没有能力，也没有气力将此人救出烈焰。爱得不幸的人，偶尔还能控制自己的激情，因为他不仅蒙受其苦，也是一手造成自身苦难的始作俑者。爱人者若是不善控制自己的激情，至少他是咎由自取才会受苦。然而受人爱恋，自己却没有产生相同的情愫，那就是无药可救的崩毁，因为对方激情的程度与限度并非取决于他，反而超出了他的力量。对方的意志若想要主宰一切，他的意志终将薄弱无力。或许只有男人才能充分领会这类羁绊毫无希望可言，对他而言，这种迫使他必须起而对抗的情势，既是种折磨，也是种罪过。女性若是抗拒非己所愿的热情，只不过是在心底深处遵循她那个性别的法则罢了。女性一开始总会表现出拒绝的态度，仿佛那是与生俱来的本能。即使她拒绝热烈的追求，也没人会说她没人性。但是，一旦命运翻转了天平，女人一旦克服了羞耻心，向男人表白她强烈的情感，尚未确定对方的心意，就献出自己的爱情，若是被追求的男子抗拒不接受，态度冷淡的话，那就是天大的灾难了！不回应女子的渴望，也就意味着伤害了她的自尊，激起她的羞耻心，从此结下永远解不开的纠葛。拒绝女子的热情追求，等同于伤害她最高贵的情感。女人一旦袒露出自己的软弱，即使你抽身时再怎么婉转体贴，也只是徒然；即使说出多么客气委婉的话语，也毫无意义；单纯献给她友情，也不过是侮辱。男人的任何抵抗，全都无可救药地变成残酷不仁，若是不接受爱情，将永远无辜陷入罪过当中。你刚才还感觉自由自在，你拥有自己，对谁也没有亏欠，但是转眼间，你被人追猎，遭到围困，无意中不情不愿地成了他人欲望掠夺的对象与目标，这完全是无法挣脱的可怕枷锁呀！你现在知道，有人白天黑夜等待你，想念你，渴望你，呼唤你，而对方是个女人，一个陌生的女人！你打从心灵深处感到强烈震惊。她以她全身每个毛孔、她的身体、她的血液想要你，要求你，渴望你。你的双手、你的头发、你的嘴唇、你的肉体，她全都要。你的白天和夜晚、你的感受、你的性欲，还有你全部的想法与梦想，所有一切她都要与你分享，所有一切她都要从你身上取走，随着呼吸，吸吮入她心中。不管白日或黑夜，不管你清醒或是沉睡，世上某处有个人一直醒着，情欲热切地等待着你，有个人看护你，梦见你。你不愿意去想日夜思念你的女人，但只是徒劳；你不存在于自己心里，而是在她心里，所以千方百计想要脱身，却不过是枉然。有个陌生人忽然把你像面活动镜子似的放在心里，不，不是像面镜子，只有你自愿凑近时，镜子才会吞进你的影子。但是，这个爱上你的陌生女人，早已把你吸入她的血液里了。不管你逃到哪里，她心中始终装着你，随身带着你。你遭到了拘捕，永远囚禁在另外一个人心里，不再是自己，不再自由无拘，不再清白无辜，永远受到追逐，永远得承担义务。你总是感受到她时时刻刻“思念着你”，像有张火热的唇不断吸吮着你。你满腔仇恨，满心惊慌，由于她对你的相思之苦而备受折磨。我现在终于恍然大悟：一个男人最荒唐愚蠢、最摆脱不了的困境，是违反本愿为人所爱，这是一切痛苦中最残忍的折磨，而且没有过错，却惹罪招愆。

我即使是在一瞬而逝的白日梦中，也没想过会有女子爱我爱得如此毫无保留。虽然同袍们大肆吹嘘这个或那个女人如何“死皮赖脸地追求”自己时，我经常在场旁听。听他们冒冒失失描述这种死缠烂打的故事，我或许也会跟着众人起哄嬉闹，纵声大笑，因为我当时尚未体会到，任何一种形式的爱情，即使是最可笑、最荒谬的，也是一个人的命运，若是冷漠以对，也会因为伤害对方的情感而犯下过错。不过，若光是所见所闻或者从书中读来的知识，也只会轻轻从人身上掠过，丝毫无法着力。唯有亲身经历，人的心灵才能领略情感的本质。因此，我也必须亲自经历一段荒谬无稽的爱情加诸于良心的沉重负担，才能对他人产生同情，同情这个拼命献出身心的人，同情那个死命抵抗他人泛滥感情的人。然而，在眼前这个处境中，要担负责任的人却偏偏是我，责任甚至还沉重到不堪想象的地步！拒绝一位女子的爱情，使其失望，已是残酷无情，简直可谓是加诸心灵的粗暴行径，而今我还必须对这个暴躁易怒的姑娘说“不行”“我不愿意”，更不知道可怕多少倍！我不得不伤害一个患病的姑娘，生命早已将她伤得满身创痛，我却雪上加霜，进一步摧残她，还要夺走这位内心惶惶不安的姑娘最后一根拐杖，夺走她赖以支撑的最后一丝希望。我心里有数，光只是同情，已使这位姑娘大为震惊了，若是逃避她的爱情，将会伤害她至深，甚至可能毁掉这个人。我打从一开始便残酷认识到，若是不能接受她的爱，或者不假装响应她的爱情，我将犯下滔天大错，而这非我所愿。

但是，我无从选择。在心灵理解到危机之前，身体已抗拒她突如其来的拥抱。我们的本能始终比清晰的思想更加通晓事理。在惊慌失措的最初瞬间，我猛然挣脱她强人就范的柔情蜜意时，便已模模糊糊预感到一切了。我很清楚自己永远不可能具备救世主的力量，像这个残废姑娘爱我那般爱她，我的恻隐之心甚至也不足以支撑我甘心忍受这啃蚀神经的激情。在我抽身逃走的最初瞬间，我已预料到不会有出路，也没有中庸之道可行。这荒唐的爱注定会造成一人不幸，不是我就是她，说不定是两个人同时遭难。

我永远也无法厘清自己是怎么走回城里的，只知道自己走得又急又快，随着脉搏跳动，脑海里反复只有一个想法：快走！快走！赶快离开这座宅邸，逃离纠缠，快跑，快逃，消失得无影无踪！别再踏进这座庄园，不要再见到那些人，一个也别见！躲起来，别让人看见，不再对谁有责任，不要再陷入任何纠葛！我知道自己还努力思考着，打算辞掉军职，弄些钱来，然后远走他乡，越远越好，别让荒诞不经的渴望勾着我。然而这些念头不过是空想，而非深思熟虑后的结果，因为在我的头脑里，有句话执拗地不断敲着：走、走、走，走就对了！

后来我从沾满尘土的鞋子和蓟草割破的军裤看出，自己一定横越了草地、田野和街道，乱跑了一阵子。至少等我终于走到大街上，太阳已落到屋顶下了。这时，有人冷不防从背后拍我肩膀，我当真像个梦游的人似的猛然惊醒。

“喂，东尼，原来你在这儿呀！我们总算逮到你了！我们到处找你，翻遍了每个角落，正想打电话到你城外那栋骑士城堡去呐。”

我看着围在身边的四个同袍，有每次都少不了的费伦兹，还有约士奇和骑兵上尉史坦胡贝尔伯爵。

“哎呀，动作快点呐！巴林凯突然跑来了，从荷兰还是美国，天知道从哪儿冒出来的。总之，他今晚邀请了全团军官和服役一年的士兵用餐，上校会来，市长也将出席。今天在红狮旅馆可是有个盛大宴会呐，八点半。幸好我们逮到你了，要是你开小差，老头定要大发雷霆！你也知道他有多偏爱这个巴林凯，只要他出现，大家都得列队迎接呀。”

我仍浑浑噩噩无法集中精神，不知所措地问道：“谁要来？”

“那个巴林凯呀！别露出那副蠢样行不行？难道你不认得巴林凯？”

巴林凯？巴林凯？我头脑迟钝，思绪纷乱，仿佛从尘埃密布的旧货堆中费力挖出这名字。啊，有了，那个巴林凯——他曾经是军团里的坏孩子，早在我驻防此地服役之前许久，他便已在这儿当少尉，后来升到中尉，是团里最精良的骑士、最狂妄的家伙、最大胆的赌徒和猎艳高手。不过，后来发生了点难堪的事情，但我没去打探究竟是怎么回事。总之，二十四小时内，他脱下军装，挂在吊钩上，转身浪迹天涯去了，只留给大家议论纷纷各式与他有关的特殊传言。最后，巴林凯在开罗的牧羊人旅馆，钓上了一位富可敌国的荷兰女人，一个拥有数百万家产的寡妇，也是某家旗下有十七艘船的船公司老板，在爪哇和婆罗洲还有产量丰富的大农场。他从此否极泰来，东山再起，而且成了我们的隐形守护神。

我们上校布本希克当年想必帮忙巴林凯摆脱了一个棘手麻烦，因为巴林凯对他和军团始终忠贞不二，令人感动。只要他到奥地利来，都会特地拜访驻防地，慷慨解囊，挥金如土，他离开几个星期后，城里仍旧津津乐道他的奢豪行径。来到军团，他总会再穿一晚旧军装，又成为军中同袍的伙伴。这样做，对他不啻是种心灵需求。他坐在熟悉的军官桌旁，怡然自得，轻松快活，可以感觉红狮旅馆里粉刷拙劣、烟雾弥漫的大厅，对他而言，比他在阿姆斯特丹运河旁的华丽宫殿还要亲切百倍，更像是他的家。我们始终是他的孩子、他的弟兄，他真正的家人。他每年都为我们的障碍赛马提供奖金，圣诞节也固定赠送两箱或三箱各色烧酒和香槟。新年时，上校还有十足把握能收到金额庞大的支票，充实军团同志的银行户头。只要是穿着轻骑兵制服，领口别着我们的领边，一旦遇到困难，就完全能指望巴林凯会伸出援手。写封信给他，一切便处理妥当。

换作其他日子，能与这位备受推崇的人物见面，我会衷心感到高兴。然而我此刻千头万绪，一思及要开怀谈笑、大声寒暄、敬酒祝词，就觉得是世上最难以忍受之事。所以我千方百计，借口肠胃不太舒服，想要尽快开溜。但是费伦兹霍然一喝“门儿都没有！今天别想开小差”，猛地挽住了我的手臂。我只得不情不愿地屈服于他。他们继续拉着我走，我脑子里思绪紊乱，听着费伦兹讲述巴林凯如何帮了谁脱离困境，而且在很短时间内给他妹夫谋了个职务。如果我们这些人想要扶摇直上，只要跳上船去找巴林凯，或者漂洋过海到印度去。约士奇这个身形瘦长、脾气倔强的家伙，总爱在老实的费伦兹热情洋溢大表感激之情时，酸他几句。他讽刺道，巴林凯要不是钓上了一尾肥美的荷兰鳕鱼，不知道上校是否还会如此热络迎接他的"心肝宝贝"哟。话说回来，听说她可是比巴林凯大了十二岁，史坦胡贝尔伯爵笑哈哈说："既然要卖身，至少得卖个漂亮的好价钱呐。"

现在事后想想，我也着实纳闷，当时我尽管浑浑噩噩，却把每句话记得清清楚楚。清晰的思考能力虽然麻木，但是内在神经却又极度亢奋，两者经常相伴出现，神秘莫测。我们一走进红狮旅馆的大厅，归功于平时养成的纪律，指派给我的工作，我下意识好歹做得有模有样。要完成的活儿还真不少。一大堆横幅、旗帜和徽章得挂好，平常只有举行军团舞会时，才会装饰得琳琅满目，摆出来炫耀。几个勤务兵在墙上大声敲敲打打，不亦乐乎。史坦胡贝尔在一旁反复灌输那个号手该在何时吹奏号角，又怎么个吹法。约士奇写得一手工整好字，所以写菜单的任务就落到他身上，菜肴全都诙谐地取了嘲讽的名称。他们把安排席次的责任塞给我。这段时间，仆人已摆设好桌椅，侍者将几十瓶葡萄酒和香槟放到桌上，叮叮当当声此起彼落。美酒佳酿是巴林凯从维也纳的沙贺饭店差人运来的。说也奇怪，我竟在这阵喧嚣纷闹中感觉心情舒适，想来是嘈杂声盖过了我太阳穴里脉搏的沉重跳动和一堆问题。

八点钟，一切终于安排就绪。现在得赶回军营，梳洗整顿，迅速更衣。我的勤务兵已收到命令，军袍和漆皮军靴早已备好。我赶紧拿冷水冲冲头，看了表一眼，还有整整十分钟。我们上校非常重视准时，分秒不差，实在讨厌。我利落地脱掉衣服，踢掉满是灰尘的皮鞋，只着内衣衬裤站在镜子前，正要梳理蓬乱的头发时，却有人敲门。

“谁也不见。”我命令勤务兵说。他听从命令，一个箭步冲向门外。接待室传来窃窃私语声。没多久，库斯玛手里拿了封信回来。

给我的信？我穿着衬衫和内裤站在那儿，接过长方形的蓝色信封。信又厚又沉，像个小包裹。我根本不用看笔迹，就知道写信的是谁，顿时感到手中宛如有一把火似的。

晚点再说、晚点再说，我本能急忙提醒自己。别看信，现在千万别看！但是我早已违反本意拆开信封，读起信来。一路读下去，两只手也不由得越发哆嗦。

这封信一共写了十六页，龙飞凤舞，字迹潦草。这种信，一辈子只会写一次，也只会收到一次。句子宛如从裂开的伤口中汩汩流出的血液，不分段落，没有标点符号，一字未完，另一字即接踵而来，攻城略地，匆促进击。如今事隔多年，每一字、每一句依然历历在目。这封信，我读了不知多少遍，至今仍能随时随地不分白日黑夜，从头到尾一字不漏逐页背诵。收到信那天之后，我把折起来的蓝色信封放在口袋，带在身上好几个月，在家里、在军营、在防空洞、在前线的篝火旁，不时拿出来读。我们师团在沃里尼亚遭受敌军包抄夹击，被迫撤退时，我担心这封在狂喜忘形之下写就的告白信落入敌人手里，才把信给销毁了。

“六封，”信的开头这样写着，“我给你写了六封信，但每次又把每一页都给撕了，因为我不想泄露自己的心情，我不愿意。只要心里还有抗拒，自己就要忍住。我和自己搏斗了好几个星期，在你面前伪装自己。每次你来看我们，态度亲切和善，一无所知，我总要压抑自己的手不准颤抖，命令自己眼光淡然冷漠，免得吓得六神无主。我甚至经常有意对你冷嘲热讽，严肃无情，只求你别感觉到我的心正为你熊熊燃烧——我尝试了力所能逮的各式努力，甚至还超越了人类能力的极限。但是，今天事情发生了，我向你发誓，那是一时冲动，并非我真正的意愿，并非我心所乐见。我也不明白怎么会如此冲动，我真想狠狠揍自己一顿，严厉惩罚自己，我实在羞愧得无地自容。我知道，我都明白，自己硬凑向你，硬要你接受我，有多么荒谬、多么愚蠢疯狂。一个残废的人，一个瘸子，没有爱人的权利呀。命运将我打击得体无完肤，形态可憎，我自己看了都觉得恶心，觉得厌恶，又怎么能不成为你的累赘？我心知肚明，像我这样的人没有爱的权利，遑论为人所爱。这种人应该默默爬向角落，萎死在那儿，而非拿自己的存在干扰他人生活。是的，这一切我全都心里有数，正因为一清二楚，所以感到崩溃。我从来不敢妄想突袭你，但是除了你，还有谁让我深深相信，不久的将来我不再是一个像现在这副模样的畸形了呢？我可以像其他人一样活动跑跳，像那些数以百万的芸芸众生一样，他们压根儿不知道，能自由自在每走一步，都是上天的恩赐，是奇妙无比的美事。我曾经铁了心要隐瞒心事，等到自己真的变得和别人一样，变成一个女人，而且说不定——说不定！——能配得上你，我的爱人。但是，我却耐不住焦灼迫切的性子，我渴望恢复健康，强烈得在你俯下身来那一秒，我已经以为，打从心底真诚又傻气地以为自己是另一个人，早已霍然痊愈，脱胎换骨成了一个全新的人！我盼望得太久了，梦想太久了，而你又近在眼前，有那么一刹那，我忘了自己卑鄙的双腿，眼里只有你，感觉自己变身成我希望呈现给你的那种女人。年复一年、日复一日只梦想着一件事，一天中也会有短暂片刻做起白日梦的，这点你难道无法理解吗？相信我，我的爱人，正是渴望自己不再残废跛脚的强烈痴心妄想，才会造成我脑袋糊涂；正是渴望自己不再遭人摒弃、不再是个瘸子的焦躁不耐，才会让我的心如脱缰野马般跃出了胸膛。请你理解，我早已对你爱慕已久，思念无限啊。

“但是，在我尚未真正再生之前，你现在已知道了不该知道的事情，也知道我为了谁一心想康复，在这世上究竟只为了谁——只有你！只有你！请你原谅我对你的爱情，我的挚爱，我尤其恳求你，不要害怕，千万不要在我面前惊慌恐惧！别以为我因为一次急迫的纠缠，日后会继续骚扰你；别以为我现在弱不禁风，对自己反感，还会想要绊住你。不，我向你发誓，你永远不会感觉受我逼迫，我希望你感觉不到我。只是，我愿意等待，耐心等待，等到上天怜悯我，赐我恢复健康。我恳切祈求你，我的挚爱，不要畏惧我的爱。请你想想，没人像你这样同情我。请想想，我困坐在沙发上，没有能力自己走一步，没有气力跟着你，也没有气力迎向你，有多么孤立无助。请你想想，请想想我不过是个囚徒，必须在自己的囚室里等待，焦躁不安耐着性子等着，直到你出现赐赠我一个钟头的时间，直到你允许我凝望着你，倾听你的声音，在同一个空间里感受你的呼吸，感觉你的存在。这是多年来初次赐给我的唯一幸福。请你想想，请想象一个人日日夜夜躺着、等候着，度日如年，有多煎熬、有多痛苦。然后你来了，我却无法像其他姑娘一样跳起来跑去迎接你，无法拥抱你，不能留住你，只能被迫坐着，克制自己，压抑自己的感情，隐瞒心事。一字一句，一个眼神，声音里的每个颤动，我都得特别留心，只求别让你以为我妄自尊大，自以为有资格爱你。但是，相信我，我的爱人，即使是如此折磨人的幸福，对我也始终是种幸福。我每次只要成功控制住感情，总会夸奖自己，疼爱自己。你对我的爱一无所悉，自由自在，无忧无虑，悠然转身离开，唯一留给我的只有痛苦，知道自己已经无可救药爱上你了。

“但是，如今事情发生了。我的爱人，我现在无法否认对你的感情，已经无法驳回了。我恳求你，别残酷对待我。即使最贫穷、最卑微的人也都有自尊心。我受不了你因为我无法克制自己的感情而鄙视我！我不指望你回报我的爱情，不，请治疗我、拯救我的上天明鉴，我绝对不敢心存如此大胆妄念。我做梦也不敢想你可能会爱上今日这副模样的我。我希望你明白，我不要你的牺牲，不要你的同情！我什么都不要，只希望你容许我等待，静静等候时机终于成熟！我知道这样要求你有点过分。然而，把最卑微、最微不足道的幸福赏赐给一个人，难道真的太多了吗？这种幸福，即使是狗儿偶尔抬起头，默默望着主人，主人也会心甘情愿赐给它啊！难道要立刻暴力驱退它，拿轻视鞭挞它吗？唯独一点，我告诉你，像我这样的可怜人，如果因为我泄露情感而引起你的反感，唯独这点我无法忍受。我已是如此无地自容，绝望透顶，你若还想惩罚我，那么只剩一条路可走，而你心知肚明那是什么，我已经给你看过了。

“但是别怕，请别惊慌，我并非想威胁你！我不想吓唬你，不是因为得不到你的爱，就想压榨你的同情，这可是你的心至今给我的唯一东西啊。请你别受拘束，自在放松，不要担忧。看在上天的分上，我不想拿自己的负担来加重你的负担，不想拿你没有责任的过错强加于你。我只要求一件事：请你原谅方才发生的事，并彻底遗忘。忘记我说过的话，忘记我泄露的情感。请慰藉我的不安，请明确给我一个微薄卑微的信息！立刻告诉我，即使只有一个字也够了，我并没有引起你的反感，你会再来看我们，假装什么事也没有发生。你根本猜不到我有多担忧失去你。从你在身后关上门那时起，不知道为什么，有种莫名的致命恐惧便始终折磨着我，害怕这是我们最后一次见面。在我放开你的那一刻，你的脸庞惨白无色，眼神惊慌恐惧，我虽然热情如火，也霎时冷却如冰了。我知道你立刻逃出了屋子，这是仆人告诉我的。你一下子就走了，佩剑和军帽也不见了。他在庄园里上上下下找你，我的房间和其他地方都找遍了，始终不见你人影。于是我知道，你逃走了，像躲避麻风病、躲避瘟疫一样逃离了。但是，亲爱的，不是的，我不是要责备你，能理解你的人可是我呀！我看见自己两条僵硬腿上的木棍，也都会被自己吓一大跳啊。只有我清楚自己焦躁不耐烦的时候，有多恶劣、多情绪化、多会折磨人、多叫人难以忍受，只有我最能够理解别人因我而受到的惊吓。噢，我能深刻理解，遭到我这样一个怪物袭击时，一定会吓得直打哆嗦，赶紧逃离。但是，我恳求你原谅我，若是没有了你，我的世界将没有白天，也没有黑夜，只有一片绝望。只要一张字条，送给我一张随手写就的小字条，或者空白纸张和花都可以，只要表示一下就行了！只要给我一点东西，能让我辨别你没有摒弃我，没有讨厌我就可以了。请你想想，过几天我就要离开，一去就是几个月，八天、十天后，你的苦难就结束了。不过，我的万千痛苦才开始，因为我好个星期、好几个月身边不会有你。可是我不去想这些痛苦折磨，我只想着你，就像平常那样，永远只想念着你！八天后你就解脱了，所以请再过来一趟，来之前先给我捎个口信，给我个表示！若是不清楚你是否原谅了我，我就无法思考，无法呼吸，无从感受。你若是拒绝给我爱你的权利，那么我也不想活了，也活不下去了。”

我读了又读，不断从头读起。捧着信的双手颤抖不已，一思及有人不顾一切如此爱我，我不禁大为震惊，不寒而栗，头颅里仿佛有铁锤敲着，越敲越猛烈。

第十九章

“哟，真没想到呐！你竟还穿着衬裤杵在这里，大伙等你可是等得望眼欲穿啊。全体军官都入席了，只等着宴会开始，就连巴林凯也到了，上校随时随地也可能大驾光临。你不是不知道，若有人迟到，这只肥癞蛤蟆可是会青筋暴露，大发雷霆啊！费尔德特地差我赶紧过来看看你是不是出了事，结果你竟杵在这儿，读着甜蜜蜜的情书……好了，动作快点，赶紧走吧，否则我们两个可要挨训了。”

费伦兹像阵暴风似的冲进我房间，在他粗大的手掌亲切地拍在我肩头之前，我压根儿没有察觉他进来。一开始我听得一头雾水。上校？差他过来？巴林凯？原来如此，原来如此，我想起来了：巴林凯的欢迎晚会！我急急忙忙抓起裤子和军袍，以在官校训练出来的速度，机械化地穿好所有服装，心里还直纳闷自己怎么办到的。费伦兹神情怪异地看着我说：“你究竟怎么回事啊？魂不守舍，愣头愣脑的。是不是哪儿来了什么坏消息？”

我连忙敷衍道：“没这回事。我来了。”我们三步并两步，来到了楼梯口。这时，我又转身走回房间。

“活见鬼了，你又要做什么？”费伦兹朝我背后大声咆哮。不过我没理他，只是连忙拿起忘在桌上的信，塞进胸前口袋里。我们果然在最后一刻进入大厅。长长的马蹄形桌旁已坐着全体军官与士兵，但是长官没有就座前，谁也不敢嬉笑喧闹，就像上课钟响后，老师随时走进来前乖乖坐好的学生。

勤务兵推开了大门，上级长官昂首阔步一一走进，靴子上的马刺叮当作响。众人霍然从椅子弹起，立正行“注目礼”。上校在巴林凯右边落座，首席少校坐在左边，宴会顿时活络展开，碟盘汤匙当啷碰响，席间有说有笑，传杯送盏，气氛热络纷乱。只有我一个人魂不附体，坐在兴高采烈的同袍之间，不时碰触军袍上那个像是有第二颗心脏在跳动、敲击的位置。每次碰触时，隔着柔软的弹性布料，我总能感觉那封信像煽旺的火似的哔啵作响。是的，信就在这儿，紧贴着我的胸口轻动着，活像有生命似的。其他人安然惬意，大快朵颐，高谈阔论，我的心思全在信上，以及写信人所处的绝望困境。

侍者端给我的菜全都白送了，我一口也没吃，原封不动搁着。这种倾听内在声音的状态，使我无法动弹，宛如睁着眼睛睡觉。我朦朦胧胧听见左右方的谈话声。但是一句话也没听懂，仿佛大家说的是外国语言。一张张脸庞、一双双眼睛、鼻子、嘴唇、胡子、制服，在我眼前和四周交错变换，但是全都扁平无光，就像隔着一片玻璃观看橱窗内的物品。我身在此地，却又神游太虚；呆滞不动，却又忙碌无比。我的嘴唇不断无声念着信里的句子，有时候想不起下文，或者思绪紊乱，我的手便不由自主一颤，悄悄想往口袋伸去，就如同在官校上战略课时，想偷偷拿出禁书一样。

这时，有把刀使劲敲打玻璃杯，锐利的钢刀仿佛一刀划断了喧闹，四下顿时鸦雀无声。上校从座位起身，开始发表演说。他一边说话，两只手同时费劲撑着桌面，粗壮的身子前后摇晃，仿佛骑着马似的。只听得他声音粗嘎喊了一声“同志们”作为开场白，接着便说出精心准备的演讲内容，抑扬顿挫，字字铿锵，卷舌音“R”像连连擂动的战鼓不断滚落。我虽费神听着，却听不进脑袋里，只零星听见几个句子嘎啦嘎啦震人耳膜：“……军队的荣誉……奥地利骑士精神……对军团的忠诚……老同志……”但是，其间却掺杂着飘忽空幻的轻声低语，细微呢喃，恳切哀求，含情脉脉，仿佛来自另一个世界：“我的挚爱……不要害怕……你若是拒绝给我爱你的权利，那么我也不想活了……”接着又插入连绵不绝的模糊卷舌音“R”：“……他即使身在远方，也没有忘记他的老同志……没有忘记祖国……没有忘记他的奥地利……”另外一个声音如泣如诉，又如一声窒息的呼喊：“只要允许我爱你……只要给我一个表示……”

四下忽地响起“万岁、万岁、万岁”，犹如礼炮齐鸣，震天动地。上校举起酒杯，大伙仿佛受到这个姿势牵引，全都霍地弹了起来，抬头挺胸。隔壁房里喇叭声骤然响起，吹奏着安排好的乐曲。“祝他福寿绵绵！”众人纷纷向巴林凯碰杯祝酒，他等到噼里啪啦落下的喇叭声停止后，才接着致辞，神情一派轻松，怡然自得，风趣幽默。他表示只想简单说几句话，不管他身处何方，唯有和老同志团聚相处，才最感舒服自在。最后，他高呼“军团万岁、我们无上慈祥的统帅万岁、皇帝万岁！”，结束了致辞。史坦胡贝尔第二次指示吹号手，要他吹奏新曲，大伙先齐声合唱国歌后，接着唱起奥地利各军团必唱不可的进行曲，在这首曲子里，每个军团都可以骄傲地嵌入自己的番号：

> 我们属于奥匈帝国，
> 轻骑兵团……

接着，巴林凯绕着桌子，手里拿着杯子，一一和大家敬酒。忽然间，隔壁的人用力顶了我一下，我迎面看见一双明亮的眼睛望着我。“你好，同志。”我迷迷糊糊点头回礼，等到巴林凯走到邻座，才惊觉自己忘了和他碰杯。不过，周遭一切又已陷入五彩斑斓的浓雾之中，众人的脸庞和制服全怪异地混成一团，模糊难辨。哎，怎么回事，我眼前为何突然一阵蓝烟笼罩？其他人开始吞云吐雾，所以我才感觉闷热窒息吗？喝点东西，快喝点东西！一杯、两杯、三杯，我一口气灌了三杯，但不知道喝下了什么，只想赶快去除喉头那股苦涩恶心的味道！快抽支烟吧！我手伸向口袋想拿烟盒，却又感觉到军袍底下窸窸窣窣的那封信！我的手一抖，缩了回来。眼前一片喧嚣嘈杂，放荡纷乱，我却只听见殷殷恳求、如泣如诉的句子：“只要允许我爱你……我也知道，自己硬要凑近你，实在是愚蠢疯狂……”

再次响起叉子敲打玻璃杯的声音，要求大家肃静。这次是冯德拉切克少校，他总会利用每一次机会，朗诵幽默诙谐的诗句与短曲，大发他怪癖的诗兴。我们大伙都知道，冯德拉切克只要一站起来，把他尊贵的小肚子往桌上一放，挤眉眨眼做出狡黠的表情，同志晚会的“笑料桥段”便就此拉开序幕，挡也挡不了。

少校摆好姿势，夹鼻眼镜往有点远视的眼睛上一推，装模作样地打开他那张对折的大纸，纸上写着一首即兴诗，他认为即兴诗总能为各种聚会制造高潮。这次他尝试以“引人亢奋”的笑点助兴，谐谑巴林凯的生平经历。邻座几个人或许是出于部属的客套礼貌，也可能是有了几分酒意，每听到弦外之音便捧场大笑，殷勤讨好。最后高潮终于出现，大厅哄堂鼓噪，喝彩声不绝于耳，纷纷大喊：“好啊！干得好！”

但是，一丝恐惧忽然攫获了我，粗野的大笑像只利爪使劲捏紧我的心。某处正有人哀声叹息，承受极端的痛苦时，我们怎能如此放声大笑？有人正沦于崩溃之际，怎么能拿下流猥亵的笑话互相打趣，嬉笑戏谑？我知道冯德拉切克一讲完废话，紧接而来就是开怀畅饮，恶作剧胡闹，喧哗取笑。大伙儿将放声高歌，唱《兰河畔的老板娘》里几段最新歌词，然后大开玩笑，又笑又闹，笑个不停。忽然之间，我再也看不见眼前同袍们温和良善的发亮脸庞。她不是在信上写道，只要给她捎张字条，只要写句话就行了吗？我要不要打个电话到城外去呢？这样让人空等很不应该啊！我得跟她说点什么，得要……

“太棒了！了不起！”众人鼓掌喝彩。四五十个兴高采烈已喝得微醺的男人，这时全都霍然跃起，碰得椅子嘎啦嘎啦，地板轰隆作响，尘土飞扬。少校得意非凡地站着，拿下夹鼻眼镜，折好纸稿，频频向簇拥到他身旁献上祝贺的军官点头致意，一副敦厚和善的模样，感觉有点做作。我趁着这团混乱，没有告辞就溜了出去。应该没人注意到，就算有人发觉，我也不在乎了。我就是受不了那样的笑声，受不了那种类似酒足饭饱后拍拍肚子所产生的舒适欢快情绪。我无法忍受，再也无法忍受了！

“少尉先生要离开了吗？”衣帽间旁的勤务兵诧异地问道。见鬼去吧！我内心暗自嘟哝了一句，不发一言走过他身边。我一心只想走到大街，赶快转过街角，踏上军营阶梯，回到我那个楼层，然后一个人独处，就我一个人！

走廊里空无一人，朦胧昏暗，某处响起哨兵来来回回的脚步声，有个水龙头正哗啦啦流着水，一只军靴掉落在地。军营这时已经根据规定熄了灯，只有某个房间传来一阵轻柔陌生的歌声。我凝神倾听，几个鲁塞尼亚来的小伙子正轻声唱着或哼着忧伤的歌曲。就寝前，他们脱下那一身钉着黄铜扣的缤纷陌生的服装，褪去了外在的掩饰，摇身一变，又成了躺在家乡稻草堆上的小伙子，这时他们总会想起故乡，想起田野风光，甚至想起了心仪的姑娘，于是唱起了忧伤的旋律，想要忘掉自己置身远方的现实。我平常因为不懂歌词内容，所以从未注意他们的哼唱声，这次他们陌生的哀伤却感染了我，我感觉和他们像兄弟般一样亲密。啊，我好想坐到他们某人身边，和他谈谈，他或许无法理解，但他温和良善的双眼或许能投来同情的目光，比那些在马蹄形桌旁取闹欢笑的人更加理解一切。真希望能找到一个人，帮我脱离这错综复杂的纠葛！

我蹑手蹑脚地轻声走着，免得吵醒我那睡在接待室里鼾声如雷的库斯玛。我顺利溜进了房间，摸黑扔掉军帽，摘下佩剑，解去早就勒得我喘不过气来的领结，然后点亮灯，走近桌旁。现在好不容易终于能安安静静读信了，读一位女子写给我这个没有定性的年轻人的第一封撼动我心的信。

但是，我忽然吓了一跳。桌上灯火照耀的光晕中，居然躺着那封信！怎么可能？我以为信还藏在胸前的口袋里——但是，没错啊，长方形的蓝色信封确实就躺在桌上，笔迹十分熟悉。

我一时头昏脑涨。难道我喝醉了？我睁着眼睛在做梦？我神志不清了吗？

但是我刚才解开军袍时，确实感受到胸前口袋里信纸沙沙作响啊。难道我惘然若失至此地步，连把信拿出来一分钟了也不知道吗？我把手伸进口袋。不——不可能是别的情况——信仍旧安安稳稳躺在口袋里啊。现在我才恍然明白怎么回事，我现在才完全清醒。桌上一定是后来送到的第二封信，另外一封新的信，老实的库斯玛心思周到，特意把信放在热水壶旁，让我一回来就能马上看见。

又来一封信！不到两个小时又写了第二封！勃然怒火立刻掐住了我的咽喉。以后每天会如此循环了，日日夜夜，一封又一封，一封接着一封。我如果回信，她又会写给我，我若是不回复，她也会写信来讨。她永远希望从我身上获得什么，日复一日，天天如此！她会差人送信来，打电话给我，要人窥视我，刺探我每一个行动，想要知道我何时外出、何时归营，和谁在一起，说了什么，做了什么，掌握我的一举一动。我已经看出自己万劫不复了，他们不会放过我的。噢，那个老头，那个妖精，那个邪恶的妖怪，还有那个瘸子！我再也没有自由，这些贪婪之人，这些绝望之人，绝对不会放我自由了。除非这段荒谬不祥的激情毁了我们其中一方，不是他们，就是我。

别看信，我对自己说。今天绝对不可以看信。别再把自己搅和进去！你的力量不足以抵抗如此的硬拉蛮扯，你会给碎尸万段的。最好把信销毁，或者原封不动送回去！别去想有个完全陌生的人深深爱着你，别让这个念头进入意识，进入脑中，进入良知里！凯柯斯法瓦全家人都去死吧！我以前不认识他们，日后也不想进一步了解。可是，我脑中忽然闪过一个念头，全身倏地一阵哆嗦：她也许因为我了无消息而做出傻事了！说不定她正走上绝路！绝对不可以不回复一个绝望的人啊！我该不该唤醒库斯玛，要他捎个明确的口信，安抚对方，表示我信收到了？别让自己背上罪过，万万不可如此！于是我撕开信封。感谢上天，只是封短信，只有一张纸，只有短短十行，没有抬头。

“请您立刻撕毁我上一封信！我疯了，完全失心疯了。我先前所写的一切都不是真的。请您明天不要来看我们！绝对不要过来！我要惩罚自己在您面前如此卑躬屈膝，轻贱自己。所以明天千万不准来，我不乐意您来，我禁止您过来！不要回信！绝对不要回信！请您确实毁掉我上一封信，忘掉每一个字！请您不要再回想内容。”

不要再回想内容——幼稚可笑的命令，仿佛激动的神经能够屈服于意志的缰绳和辔头似的！不要再回想内容，然而思想却像受惊的脱缰野马，痛苦地跺着马蹄，在太阳穴之间的狭窄空间追赶猎捕！不要再回想内容，然而记忆却像发了狂似的，不断唤起一个又一个画面，神经颤鸣，哔啵闪烁，所有感官全神贯注，奋起抵抗！不要再回想内容，然而信纸里写满炽热火烫的句子，正烧灼着我的手。一张又一张的信纸，我拿起又放下，再拿起来阅读，比较第一封和第二封信，一字一句仿佛烙印似的炙在脑子里！不要再回想内容，然而我能想的，唯独就只有这件事，想着我该如何逃离？如何抵御？如何拯救自己，摆脱这贪婪涌来的狂潮，脱离这非我所愿的过分激情？

不要再回想内容——我也不愿如此，于是熄了灯，免得光线把思绪照得亮晃晃，显得太清醒、太真实。我试图爬到黑暗中隐藏自己。褪去身上的衣裳，让呼吸更加顺畅。把自己抛到床上，希望感受变得更加迟钝。然而思绪不肯休息，如同蝙蝠似的，围绕着困顿疲惫的感官横冲直撞，鬼气阴森；又像老鼠，在沉重如铅的困倦中贪婪地又啃又挖。越安静地躺着，记忆越发蠢蠢骚动，在黑暗中如火光闪烁的画面也越发令人激动。我只好再度起身，又一次点亮了灯，想要驱退幢幢鬼魅。然而，灯火满腔恨意映照出的第一个物品，正是那个浅色长方形信封，而椅背上披挂着的脏污衬衫，也在提醒着我，催促着我。不要再回想内容——我也想这么做，然而意志却无能为力。于是我在房间里踱来踱去，踱去踱来，打开木柜，一个个拉开抽屉，直到找到装了安眠药的小玻璃罐，吞下药后，我摇摇晃晃走回床边。但是仍无路可逃。即使在梦中，黑色思绪一如不知疲倦的老鼠挖来钻去，啮咬着睡眠的黑色外壳。永远是同样的思绪，永远是同样的念头。我清晨醒来，感觉全身的血液像给吸血鬼吸干似的。

因此，起床号把我给唤醒，无异于行善举；能够执勤服役，对我而言是好事。这种形式的不自由，相对更加美好、更为温和！我必须跃身上马，和同袍策马小跑，必须全神贯注，绷紧神经，这实在是对我的施舍！我得服从命令，指挥部队！操练三四个钟头，或许可以逃离自己，摆脱自己。

一开始，事事进行得稳当顺利。庆幸的是，我们这天过得紧凑又激烈，进行演习训练，操练分列式阅兵队形，各骑兵中队一字排开，策马经过指挥官面前，马头动作整齐划一，佩剑刀尖位置务求分毫不差。进行这类阅兵动作，须完成的事情多得要命，得十次、二十次一再从头练起。训练时，我们军官得时时刻刻注意每一个轻骑兵，需要极度聚精会神，因此我全副心神都在练兵上，其他事情全抛诸脑后。谢天谢地！

可是等我们休息十分钟，让战马歇息缓口气时，我的目光却偶然游移到地平线那端。远方牧草地，在钢铁似的灰蓝色调衬托下熠熠发光，草地上是一捆捆绑好的牧草以及刈草人。平直的地平线向穹苍挥出一道纯粹饱满的线条，但是天际边却映出一道牙签似的细窄剪影，是一栋塔楼的怪异轮廓。我不觉大吃一惊，那是她那座有露台的塔楼啊！这个思绪又强行出现了。我凝望远程，无法转移视线，身不由己想着：八点了，她早就醒了，正在思念我。也许她父亲走到她床边，她谈起了我。她追着伊萝娜或仆人询问是否有信送来，她朝思暮想的消息（我真应该给她写封信！），也说不定她已经差人将她送上塔楼，在露台上紧抓着栏杆，张望侦看，凝神遥望，寻找着我的身影，正如我正远眺着那儿一样。一想到有人如此渴望着我，胸口又涌起熟悉的灼热拉扯感，以及同情心那该死的利爪。虽然操练又将开始，四面八方传来指令声，各队奔跑集合，排成规定的队形，旋又散开。我自己也朝着一片骚动下达“向右转”和“向左转”的口令，心思却早已飘走了。在我意识最私密的底层，只有一个念头，而那是我不愿意去想、也不应该去想的事情。

第二十章

“他奶奶的，搞什么鬼，乱七八糟！退回去！散开！你们这些兔崽子！”发出吼声的人是我们的上校布本希克。只见他满脸涨红，骑马奔驰而来，朝着操练场大声咆哮。上校会怒发冲冠不是没有道理的。一定是有人下达错误的指令，导致应该并列转弯的两排人马，其中一排由我指挥，却全速迎面冲刺，现场陷入一团混乱，情势危急。有几匹马受到惊吓，跳离队伍，其他几匹则高高立起前蹄，有个轻骑兵摔下马，身陷乱蹄之中，军官狂喊嘶吼，勃然大怒。枪剑铿然碰撞、战马竭力嘶鸣、马蹄杂沓，地表隆隆作响，宛如真正的征讨攻伐。士官纵马奔走怒叱，才慢慢勉强解除这场纷乱。一声尖锐刺耳的号角嘹亮吹响，重新整好队伍的全体中队，再度一列列排好，整顿成先前的队形，队伍前列整齐划一。这时，四下逐渐笼罩在可怕的静默中。人人都知道算账的时候到了。战马由于方才的骚动仍旧亢奋不已，或许也因为感受到背上骑兵特意压抑的紧张感，所以瑟瑟颤抖，不安耸动。骑兵整齐排列，头盔连成的一长直线因而微微起伏，犹如拉得紧绷的电报线，在风中摆晃。就在肃然不安的寂静中，上校策马走到队伍前头。光从他端坐马鞍，身体笔直，脚蹬紧马镫，马鞭激动地啪啦啪啦打在自己翻领高筒军靴上的姿态看来，预料将有一场风暴来袭。他轻勒缰绳，马儿随即停住脚步。接着，只听得一声厉吼响彻整个操练场，宛如一把屠刀劈头砍下：“霍夫米勒少尉！”

我这时才恍然大悟这场混乱何以发生。毫无疑问，是我自己下达了错误命令。我刚才想必分神了，思绪又飘到扰得我心慌意乱的可怕事情上。都是我的错，我必须负起完全责任。我大腿轻轻一夹，胯下坐骑快步经过同袍身边，跑向停在队伍前面三十步动也不动等候的上校跟前。同袍因为尴尬，全都把头转开，看往别处。我在规定的距离前停下马。四下连最细微的金属碰撞声和当啷声也一丝不闻，一片寂然无声，宛若死灭的最后静默，就如同行刑时，下令“射击”前的默然瞬间。包含最后一排的鲁塞尼亚小伙子在内，人人都知道等在我面前的是什么。

我很不乐意回想接下来的事情。上校虽然特意压低生硬粗嘎的嗓音，不让弟兄们听见他奉送给我的不堪入耳的粗话，但偶尔仍有几句如“蠢得跟驴一样”或“指挥得像只猪一样笨”之类的难听呵斥，从他的喉咙高声迸出，划破寂静，十分刺耳。至少从他脸孔涨成猪肝色，面红耳赤责骂着我，每次话语停顿间，还夹杂着马鞭弹打在军靴上的噼啪声，想必谁也——包括最后一排在内——没错过我就像个小学生似的给狠狠地削了一顿，被怒火中烧的老行伍骂得狗血淋头，喷得满脸臭唾沫。我感觉身后有上百道好奇，甚至是嘲讽的目光刺进背脊。这是个阳光灿烂的六月夏日，燕子悠然自得地在蔚蓝晴空下欢愉飞翔，之前已经有好几个月，没有人像我一样遭受如此一场铺天盖地而来的冰雹。

我握着缰绳的双手因为烦躁与愤怒而不住颤抖，恨不得往马儿臀部狠抽一鞭，奔驰远走。但是，我仍旧遵守规定，纹风不动，板着面孔忍受训示。布本希克末了痛骂说，他绝不会让我这样一个草率的蠢东西糟蹋了操练，明日我再听候发落，今天他不想再看见我的嘴脸，随即轻蔑地吼了一声："退下！"声音冷酷又尖锐，宛如踢了我一脚。最后他马鞭又打了一下军靴，结束教训。

不过，我仍必须服从军规，举手至帽檐旁敬礼后，才能调转马头回到队伍前列。没有一个同袍的目光公然望向我，大家因为尴尬，全都把眼睛深藏在头盔阴影底下。他们为我感到羞愧，或者说，至少我感觉如此。幸好，一道命令缩短了我在众目睽睽下的难堪过程。号角声吹响，操练重新展开。队伍散开，回到各排队形。费伦兹趁此机会，佯装偶然策马过来，对着我低语道："别放在心上！谁都会遇到这种事的！"为什么愚蠢至极的人往往心地又最善良呢？

但是这老实的小子好心没好报。因为我毫不客气地回吼"拜托管好你自己就行了"，然后不留情面转身离开。在这一瞬间，我第一次打从心灵深处感受到，大发恻隐之心，竟会伤人伤得如此笨拙。这是我初次有此体验，但为时已晚。

都抛掉！抛掉一切！我在心里呐喊着。我们这时又骑马返回城里。离开，离开就是，随便上哪儿去，到谁也不认识你的地方，摆脱掉所有一切！走，走就对了，逃离，快逃走！不须受人崇敬，也无须忍受侮辱！走，快走——这句话不知不觉融入马蹄的节奏里。一到军营，我迅速把缰绳扔给一个轻骑兵，立刻离开了庭院。我今天没心思到军官食堂去，不想遭人奚落，更不想引人同情。

但是我也不知道该往哪里去，没有计划，没有目标，无论是城里还是城外，这两个世界都没有我的容身之处。只管走，快走，我的脉搏直直鼓噪；走吧，只管走，我的太阳穴隆隆作响。出去就对了，哪儿都行，尽快离开该死的军营，离开这座城市！沿着可憎的大街往前走，继续走，往下走！忽然之间，有人在距离很近的地方真心诚意地朝我说：“你好！”我不由自主循着声音的方向望去。那个身材高大，下半身穿着马裤，上身是灰色运动服，一身便服，头戴苏格兰帽，亲密向我打招呼的是谁？我从没见过，一点印象也没有。这位陌生人站在一辆车子旁边，两位身着蓝色工作服的技工正在修理车辆。对方没有察觉我的困惑，径自走向我。是巴林凯，平时我只见过他穿军装的模样。

“这车又患了膀胱炎喽。”他比了比车子，对我笑着说，“每次出门都得发作一次。我想还得等个二十年，才能真正安心开这辆车出门。还是骑我们优秀的老战马简单多了，我们这种人至少熟悉马儿一点。”

我不禁对这位不熟悉的人产生一股强烈好感。他举止自信，成竹在胸，而且眼神明亮温暖，显露出漫不经心、潇洒自在的气质。他才出其不意向我打了声招呼，我脑中顿时就闪过一个念头：这个人完全值得信任。大脑在紧张的瞬间运转速度惊人，不到一秒，最初闪现的念头已经牵引出一连串的想法。他穿的是便服，他是自己的主人，而且也经历过类似的事情，还帮助过费伦兹的妹夫。他乐于助人，有什么理由不帮我？我的呼吸尚未完全平缓过来，风驰电掣般迅速出现的想法，已形成一连串震颤流动的考虑，最后陡然汇结成果断的决定。我鼓起勇气走向巴林凯。

“不好意思。”我说，暗自惊讶自己竟然毫不忸怩作态，“或许你有五分钟的时间可以和我谈谈？”

他愣了一下，接着微微一笑，露出洁白的牙齿。

“我的荣幸，敬爱的霍夫……霍夫……”

“霍夫米勒。”我帮他把话说完。

“随你差遣。没时间给自己的同袍，实在也太不像话了！你要到楼下餐厅，还是我楼上房间？”

“如果你不介意，宁可上楼去。真的只要五分钟，我不会耽搁你太久。”

“多久都行，反正还要半小时才修得好那辆破车。只是，我楼上的房间不是太舒适就是了。旅馆老板想给我二楼的高级房间，但是我出于多愁善感，还是要了以前的老房间。当时我……算了，不说这个。”

我们走上楼。确实没错，对有钱的家伙来说，这房间寒碜得惊人。一张单人床，没有柜子，也没有舒适的沙发，只有两张硬邦邦的藤椅，摆在窗户和床铺之间。巴林凯拿出金色烟盒，递给我一支烟，然后开门见山切入主题，以免我难开口。

“好的，敬爱的霍夫米勒，我能帮上什么忙呢？”

不必婉转迂回，我心想。于是我直接说明来意。

“巴林凯，我打算辞掉军职，离开奥地利，所以想请教你的意见，也许你能给我点建议。”

巴林凯倏地脸色一正，面部线条绷紧了起来。他扔掉香烟。

“胡来——像你这样的小伙子！你脑子里究竟在想什么！”

这时，我心里陡然升起一股顽强的冲动。我感觉到十分钟前尚未冒出念头的决心，现在已在我心里变得像钢铁一般坚实刚强。

“亲爱的巴林凯，”我的口气果断干脆，不容置喙，“请行行好，不要强逼我解释。每个人都清楚自己想要什么，又必须采取何种行动，局外人没办法理解的。请相信我，我现在非解决一切不可。”

巴林凯打量着我，想必察觉我是认真的。

“我不想干涉你的私事，不过相信我，霍夫米勒，你实在胡闹，不知道自己在做什么。我估计你目前大概二十五六岁，很快就会晋升中尉。这样的成绩已相当了不起啦。你在这儿有军阶，有大好前程。若是打算另起炉灶，就连最末等的流浪汉、最卑微的小店员也都将高你一等，因为他们没有把我们所有的愚蠢成见像个包袱似的驮在背上。相信我，我们这些人一旦脱去军服，以前的种种功绩将所剩无几。我只要求你一件事，千万别因为我曾经成功挣脱泥泞，而蒙蔽了自己的判断。那纯粹是巧合，千中选一的机缘。那些不像我一样受到上天眷顾的人，如今有何下场，我宁可不愿去想。”

他语气坚定，有几分令人信服。但是我觉得自己不能退让。

“我知道，”我承认道，“那是种堕落。但是我没有其他选择，非离开不可。请帮个忙，现在不要说服我打消念头。我心知肚明自己不是特殊人才，也没学过什么特殊本事，但你若真愿意推荐我到某处，我承诺你，绝对不会让你丢脸。我知道我不是第一个找你的人，你也曾经帮忙安顿过费伦兹的妹夫。”

“那个约纳斯啊。”巴林凯的手指鄙夷地弹了一下，“不过拜托你想想，他是谁啊？不过是乡下一个小官员，要帮他有啥困难呢？只消把他换到另一张好一点的板凳上，他就已乐得感觉自己像天主了。他在哪张板凳上磨损裤子，有何要紧？他根本习惯不了更好的际遇。但是，绞尽脑汁为一位领口已有颗星章的人拿主意，又是另一回事了。不行，亲爱的霍夫米勒，上面的楼层都满了。若想恢复平民身份，重新开始，势必得从底层干起，甚至从地下室起头，那儿可闻不到玫瑰的芳香啊。”

“我无所谓。”

我的口气想必很凶，因为巴林凯先是好奇地打量着我，然后目不转睛地露出怪异的目光，那目光似乎来自遥远的地方。最后，他把椅子挪近我，一只手放上我的胳臂。

“霍夫米勒，我不是你的监护人，没有资格教训你。不过，请相信一个经历过难堪事件的过来人，请相信你的同志。从上层忽然之间滑落到底层，从军官的马背上跌落到龌龊的粪土里，可是事关重大啊……正对你说这话的我，曾经在这年久失修的破烂房间从中午十二点呆坐到天色低垂，同样也对自己说过：‘我无所谓。’那天上午将近十一点半，我向上级办理好离职手续后，不愿意到军官食堂和其他人待在一起，也不愿意身穿便服走在天光明亮的街上。于是我要了这间房——现在你知道为什么我老是入住此房——在这里等到夕阳西下，免得看见其他人觑着眼，同情地看着我身穿寒酸的灰色运动服，头戴圆顶硬礼帽偷偷溜走。我就站在那扇窗前，正是那扇窗，又一次眺望窗外往来的行人。同袍们身穿军装走过，抬头挺胸，自由自在，人人都像个小天神，清楚自己是何等人物，归属于何处。这一刻，我才感受到自己在这个世界上不过渺如草芥。我褪下军装，似乎也连带把皮给剥了下来。你现在一定心想：胡扯！这块布料是蓝色，那块是黑色或灰色，散步时拿着佩剑或者雨伞，有什么差别？那天深夜我悄悄出去，在街角遇见两个轻骑兵，他们从旁经过，没有向我行军礼，奔到火车站后，我自己把行李扛进三等车厢，坐在大汗淋漓的农妇和工人之间。直到今天，我骨子里仍旧感受到那股冲击——是的，我已知道一切蠢得要命，也不公平，而且我们所谓的军官荣誉不过是虚名。但是，八年的军旅生涯与四年的官校训练，军官荣誉早已深植我血液里了！刚开始新的生活，我觉得自己像个残废，或者脸中央长了个脓疮。愿上天保佑你不必亲自经历那种感受！就算把全世界的钱都给我，我也不愿意再次经历那个夜晚，不愿意再次从这儿溜走，绕过每一盏灯，躲躲藏藏直奔火车站了。何况此时好戏不过才开始啊。”

“可是巴林凯，正因如此，我才想远远走避他方，到一处这一切都不存在，也没人知道别人底细的地方。”

“霍夫米勒，我当时就是这么说的，正是这么想的！我只想远走高飞，擦去旧有的一切，像张白纸重新开始！宁可漂洋过海到美国当擦鞋童或是洗碗工，就像报上时常刊载的伟大的百万富翁发迹的故事那样！但是，霍夫米勒，即使要远渡重洋，也需要一大笔钱呀。你不清楚我们这种人向人哈腰，心里是什么滋味！一个老轻骑兵一旦感受不到脖子衣领上缀着星章，根本没办法好好穿着靴子顶天立地，讲话也不像以前那般意气风发了。一天到晚蠢头蠢脑坐在挚友身旁，尴尬得坐立不安，就在应该开口请求帮忙时，自尊心又出来作祟，封住了嘴。是啊，亲爱的朋友，各式各样的事情我当时全经历过了，我现在宁愿不去回想。总之，都是不光彩的回忆，耻辱、委屈，这些我从来没告诉过别人。”

他站起身，剧烈摆动两只手臂，仿佛感觉衣服太紧似的。他冷不防转过身来。

“不过，我可以全都告诉你！今日我已经不再引以为耻。况且若能及时扭转你脑子里的浪漫想法，说不定对你只有好处。”

他又坐下，再把椅子挪近点。

“你八成听说过我钓到大鱼的光荣历史了，知道我怎么在牧羊人旅馆认识我妻子的，对吧？我知道他们在各个军团里敲锣打鼓，大肆宣传，还希望最好能编撰成奥匈帝国军官的英雄事迹，印制在教科书里。其实这件事没那么伟大。我确实是在牧羊人旅馆认识我妻子的，这点倒是没错。不过，我认识她的过程，只有我和她知道，她不曾向任何人提过这件事，我也一样。我告诉你的目的，是希望你明白天下没有白吃的午餐……好的，我就长话短说：我是在牧羊人旅馆——你可别吓到——当侍者时认识她的。没错，亲爱的朋友，一个平凡寒酸的服务生。我当然不是出于好玩才当侍者，而是因为愚蠢，因为经验少得可怜。在维也纳我下榻的穷酸旅店，也住了一位埃及人。这家伙跑来找我聊天，信口雌黄说他姐夫是开罗皇家马球俱乐部的主管，如果我能给他两百克朗，就能帮我在那儿谋得教练的职位。只要知书达理、名声佳，就能出人头地。呐，我在马球竞赛一向拿冠军，而且他承诺给我的薪水非常丰厚，三年就能攒下足够的钱，日后就能过个还算体面的生活。何况开罗远在天边，打马球又能认识稍微上流之人，因此我兴高采烈地同意了。哎，我不想拿这些事倒你胃口，不过我敲了十几户人家的大门，不得不听那些所谓的老朋友编造出来的众多尴尬借口，才勉强凑足了几百克朗，远渡重洋，添购行头。那么高贵的俱乐部需要搭配骑马装和燕尾服才行，总得要穿得体面再赴任嘛。虽然我搭乘的是中等舱，但钱还是妈的快花光了，抵达开罗后，口袋里只剩七个披亚斯德币叮当作响。

我去按了皇家马球俱乐部的门铃，一个黑人来应门，他瞪着瞳铃大眼说不认得什么埃多普洛斯先生，也没听过什么姐夫，他们不需要教练，更何况俱乐部根本快关门了。你现在了解，那个埃及人显然彻头彻尾是个卑鄙骗子，拐走我这个呆子的两百克朗。我事前不够机灵，没有要他拿出所谓的信件和电报给我看。是的，亲爱的霍夫米勒，我们对付不了这种无赖，我在找工作的过程中也不是第一次受骗上当，这次却是彻底跌个倒栽葱。亲爱的朋友，由于我口袋里只剩下七个披亚斯德币，又孤身一人在开罗，举目无亲，而且当地生活花费昂贵，治安不良，犯罪猖獗。我就不说我前六天吃了什么，住的又是何种地方。我也纳闷自己竟然也熬过来了。你看，换成别人陷入这种困境，一定跑到领事馆苦苦乞求，强制要人送他回国。不过关键就在这里，我们做不来这种事。我们这种人没办法和码头工人和遭解雇的厨娘一起坐在接待室的长凳上，受不了一个小领事馆员翻开护照，念出‘巴林凯男爵’时看着你的眼神。我们宁愿自甘堕落。因此你想想，我偶然得知牧羊人旅馆需要人手时，实在是不幸中的大幸。由于我有套燕尾服，而且还是簇新的（前几天我一直穿着骑马装），还会说一口法语，他们好心录用了我。呐，表面上看起来，这工作还堪忍受。你就站在那儿，戴着光洁耀眼的胸口衬领，鞠躬哈腰，服侍客人，外表看似光鲜亮丽，事实上，侍者得三人挤在阁楼房间里，屋顶被太阳晒得滚烫炙热，还有七百万只跳蚤和臭虫，早上还得轮流使用一个锡盆盥洗。如果拿到小费，我们这种人就感觉手里仿佛有火在烧似的，诸如此类。好了，事情都过去了！我经历过就够了，我撑过来了，那就够了！

“接着就是和我妻子相遇的过程。她那时刚丧偶不久，和姐姐与姐夫一起到开罗来。没看过比那个姐夫还要鄙俗的人了，臃肿体胖，脑满肠肥，狂妄自大，而且不知道为什么看我不顺眼，八成是我风度翩翩碍着他了，也说不定是因为我向他这个荷兰佬鞠躬时，腰弯得不够深。有一天，由于我没有及时将早餐端给他，他借机大发雷霆，斥责我：‘你这个蠢货！’……你瞧，我们这种人只要身为军官一日，肌肉里终身就流着军官的血液。我脑子还来不及深思熟虑，身体已像缰绳一抽的马儿猛然前冲，怒不可遏，就差那么一点儿，拳头就要打到他脸上了。不过千钧一发间，我终于控制住自己。你知道吗？我始终认为当侍者就像参加一场化装舞会。过了一会儿，我甚至觉得我巴林凯不得不忍受一个卑鄙下流的奶酪商人如此对待，到后来甚至也有某种残酷的乐趣。我不知道你能否理解。总之，我只是静静地站着，面露微笑看着他。不过你要知道，那是种居高临下的笑容，嗤之以鼻的皮笑肉不笑。那家伙气得七窍生烟，脸色发青，因为他也感觉到我不知为何总是高他一等。接着，我彬彬有礼，特意嘲讽地朝他弯腰一鞠躬，然后大步走出餐厅，态度从容沉着。他简直要气炸了。我的妻子，我是说我现在的妻子当时也在场，目睹我们两人之间的隐微冲突，紧张又好奇。但是她后来也向我坦承，她从我爆发那瞬间的态度，感觉到我这辈子还没让人这样对待过。于是她追着我到走廊上，说她姐夫实在有点冲动，请我别见怪。好，亲爱的朋友，干脆让你了解整个来龙去脉吧。她甚至还想塞点钞票给我，摆平纠纷。

“我拒绝收下她的钱，这点又再次引起了她的好奇，认为我来当侍者必定事有蹊跷。不过事情还没完。几个星期后，我攒足了回国的费用，虽然无须向领事馆乞讨求救，还是到那儿去了一趟，想要打探点消息。但天缘凑巧，又是一个偶然，无巧不成书，领事这时正好从接待室前走过。这领事不是别人，正是艾尔梅·冯·约哈兹，天知道我和他在骑师俱乐部同桌过几次了。他立刻给我一个拥抱，并请我到他的俱乐部去，而我在俱乐部又巧遇了现在的妻子，这又是一个机缘巧合，巧上加巧。我之所以告诉你此事，只是希望你明白，要碰到多么千载难逢的因缘巧合，才能把我们这种人从落魄处境拉出来。艾尔梅介绍我是他的朋友巴林凯男爵，她顿时满面通红。她当然立刻认出了我，想起自己曾想塞小费给我，简直羞愧得无地自容。不过我马上了解她是个什么样的人，她为人正派高贵，因为她绝口不提之前的事情，仿佛一无所知似的，只是坦率而真诚地表达自我。后来的事情自然而然水到渠成，就略过不提了。不过相信我，这么多的机缘巧合凑在一起，可不是天天会发生的事。即使如今我早晚千万次感谢上天让我有了钱，有了妻子，却不希望再经历一遍以前的日子了。”

我情不自禁一只手伸向巴林凯。

“我衷心感谢你的警告，现在我更清楚自己将面对何种命运了。不过还是那句话，我看不见其他的出路。你真的没有头绪能给我什么工作吗？你们不是经营好几家大公司？”

巴林凯沉默了一会儿，然后叹了口气，表示同情。

“可怜的家伙，你一定很不好受。不过别担心，我不会追根究底，我自己就看得出来了。既然事已至此，再多的劝告与拦阻也只是枉然。那么身为同志，定要竭力帮忙，不必多说，事情绝对帮你办得妥当，无须特别担保。只有一件事，霍夫米勒，请你通达事理，不要说服自己，认为我有办法立刻让你飞黄腾达，直上青云。这种事不会发生在正经营运的公司，否则有个人超越别人直接往上晋升，只会引起他人反感，心生憎恨。你必须从底层干起，也许得屈身办事处几个月，做一些无聊的文书工作，之后再把你送到国外的大农场，或者想办法变出别的职务。总之，我说过了，这事我会办妥的。明天我和妻子就要动身到巴黎悠闲度过八到十日，之后再到阿弗尔与安特卫普待个几天，视察当地几家代办处。不过，我们大概三个星期就回来了，一到鹿特丹，我立刻写信给你。别担心，我不会忘记的！你绝对可以信任我巴林凯。”

“我知道。”我说，“非常感激你。”

不过巴林凯听出我话里微微的失望（也许因为他本身经历过类似的事情，所以对于话里的弦外之音特别敏锐）。

“还是……还是你觉得到那时候已经太晚了？”

“不是的，只要我确定了安排，当然不会太晚。只不过……不过我觉得最好还是……”我说得吞吞吐吐。

巴林凯飞快想了一下：“你今天会不会刚好有空？……我的意思是，我妻子人还在维也纳，而公司是她的，不是我的，最后得由她决定。”

“当然，我当然有空。”我连忙说，同时也想起上校说今天不想再看见我这副“嘴脸”。

“太好了！棒极了！那么最好的办法就是你干脆也搭我那辆车一起走！司机旁边还有座位。我邀请了我少根筋的老朋友拉约斯男爵和他夫人，所以你自然没办法坐后座。我们五点到布里斯托旅馆，我立刻和我妻子谈谈。届时就能度过危机了，因为我每次开口请她帮忙同袍，她从来不会拒绝。”

我握住他的手，随后我们走下楼梯。技工已经脱掉蓝色工作服，车子准备出发。两分钟后，我们乘坐汽车，轰轰隆隆开上公路。

第二十一章

速度，能同时引起心灵和肉体上的陶醉感、酥麻感。车子才一驶出城外，喷着烟开进空阔的田野，说也奇怪，我立即感受到全身放松了下来。司机横冲直撞，路旁的树木和电线杆犹如被劈倒似的，往后斜飞退去。村落里的房子像是嵌在模糊浅淡的图画里，飘荡摇晃。路旁的里程碑白晃晃地仿佛突然跳了出来，但尚未看清上头的数字，旋即又缩了回去。迎面刮来的风猛烈狂暴，感觉我们轰隆隆向前疾驶，速度大胆鲁莽。不过，我自己的生活也一样飙速前进，这一点或许更令人张口结舌。短短几个钟头内，我就做出了好几个决定！平时，各式各样差异细小的幽微感受，始终在隐晦愿望、模糊意图与最终实现之间飘移不定。心灵最私密的乐趣在于，将决心付诸行动之前，先是忐忑不安与之挑逗嬉戏。然而，这次所有事情以梦幻般的速度向我铺天盖地而来。就像车子隆隆疾驶过时，村落、街道、树木与草地一一飞奔退去，遁入虚空，永不复见，我至今为止的日常生活，军营、大好前途、同袍、凯柯斯法瓦一家、庄园、我的营房、马术学校，我表面上看似安定规律的生活，现在也忽然间全将呼啸离去。不过一个小时，我内在世界已彻底翻转。

我们五点半到达布里斯托旅馆。虽然一路颠簸，满身灰尘，但经过这番风驰电掣，我反而精神一振，感觉神清气爽。

“你这副样子可没办法见我妻子哟。”巴林凯笑着说，“看起来像有人把面粉倒在你头上似的。我单独和她谈谈或许比较好，我可以畅所欲言，你也不需要感到不好意思。你最好先将自己彻底盥洗一下，然后到酒吧等我，我几分钟就回来告诉你结果。别担心，我会根据你的愿望处理的。”

他果然没让我等太久，五分钟后只见他笑着走了进来。

“呐，我不是说了嘛。事情全都谈妥了，前提是你自己要觉得适合。你想要考虑多久都可以，随时辞职不干也行。我妻子——她可真是聪颖明智——再一次绞尽脑汁，想出了最恰当的工作。你即刻上船，主要是为了让你到国外学习语言，亲眼看看那儿的一切。我们安排你当会计的助手，给你一套制服，和军官同桌吃饭，到荷属东印度跑个几趟，帮忙文书工作。之后你若觉得恰当，我们再看看将你安插到何处。我妻子已经承诺我了。”

“我谢……”

“不用谢了，帮你忙是理所当然的。不过我再说一次，霍夫米勒，别太草率就决定了这种事啊！就我看来，你后天就可以动身前去报到，我会先打个电报给经理，请他记下你的名字。不过你最好还是好好睡一觉后，从头到尾彻底再思考一次。我宁愿你留在军团。不过，人各有志喽。就像我说的，你要来就来，不来的话，我们也不会告你……好，”他向我伸出手，“不管你决定来或不来，我都真心诚意为你开心。再见了。”

我满心感动，凝视着这位命运送到我眼前的男人。他轻而易举就帮我卸除掉沉重棘手的困难，我无须经历最终决定前的痛苦急切心情，也不需要四处求人，反复犹豫不决。接下来，我只剩一个小程序要完成，亦即写好我的辞呈。届时我就自由了，得救了。

所谓的“公文纸”，是根据规定裁切成规格统一的对开纸张，毫厘不差。这种“公文纸”或许已经成了奥地利民事机构与军事机构最不可少的必需品。任何申请、档案与报告，都必须书写在这种裁切整齐的纸张上，独特的格式，一眼即可看出是官方文档，明显有别于私人信函。存放在各个文书机关的千百亿份纸张，或许是日后唯一能如实阅读到哈布斯堡王朝生活史与受难史的文件。若是没写在这类白色长形纸上，一概不列入正式报告，因此我第一件事就是到香烟铺去买两张纸，外加一张所谓“懒惰鬼”，也就是印有横线的纸张，以及相关信封。然后走进一家咖啡馆。在维也纳，最严肃与最放肆之事，都在咖啡馆里解决。二十分钟后，大约六点左右，申请书就能写好了。之后，我又将重新回归自己，只属于自己一个人。

如今我仍能清楚忆起这激动时刻的点点滴滴，毕竟我生命中迄今最重要的决定非此莫属。我记得环城大道咖啡馆里，窗边角落那个小小的圆形大理石桌，记得我在档案夹上摊开公文纸，拿把小刀，小心翼翼在正中央压出凹痕，以便完美无瑕沿着折线对折。稀释的蓝黑色墨水也仍历历在目，下笔时那微微一震，想要把第一个字写得圆润有劲，依然还感受得到。渴望将最后一项军事行动执行得特别无懈可击，这点刺激着我。由于内容已经格式化了，我只能把字写得特别工整漂亮，显示这份文件郑重其事的严肃性。

但是，才写了几行，我就陷入了奇思异想。我停下笔，想象明天辞呈送到军团办公室会发生什么状况。大概先是中士露出错愕的目光，接着在下级文官之间响起一阵讶异的窃窃私语，毕竟有个少尉这么干脆辞掉军职，并非司空见惯的事。接着，这张纸按照公文流程，一个办公室送过一个办公室，最后落到上校手里。他的影像忽然活生生出现在我眼前，我看见他把夹鼻眼镜戴到有点远视的眼睛上，才看了几个字就愣住，紧接着大发雷霆，拳头用力往桌上一敲。这个粗鲁的老家伙早已习以为常把下属骂得狗血淋头，隔天再不拘小节讲几句俏皮话，暗示风暴已成过去，下属立刻会摇头摆尾，欣喜若狂。但是这次他会发现自己踢到铁板上了，对方还是区区霍夫米勒少尉，他可不容人随便辱骂。等到霍夫米勒不干了的消息一传开来，定会有三四十人不由自主地瞠目结舌，错愕地抬起头。人人心里暗忖着：了不起，这小子有种！他可不会无端逆来顺受。对布本希克上校而言，这件事棘手得要命——至少就我记忆所及，还没听过有谁离开军团时比这光荣，还没有一个人脱离深渊时更加体面。

我不讳言自己在想象完这一切后，心里竟生起一股奇怪的自我满足感。驱使我们采取行动的最强烈动机往往是虚荣心，性格软弱的人尤其无法抵挡诱惑，去做能够向外展现力量、勇气与决心的事情。这可是我生平第一次有机会，向同袍证明我是个尊敬自己的男子汉大丈夫！于是我越写越快，而且觉得自己下笔越发遒劲有力，二十行一口气就写完了。刚开始不过是恼人的苦差事，一下子竟变成了个人的乐事。

只剩下签名，就大功告成了。我看了一眼表，六点半。该叫来侍者付账了。然后再一次，最后一次，身穿军服漫步在环城大道上，接着乘夜车打道回府。明天一早就把这玩意儿给交出去，届时没有退路了，但另一段新生活即将展开。

我拿起公文纸，先对折长的一边，再将宽的一边折半，然后把这份决定命运的文件仔细放进口袋里。就在此时，发生了出乎意料的事情。

就在我信心满满，甚至喜不自禁（完成任何一件事，总使人心情愉快），妥妥当当将相当厚实的信封塞进胸口的瞬间，忽然感受到里头有东西沙沙作响顶着。口袋里究竟放了什么东西？我不由自主地纳闷着，一边把手伸进去。但是我的手指缩了回来，仿佛在我记起忘在口袋里的东西之前，手指已经理解是什么东西了。正是艾蒂丝昨天写来的两封信，第一封和第二封都在。

我实在难以形容这种陡然显现的回忆袭来时的感受。我想，与其说是惊讶，毋宁说是无以名状的羞愧。因为在这一刻，一阵雾，或者不如说是我拿来蒙蔽自己的迷雾，顿时烟消云散。我倏地认清，自己在几个小时内的所思所为，全都虚假不真，我因为丢人现眼而恼火不快，因为英雄般的辞职而产生自豪感，没有一种是真实的。如果我突然辞去军职，并不是因为上校痛斥了我一顿（毕竟这种事每个星期都有啊），其实我逃避的是凯柯斯法瓦一家人，逃避的是我的欺骗行径、我的责任。我因为受不了非己本愿为人所爱，而转身逃跑。这种行为就像一个罹患绝症的病患偶尔牙疼，忘了真正折磨他的致命痛苦，我也忘记了（或者说希望忘记）真正纠缠我，导致我胆怯软弱，想要逃离天涯的事情，反而把操练场上其实微不足道的倒霉事，作为我一心求去的动机。不过我现在看清楚了，我根本不是因为荣誉受损而英勇辞职，纯粹是懦弱可悲地逃开。

不过，完成了一件事总是能给人力量。由于辞呈已经写好，我也不想改变主意了。见鬼去吧，我怒火中烧地对自己说，城外那姑娘是殷切等待还是以泪洗面，跟我有何干系！他们惹得我心烦意乱，不知所措，我已经受够了！一个不太熟悉的人爱慕我，关我什么事？她有数百万身家财产，可以再找到另外一位男子。就算找不到，也不关我的事。我抛弃了一切，脱掉了军装，已经够了！管她健康与否，这整个歇斯底里事件和我有什么关系？我又不是医生……

我心里一想到“医生”，思绪宛如一部飞速运转的机器，接收到一个指令后，倏地停顿不动。“医生”一词立刻让我想起了康铎。于是我立刻告诉自己，这是他的问题！是他的事！别人付钱给他，是要他治愈病人的。她是他的病人，不是我的。他捅的娄子得自己收拾。我最好立刻去找他，告诉他，我不奉陪了。

我看了一下表，六点四十五分，我要搭乘的快车十点才出发，所以时间还很充裕，我也无须向他解释太多，只说明我要退出了。但是，他住在哪儿呢？他没把地址告诉我，还是我给忘了？话说回来，身为一位执业医生，电话簿里保准登记了他的数据，赶快到对面电话亭翻阅电话簿！卡……柯……康……有了，姓康铎的都在这儿了，安东·康铎，商人……艾马里希·康铎博士，执业医生，第八区，弗罗瑞安巷九十七号。整页只有这个医生，所以一定是他。我快步走出电话亭，因为身上没有带笔，所以口中反复把地址念了两三次。刚才出门太匆忙，什么都给忘了。接着，我立刻把地址告诉离我最近的一位出租马车司机。马车装设了橡皮轮胎，跑起来又快速又轻柔，我利用时间一边在脑中制订计划。务必言简意赅，铿锵有力说明来意，绝不可显露出我仍举棋不定。千万别让他起疑，认为我是因为凯柯斯法瓦那家人才想要开溜，而是早已预计好要离开，辞职一开始即是既定事实。告诉他，我已经计划了好几个月，但是今天才拿到荷兰那个前程光明的职位。他若是还探问个不停，就拒绝回答，不再多说！毕竟他也不是什么都和盘托出啊。我不可以再一直体贴别人了！

马车停了下来。司机是否走错了？还是我忙乱中说错地址？康铎真的住得如此寒碜吗？光是从凯柯斯法瓦那家人身上，他一定就赚进了大把钞票。有身份地位的医生不会住在这种简陋的屋舍。但是没错，他确实居住在此，门厅里挂着一面招牌，写着：“艾马里希·康铎医生，二栋四楼，门诊时间两点至四点。”两点至四点，现在都快七点了。无论如何，他非见我不可。我连忙打发走马车司机，穿越路砖铺设得七零八落的中庭。螺旋梯年久失修，梯面磨损不堪，墙壁斑驳脱落，涂得乱七八糟。从匮乏的厨房和没关好的厕所，飘散出阵阵异味。女人穿着脏污的睡袍，站在走廊上有一搭没一搭地聊着，一边露出怀疑的眼神，盯着朦胧暮色中走过她们身边的骑兵军官，军官的靴子当啷作响，显得有点狼狈！

我终于走到了四楼，眼前是条长廊，左右两边各有好几道门，中央也有一扇门。我刚打算从口袋里拿出火柴点燃，确认我要找的那扇门时，左边一扇门正好走出一个衣着邋遢凌乱的女仆，手里提着空罐子，八成正要去买晚餐要喝的啤酒。我向她打听康铎医生的房子。

“是的，他就住在这里。”她回道，说话带有波希米亚口音，“不过还没回来。他到迈德灵去了，应该很快就会回来啦。他跟夫人说过一定会回来吃晚饭。您只管进来等吧！”

我还来不及思考，就被领进了前厅。

“外套脱下放这儿。”她指着一个软木制的老旧衣柜，这大概是阴暗小房间里唯一的家具了。然后她打开候诊室的房门，这个房间稍具规模，好歹有四五张小沙发，围着一张桌子摆着，左边墙面上放满了书。

“您就坐那儿吧。”她指向一张椅子，施恩般说道。于是我立刻明白，康铎一定开了家穷人诊所。有钱的病患可不会受到如此对待。怪人一个，怪人一个，我心里反复想着。只要他愿意，光从凯柯斯法瓦那儿就能发财致富。

好吧，我就等着。在候诊室里等待，总让人烦躁不安，我翻阅着几本早已翻得破烂不堪、年代久远的杂志，但是一个字也没看进去，纯粹只是想透过忙碌来掩饰自己的焦躁。我一下子站起来，一下子又坐下去，一再望向角落的时钟，钟摆昏昏欲睡似的慢吞吞摆动着，七点十二分，七点十四分，七点十五分，七点十六分，我宛如催眠般死盯着诊疗室的门把。终于——七点二十分——我再也坐不住了，我已经坐热了两张沙发。于是我站起来，走向窗边。底下中庭里，有个跛脚的老人正给手推车的轮子上油，他显然是个仆役。灯火通明的厨房窗户里头，有个妇人在熨烫衣服，还有另一个女人，我想应该是在小盆里给她的小孩洗澡。某处有人正在练习音阶，老是那几个音调，一再重复，我不确定声音是从哪一层传来的，大概是我头顶上那层或者脚底下那层。我又看了一眼时钟，七点二十五分，七点三十分。他怎么还不回来？我无法继续等下去，也不愿意再等了！等待让我心情烦躁，举止笨拙。

隔壁终于有道门砰一声关上，我松了口气。我立刻调整好姿势，反复对自己说要稳住，态度要放轻松，落落大方告诉他，我只是顺道过来向他辞行，顺便请他尽快到城外凯柯斯法瓦家走一趟，他们若是心生困惑，请他解释一下我不得不到荷兰去，也已经辞去军职。要命啊，真该死，他为什么还让我等这么久？！我明明清楚听见隔壁有张椅子拉开来的声音。难不成那个笨头笨脑的女佣忘了帮我通报一声吗？

我正想走到外头，提醒女佣去通报。但是，我忽然顿住了。在隔壁走动的那个人，不可能是康铎。我很熟悉他的脚步声。那天晚上陪他走过一段路后，我知道他腿短，呼吸急促，脚步沉重，步伐蹒跚，踩着一双鞋吧唧吧唧响。然而邻房那个一下子走过来、一下子退回去的脚步声，却是另一种样子，胆怯迟疑，没有信心，而且拖着脚步。我不知道自己为什么激动莫名，全心全意侧耳倾听陌生的脚步声。不过，我感觉隔壁那个人也同样惴惴不安，同样惶惑不解，倾听着这边的动静。忽然间，我察觉到门上传来非常轻微的声响，仿佛那边有人正压下门把，或者摆弄着门把。门把果然动了。幽微暮色中，可以看见细薄的黄铜门把正在移动，紧接着门开了一道狭窄的黑缝。应该是穿堂风吧，我对自己说，应该只是风，因为一般人不会这样偷偷摸摸开门，除非是夜里闯进来的小偷。不对，门缝这时越来越宽了，里边一定有只手正小心翼翼推着门扉。即使四下一片阴暗，我现在也看见了一个人影。我仿佛着魔似的直盯着那儿看。这时，门缝后面传来一个女人怯生生的声音迟疑问道："这……这儿有人吗？"

我声音堵在喉咙里，说不出话来。我即刻明白，只有一种人会这样说话、这样提问，那就是盲人。唯独盲人才会轻轻拖着脚步，摸索着走路，只有他们的声音才会透露出没有把握的惶恐语气。就在这一瞬间，一个记忆从我脑中闪过。凯柯斯法瓦不是提过，康铎娶了一位双目失明的老婆？一定就是她，只可能是她才会站在门缝后面问话，却没有察觉到我。我穷尽目力，全神贯注想看清楚阴影中的身影。最后终于分辨出女子身形瘦削，罩着一件宽大的睡袍，一头灰发有些蓬乱。老天爷啊，这个浑身毫无魅力、其貌不扬的女人居然是他妻子！被这样一双死气沉沉的瞳孔瞪着看，同时又明白她其实看不见我，感觉实在太可怕了！她的头往前伸，凝神谛听，感觉正用所有感官捕捉前方的陌生人，这个人正待在她无法掌握的房间里。她因为紧张使劲，那张肥厚的大嘴歪斜得更加难看了。

我不发一语呆了一会儿，才站起身，弯腰鞠了一躬。是的，虽然向一位盲人鞠躬，一点儿意义也没有，但我还是行礼如仪，然后结结巴巴说："我……我在这里等医生先生。"

她此刻把房门大开，左手仍旧紧握着门把，仿佛想在黑暗的房间里寻找支柱。然后她摸索着走向前，没有生气的双眼上方，眉头紧紧锁在一起。她又开口说话，嗓音已与先前截然不同，用生硬的语气斥责我道："看诊时间结束了。我丈夫回家后，得先用餐、休息。您不能明天再来吗？"

她越说，脸部表情越显急切，看得出她简直快把持不住自己。我不由得心想，她是个歇斯底里的人，千万别刺激她。于是我低喃道——再度愚蠢地朝她一鞠躬：“请您见谅，女士……这么晚了，我自然不是想来找医生先生问诊的。只是一件与他的病人有关的消息……想通知他。”

“他的病人！从头到尾都是他的病人！”怨恨的语气转变成泫然欲泣的声调，“昨夜一点半有人请他出诊，今天一大早七点他又出门了，一直到门诊时间都没有回来。若是不让他休息，他自己早晚要累出病来！好了，我已经说过，今天不看病了，门诊时间只到四点。您把您的事情写下来，留个字条给他。如果很急的话，请您找其他医生。城里头到处都有医生，每个街角就有四个。”

她摸索着走近了几步，看见那张愤怒的脸庞，我仿佛心怀内疚似的往后退。她张开的双眼倏地熠熠发光，宛如两颗通体明亮的白球。

“我说过了，请您离开。请回去！让他像别人一样可以好好吃饭睡觉！你们别全都死抓着他！夜里也好，一早也罢，成天只有病人，老是要他为病人卖命劳累，而且还白白卖命！你们知道他性格柔弱，一天到晚缠着他，只缠着他……唉，你们太残忍了！眼里只有你们的疾病，只有你们的担忧，其他什么都不知道！但是我无法容忍，我不允许这种事情发生。我说了，请您走，立刻离开！请让他安静休息，把晚上仅有的一个小时留给他吧！”

她摸索着走到桌旁。凭借某种本能，她想必发现了我所站立的大概位置，只见她的眼睛笔直地牢牢盯着我，仿佛能看见我似的。她的愤怒里包含了那么多发乎内心的绝望，同时也蕴含着那么多病态的绝望，我不禁感到羞愧。

“当然，夫人。”我道歉说，“我能充分理解医生先生需要休息……我也不希望打扰太久。只请您允许我留句话给他，或者半个小时后给他打个电话。”

但是她拼命向我大喊了一声：“不行！不、不、不行，不要打电话！电话成天响个不停，大家都有事找他，东问西问，怨天哀地。他一口饭还没吞下，就得跳起来接听。我说过了，若是不急，您明天门诊时间再过来吧。他一定得休息。现在请走吧！……我说了，走呀！”

双目失明的女子抡起拳头，不安地边走边摸，朝我曳步而来，场面恐怖骇人。我感觉她那双伸出的手下一秒就要抓到我了。就在此时，外头走廊的门咔嚓一响，接着又噔地上了锁，清晰可闻。一定是康铎。她竖耳倾听，吃了一惊，脸上的表情立刻改变。她浑身打战，刚才紧握的双手转眼合十，一副哀求相。

“现在请别耽搁他了。”她低声说，“什么都别对他说！整天在外奔波，他一定累惨了……请您体谅他一下！请您同情……”

这时候，门打了开来，康铎走进房间。

第二十二章

康铎毫无疑问一眼就看清了眼前情势，但是完全不露声色，毫无失态之举。

“啊，你陪着少尉先生啊。”他态度和蔼，愉悦快活，但我察觉到他将强烈的紧张情绪隐藏在愉快的表象下，“你人真好，克拉拉。”

他边说边走向盲眼妻子，温柔地抚摸她蓬乱的灰发。这一摸，她整个表情都不一样了。先前扭歪了她那张肥厚大嘴的恐惧，在柔情的爱抚下，全部消失无踪，换上不知所措的娇羞微笑，宛如新娘一般。她一感觉到他在身边，马上转向他，有点凹凸不平的额头在灯火映照下，显得纯净明亮。她才刚大发雷霆，现在却忽然平静下来，露出安心的神情，这种转变实在难以描绘。她显然忘了我的存在，只沉浸于康铎就在身边的幸福里。她的手仿佛被磁铁吸引似的，在空中摸索着寻找他。柔软的手指一碰到他的上衣，立刻上上下下把他的胳臂摸过一遍又一遍。康铎知道她的身体想挨近他，于是挪向她。她像个精力尽失的人倒地休息似的，整个人靠在他身上。康铎面带笑容，搂着她的肩膀，看也不看我一眼，反复说道：“你人真好，克拉拉。”他的声音似乎也抚慰了她。

“对不起。”她开口道歉，“可是我必须向这位先生解释，得让你先吃口饭呀，你一定饥肠辘辘了。一整天在外东奔西跑，还有十二通、十五通电话找你……原谅我跟这位先生说，请他最好明天过来。可是……”

“亲爱的，这一次啊，”他笑说，一边仍不忘抚摸她的头发（我明白他这样做是不让她因为笑声而感到难堪），“将会面推延到明天可是大错特错噢。这位先生，这位霍夫米勒少尉先生幸好不是病人，而是朋友。他很久以前答应过我，一旦进城来，就会来看我。他白天公务繁忙，只有傍晚才抽得出空。现在只有一个问题：你有没有可口的晚餐能招待他呢？”

她脸上又露出害怕的紧张表情。我从她猛然一吓的莽撞反应明白，她希望和思慕已久的丈夫单独相处。

“噢，不了，谢谢。”我急忙拒绝，“我马上就要离开了，免得错过夜车。我真的只是想转达城外居民的问候，几分钟就行了。”

“城外一切安好吗？”康铎直视我的眼睛问道，目光敏锐。他想必看出事情不太对劲，他连忙又补充说：“好的，亲爱的朋友，请听我说，我的妻子始终了解我的状况，而且往往比我自己还要清楚。我的确饥肠辘辘，若是不吃点东西，抽根雪茄，什么事也干不了。克拉拉，如果你觉得合适的话，我们不妨现在过去安安静静用餐，让少尉先生在此稍候片刻。我会给他本书，或者他暂且歇会儿。”他转过来看着我说：“我想您也累了一天了。等我饭后抽雪茄时，就过来您这儿。不过，当然是穿着拖鞋和家居服喽。少尉先生，总不会要求我一身大礼服来见您，对吧？……”

“我真的只要留十分钟，夫人……然后就得赶到火车站去了。”

这段话再度点亮她的脸庞。她转向我，几乎变得平易近人。

“少尉先生无法和我们共进晚餐，实在遗憾啊。我希望您改天能再来拜访我们。”

她的手伸向我，柔弱单薄，有点苍白，手背出现了皱纹。我满怀敬意，亲吻了她的手。然后怀着真诚的崇敬之心，看着康铎小心呵护着双眼失明的妻子走过房门，不让她撞上左右两边，动作熟练，仿佛手里捧着十分脆弱的易碎珍宝。

房门敞开了两三分钟，我听见轻轻曳步而行的脚步声逐渐远去。没多久，康铎又转了回来，脸上已换了一副表情，和先前南辕北辙，拉长了脸，神态警醒。他内心紧张时，总是这副神情。毫无疑问，他显然明白我若是没有迫切的理由，不会不请自来，贸然闯进他家。

“我二十分钟后回来，到时候我们很快把事情彻底讨论一遍。这段时间您最好在沙发上躺一会儿，或者舒舒服服伸展四肢躺在安乐椅上。您的脸色非常难看，我亲爱的朋友，看起来简直是疲劳过度。我们两个都得保持头脑清楚，集中精神啊。”

他的声音瞬间一变，大声说话，好让隔着两间房的人也能听到：“好的，亲爱的克拉拉，我就过来了。我赶快拿本书给少尉先生，免得他等着无聊。”

康铎的眼睛果然训练有素，看得很准。他一说出口，我才发现自己心烦意乱过了一夜，又紧张了一整天，确实是疲劳不堪。我遵照他的建议——我感觉自己完全屈从于他的意志了——舒服地躺在诊疗室的安乐椅上，头放松往后靠，两手懒洋洋摆在柔软的扶手上。我方才等得心情阴郁之际，已夜幕低垂，黑暗笼罩大地，除了高玻璃柜里的医疗器具闪烁银光，我几乎看不清其他物品。后头角落上方，我坐的安乐椅四周，夜色形成一个拱形壁龛，将我包覆其中。我不由自主闭上眼睛，失明女子的脸庞随即浮现眼前，仿佛浸淫在一圈魔光中。康铎的手一碰到她，才环抱住她，她惊恐慌张的神情瞬间洋溢幸福的光彩，转变之突然，令人难以忘怀。了不起的医生，我心想，但愿你也能如此帮助我。我模模糊糊感觉到，自己似乎想要忆起另一个也是受苦受难的人，她同样心神不宁，胆战心惊如此凝望着。我想要记起促使我来此的某件事，但是脑袋一片空白。

忽然，有只手碰了碰我的肩膀。康铎走进完全淹没在夜色中的漆黑房间时，一定轻手轻脚，要不然就是我可能真的睡着了。我正想站起来，可是他按着我的肩膀，轻柔却充满力道。

“您就别动，我坐到您身边来。在黑暗中比较好谈话。我只请求您一件事：讲话声请轻点！您该知道，盲人的听觉有时候特别敏锐，非常奇妙，而且他们还有种神秘本能，可以猜到一切。所以，”他的手仿佛施展催眠术似的，从我的肩头顺着胳臂轻触到我的手，“您请说吧，不需要害羞。我一眼就看出您有事不对劲。”

说也奇怪，我竟在这种时候想起了士官学校的一个同学，他叫作厄文，长相秀气，一头金发，宛如一位姑娘。虽然我不承认，但我想我当时应该有点爱上他。白天我们几乎不交谈，或者只聊些无关紧要的事。我们大概因为对彼此有未说破的好感，而感到不好意思吧。只有晚上寝室熄了灯，其他同学都睡了，我们两个才支着肘，躺在两张紧挨在一起的床上，隐身在夜色的掩护下，大谈我们孩子气的想法和观点。隔天一到，我们一样又觉得羞怯拘束，相互回避了。多年以来，我早已想不起当年的低语表白，那些曾经是我少年时代的幸福与秘密。但是现在，我伸展四肢舒适地躺在此处，夜色笼罩四周，我完全忘了原本要在康铎面前伪装的意图，我不想坦白一切，却身不由己。就像当年向士官学校的同学诉说微不足道的愤怒，以及傻气的青春年少所怀抱的伟大狂妄的梦想，我也把艾蒂丝出乎意料的情绪爆发，我的惊讶错愕、恐惧担忧、心烦意乱，一五一十——这其中也包含了坦承招供的秘密快感——说给康铎听。我在沉寂的黑暗中陈述一切，除了康铎头部偶尔晃动时，镜片暧暧闪光，其他一切都静止不动。

一阵沉默，但继之传来一阵奇怪声响。康铎显然正两手交缠，把指关节扳得咔啦咔啦响。

“原来如此。”他懊恼地咕哝道，“我这个笨蛋竟忽略了这点！总是如此，永远只看见疾病，却忘了体会病人的感受。只知道仔细检查各种病症，偏偏却忽视了本质，忽视了病人心理的变化。也就是说，我确实感受到这个姑娘有所不同，您还记得我帮姑娘看完诊之后，问老爷子是不是有别人插手治疗吗？因为她一心只想尽快恢复健康，这种突如其来的热切愿望，看得我一下子目瞪口呆。我确实猜得没错，有个外人插了一脚，但我这个傻瓜只想到理发师或者什么江湖术士，以为她给什么把戏冲昏了头，却没想到最简单、最合乎逻辑的事情，唯独漏掉了显而易见之事。青春少女怀春思慕，本就是与生俱来的天性。不过棘手的是，偏偏发生在这个时候，而且来势汹涌。噢，上天啊，可怜的孩子，可怜的姑娘！”

他已经站了起来。我听见他踱来踱去的短促脚步声，接着是一声叹息。

“太可怕了，竟然发生在我们正要安排她出门旅行的时候。这件事，即使是神也无力回天，因为她告诉自己必须为了您恢复健康，而不是为了自己。太糟了，唉，若是有个什么打击，实在可怖至极，不堪设想。如今她渴望一切，要求一切了，不会仅满足于稍有起色，稍有好转罢了！我的天哪，我们承担了多么可怕的重责大任啊！”

我心中陡然升起一股抗拒。我很不高兴自己被牵扯进去，于是我毅然打断他的话：“我同意您的看法，后果确实难以预料，所以要及时打消她这个荒唐的妄念。您必须积极涉入，必须告诉她……”

“说什么？”

“呃……这种爱慕只不过是儿戏，完全是胡闹。您必须好好劝她。”

“劝她？劝什么？劝一位女士打消热情？告诉她，她不应该出现这种感受？她爱的时候，不应该爱？若真这么做，可正是错得离谱了，而且愚蠢透顶呀。您听说过逻辑能战胜激情吗？难道能说服发烧说：‘发烧啊，别让人发烧呀！’或者对火说：

‘火呀，别再燃烧了！’当面对一位病人，面对一个不良于行的姑娘吼叫：‘看在上天的分上，别说服自己也能谈恋爱，行不行？你这种人竟然表露情感，期待感情，实在太狂妄了。你是个瘸子，最好安分守己！快待到角落去！放弃吧，停手吧！放弃自己吧！’还真是善良体贴的美妙想法啊！您显然希望我对那个可怜的姑娘这么说。不过，请您也好心想想可能会造成的巨大影响吧！”

“可是，您必须……”

“为什么是我？您不是明确表示过要扛下所有责任吗？现在为什么又推到我身上呢？”

“我总不能自己向她承认说……”

“也没要您这么做！您也不准这么做！先是把她迷得神魂颠倒，一下子又要求她理性！……不是明摆着胡闹啊！您不能让这可怜孩子从您的声调和眼色看出，她的爱慕让您痛苦又难堪。她若知道了，感觉就会像被人拿斧头一把劈掉脑袋！”

“可是……”我的声音一时出不来，“终究还是得有人向她说清楚……”

“说清楚什么？麻烦您行行好，把话说得更精准一点！”

“我的意思是……那个……那完全毫无希望，实在荒诞不经……免得她……如果我……如果我……”

我顿住不语。康铎也默不作声，显然在等我把话说完。然后他冷不防往门口迈了两大步，一下打开了电灯开关。灯光炫目刺眼，我不由自主地闭上了眼睛。三道刺目的白色火光瞬间燃亮灯泡，房间转眼照得通亮，宛如白昼。

“好！”康铎语气激动，“好，少尉先生！看来不能让您太安适。躲在黑暗中，人很容易隐藏自己。谈论某些事情，清楚直视对方眼睛还是比较好。所以别再顾左右而言他，少尉先生，事情不对劲。我无法说服自己，您上门来，纯粹只是给我看那封信，背后一定还有蹊跷。我感觉您做了什么打算。您要不坦承以告，要不请恕我谢客了。”

他那副眼镜对着我锋利一闪。我害怕看见映照出人影的镜片，于是垂下了目光。

“您默不作声，可不显得有多威武啊，少尉先生，这不表示您问心无愧。不过，我大概预料到是什么把戏，应该八九不离十。请勿拐弯抹角，您该不会真打算因为这封信……或者其他原因，忽然想结束您所谓的友情吧？”

他等待着。我没有抬起眼睛看他。他的声音透露出有如主考官般咄咄逼人的语气。

“您知道现在溜之大吉会有什么后果吗？尤其在您伟大的恻隐之心把姑娘迷得晕头转向之后？”

我沉默不语。

“那么，请容我冒昧，与您分享我个人对于这种行为举止的鉴定与判断。这种走为上策的举动，实在是可怜的怯懦行径……哎，您别这般军人模样似的立刻跳起来好吗？！请把军官身份和荣誉规范搁在一旁！毕竟我们在此讨论的，不是这类愚蠢的事情，而是关系到一个活生生、有价值的年轻女子，而且还是由我负责的人——在这种情况下，我既无兴致也没有心情保持什么礼貌了。总而言之，为打消您自欺欺人的念头，以为拔腿跑掉不会良心不安，我就开门见山明确地告诉您：您在这样一个紧要关头一逃了之——现在请别充耳不闻——实实在在是残害无辜姑娘的卑劣罪行，我恐怕甚至还不仅如此，简直可以说是谋杀！”

这个矮胖的男子像个拳击手似的抡起拳头，朝我步步逼近。或许他平日穿着柔软的粗绒布家居服，趿拉着拖鞋，看起来滑稽可笑。但是他此时义愤填膺地朝我大喊，愤怒中却显露出某种动人心弦的东西。

“谋杀！谋杀！谋杀！没错，您自己清楚！这样一个容易激动又骄傲的姑娘，生平第一次向一个男人倾诉衷情，而这位正直男子的回应却是吓得惊慌失措，溜之大吉，仿佛见鬼似的，您难道认为她挺得过去吗？拜托您，请发挥点想象力好吗！您难道是没读信，还是没长心眼呢？即使是一般健康的女性，也承受不了遭人如此蔑视！一旦遭受这种打击，内心的伤痛多年也无法平复！而这个只仰赖您胡诌给她荒谬的治愈希望支撑下来的姑娘，这个被人抛弃、六神无主的人，能够承受得住吗？她就算不是毁于此一震惊打击，也会毁在自己手里！是的，她会亲手了结自己的。一个坠入谷底的绝望之人，绝对吞不下这类侮辱。我肯定她一定受不了这类野蛮暴行。而您，少尉先生，和我一样清楚这点。由于您清楚结果，所以您一走了之的行径，不仅懦弱胆怯，还是有预谋的残忍谋杀！”

我不由自主地又往后退。他一说出“谋杀”的刹那间，一切画面如闪电般划过我眼前：塔楼露台的栏杆，她两只手死命紧握着栏杆不放！我紧抓她，千钧一发间，使出蛮力将她拉回来！我明白康铎并没有言过其实。她确实会从露台纵身跳下去。塔楼底下铺设的方形石浮现在我眼前。这一瞬间，我看见了所有经过，仿佛一切才刚发生，仿佛一切已经发生了。我的耳朵呼呼作响，宛如自己也从五六楼呼啸着跌了下去。

不过康铎仍旧穷追不舍："怎么样？您否认啊！倒是表现一点您身为军人应该具备的勇气吧！"

"可是，康铎医生……我究竟该怎么做？……我总不能勉强自己……说些我不乐意说的话啊！……我怎能这么做，仿佛自己接受她的痴心妄想似的……"我控制不住自己，发作道，"不行，我受不了，我没有办法忍受！……我没有办法，我不愿意，而且也办不到！"

我一定喊得非常大声，因为我感觉到康铎的手指紧紧钳住我的胳臂。

"天哪，小声点！"他一个箭步冲到电灯开关前，立刻关了灯，只剩书桌上台灯的黄色灯罩底下还落出一圈光晕。

"要命哪，跟您说话真得像面对病人一样谨慎。坐下，您请先安安静静地坐下。在这把安乐椅上，什么困难的问题都讨论过。"他挪近我身边。

"现在别激动，拜托您保持冷静，一件一件慢慢说！首先是，您一直哀叹说：'我没有办法忍受！'这句话我觉得还不够清楚。我得知道，您究竟无法忍受'什么'？可怜的姑娘一心热烈痴爱着您，这个事实到底为什么会让您吓成这副样子？"

我正准备话说从头，回答他的问题，康铎却又急忙插嘴说："不用操之过急，慢慢说！尤其别觉得不好意思！遇到如此激情的告白，一开始会吓一大跳，这点我其实能理解。只有脑袋空空的笨蛋，才会认为在女人堆中取得所谓的'成就'，值得兴高采烈，只有蠢蛋才会为这种事得意非凡。真正的男人感觉到有位女性爱恋自己，而自己无法回报她的情感时，毋宁是更感惊愕的。这些事情我都明白。但是，由于您的表现一反常态，心慌意乱得无以复加，我便不得不问了：这件事里头，是不是还有其他特别的事情搅和其中，我的意思是特别的状况……”

“什么状况？”

“喏……因为艾蒂丝……这种事情实在难以启齿……我的意思是……她的……她的身体缺陷是不是引起您某种反感……某种生理上的厌恶？”

“不……完全不是如此。”我激烈抗议道。她身上那种孤立无助、手无寸铁，正是不可抗拒吸引我的地方。某些时刻，我心中若对她兴起一丝类似恋人的神秘柔情，纯粹也是因为她的痛苦、孤独和残疾深深撼动了我。“不！从来不是如此！”我确信不疑重复说，口气近乎愤怒。

“那样就好，我稍微安心了一点。身为医生，我往往有机会在表面看来最正常不过的人身上，看见这种心理障碍。我怎么样也无法理解那种只要看见女人稍有一点不正常，立刻心生强烈反感的男人。但是，就是有为数不少的男子，一旦发现构成人体的数百万、数十亿细胞里，出现一丁点儿变异，便立刻排除任何产生爱情的可能性。可惜这类排斥就如同一切本能一样，完全无法克服。不过这点不适用在您身上，吓得您退避三舍的，不是她的瘫痪，所以我备感欣慰。这样一来，我只能推测是……我能直言不讳吗？”

“当然。”

“您惊恐的不是事实本身，而是后果……我的意思是，您完全不是因为可怜的姑娘爱慕您，而受到天大的惊吓，而是内心恐惧其他人若得知您爱恋她，会对此讪笑奚落……因此，我的看法是，您之所以极度慌乱失措，其实只不过是种恐惧——请见谅——害怕成为其他人、成为您同袍的笑柄。”

我感觉康铎仿佛拿了根尖针直直往我心窝一刺。他说的话，我早已无意识隐约感受到，却提不起勇气思索。打从第一天，我便害怕同袍奥地利式的“冷嘲热讽”，讥笑自己与这位跛脚姑娘的特殊关系，虽然没有恶意，却会伤人。我太清楚他们若是“逮到”某人与“相貌丑陋”或粗野的女人在一起时，会怎么样挖苦讥嘲了。就因如此，我才出于本能地在这个世界和那个世界，在军团和凯柯斯法瓦家之间，过着双重生活。事实上，康铎猜得没错：我一察觉到她的热情，心头难堪的，主要是羞于面对其他人，面对她父亲、伊萝娜、仆人、同袍。甚至因为我那不祥的同情心，而在自己面前羞愧得抬不起头。

但是，我感觉到康铎的手摩挲着我的膝盖，宛如有魔力一般。

“不，您别感到羞愧！一个人的行为如果抵触众人制式的想象力，他就会害怕众人，这点我非常了解。您不也看过我妻子了吗？没人理解我为什么娶她。一切若不符合众人所谓正常的狭隘思路，他们一开始会先表现出好奇，继之就产生恶意了。我那些医生同事暗地里窃窃私语，流传我治坏了她的病，纯粹是出于恐惧才娶了她。我那些朋友，所谓的朋友，又散布说她家财万贯，或者即将继承一笔遗产。我的母亲，我自己的母亲有两年时间拒绝接受她，因为她已经帮我安排了另外一门亲事，对方是教授的闺女，这位教授是当年大学里最负盛名的内科医生。如果我娶了教授女儿，三个星期后就能当上讲师，然后升任教授，我的人生从此直上青云，一帆风顺。但是我也心知肚明，我若是抛弃了这个女人，她将会万劫不复。她只信任我，如果我夺走了她这点信任，她将没有能力继续活下去。我开诚布公地向您承认，我从来不后悔自己的选择。请您相信我，身为医生，正是因为身为医生，是很难不感到良心不安的。他知道自己真正能帮上忙的地方微乎其微，作为一个人，他无力对付每日见到的庞大苦难。他从深不见底的苦海消除的，不过是沧海一粟。以为今天治好了病人，明天却又染上了新的疾病。总会觉得自己漫不经心，粗枝大叶，再加上不可避免犯下的诊断错误、治疗失当等等。因此，意识到自己至少能够拯救一个人，没有使一个信任你的人失望，正确做好一件事，总还是件好事。毕竟我们一定要清楚自己只能庸庸碌碌、浑浑噩噩地过日子，还是生活得有目标。请您相信我，”他在我身边，我忽然感觉很温暖，甚至升起一股柔情，“若是能够减轻别人的负担，承担一点重责是值得的。”

他声音里低沉的颤动感动了我，胸口蓦地感到微微烧灼，那股熟悉的压力又出现了，仿佛我的心脏在扩张或是收缩。一想到那个不幸的孩子遭人抛弃，身陷绝望，又重新唤醒了我的恻隐之心。我心里有数，同情的暖流就要开始涌动奔流，而我无力抵挡。可是，不可以妥协！我对自己说。别又把自己牵涉进去，不要再被拉回去！于是我态度坚决地抬起头。

“医生先生，每个人某种程度上都了解自己能力的极限。因此我不得不警告您，请不要指望我！现在该帮助艾蒂丝的人是您，不是我。我在这件事上已经涉入太深，远远超过我的本意。而我老实告诉您，我绝不像您认为的那般善良或者乐于牺牲奉献。我已经用尽全力了。我再也受不了别人崇拜我、景仰我，还得装出那是我所希冀或者容许的。宁可她现在了解自己的处境，也比日后失望的好。我以军人的身份担保，我衷心提醒您，现在我再重复一次：请不要指望我，请别高估了我！”

我想必说得斩钉截铁，只见康铎目瞪口呆地注视着我。

“从这番话听来，您似乎已经做出了某些明确的决定。”

他冷不防站起来。

“请您和盘托出吧，不要只说一半！您是否做了什么不可挽回的事情？”

我同样也起身。

“是的。”我从口袋拿出辞呈，“这个，请您自己看。”

康铎接过那封信，似乎有点迟疑。他担忧地瞥了我一眼，走到台灯那儿，就着微弱的光线读起信来。他无声地读着，看得很慢。然后折起辞呈，不假思索，就事论事平静地说道：“我想在我方才向您解释过一切之后，您完全了解这件事的后果。我们也确定您一旦逃开，将会对那孩子造成致命的影响……不是谋害了她，就是她自我了断……因此，这张纸不仅是您的辞呈，也是那可怜孩子的……死刑判决书，我设想您对这个事实绝对一清二楚。”

我没有回答。

“少尉先生，我向您提出了一个问题，现在我再重复一遍：您清楚这件事情的后果吗？您的良心能承担全部责任吗？”

我仍旧默不作声。他靠过来，把拿在手里那张折好的辞呈递还给我。

“谢谢！我不想涉入这件事。喏，您拿走吧！”

但是我的手臂瘫痪了，没有力气举起来。我也没有勇气迎视他探询的目光。

“这么说，您不打算把这份……死刑判决书交上去啰？”

我背过身，两手藏在背后。他明白了。

“我可以把它撕了吗？”

“可以。”我回答，“请您撕了它。”

他走回书桌旁。我没有转过去看，只听见一阵撕裂声，第一声、第二声、第三声，接着传来撕碎的纸片沙沙掉进垃圾桶里的声音。说也奇怪，我竟然松了口气。在这个命运左右一切的一天，又再一次出现了决定。我不必自己抉择，命运已帮我决定好了。

康铎走近我，轻轻把我按回安乐椅上。

“好，我相信我们阻止了一场可怕的悲剧……一场巨大的可怕悲剧！现在言归正传！无论如何，我很感谢有这个机会能多少认识您这个人。不，您别推辞。我没有高估您，我绝非把您看成凯柯斯法瓦老是夸奖的那个‘了不起的好心人’，而是一位感情起伏不定，心灵特别焦灼不耐，极不可靠的伙伴。我很开心阻止了您愚蠢的荒唐行为，但是我很不喜欢您很快下好决心，转眼之间又改变了主意。容易受到情绪左右的人，不可强迫他承担最严肃的责任。我如果要找人承担义务，对方需要有毅力与耐性，您会是我最后考虑的人。

“因此，请您听好了！我不会要求太多，只要求您绝对必要之事。我们不是说动了艾蒂丝开始新的疗程——或者应该说，她以为是种新的疗程。她为了您，决定离家，出门数个月，您也知道，他们八天后就会动身。好，这八天需要您的帮忙。别担心，我马上能减轻您的负担，也就是说，只有这八天！我要求您的不多，您只要答应我，在他们出发前这一周，不要鲁莽行事，不要做出意外之举，尤其是言语上和行动上，绝不能透露这可怜孩子的爱慕之情，如此使您心烦意乱。目前暂且先这样。我相信，由于事情攸关一个人的生命，请您自我克制八天时间，不过是最起码的要求。”

“好……可是之后呢？”

“以后的事情，暂时先不去想。如果我要动肿瘤手术，也不会老早先问，若是肿瘤几个月后又长出来怎么办？倘若有人叫我帮忙治疗，我只有一件事要做：毫不犹豫，动手出刀。在任何事情上，这是唯一正确的举动，因为这才唯一符合人道。其他一切全靠机运，或者比较虔诚的人会说：交给天主了。几个月内，有什么事情不会发生呢？！说不定她的病况比我预期的进展神速，或者由于相隔遥远，她的热情冷却下来了。我无法预先估算出所有的可能性，您更不应该如此！请您只将全副心思放在一件事上：在这段关键时期，别表现出她的爱情对您……对您而言是如此可怖。请您再三提醒自己：八天、七天、六天，我正在拯救一个人，我绝对不可以侮辱她、冒犯她，使她六神无主、丧失勇气。八天之中，表现出男子气概，态度坚定。您觉得自己撑得过这八天吗？”

“可以！”我脱口而出，连忙又接着补充，口气更加果决，“没问题！一定办得到！”知道我的任务有上限后，我感觉到体内升起一股新的力量。

我听见康铎重重舒了口气。

“谢天谢地！现在我终于能向您坦承我之前有多么焦虑了。相信我，倘若您真的以一走了之来响应她那封信、她的表白，艾蒂丝绝对活不下去的。因此，接下来几天才会显得如此关键。其他一切日后自有安排。我们暂且先让可怜姑娘过几天幸福的日子吧，八天浑然无知、开开心心地生活。您可是担保了这一周不会有事，对吧？”

我不发一语，径自向他伸出手。

“那么，我想一切都妥当了。我们可以安心去见我妻子了。”

然而他却没有起身。我感觉他有点犹豫。

“还有一件事。”他轻声补充说，“我们医生有必要把不可预料的事考虑进来，对各种可能性做好心理准备。如果——只是假设——发生了什么变故……我的意思是，您若是失去力量，无以为继，或者艾蒂丝的猜疑导致某种危机，请您务必立刻通知我。在这危机四伏的短短八天里，绝对不容许发生不可挽回之事。如果您感觉无法胜任此一任务，或者八天内不自觉暴露了自己的感受，请不要羞于见我。看在上天的分上，请别对我不好意思，我看过太多赤身裸体的人和破碎的灵魂了！不分昼夜，您随时可以来找我，或者打电话过来。我会时时刻刻准备挺身而出，因为我知道事情的严重性。好，现在，”旁边的椅子挪动了一下，我察觉康铎站了起来，“我们最好过去另一个房间。我们谈了太久，我妻子多少会感到不安。即使这么多年，我仍必须小心别刺激她。一旦受过命运摧残，人永远容易受伤。”

他又迈出两步，走到开关前，灯泡又亮了起来。他这时正好转过来面对我，我觉得他的相貌似乎有所不同。或许是刺眼的光线映照得他脸部轮廓鲜明突出，我第一次发现他额头上竟刻满了深深的皱纹，全身姿态透露出这个男人有多疲惫、有多劳累。他始终把一切施与他人，我心里想。而我稍有不顺心，就想提脚溜之大吉，可悲之至。我心情波涛汹涌，心怀感激注视着他。

他似乎察觉我在看着他，于是对我微微一笑。

他一只手拍拍我的肩膀说：“您能来看我，把事情谈开来，实在太好了。请您想想，您若是不假思索，一走了之，会有什么后果！这个想法将一辈子压得您喘不过气来。人可以逃离一切，唯独逃不开自己。我们现在过去吧，来吧，亲爱的朋友。”

眼前的男人在这一刻以“朋友”称呼我，令我十分感动。他知道我之前有多么懦弱胆怯，却没有看轻我。“朋友”这两个字又赋予我信心，这是年长者送给年轻人，阅历丰富者送给惶惶不安的初出茅庐者的鼓励。我如释重负，心情轻松地跟着他的脚步。

第二十三章

我们先穿越候诊室，康铎接着打开通向隔壁房间的门。他的妻子坐在尚未收拾的餐桌旁，手里正打着毛线。她的动作持久稳定，轻巧地摆弄着两支棒针，看不出那双手属于一位盲人，装着毛线的小篮子和剪刀有条不紊地对齐排在一旁。等到低垂着头的女人抬起空洞的瞳孔望向我们，平滑的圆弧眼球上映照出缩小的桌灯，才看出她的双眼丝毫没有感觉。

“喏，克拉拉，我们言出必行吧？”康铎温柔地走向她。他每次对她说话时，喉咙里总是柔滑流泻出这种轻颤的嗓音。“我们没有谈太久，不是吗？你都不知道，少尉先生来看我，我有多高兴！不过，亲爱的朋友，您请先坐一会儿吧。克拉拉，我一定要让你知道，少尉先生派驻在凯柯斯法瓦居住的那个城市哟，你应该还记得我那个小病人吧？”

“啊，那个可怜的瘫痪孩子，是吧？”

“这样你也就明白了吧：我偶尔从少尉先生那儿获悉他们家的情况，就用不着自己亲自跑一趟了。他几乎天天到他们府上关心一下女孩，陪陪她。”

双目失明的女子把头转向她估计是我大概站立的方向，原本严峻的表情忽然间缓和了下来。

“少尉先生，您人真好！我能想象她会有多开心！”她向我点点头，搁在桌上的手情不自禁地向我移近。

“是的，对我也很好，”康铎继续说，“否则以她这样的处境，情绪势必焦躁不耐，我就得多到乡下几趟，诊疗她，给她打气。她前往瑞士休养之前的这个星期，霍夫米勒少尉能够稍微关照一下，不啻大大减轻了我的负担。她不太容易相处，但他把可怜的姑娘照顾得非常好，我知道他不会抛下我不理的。比起我的助手和同事，我更加信任他。”

我立刻明白，康铎希望当着另外一个孤立无助的女子面前，要我负起责任，打算把我绑得更紧一点。不过我很乐意接下承诺。

“您当然可以信任我，医生先生。这最后八天，我绝对会出城去看她，从第一天到最后一天，一天也不漏掉。即使是最微不足道的意外，我也一定立刻致电给您。不过，”我越过双目失明的女人头上，意味深长地看着他，“一定不会发生意外，也不会出现麻烦的。这点我有十足的把握。”

“我也是如此。”他嘴角一扬，认可了我。我们完全了解彼此的意思。不过，他妻子这时微微抿着嘴，心里似乎烦恼着什么事。

“少尉先生，我还没有向您道歉呢，恐怕之前我对您有点……有点不太客气。可是那个笨丫头未通报有客人上门，我完全没有头绪在候诊室等待的人是谁。何况艾马里希从来没提过您，所以我以为您只是个会打扰他的陌生人。他每次回家，总是疲累不堪。”

“夫人，您完全没有错，甚至应该对我更严厉一点呢。我恐怕——请原谅我不揣冒昧——尊夫为他人付出太多了。”

“是一切！”她激动地打断我，一下子把椅子往我这儿挪近，“我告诉您，他付出了一切，他的时间、精神、金钱。他为了病人废寝忘食。每个人都剥削他，而我双眼失明，无法帮他减轻负担，分担忧愁。您若明白我有多担心他就好了！我一天到晚都想着：他现在还没有吃饭，现在又去搭火车、搭电车，半夜他们又要叫醒他了。他把时间给了所有人，就是没有留给自己。上天啊，谁会感激他这么做呢？没人！没有人会感激他！”

“真的没人吗？”他俯向激动的妻子，微笑着说道。

“当然呀。”她双颊桃红，“但是我又无法为他做些什么！他看完诊回家来，我早已饱受恐惧的折磨了。啊，您要是能说说他多好！他需要有人拦住他。一个人总不可能帮助所有人啊……”

“但是总得试试嘛。”他看着我说，“这就是生活的目标，唯一的目的啊。”我感觉这句提醒长驱直捣我的内心。但是，自从我知道自己意志坚定之后，已能忍受这样的目光了。

我起身。就在这一刻，我立下了一个誓愿。双目失明的女子一察觉到我的椅子往后挪，立刻抬起双眼。

“您当真要走了吗？”她问道，真心感到十分惋惜，“好可惜，太可惜了啊！但是，您很快会再来的，对吧？”

我心里有种异样的感觉。我是怎么回事？我心里不住讶异。大家全都信任我，盲眼女子抬起空洞的双眼，对着我绽放笑颜；而这个男人，几乎是萍水相逢的陌生人，现在也亲切地把手放在我肩上。我走下楼梯时，已经不明白一小时前驱使自己上这儿来的原因了。我究竟为什么想要逃走？只因为脾气暴躁的长官狠狠训了我一顿？只因为有个身体残障的可怜人爱上了我？只因为有人想要套住我，想要抓着我不放？但帮助别人，感觉实在很美妙啊，这是唯一真正值得的事，真正会有好报的事。这个认知，催使我心甘情愿完成昨日还让我感觉像个不堪承受的受害者的事情：对别人炽烈而伟大的爱情心怀感谢。

八天！自从康铎定下我任务的期限后，我感觉自己又有了把握。只有一会儿的时间，或者说只有那唯一的刹那，心里还有一丝担忧，那就是艾蒂丝表白之后，我第一次重新要去看她的时刻。我心里有数，两人有过如此热切的亲密接触之后，不可能不受影响，无拘无束地见面。火热之吻后的初次目光接触，一定隐含着这样的问题："你原谅我了吗？"甚至更危险的可能还有："你容忍我的爱？你回报我的爱吗？"我能清楚地感受到，令人面红耳赤的第一眼，克制住焦躁但又挡不住焦躁的第一眼目光，是最危险同时却也是最关键的一眼。笨拙地说错一个字，姿势一个不对，即残忍地暴露出我不准备暴露的心事，做出康铎殷殷告诫我不可犯下的粗暴、侮辱的行径。然而，只要熬过这个目光，我就得救了，或许也永远拯救了她。

不过，隔天我才踏进庄园，随即便注意到艾蒂丝也有同样的担忧，她早有先见之明，采取了避免和我单独见面的预防措施。我人还在前厅，即听见女子谈天说地的嘹亮声音。平常我们相处时，从来不会有其他客人打扰，但是在这个不寻常的时刻，看来她邀了熟人来保护自己，度过刚开始的严峻瞬间。

我尚未踏进会客室，伊萝娜便急忙迎了出来，动作迅猛，引人侧目——可能是艾蒂丝授意，也可能是她自动自发。她领我过去，向我介绍区长夫人与千金。那位千金肤色萎黄，满脸雀斑，很爱挖苦人。我很清楚艾蒂丝根本受不了她。不过，似乎也因此化解了我们第一次目光接触时的尴尬。这时伊萝娜把我推到桌旁坐下，和大家喝茶谈天。我极力和那个满脸雀斑、傲慢无礼的呆头乡巴佬周旋，艾蒂丝则和区长夫人交谈。这样的分配绝非偶然，我和她之间塞进了几个中间人，淡化了我们暗潮汹涌的紧张接触。我虽然感受到艾蒂丝的目光偶尔不安地落到我身上，但我总算可以避免直视她。两位女士最后终于起身告辞，机灵的伊萝娜这时又轻巧地把情势安排妥当。

"我送两位女士出门。你们可以趁这个时间准备下盘棋。我还得张罗点出门旅行的事情，但一个钟头后就回来找你们。"

"您有兴趣下盘棋吗？"我现在询问艾蒂丝不会尴尬了，也能直视她的眼睛。

"好啊。"其他三人离开会客室时，艾蒂丝垂下了目光。

我放上棋盘，还特别吹毛求疵，一个一个摆放棋子，想要拖延点时间，而她始终低垂着目光。平常，我们会习惯按照古老的下棋规则，把一个黑子和白子分别捏在手里，握紧两个拳头藏到背后，以决定谁先进攻，谁先防守。选择棋子时，免不了得说话，要求说要"右手"或者"左手"。不过即使是这样的交谈，我们现在也都很有默契地避免掉，我只顾着排好棋子。千万别开口说话！将所有心思囚禁在棋盘上的六十四个小方格里！专心盯着棋子，连对方移动棋子的手也别看！于是我们佯装沉浸于对弈中。平素只有热衷钻研的棋艺大师才会浑然忘我，无视周遭一切，全神贯注在棋局上。

但是没多久，下棋本身便暴露了我们虚假的骗人把戏。第三局时，艾蒂丝彻底崩溃了。她一连走错好几步，从颤抖的手指，我清楚看出她再也无法忍受这种虚假不真的沉默了。下到一半，她便推开了棋盘。

“够了！给我一支烟！”

我从雕花银盒拿出一支烟，讨好地点燃了火柴。火光一亮，我无法回避她的双眼。她两只眼睛动也不动地凝视着，不是看着我，也非望向某一个特定方向，而是冻结在冰冷的愤怒中，僵硬不动地瞪着，显得陌生而遥远。但是双眼上的眉毛紧蹙，宛如颤动的弓般抽搐不已。我立刻明白，这闪电般清楚的信号，预示着她身上必然会出现的情绪崩溃。

“别这样！”我由衷惊慌，赶忙警告说，“拜托别这样！”

但是她猛然一仰，靠在单人沙发椅背上。我看着这阵抽搐传遍全身，她的手指痉挛地抓着扶手，越抓越深。

“别这样！别这样！”我再次拜托她，除了这句哀求的话，我想不出还能说什么。但是她憋了很久的哭泣终于溃堤。不是声嘶力竭的哭天抢地，而是紧抿着嘴，撼动人心的无声哭泣，却更加骇人。这是种因为自己哭泣而感到羞愧，却又止不住眼泪的痛哭。

“不，我请您别这样，不要这样！”我俯身向前，一只手摆到她胳臂上，想要安抚她。但她的双肩立刻宛如有股电流蹿过，将蜷缩成一团的身体劈开一条缝。

她身体陡然止住抽搐，停滞僵硬，动也不动。仿佛整个身体正在等待，正在侧耳倾听，想了解这陌生的碰触所隐含的意义，是表示温柔，还是爱意，或者纯粹是同情？这种屏息等待，整个身体纹丝不动侧耳倾听的等待，着实十分可怕。我没有勇气挪开这只蓦然平息汹涌哭潮的手，但也没有力气强迫自己的手指展现柔情蜜意，那是艾蒂丝的身体和灼热肌肤迫切期待的柔情。我就这样让手像异物似的放着，我感觉她体内的血液似乎全涌来此处，在我的手底下温热又颤颤跳动。

我的手意志薄弱，不知道在她的胳臂上停留了多久，在这几分钟里，时间就像房间内的空气一样凝滞不动。不过，我感受到她的肌肉微微使起劲来。她别过视线，没有看着我，右手轻轻地把我的手从她的胳臂移开，拉向自己的身体，缓缓拉近心口，左手这时也含情脉脉、怯生生移过来。两只手呵护似的握着我赤裸且宽厚的男人的手，接着非常、非常轻柔地抚摸起来，感觉怯怯乔乔。她深情款款的手指一开始只是好奇游走在我毫无防备、动也不动的手掌上，如风般轻掠过皮肤。她的触碰细柔又天真，小心翼翼地大胆往上，从手腕轻抚到指尖，从内到外，从外到内，把我手的轮廓摸了又摸，似撒娇，似诱惑。碰到坚硬的指甲时，吓得停住不动，但一会儿后又把指甲周围摸了一遍，接着沿着血管滑回手腕，一次又一次往上摸，往下摸。这是腼腆温柔的探询，不敢大胆地紧抓住我的手，不敢箍紧，不敢抓牢。这种戏耍似的爱抚，宛如一道温水浇淋而下，恭恭敬敬又童稚天真，充满赞叹又娇羞答答。不过，我感觉恋爱中的姑娘把我贡献出来的部分，当成完整的我，全然拥抱着。她的头情不自禁地往后深深靠在沙发上，似乎想要更欢愉地享受这样的碰触。她像个沉睡的人似的躺着，又如正在做梦的人般闭着眼睛，轻启朱唇，一种彻底放松的神情平静了她的面容，同时使其绽放光彩。纤柔的手指一而再，再而三，沿着我的手腕摩挲到指尖，反复来回，幸福感越发强烈。在这样密切的触摸中，毫无任何贪欲，只有一种沉静的、惊叹的喜悦，终于能够短暂拥有我一小部分身体，倾诉她无可比拟的爱意。自此之后，我没有在任何一位女子的怀抱里，即使是热情如火的女子也一样，感受过比这近乎梦幻的似水柔情的逗弄，还要更加激动我心。

我不清楚如此抚摸了多久。这类经验，往往跳脱出惯常的时间概念。胆怯害羞的轻抚令人酥麻，令人晕眩，宛如催眠一般。比起之前那个突如其来的炽热之吻，我更感悸动，更为迷醉，始终没有勇气抽回手。我不禁想起信中写的："只要你容忍我的爱情。"我昏昏沉沉，如梦似幻，享受不停地从肌肤传到神经的酥软感，只能束手无策，无力抵抗。然而潜意识又感觉羞愧难当，受人如此极端爱恋，自己除了怯弱害怕，心绪扰乱，以及一阵尴尬的战栗外，竟没有其他感受。

我逐渐受不了自己僵住不动的状态。不是她的爱抚使我疲累，也不是纤柔手指来回游移引起的暖流，或者轻如呵气的羞怯摩挲，折磨我的，是自己的手了无生气枯死般搁着，仿佛不属于我，轻抚着手的那个人，也不属于我的生活。我犹如半梦半醒间听见钟声忽地惊醒的人，知道自己必须予以回应，若非抗拒这般爱抚，就是也以爱抚相应。但是我提不起一丝力气选择任何一种，心里只有一个念头催促着我得赶紧结束这场危险的游戏。于是我小心翼翼地绷紧肌肉，慢慢地，慢慢地，非常缓慢地，从她两手轻柔的包握中抽出我的手，希望别惊动她。但是，连我自己都尚未明白之前，敏感的姑娘立刻察觉到我开始抽回手了。她似乎大吃一惊，猛然放掉我的手，手指宛如凋谢般垂落，我肌肤上的涓涓暖流顿时逸失。我收回遭她抛弃的手，有点尴尬，因为艾蒂丝的脸色一沉，孩子气地噘抿着唇，嘴角又开始微微抽搐。

“别这样！别这样！”我低声说，找不到其他的话，“伊萝娜马上就来了。”她听见这番空洞无力的话，只是颤抖得更厉害。我的同情心又陡然猛烈燃起。我俯下身，嘴唇匆匆在她额头上碰了一下。

然而，她眼神严厉地瞪着我，一脸绝望，神情抗拒，似乎看透了我，仿佛能读出我脑子里的想法。我瞒不过她澄明锐利的感受。她发觉我的手慌忙逃开，挣脱了她的柔情蜜意，而这仓促的一吻不是真正的爱，只不过是出于窘迫与同情罢了。

尽管我铆足全力，仍旧无法表现出最大限度的耐性，没有使尽最后力气伪装自己，这始终是我在这几天里不可挽回的错误，不可原谅的错误。虽然下定决心自我克制，别在举手投足、眼神与言谈间，透露出她的柔情造成我心中不适，却只是枉然。我总是将康铎的告诫谨记在心，时时自我耳提面命，如果伤害了这个敏感脆弱的姑娘，自己将会造成多大伤害，得承担多大的责任。我不断告诉自己：就让她爱你吧，隐藏你的感受，伪装自己，就这八天维护她的自尊心吧。别让她察觉你的欺骗，而且是双重欺骗，因为你表面上生气勃勃，胸有成竹不断谈及她即将痊愈，实际上内心却因为羞愧畏怯而惶惶颤抖。我时时刻刻提醒自己要泰然自若，大方磊落，声音开朗诚恳，双手展现温柔体贴。

然而，女子一旦向男人告白爱慕之意，在她与男子之间，即流动着一股激昂、神秘与危险的气流。令人不寒而栗的是，爱人者始终能洞察被爱者是否真正感到幸福。爱情就其最内在的本质而言，不希望受到任何局限，一切有所节制、有所限度的表现，只会使恋人产生反感，无法忍受。他能从对方一举一动中的压抑与克制，感受到阻力；从对方有所保留的感情中，有理由察觉到暗藏的抗拒。当时我的行为举止显然有些张皇扭捏，言谈拙笨，虚情假意，因为我所有的努力，始终顶不住她警觉的等待。最后我没有办法说服她。她越发怀疑不安，猜想我并没有付出她唯一真正渴望从我这儿得到的，亦即以我的爱回报她的爱。聊天时，尤其在我卖力取悦她，想赢得她的信任时，她却偶尔抬起绝望的眼神，锐利地看着我，我总不由得垂下目光。我感觉她仿佛刺入一枚探针，想要探测我内心最底层的状况。

三天就这样过去，我备受折磨，她也受罪。我不断感受到她目光里和沉默中所蕴含的饥渴等待。我想应该是第四天吧，她开始出现莫名其妙的敌意，一开始我还没有理解过来。我一如往常，午后不久就过去了，还给她带了一束花。她收下花，却没有正眼看一眼，就意兴阑珊搁在一旁，故意表现出冷淡不在乎的神情，暗示我别奢想光用一束花就打算赎回自己。她近乎轻蔑地说了一句："哎哟，干吗送这么漂亮的花呢！"旋即又筑起堡垒，将自己掩藏在沉默当中，明显露出敌意。我设法不受影响，神色自若地和她聊天。但她顶多简单回道"是噢"，或者"这样啊"，或者"真怪，真奇怪"，明确露出侮辱人的神情，仿佛我的谈话丝毫引不起她的兴趣。此外，还特意做出一些举动，强调她有多么心不在焉：摆弄一本书，一下翻开，一下搁到一旁；把各种东西拿在手里把玩；夸张地打了一两次哈欠；接着又在我讲话讲到一半时把仆人叫来，询问有没有把灰鼠皮大衣装箱；等他回复装了，才又面对我，冷冷地说："请您尽管接着讲。"但是紧接着底下没有讲出口的那句话，十分明显可猜出是："不管您在我面前胡说八道什么，我一点儿也不在乎。"

我终于感觉力量不济，眼睛多次望向门口，而且次数越来越频繁，希望能够来个人，救我脱离这令人绝望的独白，伊萝娜或凯柯斯法瓦都行。但是就连这目光，也没逃过她眼底。她假装关切问道："您找什么吗？您要什么吗？"我无言以对，只能讪讪说了蠢话："没有，什么也不需要。"也许当时最明智的做法应该是公开接受战斗，对她大嚷："您到底要我怎么样？为什么要折磨我？如果您不开心，我也可以离开！"可是我答应康铎要避免冲突或挑衅了。于是我没有一把抛开这种恶意沉默压在身上的负担，反而努力活络气氛，又絮絮叨叨愚蠢地讲了两个小时，仿佛在无声的炽热沙丘上吃力跋涉。好不容易凯柯斯法瓦终于现身。他最近总有如惊弓之鸟，这时也同样露出胆怯的模样，或许还显得更加窘迫。他说："我们是否要去用餐了？"

我们全都在餐桌旁就座，艾蒂丝坐在我对面，一次也没抬眼，一句话也没对其他人说。我们三人觉得她这样压抑着默不作声，实在冥顽不灵，咄咄逼人，让人备受侮辱。于是我更挖空心思，制造气氛。我大谈我们上校像个偶发性酗酒者，定期在六月和七月罹患他所谓的"演习病"，越临近大操练的日子，他就越烦躁，越来越爱鸡蛋里挑骨头。虽然我感到咽喉上的衣领似乎渐渐勒紧，仍加油添醋，把愚蠢的故事讲得生动有趣。但是只有其他两人被故事逗笑，看得出来他们笑得很勉强，而且尽力掩盖艾蒂丝令人难堪的刻意沉默，她已经第三次夸张地打了个哈欠。不过我对自己说，你就尽管说下去吧。于是我描述我们怎样疲于奔命，被操练得不知如何是好。昨天虽然有两个轻骑兵因为中暑而掉下马背，上校这个粗暴的剥削者仍旧日日剥我们的皮，而且变本加厉。现在谁也预测不了何时能从马鞍上下来。他只要一犯演习病，脾气就更加暴躁，逼我们操练个二三十次愚蠢的训练。我今天费了九牛二虎之力，才能及时溜走。但是明天能否准时离开，只有敬爱的天主和上校大人才知道了。他现在可是把自己看成是天主的俗世总督呢。

这段话不过是无伤大雅的陈述，不可能伤害任何人，或者刺激任何人。我是对着凯柯斯法瓦说出这段话的，泰然愉快，说话时也没有看向艾蒂丝（我已经受不了她瞪着虚空的呆滞目光了）。这时，忽然哐当一声。艾蒂丝原本一直烦躁地摆弄着餐刀，现在却倏地把餐刀扔向了盘子，对着错愕不已的我们尖声大吼：

"既然给您添了这么多麻烦，您还是待在军营或者咖啡馆就行啦。没有您，我们也过得去的。"

仿佛有人从窗外射进了一枪，我们大家全都屏住呼吸，吓得僵在原地。

"艾蒂丝啊，别……"凯柯斯法瓦嗫嚅说着，感觉口干舌燥。

但只见她猛地靠回椅背，嘲讽道："我们真该同情这个受苦受难的人哪！为什么就不能放这位少尉先生一天假呢？我可是很乐意放他假的哦。"

凯柯斯法瓦和伊萝娜面面相觑，六神无主。他们很清楚一股积压已久的怒火将莫名其妙一股脑儿发泄到我身上。从他们看着我的惊骇神情，我明白他们两人担心我会粗暴地响应她的粗鲁无礼。于是我更加努力克制自己。

“艾蒂丝，您知道吗？您其实说得没错。”我的心脏剧烈跳动，但我还是尽量维持热络的口吻，“我劳顿不堪还到府上来，确实也没办法做你们称职的聊天伴儿。我也一直感觉到自己今天可把您给闷疯了！不过这几天您就好心将就一下我这个累得要命的家伙。我还有多少时间能上你们这儿来呢？你们没多久就要动身离开，这宅邸到时候肯定空无一人。我简直无法想象，我们在一起的时间整个算来不会超过四天，短短四天，事实上只有三天半，然后你们……”

这时冷不防蹿起一阵笑声，尖锐又刺耳，仿佛布匹撕裂的声音。

“哈！三天半！哈哈哈！连这半天他都计算在内了，清楚算出他何时终于能够摆脱我们！说不定他还特地买了一份日历，上面拿红笔标注：‘假日，我们启程？’不过呢，您可得小心，人算不如天算哟！哈！三天半！三天和一个半天，一个半天，一个半天……”

她笑得越来越激烈，眼神冷硬地乜着我们。虽然笑得起劲，全身却不住哆嗦。与其说她乐不可支，笑到发抖，毋宁像是危险的高烧不退而战栗不停。看得出来她恨不得跳起来。在如此激动愤怒的情绪下，这是最自然、最正常的动作。然而她双腿瘫软无力，只能困坐在椅子上。这种残暴的钳制使她动弹不得，所以爆发出来的怒气中，隐含着一股恶意，一种带着悲剧色彩的无能为力，犹如一只遭到囚禁的困兽。

“我立刻把约瑟夫叫来。”伊萝娜脸色刷白，低声对她说道。多年来，她早已能反射性地猜出艾蒂丝的动作。这时，艾蒂丝的父亲也立刻赶到她身边。但是他的担忧显得多余了，因为约瑟夫一进来，艾蒂丝不发一语就让他和凯柯斯法瓦给带走，没有告别，也没有说任何道歉的话。看到我们震惊的表情，她显然才察觉自己引起了多大的骚动。

只剩下我和伊萝娜两个人。我宛如坠机的人，吓得瞠目结舌，全身僵直，昏昏沉沉站起来，不知道究竟发生了什么事。

“请您体谅。”伊萝娜急忙压低声音对我说，“她现在晚上都睡不着。一想到要出这趟门，她就莫名激动……您真的不知道……”

“我知道，伊萝娜，我什么都知道。”我说，“正因如此，我明天会再过来。”

第二十四章

刚才那一幕惹得我心烦意乱，回家的路上，我不断鼓励自己要“撑住！挺过去！”。不计代价，都要坚持到底！你答应过康铎了，不可食言而肥，前功尽弃。不要因为一时情绪激动或者闹脾气，而有所动摇。你始终要铭记在心，这种敌意只不过表现出她的绝望心情，因为这个人爱着你，而你因为冷酷无情而亏欠了她。坚持到最后一刻，只剩最后三天半，只剩三天，之后你就通过考验，卸下内心重担，能够休息好几个星期、好几个月了！现在要有耐心，忍耐一点，只要撑过最后这段时间，最后这三天半，这最后的三天就行了！

康铎是对的。唯独深不可测、无法掌握之事，才会吓得我们胆战心惊。反之，一切节制有度、一切明确肯定之事，只是挑战我们接受考验，成为探测我们力量的尺度。三天，我觉得自己撑得过去，意识到这一点，我就感到安心了。隔天，我把勤务执行得有声有色，这点足以说明许多事情。我们这次比平常提早一个小时到操练场，疯狂来回操演，直到汗流浃背，汗水湿润了领口。怒气冲冲的上校甚至不由自主夸了我一句：“还不错嘛。”

我自己也大感意外。不过这次扫中暴风尾的是史坦胡贝尔伯爵，而且更加狂烈。伯爵是位狂热的马迷，前天刚购入一匹长腿的红鬃马，是年轻气壮、桀骜不驯的纯种马。可惜他自恃骑术高超，没有事先好好试过马儿再买。就在讲述操练策略时，一只鸟儿的影子吓到了这匹无法无天的马，它惊得仰起前蹄。第二次发生在进攻演练时，马儿径自放蹄狂奔，史坦胡贝尔若不是骑艺出色，早在全体军官面前滑稽地摔得人仰马翻了。他使出媲美杂技的技术，一番搏斗后，才制服了暴躁的马儿。然而他这番可敬的成就却没换来上校连声赞扬。上校不耐烦地发牢骚说，他绝不允许操练场出现这种马戏杂耍，伯爵先生若是对马儿一窍不通，至少应该事先在马术学校好好训练坐骑，而不是在大家面前丢人现眼，显得可悲。

这番恶毒的批评彻底激怒了史坦胡贝尔骑兵上尉。回营路上以及后来用餐时，他总是一再把自己遭受了莫大冤枉挂在嘴边。他解释那匹红鬃骏马本就精力旺盛，等着瞧，只要彻底矫正它的拗脾气，总有一天会茁壮成昂然出色的神驹。不过，这位怒火中烧的先生越是愤愤不平，同袍越爱揶揄奚落。他们嘲笑他上当了还没自觉，把他气得怒发冲冠。你一言，我一语，抬杠互斗，气氛越来越激烈。就在讨论正火热的时候，有个勤务兵走近我背后，报告说："少尉先生，有您的电话。"

我一跃而起，心里有不好的预感。最近几个星期，电话、电报和信件捎来的消息，总使我神经衰弱，心慌意乱。她又想做什么了？八成是因为自己叫嚷要我今天下午别过去，而感到不好意思了。好，如果她后悔，事情就容易多了。总之，我把电话亭那扇加上软垫的门严严实实关好，仿佛就此完全切断我的公务领域和另外那个世界。打电话来的是伊萝娜。

“我只想告诉您，”她在电话中说，口气有点拘谨，“您今天最好不要过来。艾蒂丝觉得很不舒服……”

“不会很严重吧？”我打断她的话。

“没事，不严重……我只是想今天最好让她休息，还有……”她犹豫了很久，不太寻常，“还有……现在反正也不在乎多这一天了。我们不得不……我们不得不推延这次旅程。”

“推延？”我问话的口气想必惊慌失措，只听她连忙补充说：“是的……不过我们希望只是推延几天……总之，我们明天或者后天再详谈……也许我这段时间会再打电话给您……我只是希望尽快通知您一声……今天最好不要过来……然后……祝您一切顺利，再见！”

“好，可是……”我吞吞吐吐对着电话说，但是没有听见回答。我又听了几秒。没有，没有回答。她挂断电话了。真奇怪，她为什么急着中断这次谈话？电话挂得这么快，仿佛生怕我继续问她似的。想必有什么隐情……为什么要推延？为什么推延行程，动身的日子不是确定了吗？一切不是都准备妥当了吗？康铎说八天。八天，我内心也完全调整好了，现在又……不可能……不可能的啊……我受不了这样起起伏伏……我也会精神疲劳呀……最后总也得让我安静、安静啊……

电话亭里真的这么热吗？我像个快要窒息的人用力推开软垫门，踉踉跄跄走回位置。显然没人注意到我刚才站起来离开过。其他人依旧吵吵闹闹，一来一往奚落史坦胡贝尔。拿着烤肉盆的勤务兵，始终坚守在我的空椅旁。我随手拿了两三片肉排放在盘子上，打发他走开。但是我没有拿起刀叉，因为脑袋里响起猛烈的嘀嗒声，仿佛有把小槌子无情地将“推延！推延行程！”这几句话凿入骨头里。一定有个理由。绝对发生事情了。难道她生了重病？我冒犯她了？她为何忽然又不想走了？康铎不是承诺过，我只要坚持八天吗？而我已经熬过五天了……没办法再多坚持下去……我就是办不到！

“哎，东尼，你究竟在胡想什么啊？我们的烤肉似乎不怎么合你胃口，是吧？看来是吃惯了珍馐美味哟。我就说吧，他已经嫌我们这儿的东西不够精致啦。”

又是该死的费伦兹，老是发出这种没有恶意的黏腻笑声，嘴巴老爱不三不四地暗示我巴着城外那家人蹭饭吃。

“见鬼了，别拿你的蠢笑话烦我，让我安静行不行！”我怒吼道，郁积多时的火气想必全注入吼声里，只见对面两个见习军官讶异地抬头望过来。费伦兹放下手里的刀叉。

“喂，东尼，”他语带威胁说，“我可不准你用这种语气跟我说话。吃饭时开个玩笑总可以吧。你说得没错，别处的伙食是不是比较合你胃口，那是你的事，与我无关。但是在我们的餐桌上，请允许我冒昧说你一句，你动都没动过我们的午餐。”

邻座的人饶有兴味地打量着我们，刀叉碰撞盘子的声音一下子变小了，连少校也觑起眼，眼神锋利地瞥向我们这儿。我发现不赶紧弥补刚才的失控不行了。

“哎呀，费伦兹，”我硬挤出笑声回道，“你可否也好心允许我头痛一回呢，我也会觉得不舒服呀。”

费伦兹立刻趁势让步：“哎，真抱歉，东尼，谁想得到呢？说真的，你的气色实在糟透了。我已经好几天感觉你不太对劲了。不过，你又会振作起来，恢复精神的，我一点儿也不担心你。”

这件插曲总算顺利落幕。但是怒火仍在我体内熊熊燃烧。城外那家人究竟想要我怎么样？反反复复、起起伏伏、忽冷忽热——不行，我不准他们弄得我疲于奔命！我已经说过三天，顶多三天半，多一个钟头都不行！不管他们要不要推延行程，我也不在乎了！我不想再伤透脑筋，不要该死的同情再来折磨自己了。这样下去，我早晚会发疯。

我得自我克制，免得泄露内心的怒气。我恨不得捏碎杯子，或者一拳愤愤打在桌上。我渴望逞暴斗狠，发泄内心紧绷的情绪，而非束手无策地干坐着，心神不宁地等待他们会不会又写信或者打电话，等待他们是否推延行程的消息。我就是忍受不了了，一定得采取行动。

对面的同袍仍旧讨论得十分激动。“我告诉你，”身材瘦高的约士奇讥讽说，“那个新伊钦来的马贩子彻头彻尾骗了你。红鬃马我也懂那么一点，你应付不了这匹烈马的，没人能够驯服它。”

“是吗？那么我倒要看看。”我突兀地插入他们的话题，“我倒想看看是否真没人能驯服这样一匹烈马。史坦胡贝尔，你介意我现在把你的红鬃马骑上一两个小时，给它点颜色瞧瞧，把它治得服服帖帖吗？”

我不知道这想法打哪儿冒出来的，但是我亟须找个人、找个对象发泄怒气。渴望斗殴、挥拳的需求极端强烈，眼下碰巧出现机会，我立刻紧抓不放。大家张口结舌盯着我。

“太棒了。”史坦胡贝尔哈哈大笑说，“只要你胆量够大，甚至还帮了我一个忙呢。我今天猛使力操控那牲口，手指头简直要抽筋了。如果有新骑士能够骑骑这匹顽劣的马，应该也不错。倘若你觉得合适的话，何不现在就上马呢！上吧，来吧！”

众人纷纷一跃而起，有预感将有场不折不扣的好戏可看了。我们一起走到马厩，去牵出“恺撒”。史坦胡贝尔给他大胆鲁莽的马取了这个征服者的名字，或许有点草率了。恺撒因为我们一群人七嘴八舌，聚集在马厩门前大声喧哗，显得有点惊慌焦躁。它在狭小的马房里喷着鼻息，猛然回抽，跳来蹦去，挣扯着辔头，撞得梁木咔啦咔啦响。我们费了番工夫，才把这匹疑心重重的牲口弄到马术学校。

一般而言，我的骑术不过中等，根本比不上史坦胡贝尔这类热衷马术的骑兵。不过，今天找不到比我更适合的人，桀骜不驯的恺撒也找不到比我更危险的对手。因为这一次，怒气绷紧了我的肌肉，使其坚韧强壮。我一心渴望征服，渴望战胜，这种邪恶的欲望激起我一种近乎施虐的乐趣。至少要这头顽固的牲口（人是没办法挥拳击打无法企及之物的）瞧瞧，我的忍耐是有限度的。大胆的恺撒虽然像火箭似的四处踏蹄飞奔，猛踢墙壁，而且扬蹄立身，陡然打横一纵，想要把我甩下来，但只是徒费气力。我精力旺盛，冷酷地勒紧辔绳，仿佛要把它的牙齿扯掉似的，鞋跟也使劲踹它两肋，奋战一番后，它很快就收敛了脾气。红鬃马负隅顽抗，刺激我、引诱我、振奋我，一旁军官连番好评，如“了不起，他给它吃足了苦头！”或者“瞧瞧这个霍夫米勒！”，同时也鼓舞我勇气大增，更加稳操胜算。身体上取得成就后所产生的自信，也会过渡到精神层面。经过半小时粗暴无情的搏斗后，我终于胜利地高踞马鞍上，胯下那只锐气尽挫的牲口咬牙切齿，大汗淋漓，热气蒸腾，宛如刚洗完热水澡。脖子和缰绳上溅满白沫，两耳乖乖低垂着。又过了半个钟头，凶悍难驯的骏马已柔顺听话，遵照我的指示。我完全无须再夹紧大腿，大可安心下马，接受同志的祝贺。可是，我内心仍有许多搏斗的欲望，尚未宣泄殆尽，而且使劲争斗之后，我觉得情绪更加高涨，所以我请求史坦胡贝尔允许我再策马到操练场，当然不是纵马奔驰，而是徐徐小跑，让汗水淋漓的马儿稍微凉快一下。

“当然没有问题。”史坦胡贝尔点头笑着说，“我看得出来，你会把马儿完好无缺地带回来给我。它不会再乱使性子了。干得好，东尼，致上我的敬意！”

于是我在同袍的如雷掌声和喝彩声中离开驯马场，松揽缰绳，带领精疲力尽的马儿穿过城，走上草地往城外去。马儿步履悠闲，我也感到轻松。怒气和烦躁在刚才那紧张的一个小时，全发泄在倔强顽劣的马儿身上。如今，恺撒温顺驯服，步伐轻跃。我不得不承认史坦胡贝尔说得没错：恺撒姿态优雅出色。没有一匹马奔腾飞跃时，能比它高贵潇洒，韵律十足，轻快灵活。我先前的不快逐渐烟消云散，心情开朗，享受如梦似幻的美好时光。我和马儿来回嬉戏奔驰，足足放松了一个钟头。最后，四点半左右，我慢慢策马回营。恺撒和我今天都足够了。我让它踩着悠然律动的步伐，快步沿着熟悉的公路走回城里，自己也舒服得晕乎乎的。这时，我背后响起了一声喇叭，声音嘹亮尖锐。神经质的红鬃马立刻竖起耳朵，身子开始颤抖。我感受到马儿的浮躁不安，及时勒紧缰绳，胯下一夹，驱策它离开路中央，走到路边一棵树旁，等待车子顺利驶过。

司机想必十分体贴，完全能理解我小心翼翼策马让到一旁的用心。他尽可能放慢速度，慢到几乎听不到引擎声。其实我无须全神贯注在浑身打战的马儿身上，慎重地紧夹大腿，准备面对它突发往侧边一跳或者向后退，因为车子经过时，这只牲口动也不动静静站着。于是我有余裕能抬头张望。就在我抬起目光那刻，敞篷车里有个人向我挥手。我认出了康铎圆滚滚的光头，他旁边那个头型像鸡蛋、覆着稀疏白发的人则是凯柯斯法瓦。

我分不清打战的是马儿还是我自己了。怎么回事？康铎人在这里，却没有通知我？他想必上凯柯斯法瓦家去了，车子里那老人就坐在他旁边呢！可是他们为什么没有停下车，向我打个招呼？为什么像陌生人似的径自驶过？康铎怎么忽然到乡下来了？两点到四点，他应该在维也纳看诊啊。他们一定特地紧急把他召来，而且是一大早就打电话了。肯定发生了什么事。想必和伊萝娜那通说要推延行程，并要我今天别过去的电话有关。一定出事了，而且还瞒着我！她终究还是寻了短见——昨晚，她的一举一动就透出某种决然的态度，胸有成竹似的讽刺着众人，只有企图使坏、计划涉险的人，才会露出那种神情。她一定做了不好的事了！我该不该追上去，也许还能在火车站拦截到康铎？

可是，也许他还没启程，我脑筋飞快运转着。不，如果确实发生了不幸，他绝不会不留信息给我就回维也纳。或许他在军营里留了话。我知道他这个人不会撇下我暗地里做什么勾当，或者对付我。这个人不会抛弃我，见死不救。现在只管赶快回营！他肯定在宿舍里留了一句话、一封信、一张字条，或者他本人正在宿舍等我。赶快回营！

第二十五章

一到军营，我赶紧把马儿牵进马厩，然后从侧面楼梯跑上楼，免得同袍缠着我闲聊、道贺。果然，勤务兵库斯玛已经等在我的房门前。他的神情慌张，紧张得肩膀都缩了起来，我心想果然有事。他神态惊惶，向我报告有位先生在房间等候，他不敢打发走对方，因为他觉得事情似乎很急迫。我曾经严格命令他，不准让任何人进我房间。不过，康铎八成给了他小费，难怪库斯玛一副惶恐不安的模样。但是我没有斥责他，反而和蔼地说了声“没关系”后直接走向门，他脸上的惶愧顿时化成惊讶。谢天谢地，康铎来了！他会详细说明一切的。

我匆忙用力打开门，房间昏暗无光（库斯玛把百叶窗放了下来，免得热气渗入屋内），最深处的角落有个人影动了一下，仿佛从阴影中浮现而出。我正欲热情相迎，却发现对方根本不是康铎。在房间里等候我的另有其人，而且正是我最不想见到的人，那就是凯柯斯法瓦。即使在更加黑暗的地方，我也能从他畏畏缩缩地站起身，鞠躬致敬的样子，在几千人中认出他来。他只是先清清嗓子，尚未开口，我已预知会听到低声下气、动摇人心的语气了。

“对不起，少尉先生。”他微微一鞠躬，“请原谅我不请自来，径自上您这儿。不过，康铎医生委托我特别向您问候，请您原谅他没有停下车……时间非常紧迫，他务必要赶上前往维也纳的特快车，因为他晚上在那儿……于是……于是他请托我，立刻向您转达他深表遗憾……因为如此……我才……我的意思是，因为这个缘故，我才冒昧上楼到您这儿来了……”

他站在我面前，低垂着头，宛如铐着一副枷锁。瘦骨嶙峋的头颅和中分的稀疏白发，在黑暗中闪烁着银光。他犯不着如此卑躬屈膝，看见他这种态度，我内心烧起一把火。我觉得很不舒服，因为每当他狼狈万状兜着圈子说话，背后总隐藏着特定的目的。若只是要转达无关紧要的问候，一位患有心脏病的老人根本不会亲自爬上四楼，打电话来一样也能转达，或者留到明日再说。小心了！我对自己说，这个凯柯斯法瓦对你另有企图。他可是曾经从黑暗中跳出来过的。一开始像个乞丐般奴颜婢膝，到头来却将他的意志强加于你，就像你梦中那个精怪对付大发恻隐之心的人一样。千万别妥协！别被逮到！不要开口询问，不要打听消息，尽快向他道别，送他下楼！

但是站在我面前的是个年岁已大的人，而且还低声下气垂着头。我看见他白发稀疏的头颅，仿佛做梦似的忆起了祖母的头顶，她低头一边打毛线，一边讲故事给我们这些小孩听。总不能无礼打发掉一位生病的老人啊。即使我已有了多次经验，仍旧没有汲取教训。我指着椅子说：“凯柯斯法瓦先生，您还亲自跑一趟，真是太客气了！您实在太和善了！您请坐！”

凯柯斯法瓦没有回答，大概没听清楚我说的话，不过至少了解了我的手势。他怯生生在我指的那张椅子最外缘坐下。我脑中闪电般倏地想起：他年轻时寄宿在陌生人家吃救济饭时，想必也是如此惶恐无措。如今他已是百万富翁，仍旧同样神情坐在我寒碜破旧的藤椅上。他慢条斯理地摘下眼镜，掏出口袋里的手帕，仔仔细细擦拭镜片。不过，亲爱的朋友，我学乖了，我早已明白你擦拭镜片的招数了，你所有的花招我全都一清二楚！我知道你拖泥带水擦着镜片，不过是想争取时间。你希望我先开口说话，提出问题，我甚至知道你希望我问什么。你要我询问艾蒂丝是否真的病了，推延行程的理由又是什么。但是我会特别提防的。你若有话对我说，悉听尊便！我不会自动送上门！不，我绝不会再受骗了！我受够了该死的同情心，也受够了没完没了地予取予求！该结束这些讳莫如深的多端诡计了吧！如果你有求于我，赶快直截了当诚实道来，别拿愚不可及的擦镜片当障眼法！我不会再落入你的圈套，我受够自己的同情心了！

老人仿佛听见我紧闭双唇下未说出口的话，终于无可奈何地放下擦得晶亮的眼镜。他显然感觉到我不愿意帮他忙先开口，所以必须自己起头才行。他仍旧执拗地低垂着头，眼睛没有看我，而是开口对桌子说起话来，仿佛希望从裂纹累累的硬木头上寻求更多的同情。

“少尉先生，我知道，”他的口气抑郁，“我没有权利，噢，确实如此，我没有权利占用您的时间。但是，我该怎么办？叫我们该怎么办呢？我实在无计可施了，我们全都走投无路了……天知道她怎么会兴起这个念头，没人能跟她谈，她谁的话也不听了……我明明知道她这么做并非出于恶意……她只是不幸，遭遇了天大的不幸……她纯粹是因为绝望，才如此对待我们……请您相信我，只不过是由于绝望呀。”

我等着他往下说。他什么意思？她对他们做了什么事？究竟是什么？倒是快点照实吐露啊！你讲话为什么故弄玄虚，为什么不直截了当说出到底怎么回事？

但是老人茫然若失地瞪着桌子：“我们什么事情都谈妥了，也全都做好了准备，订好火车卧铺，预订最雅致的房间，昨天下午她还迫不及待地想要赶紧动身。她亲自整理要带走的书，试穿了我自维也纳订购的新衣裳和皮草。但是我怎么也想不透，她竟蓦地兴起了奇怪的念头，就在昨天晚餐后——您还记得她情绪有多激动吧。伊萝娜想不通，谁也想不通她究竟怎么回事。只听她又叫又嚷，发誓说她死也不会离开，世间没有任何力量能把她拖走。她说她要留下来、留下来、留下来，就算有人烧了她头上的这栋房子，也誓死不离开。她不加入这场骗局，不再受人愚弄。大家只想以疗养为借口把她弄走，摆脱掉她。但是我们可错得离谱了，全都大错特错！她就是不走，她要留下来、留下来、留下来。”

我全身一阵冷战。原来这就是她昨天勃然大怒，纵声大笑的原因。难道她察觉到我已无以为继，所以特别安排了这一幕，想要引我日后跟到瑞士去吗？

不过我命令自己：别牵扯进去！别露出被惹怒的神情，千万别让老人发现她打算留下来，竟如此啃噬着你的神经！于是我特意装出愣头愣脑的样子，漫不经心地说：“啊，这种事司空见惯啊！您不也最清楚她的脾气阴晴不定，反复无常吗？伊萝娜打过电话给我，只不过是延迟几天出发罢了。”

老人深深叹了口气，叹息声从心底沉重爆裂开来，宛如一阵地震。这股陡然的冲击，仿佛也同时夺走了他胸腔最后一口气。

“上天啊，若是如此就好了！然而可怕的是，我担心……我们全都担心她根本不愿意出门了……我不知道，我实在一点儿也不懂，她忽然不在乎这次疗程了，病情能否治好，她也不关心了。‘我不想再受人折磨了，我不想让人乱治一通，这一切全都毫无意义！’她说了这些话，听得我心跳都要停了。‘我不要再被骗了！’她又哭又叫，‘我全都看透了，所有事情我全看得一清二楚……所有一切！’”

我迅速转着脑筋。天哪，难道她发现了什么蛛丝马迹吗？我露出马脚了？康铎不小心做了什么事？她听见我们无意中讲出的无心话语，就此起了疑心，感觉到瑞士疗养这件事不太对劲？难不成她锐利的目光，她那疑心重重的锐利目光，终究还是看透了我们把她送走其实毫无用处？我小心翼翼暗中试探。

“这我就不太明白了……令爱平常不是非常信任康铎医生吗？既然他这么热切劝她接受这个治疗……我实在想不透了。”

“是啊，但事情就是如此！……她不想再接受治疗，压根儿就不想把病治好！实在是疯了。您知道她说什么吗？……‘我无论如何不会离开，我受够连篇谎言了！……宁愿瘸脚一辈子，像我现在这样，永远留在这里……我不想要治好病，我不愿意，这一切都毫无意义。’”

“毫无意义？”我重复了一遍，顿感手足无措。

老人的头垂得更低了，我看不见他泛泪的眼眶，再也看不见他的眼镜。稀疏白发飘动不已，我这才知道他全身剧烈打着哆嗦。这时，他喃喃低语着，听不太清楚他的话。

“‘我就算痊愈，也没有意义了。’她一面说，一面啜泣，

‘因为他……他……’”

老人深深吸了口气，仿佛需要很大力气，才能把接下来的话说出口。最后，他终于脱口而出道：“‘他……他只不过是同情我罢了。’”

听到凯柯斯法瓦说出“他”的口气时，我霎时浑身冰冷。这是他第一次向我暗示自己女儿的感情。我已经好一阵子发现他明显在回避我，根本不敢正眼看我，而以前他却是那么热络地想要与我交好。不过，我心里有数，他回避我的原因是羞愧难当。对这位老人来说，眼睁睁目睹自己的女儿追求一位男子，而这人却逃离她身边，想必非常可怕。她的秘密表白想必狠狠折磨着他，她直言不讳的渴望势必使他无地自容。就像我一样，他也失去了自然无拘的态度。想要隐藏秘密，或者不得不隐藏秘密，终将失去坦率自由的眼神。

但是，现在摊开来了，我们两个心中受到同样的打击。泄露秘密的话语说出口后，我们只是不吭一声默默坐着，回避彼此的目光。狭窄的屋内，一团沉默笼罩在我们围坐的桌子上方，空气沉闷凝滞。然而，沉默逐渐扩张开来，如同一团黑色毒气，膨胀到天花板，充斥了整个空间。虚空从上面，从下面，从四面八方压迫而来，推挤着我们。老人的咽喉被这团沉默紧紧扼着，听得出来他得费很大的劲，才能勉强呼吸。再过一会儿，这股压力将会使我们窒息，或者激得其中一人暴跳起身，说句话，打破这片能置人死地、抑郁沉默的空虚。

这时，眼前忽然有了动静。我一开始只注意到他动了一下，动作迟钝笨拙，怪异得可以。忽然，老人冷不防萎缩成一团，软绵绵地从椅子上滚了下来。椅子翻倒在他身后，发出一声巨响。

中风了，这是我第一个念头。忽然中风了，康铎说过他患有心脏病啊。我大吃一惊，急忙奔过去，想要扶起他到沙发那儿躺下。这时候我才发觉老人根本不是从椅上摔倒，而是自己滑下来的。我一开始慌慌张张跑过去时，根本没注意到他是故意跪倒在地。就在我要把他扶起之际，他忽地往前一滑，抓住我的双手，哀求说：

“您一定要帮助她……只有您能帮她了，只有您……康铎也说过，除了您，其他人全使不上力！……我求求您，请您可怜她吧……这样下去不行……否则她会寻死，会毁了自己的。”

尽管我的手不停哆嗦，还是一把拉起跪倒在地的老人。他牢牢钳住我的双手，绝望中拼命紧抓的手指宛如鹰爪般掐进我的肉里，就像妖精，我梦中那个胁迫同情者的妖怪。“您帮帮她吧，”他气喘吁吁地说，“看在老天的分上，请您帮帮她……我们不能让这孩子老是陷于这种状态……我向您发誓，这可是性命攸关的大事啊……您简直无法想象，她在绝望中说了什么样荒谬无意的话……她啜泣说，她必须弄走自己，别挡着碍事，您才能得到安宁，我们大家也终于能安静、安静，不受她干扰……她不仅口头说说而已，而是认真得骇人……她已经企图自杀两次了，一次拿刀割腕，另一次吞安眠药。她一旦决定了，没人能改变她的想法，谁也不行……现在只有您能救她了，只有您……我向您发誓，只有您一个人能……”

“这是理所当然的啊，凯柯斯法瓦先生……请您先冷静下来……只要能力所及，我理所当然尽力而为。如果您愿意，我们现在立刻出城去，我来劝劝她。我现在就和您走。要我说什么、做什么，完全由您决定……”

他猛然放开我的手，瞪着眼睛说："要您做什么？……您难道真的不明白，还是不愿意理解？她都已经向您敞开心胸，表白感情，将自己交给您了，还因为做了这样的事情而羞愧得要命。她给您写了信，您没有回复只字词组，现在又日日夜夜担心您想办法要把她送走，想摆脱她，因为您瞧不起她……她害怕您觉得她恶心，恐惧得都要疯了……因为她……因为她……您难道真的不懂，让一位像这孩子一样性情高傲、情感狂热的人无尽空等，是会把人给逼死的吗？您为什么不给她点希望？为什么不给她捎个消息？您怎么能对她如此残忍，如此无情？为什么要把这个可怜的无辜孩子折磨得凄惨至此？"

"可是，我已经尽己所能来安慰她了……我确实告诉过她……"

"您什么也没对她说！您想必自己也察觉到了，您来看她，却对此绝口不提，她简直要发狂了，因为她只等待一句……等待每个女人期望从心仪的男子口中听到的一句话……只要她仍旧不良于行，根本不敢有什么奢望……可是现在，她确定能够痊愈，几个星期后就能完完全全康复，那么她有何理由不能和其他年轻女孩一样，怀抱同样的愿望？为什么不可以……她都已经向您表示过、向您说过，她等候您的一句话等得多么焦躁急切……她能做的都做了……她总不能低声下气乞求您……而您，您却绝口不提，能让她开心幸福的话一个字也不说！……说出那些话难道真让您觉得如此可怕吗？您日后将可能得到一个人在世上能拥有的一切啊！我年岁已大，又病痛缠身，我名下的一切，都会留给你们，庄园、产业，以及我四十年来攒下的六七百万……一切都将属于……您明天就可以拿到财产，任何一天，任何时候都可以，我自己什么也不要……只希望我离开人世后，有人能照顾那个孩子。我知道您是个好人，一个正派老实的人，您会爱护她，会好好对待她的！”

他喘不过气来，颓然无助，虚弱地跌坐在沙发上。但是我的气力也耗损殆尽，精疲力尽倒在另外一张椅子上。我们又像先前一样，面对面默不作声地坐着，谁也不看谁。我不知道我们这样坐了多久，只偶尔感受到他死紧攀住的桌子因为他身体一颤，也跟着微微晃动。不晓得时间又过了多久，我忽然听见咚的清脆一响，好像硬物撞硬物的声音。只见他低垂的额头碰到了桌面。我深深感受到这个人正在受苦，心里顿时涌现一股必须安慰他的强烈需求。

“凯柯斯法瓦先生，”我俯身向他，“请您务必相信我……我们平心静气把一切好好思索一下……我再次向您说一次，我随时供您差遣……只要力所能及，一定全力以赴……只是……您刚才暗示我的事情……实在……实在不可能……完全不可能啊。”

他像遭到最后致命一击倒卧在地的动物似的，轻轻抽搐着，因为激动而沾了点白沫的嘴唇费劲地动了一下，不过我没给他机会开口。

“凯柯斯法瓦先生，那是不可能的，我们不要再谈下去了……请您想想……我是什么人物啊？不过是个小小的少尉，靠着军饷和每个月微薄的津贴过日子……这样拮据的收入是无法维持生计的，是无法过活的，遑论供应两个人的生活……”

他想打断我的话。

“是的，我明白您想说什么，凯柯斯法瓦先生。您认为钱并不重要，这方面好安排。我也很清楚您非常富有，而且……我能得到您拥有的一切……但是，正因您家财万贯，而我不名一文，是个无名小卒……所以一切才不可能……别人会以为我纯粹是为了钱财，把自己给……您相信我，艾蒂丝自己一辈子也会抛不掉心里的疑虑，认为我是为了钱才娶她，虽然……虽然情况特殊……请相信我，凯柯斯法瓦先生，这事行不通的。尽管我是如此真心诚意敬重令爱，而且……而且……而且也喜欢她……但是，您一定能够理解吧？”

老人动也不动。我本来以为他完全没听懂我的话，但是那虚弱的身体渐渐有了动作。他疲惫不堪地抬起头，怅然发愣。过了一会儿，两只手扶住桌沿，想要撑起自己沉重的身体，但是没有一下就成功起身。他试了两三次，始终体力不支。最后，好不容易站了起来，但因为用力过度，身体有点摇摇晃晃。黑暗中，他的瞳孔僵滞不动，宛如两块黑色玻璃。这时，他喃喃自言自语，语气陌生遥远，不痛不痒得叫人心慌，仿佛他自己原本那个人的声音已经死去。

“那么……那么一切都完了。”

语调听来令人毛骨悚然，彻底自暴自弃的神态叫人害怕。他的眼睛始终茫然无神，也没低头瞧，直接就伸手在桌上摸索眼镜，拿到后，没有戴到呆滞的眼睛上——何必看呢？何必还要活呢？——而是笨手笨脚塞进口袋里。发青的手指（康铎就是从这儿看到了死亡）又沿着桌面四处摸索，终于也在桌边摸到了皱巴巴的黑呢帽，这时才准备离开。他眼睛没瞧我一眼，喃喃说：“非常抱歉，打扰了。”

他把帽子随便扣在头上，脚不太听使唤，蹒跚拖着走，气力尽失，像个梦游者般踉踉跄跄地走向门口。这时，他忽然想起什么似的，摘下帽子，向我鞠一躬后又重复道："非常抱歉，打扰了。"

备受命运打击的老人心慌意乱之际，却还向我弯腰鞠躬，这个彬彬有礼的姿势简直彻底击垮了我。我顿时感到心里又涌现那股温暖的热流，那股炽热汹涌的喷泉，直上眼睛，呛得两眼火热热的，心肠也同时软了下来，意志变得薄弱无力。同情心再度泛滥，将我淹没。我不能就这样放他走，这老人来此双手奉上了他的孩子，他在人世间唯一的命根子，我不能眼睁睁地看着他走向绝望，走向死亡。我不能夺走他的性命，必须说些话，安慰他，使他宽心，让他冷静下来。于是我快步追了上去。

"凯柯斯法瓦先生，您可别误会我的意思……您绝不能就这样走掉，最后对她说……在这个阶段，对她而言那将十分可怕……而且事实也非全然如此。"

我越说越激动，因为老人显然没有听进我的话。绝望中，他宛如化成了盐柱，僵立不动，犹似阴影中的暗影，一个活死人。我想要安慰他的需求越来越强烈。

"事实不是这样的，凯柯斯法瓦先生，我向您发誓……对我来说，最可怕的莫过于伤害令爱……伤害艾蒂丝……或者……或者她以为我不是打从心里喜欢她……没人能比得上我对她的真心诚意，我向您发誓，没人比我更喜欢她……她以为我不在乎她……真的只是胡思乱想罢了……正好相反……正好相反……我只是认为，如果现在……如果今天对她说这些……实在毫无意义……首要之务是……她要好好爱惜自己……要真的接受治疗，恢复健康……"

"然后呢……她痊愈之后呢？……"

他冷不防地转向我，方才还死气沉沉的呆滞瞳孔，忽然磷磷绽光。

我吓了一跳，本能感受到危险迫近。若是现在给出承诺，我就得承担责任。就在这个节骨眼上，我蓦地想起一件事：她渴望的一切不过是假象。她不可能立刻就痊愈了呀，可能得拖上好几年。康铎说过，先别想太远，现在只要安抚她，让她镇静下来！为什么不给她一点希望，有什么理由不让她开心，至少短时间让她感到幸福？于是我说道："是的，如果她痊愈了，那当然……我一定会……亲自上门一趟。"

他目瞪口呆看着我，身体抖了起来。他体内仿佛有股力量把他推向我。

"我可以……可以把这话告诉她吗？"

我又感觉到了危险，但已无力抵挡他苦苦哀求的眼神。于是我坚决说道："可以的，请您转告她。"然后向他伸出手。

他的眼睛闪烁着泪光，热泪盈眶，殷殷地看着我。门徒拉撒路死后四天因耶稣而再度复活，昏昏沉沉地爬出坟墓，看见蓝天与圣洁的天光时，一定也是这种眼神。我感到他的手在我的手里不停地颤抖，越抖越厉害。他额头慢慢低垂，越垂越低，我及时想起他之前也低下头，然后亲吻了我的手，于是匆忙抽回手，重复道："可以的，请您转告她。请您也告诉她不要担心。现在最重要的是恢复健康，为了自己，也为了大家，尽快痊愈！"

他欣喜若狂，重复我的话说："好的。恢复健康，尽快痊愈。噢，我笃定她现在就会立刻动身，恢复健康了，因为您恢复健康，为了您恢复健康……一开始我就知道是天主将您送到我面前的……不、不，我没有办法答谢您，天主将会给您报酬的……

我告辞了……不，请您留步，不要麻烦了，我这就告辞。”

他踩着另外一种我从没在他身上见过的轻盈步伐，灵活地走向门口，黑色大衣的下摆随之轻扬飞舞。门在他身后关上，声音清脆，甚至有点欢快。我独坐在黑漆漆的房里，微微感到惊愕。一个人做出关键性举动之前，内心若事先没有定夺，就会出现这种感受。一个小时后，勤务兵谨慎地敲我房门，递给我一封信，蓝色的信纸，尺寸十分熟悉。我受到同情心驱使，意志薄弱许下了承诺，直到此时，我才明白自己将要承担多大的责任。

“我们后天动身，我已经答应爸爸了。请您原谅我这几天的举动，但一想到自己对您而言或许是个负担，我就恐惧得要发狂。现在我清楚自己为什么要恢复健康，为了谁一定要痊愈了。现在我什么也不怕了。请您明天尽早过来一趟。我从未如此迫不及待地想见您。您永远的艾。”

“永远。”一看到这两个字，我猛地一阵冷战。这两个字将牢牢困住一个人，永无尽期，不可挽回。现在没有退路了。我的同情心再一次比我的意志更强大。我把自己交出去了，再也不属于自己。

第二十六章

振作精神，我对自己说道。这是他们能够从你身上夺走的最后的东西，永远不可能实现的半个承诺。只要再容忍一两天这荒谬的爱慕就行了，之后他们就动身离开，届时你便又赢回自己了。然而，越逼近下午，我越来越烦躁，越来越不自在。一想到要心里揣着谎言，面对她温柔信赖的目光，我就备感折磨。我尽可能装得轻松自在和同袍闲聊，却只是白费力气。我清清楚楚地感觉到大脑里嘀嗒作响，神经在搏动，咽喉忽然干得要命，仿佛有股被压抑的火开始闷烧冒烟。我本能地点了杯白兰地，一口气灌下。但无济于事，喉咙依然干得令人难受。于是我再要了一杯。等到点了第三杯，才发现自己其实无意识地想借酒壮胆，免得上他们家去时，显得一时懦弱或者容易伤感。我内心有些感受，希望能事先麻醉一下，也许是恐惧，也许是羞怯，也许是良善的感受，也或者是非常邪恶的情绪。是的，就是这么回事，只有这个原因——难怪冲锋陷阵前，要发给士兵双份的烧酒饮用——我希望自我麻痹，钝化自己的感觉，才不会清晰感受到我即将面对的棘手局面，甚至是危险状况。然而三杯酒下肚，最终的效果只有双脚变得沉重，脑里嗡嗡作响，好似牙医的机器在真正钻到痛处前摩擦不停的声音。我走在这条漫长公路——难道只有这次才觉得此路漫长无尽吗？——绝非内心安稳、头脑清晰，更谈不上开朗愉快，而是心脏扑通直跳，踯躅不决，勉勉强强走向那栋可怕的宅邸。

然而命运把情势安排得比我想象的容易多了。另外一种更令人心醉神迷的麻痹感正等待着我，一种比我在劣酒中寻找的，还要细致、纯粹的微醺醉意。虚荣心也会使人昏头，感激之情也会使人陶醉，柔情蜜意也会迷惑得人飘飘欲仙。正直的老约瑟夫在门口一看见我，又惊又喜说："啊，少尉先生！"他吞了口唾沫，激动难耐，不时抬眼偷觑我，就像在教堂里瞻仰圣像一样——我找不到其他说法形容。"请少尉先生马上到会客室！艾蒂丝小姐已经等候少尉先生好一会儿了。"他低声说道，语气激动，有种不好意思的亢奋情绪。

我不禁讶然自问道：为什么这个萍水相逢的人，这个老仆人如此欣喜若狂？他为什么这么喜爱我？在别人身上看见良善和同情，真也会使人心情愉快，幸福洋溢吗？若是如此，康铎说即使只帮助一个人，也会实现自己的生命意义，就是对的了。那么不遗余力帮助他人，甚至赴汤蹈火，也确实值得了。如此一来，任何牺牲都有其道理，即使是谎言，只要能使他人幸福，也比一切真相重要许多。忽然间，我感觉脚步踏实，脚底稳稳踩在地面。知道能为别人带来快乐，走起路来也虎虎生风，步伐完全不一样。

伊萝娜这时迎面走来，笑逐颜开，眼神仿若两只深色的温柔双手拥抱着我。她握着我的手，展现出前所未有的亲切热情。"谢谢您。"她的声音仿佛穿透夏日温暖湿润的雨传来，"您真的不知道您对那孩子做了什么好事。您救了她，上天明鉴，您真的救了她！您快过来，我实在无法描述她等您等得多心焦。”

这时，另一扇门轻轻动了一下，感觉有人站在门后偷听。老人走了出来，但是神情与昨日截然不同，眼睛里不再充满死亡与惊恐，而是绽放温柔的光芒。“您来了，真是太好了。您会讶异她简直判若两人。发生不幸这么多年来，我从来没看过她那么开心，那么幸福。奇迹，真的是奇迹啊！上天啊，您为她、为我们做了多大的好事啊！”

他深受感动，情绪激动得说不下去了，咽了一口唾沫，老泪纵横，同时又为自己的失态而难为情。他的激动也逐渐感染了我。面对如此真情流露，感激涕泗，有谁能无动于衷呢？我希望自己不要成为爱慕虚荣的人，砥砺自己不可孤芳自赏，自视甚高，即使是今日，我也不相信自己心肠良善，不相信自己的力量。但是，他人狂热的、铭感五内的热情，却将一股迷人的自信感注入我心里。一切恐惧与怯懦，忽然间被一阵金色的风儿吹散。既然能使别人快乐，无拘无束大方接受爱慕又有何妨呢？一想至此，我已经迫不及待想赶快走到会客室去。前天我离开那儿时，心情还怅然绝望呢。

我几乎认不出扶椅上坐着的那位姑娘。她神采奕奕地凝望着我，浑身散发出动人的光彩，一身浅蓝色丝绸，更显娇羞，更加纯真。红褐色秀发上，闪耀着洁白鲜花。是桃金娘吗？扶椅周围也成排摆满了花篮，花团锦簇。花是谁送给她的呢？等待多时的她一定老早就知道我进屋了，肯定听见我和其他人愉快寒暄，以及逐渐走近的脚步声。然而，这次全然不见神经质的探询目光，以及严密监视的眼神。以前我一走进来，她总是半睇着眼，满心猜疑地拿这种目光打量着我。她今天一派轻松，真心诚意地端坐在扶椅上，俨然成为一个截然不同的姑娘，因为欢愉而更显纯真，因为美丽而更加妩媚。我心里诧异不已，完全忘了毯子下盖着一位病人，那张扶椅其实是她的监牢。她察觉到我微微的讶异之情，将之当作一种馈赠，欣然收下。她邀请我坐下时，响起昔日无忧无虑相处时的亲密声调：

“终于来了！您终于来了！请过来，坐在我身边。还有，请您别说话。我有些重要的事情要告诉您。”

我落落大方地坐下。受到如此开朗、如此亲切的邀请，怎么可能会心慌意乱，窘迫不安呢？

“只要听我说一分钟就行了。您不会打断我的，对吧？”我感觉她这次是经过深思熟虑才说出每一句话，“您告诉我父亲的事情，我全都知道了。我知道您愿意为我做什么事。现在，请您相信我承诺您的一字一句：我永远不会——请您听着，永远不会——再问您这样做的理由，不管只是看在我父亲的面子上，还是真的因为我，或者不过是出于同情，或是……不，请您别打断我，我都不想知道了，我不想要……我不想再深入探究，折磨自己也折磨别人。多亏您，我又活了下来，而且将继续活下去，这样就够了。……昨天我才开始真正生活。我若是能恢复健康，要感谢的只有一个人。只有您一个人！”

她迟疑了片刻，又接着说下去：“现在请您听清楚我要承诺的事情。昨晚，我把所有事情从头到尾都透彻想过了。这是我第一次像个健康的人一样头脑清晰地思考，而不是以前那个始终心里不踏实，激愤焦躁的我。我现在才明白，思考时心里毫无畏惧，竟是那么美好，真的太棒了。我第一次能预先体会正常人的感受。都要归功于您，我才能有此体验，只有您。我会遵照医生的一切指示，只要能从我现在这副怪模怪样变成一个真正的人，我什么都愿意忍受。我不会轻言放弃，也不会懒惰懈怠，因为我现在知道这一切关系着什么。我会使出全身每一根纤维、每一条神经，榨干每一滴血，全力以赴。我相信皇天不负苦心人。为了您，我什么都愿意做，换句话说，我不愿意您有任何牺牲。但是，如果最后没有成功……拜托您别打断我的话！……或者，没有完全成功，我没有彻底恢复健康，不像别人一样灵活……您也不必感到害怕！我会自行承担一切的。我知道有些牺牲不可以接受，遑论还是心爱的人所做的牺牲。为了这次疗养，我赌上了一切，所有的一切！如果最后失败，您从此不会再听见我的任何消息，永远不会再看见我。我向您发誓，我绝对不会成为您的负担，因为我不希望再拖累任何人，尤其是您。好了，我想讲的就是这些。现在什么也不说了！这两天，我们能够相聚的时间不过只有几个小时，我希望能够尽量开心地度过。”

她说话的声音与平时截然不同，显得成熟。眼睛也不同了，不再是惶恐不安的孩子的双眼，也不是病人充满渴望的疲惫眼睛。我感觉她对我的爱也有所改变，一开始那种轻松戏谑的爱已不复见，也不是饱受欲望折磨的浓情。而我看待她的眼光同样出现变化，同情她命运多舛而生的恻隐之心，不再像以前一样压抑着我，我用不着忧惧害怕，战战兢兢，只要真心诚意，清楚明确就行了。眼前的姑娘因为梦寐以求的幸福即将实现，整个人容光焕发。不知道怎么回事，我心底第一次对这个娇嫩的姑娘升起一股柔情。我不知不觉地把椅子挪近她身边，想要握住她的手。这一握，她不像上次因为欲火中烧而颤抖不止，纤弱冰凉的手腕静静任我握着，顺从乖巧。她的脉搏宛如敲着小槌子似的不疾不徐地跳动，我感到非常幸福。

我们无拘无束地谈论这次的旅程，日常生活中的琐事，聊着城里和军营的趣闻。我实在不理解，我干吗要折磨自己，事情不是很简单吗？不过就是坐在一个人旁边，握住她的手，完全不用拘谨，无须隐藏自己，只要真诚以待。也不用抗拒温柔的感受，接受对方的爱慕之情不须感到羞愧，纯粹心怀感激就好了。

随后我们入席用餐。银色烛台在烛火摇曳中闪闪发亮，花瓶里的鲜花灿烂如五彩烟火。水晶吊灯的光芒在一面又一面镜子之间流转辉映。四下一片静谧，黑幕拱如贝壳，罩住壳里宛如珍珠般光彩夺目的宅邸。敞开的窗户飘进一阵芳香，我似乎偶尔听见屋外树木静静吐纳的声息，和风煦暖，低低吹拂过翠绿青草，动人心弦。一切是如此美好，更甚往日任何时光。老人如神父般端坐着，神情庄严慎重。艾蒂丝和伊萝娜活泼开朗，青春美丽，我从没见过她们这么欢乐、这么雀跃。仆人胸前的衬领也洁白得耀眼。平滑的水果外皮，色彩缤纷夺目，前所未见。我们享用美食，畅饮佳酿，开心聊着天，因为能和睦相处而欢天喜地。欢笑声化作啁啾鸣唱的鸟儿，无忧无虑地从这人身上飞到另一人身上，愉快的情绪如波浪嬉戏，忽涨忽落，起起伏伏。仆人在杯子里斟满香槟，我首先举杯祝福艾蒂丝说："为您的健康干杯！"大家才乍然安静下来。

"是的，恢复健康。"她吸口气说，深信不疑地看着我，仿佛我的祈愿主宰着生与死，"为了你，恢复健康。"

"老天保佑！"老父亲站起身，情绪激动得不能自已。他取下泪水沾湿的眼镜，没完没了地擦拭起来。我觉得他的双手忍不住想要碰碰我，我并没有拒绝。因为我也有股冲动想要表达感谢之意，于是我走过去拥抱他，他的胡子掠过我的脸颊。他放开我后，我察觉艾蒂丝正凝望着我，朱唇轻启，微微颤动，仿佛也渴望同样亲密的触摸。我迅速弯下身子，在她唇上印上一吻。

我们的婚约就此定下。我并不是经过深思熟虑才吻了这位陷入爱中的姑娘，纯粹只是出于感动。虽然事情发生非我本愿，我也没有意识到，却不后悔做出这个小小的、纯洁的亲昵举动。因为这位幸福得羞红双颊的姑娘不像先前那般，狂野地拱起咚咚直跳的胸脯挤向我，也未紧紧抱着我。她的唇谦卑地迎向我的唇，宛如接受贵重的礼物一般。其他人全都默不作声。这时，角落传来一阵怯生生的窸窸窣窣。一开始似乎只是尴尬的清嗓声，等我们抬头一看，才发现仆人站在角落轻声啜泣。他把酒瓶放在桌上后，便别过头去，不想让我们发现他不得体的感动之举，但是他笨拙的眼泪也引得我们人人热泪盈眶。忽然间，艾蒂丝的手覆上了我的手："把手交给我一下。"

我不知道她有何目的，只感觉有个光滑冰凉的东西套进了我的无名指。是枚戒指。"我离家以后，你可以看着这个想念我。"她道歉说。我没有望着戒指，只是执起她的手，印上一吻。

第二十七章

这天晚上，我是天主，创造了世界，瞧，这世界充满了善良与正义。我创造了一个人，他的额头如晨曦般闪耀着纯洁光辉，双眸映照出幸福的彩虹。我把山珍海味摆满餐桌，使果树结实累累，酿造美酒，烹饪佳肴。各色美味见证我的丰饶多产，盛在晶亮的碗盘与形形色色的篮子里，犹如贡献的供品，满坑满谷呈放在我面前。佳酿闪烁酒光，水果耀眼可口，入口香甜，滋味芬芳。我在屋子里造了光，在人的心里造了光。水晶吊灯的灯光宛如日光，照耀在玻璃杯里摇曳生辉。洁白的桌巾如皑皑冬雪刺眼夺目。众人喜爱由我身上散发出来的光，我不由得心生骄傲。我接受他们的爱，沉醉其中。他们向我敬酒，我一口饮尽；向我献上水果佳肴，我欣然享受馈赠；向我表达敬意与感激，我接受他们的崇拜，就像收受美食佳酿等供品一样。

这天晚上，我是天主，但不是高踞宝座上，冷淡地俯视着我的作品与作为。我平易近人，亲切和蔼地与我的创造物同桌而坐。我仿佛透过围绕自身四周的银色云雾，模模糊糊地看见他们的脸庞。左首坐了一位老人，我身上散发出的良善光辉，抚平了他额头上纵横密布的皱纹，驱散了黯淡他双眼的阴影。我赶走纠缠着他的死神，他觉知到我实现于他身上的奇迹，用死而复生的声音频频表达感激之意。我身旁坐了一位姑娘，曾经罹患重病，困坐囹圄，受尽压迫，深陷在自己内心的混乱之中。然而，她光彩照人，看起来已然恢复健康。我以嘴唇的气息将她救出恐惧的地狱，提升入爱情的天堂。她的戒指在我的手指上闪烁如晨星。她对面坐着另一位女子，一样面露感激的笑容，因为我赋予她秀美面容，浓密芬芳的秀发拢聚在光洁的额头两旁。这些都是我赐予他们的，我本人亲临现场的这个奇迹，提高了他们的价值，人人眼里洋溢着我创造的光。他们彼此对视时，我就是他们目光里的光亮；彼此交谈时，我就是他们话语的意义；即使他们沉默不语，我也逗留在他们的思想当中。因为我就是他们幸福的开端、中心与泉源，唯独只有我一人。他们若是互相赞叹，赞叹的就是我；若是彼此相爱，就会认为我是他们爱情的创造者。我置身我的创造物当中，为他们感到得意、开心，而且亲眼见证对他们释出善意实是件好事。于是，我喝酒时，同时也豪饮下他们的爱；用餐时，也同时享受他们的幸福。

这天晚上，我是天主。我平息了汹涌奔腾的洪水，驱散了他们心头的黑暗。不过，我也消除了自己的恐惧，我的心安详宁静，从未如此静谧。夜色已深，我从桌旁起身，心里顿时渲染了一丝丝的哀愁，宛如天主第七天完成创世时所涌现的永恒哀愁。这丝哀愁，也反映在他们空虚气馁的脸庞上。因为该是告别的时刻了。奇怪的是，大家全都情绪激动，仿佛知道某件无法比拟的事情已近尾声，难得轻松自在的时刻将如云彩般飘散消逝。我第一次因为要离开姑娘而心生恐惧，像个难分难舍的恋人似的，一再拖延向爱慕我的人告别的时间。我多想再坐在她的床畔，反复抚摸纤柔羞怯的手，凝望幸福的玫瑰色笑颜照亮她的脸庞啊。但是时间太晚了。于是我飞快地拥抱了她一下，吻了她的唇。我感觉她屏住了呼吸，仿佛想要永远保留我气息的温暖。然后，我往门口走去，她父亲陪着我。我回头又看了她一眼，再向她致意一次，然后踏着自由稳当的脚步离开。成功完成一件工作，完成一件值得赞扬的举动后，我就会踩出这种步伐。

我走了几步，迈进前厅，仆人已经拿着军帽和佩剑等着我。要是我快点走掉就好了！真希望能够无情一点就好了！可是老人仍旧依依不舍，不愿与我分开，再一次拥抱我，又一次轻触我的手臂，一次又一次地表达十二万分的谢意，感谢我为他所做的事。现在他可以安心死去了，那孩子将会痊愈，事事顺利，而这一切都是因为我，唯独因为我一个人。仆人伫立一旁，低垂着头耐心等候。当着仆人的面如此被人抚摸，受人奉承，我感到十分窘迫。我已经和老人握手道别好几次了，他却总是一而再、再而三地从头开始。而我这个受同情心摆弄的傻瓜，只是站着、待着。尽管内心有个模糊低沉的声音催促道："够了，已经太过分了！"我还是找不到力气挣脱离开。

忽然间，门后传来一阵不安的骚动。我侧耳倾听。隔壁房间想必发生了争执，可以听见有人情绪激动，激烈争吵。我认出吵架的声音是伊萝娜和艾蒂丝时，吓了一大跳。一个似乎正打算做什么，另一个却极力劝阻。"拜托你，"我清楚听见伊萝娜的警告声，“待在这儿。”艾蒂丝声音愤怒，粗暴吼道：“不要，别管我，别管我啦。”我越听越发不安，不再注意老人唠叨不休的废话。关上的门后面究竟发生什么事了？和平为什么破裂了？我创造的和平，天主在这一天安排的和平呢？艾蒂丝这么专横，究竟想做什么？另一个又想阻止什么事？这时，蓦地传来令人不舒服的笨重声响，笃、笃、笃的拐杖顿地声。老天啊，难道她不打算让约瑟夫帮助，想要自己走到我这儿来吗？只听见笃笃的木头顿地声匆忙逼近，笃……笃，右，左……笃、笃……右、左、右、左，我眼前不由自主浮现出摇摇晃晃的身影。她现在一定走到了门后。接着，一声轰隆，响起一阵撞击，仿佛有个笨重的物体飞撞上门扉，随即是一阵用力过猛的激烈喘息声。忽地，嘎嗒一响，有人将门把用力往下一压。

眼前的景象是多么可怕呀！艾蒂丝气喘吁吁地靠在门框上，因为用力过度而精疲力竭。她的左手死命攀紧门框，稳住身子，免得失去平衡，右手拳头里一次抓着两把拐杖。伊萝娜一脸绝望从后面挤上前，显然想扶住她或者猛力拽回去。但是艾蒂丝的双眼射出不耐烦与愤怒的光芒。“别管我，我说过别管我呀！”她对伸出援手的讨厌姑娘愤愤地吼道，“你们谁也不用帮我，我一个人就能办到。”

凯柯斯法瓦和仆人还来不及完全反应过来，就发生了不可思议的事。不良于行的姑娘仿佛拼命使劲似的咬紧牙关，杏眼圆瞪，目光灼热地紧盯着我。她猛地一推，将自己推离支撑身体的门框，宛如泳者蹬离岸边，打算不借助拐杖，独力走向我。但她一将自己推离门框后，立刻不稳地晃了晃，仿佛就要跌入屋里的虚空中。她顿时举高没抓住东西的左手和拿着拐杖的右手，挥动了几下，试图维持平衡。接着她再度咬紧牙关，猛力踢出一脚，再把另一脚拖过来。她的身体因为一左一右、一伸一拐，活像个傀儡木偶似的一抽一颠，动作断断续续不连贯。可是她在走路！她在走路！睁大的眼睛牢牢盯在我身上走过来，她在走，好似有条看不见的线操纵着，牙齿深深咬进嘴唇，脸部五官扭曲变形！她在走路，像艘遭遇暴风雨的小船颠颠簸簸，但是她正在走，第一次不靠拐杖和他人的帮助，独自行走。一定是意志力创造的奇迹唤醒了她死去的双腿。一直以来，没有医生能够向我解释为什么这一次、这绝无仅有的一次，姑娘的瘫痪双腿能够脱离僵硬、虚弱的状态。我无法精确描述事情的经过，因为所有人都僵住了，全看着她欣喜若狂的眼睛，连伊萝娜都忘了要亦步亦趋地保护她。艾蒂丝摇摇晃晃走了几步，仿佛内在有股风暴推着她向前似的。这不能称之为走路，只能算是贴着地面飞翔，一只剪断了翅膀的鸟儿扑簌簌摸索着飞行。然而，意志力这个心里的恶魔推着她往前走了又走。她已走得很近，因为即将迎向凯旋而得意开心，急切地朝我伸出原本像翅膀不断挥动以保持平衡的双臂，紧绷的脸部线条也放松了下来，化成心花怒放的幸福笑容。她完成了，就差两步，奇迹即将实现，不，只剩一步，最后一步——我简直能感受到她含笑的红唇所呼出的气息——这时，可怕的事情发生了。她预感我会给她一个拥抱，迫不及待过早猛地伸出渴望的双臂，却因此失去重心。她双膝仿佛被镰刀一刀砍下，突然从中弯断，她骤然摔倒在地，就跌在我的脚前，拐杖嘎嗒嘎嗒掉在坚硬的地砖上，发出巨响。我乍然受到惊吓，不由自主地往后退，而非自然而然连忙冲过去扶她起来。

反观凯柯斯法瓦、伊萝娜和约瑟夫几乎同时奔过去，扶起不住呻吟的姑娘。我察觉到他们把艾蒂丝抬了出去，但始终没有办法望向他们，只听到她窒息哭泣声中的绝望愤怒，以及小心翼翼抬着她走出去的拖曳脚步声。这一刹那，整个晚上遮蔽在我视线的亢奋迷雾顿时散去。内在光亮一闪，我通观一切，所有事情清晰得可怕。我知道这个不幸的姑娘永远不可能痊愈！所有人寄希望于我身上的那个奇迹并未发生。我不再是天主，只是个渺小卑微的凡人，因为自身的缺点，卑鄙地伤害别人，因为同情心泛滥，扰乱他人心神，将事情破坏得乱七八糟。我内心清楚，而且是十分清楚自己的责任：现在就向她表达忠诚，或者永远不做。现在就追过去，坐在床边安慰她，哄骗她走得很好，一定会恢复健康，否则永远也不用做了！但是我实在提不起力气绝望地欺骗她。恐惧当头笼罩，我万分害怕看见苦苦哀求的眼神，以及随时而来的贪婪渴求的目光；害怕他们的不幸，因为我无能为力控制。我想也没想，拿起了军帽和佩剑。第三次，也是最后一次，像个罪犯似的离开了宅邸。

我需要空气，就算一口也好！我快要窒息了。是林间夜色太闷热了，还是我饮酒过量，酒精作祟的关系？上衣绷得我好紧，令人作呕欲吐，我猛力扯开衣领，大衣沉甸甸压在我的肩头，我恨不得能丢掉。空气，只要一口也好！我浑身燥热、窒塞，血液仿佛要冲破皮肤，迸射而出，耳朵里老笃、笃、笃地敲着。究竟是可怕的拐杖声，或者只不过是太阳穴里脉搏在跳动？我为什么如此没命狂奔？究竟发生什么事情了？我必须好好想一想。到底发生什么事了？慢慢想，冷静地想一想，别去听那笃、笃、笃的声音！有了，我订婚了，不，是别人给我订婚了……我不愿意，我想都没想过……现在我订婚了，被束缚住了……噢，不……这不会是真的……我可是告诉过老人，只要她痊愈的话……但是她不可能痊愈啊……要兑现我的承诺，只有……不，完全不可能兑现！什么事也没发生，根本没发生事情。但是，为什么我要亲吻她，而且是吻在唇上？……我不是不愿意……唉，同情心，这该死的同情心！他们总是利用同情心捆绑我，现在我可给套住了。我真的订婚了，而且合乎礼俗，父亲和仆人他们都在场……我不愿意啊，我并不愿意……现在该怎么办？……冷静下来，好好想一想！啊，真讨厌，又是笃、笃、笃没完没了的声音，笃、笃、笃……现在这声音要震碎我的耳膜，她将永远拄着拐杖跟着我……事情已成定局，不可挽回了。我欺骗了他们，他们欺骗了我。我订婚了，他们给我订的婚。

怎么回事？树木为什么摇摇晃晃，七零八落？满天的繁星怎么如此刺目，在夜空上横冲直撞？一定是我眼花了。头好沉重！啊，这窒闷的空气！得想办法冷却一下脑袋，才能好好正确思考。或者喝点东西，冲掉喉头黏糊糊的苦涩感觉。我经常骑马经过这条路，前面路旁不是有口井吗？不，我早就已经走过井了。我方才一定像个傻瓜似的跑了起来，怪不得太阳穴跳得这么剧烈，跳得这么厉害！只要喝点东西，我应该就能静下心来思考。我终于看到几间低矮房舍，其中一扇窗帘半遮着的窗户，透出煤油灯的昏黄光线。没错，我现在想起来了，这是城外一间小酒店，车夫总在大清晨暂歇于此，赶紧喝杯烧酒暖暖身子。上那儿去要杯水，或者要一些辣点或苦点的酒，腐蚀掉粘在咽喉的东西！只要能喝点东西，什么都好！我没有多想，猛力推开酒馆的门，贪婪的程度犹如一个将要渴死的人。

劣质烟草的污浊异味从朦胧昏暗的地洞迎面扑来。后面的酒吧摆着劣质烧酒，前面有张桌子，几个修路工人坐在桌旁打牌。有个轻骑兵靠在吧台边，背对着我，正和老板娘谈天说笑。他感觉背后有风吹来，一转过头看，顿时吓得张口结舌，马上立正，两脚跟啪地并拢。他为什么如此惊慌失措？哎呀，他八成以为我是督察军官，而他这时候早就应该躺在军床上了。就连老板娘也惴惴不安地望向我，工人也全停下手里的牌局。我身上大概有什么奇怪的地方吧。我总算想起来了，但为时已晚。这间酒馆无疑只有士兵才会来光顾，我身为军官，根本不该踏进这里。我本能转身想离开。

但是老板娘已经恭恭敬敬地挤上前来，询问我想来点什么。我觉得有必要为自己没弄清楚状况就盲目冲进来致歉，所以对她说我不太舒服，是否可以给我杯苏打水和烧酒。“马上来，马上来！”她话一说完，转眼不见人影。我本想在吧台旁赶快喝完两杯饮料，这时，挂在屋内中央的煤油灯忽然摇晃了起来，酒柜里的瓶子上上下下无声跳动，靴子底下铺着木板的地面也变得软绵绵，左摇右晃，我站都站不稳。赶快坐下，我对自己说，于是我使出最后一丝力气，蹒跚走到一张空桌旁。苏打水一端来，我立刻一饮而尽。啊，清凉舒服，恶心的味道终于消失了一会儿。赶快喝完烧酒，就可起身离去了。可是我站不起来，双脚仿佛生长到地里头了，头也昏昏沉沉，怪异地嗡嗡响着。我又点了杯烧酒，等下再抽根烟后，就赶紧离开。

我点燃了烟。再坐一会儿就好了，两只手支着昏沉困倦的脑袋，好好想一想，仔细思索，想个透彻，一件一件来。好，我订婚了……别人给我订的婚……但是订婚若要算数，只有……不，别逃避了，已经算数了，是算数的……我吻了她的唇，而且是出于自愿。不过，那只是为了安慰她呀，我毕竟很清楚她永远不可能痊愈……她刚刚才像根木棍似的跌倒在地，不是吗？……这种人是无法与之成婚的，她根本不算真正的女人，不算是……可是，他们不会放过我的，不会再放我自由了……那个老人，那个妖怪、那个妖怪，那个妖怪有着表情忧伤的老实人的脸孔，戴着一副金框眼镜，死命要抓住我，怎么甩也甩不掉……他始终抓着我的手，抓住我的同情心，我该死的同情心，硬要把我拉回去。明天他们就会到城里大肆宣传这件事了，登报刊载消息，如此一来将没有挽回的余地……现在是不是最好先向家里报备一下，免得父母亲从其他人口中或者报纸上得知消息？向他们解释我订婚的来龙去脉，告诉他们这婚事不急，完全不是认真的，我纯粹出于同情心才蹚了浑水……啊，该死的同情心，该死的同情心啊！军团里谁也不会理解这种事，我那些同志理解不了的。史坦胡贝尔是怎么说巴林凯的？“既然要卖身，至少得卖个漂亮的好价钱哪……”噢，上天，他们会怎么评断这事呢？连我自己也搞不懂为什么要和这个人订婚……这个残废的姑娘……精明能干的黛西伯母要是知道了，更不得了了。她绝不容人愚弄，不懂得开玩笑，也别想拿贵族名号或庄园城堡吓唬她，她会立刻查询哥达贵族名录，两天后，就能查出凯柯斯法瓦以前叫作莱穆尔·卡尼兹，而艾蒂丝有一半的犹太血统。对黛西伯母而言，世上最恐怖的事情莫过于有个犹太亲戚……母亲比较好说话，金钱就能震慑她。老人不是说过有六七百万吗？但是我才不在乎钱，我根本没想过要娶她为妻，就算给我全世界的金钱也不愿意……我只答应等她痊愈以后，唯独如此才……但是我该怎么向他们解释呢？……军团里，大伙本就看老人不顺眼了，在这种事情上，他们更是他妈的尖酸刻薄……军团的荣誉，我早就心里有底……即使是巴林凯，他们也不愿放过。他们讥笑他出卖了自己……把自己卖给了荷兰母牛。他们要是看见拐杖的话……不，我最好还是别写信回家，暂时先别让任何人知道，谁也不准知道，我绝对不能成为全军团的笑柄！可是，要怎么躲开他们呢？要不要干脆到荷兰去找巴林凯？没错，我还没拒绝他呀，随时都可溜到鹿特丹去，要康铎自己收拾烂摊子，一切都是他捅的娄子……他得自己看看该怎么善后，都是他的错……我最好现在驱车过去找他，把一切讲清楚……我没办法继续下去了……她刚才像包燕麦袋咚地直扑倒地……不可能和这样一个东西成亲的……没错，我要立刻告诉他，我要退出了……立刻驱车去找康铎，马上过去……马车，过来！马车、马车！到哪儿去？弗罗瑞安巷……门号多少？弗罗瑞安巷九十七号……马车跑快点，你可以额外得到丰富的奖赏，快点就是了……给马儿抽个几鞭……啊，我们到了，我认得他住的那栋寒碜的房子，我也认出那道恶心龌龊的螺旋梯。幸好螺旋梯很陡……哈哈，这下她拄着拐杖上不来了。她没法儿上来，我至少不会听到笃、笃、笃的声音了……什么？……那个粗枝大叶的女仆已经站在门口了？那个邋遢的女人？……“医生先生在家吗？”“不，不在家。不过请进吧，他马上就回来了。”波西米亚笨女人！喏，我们就进屋等吧。老是在等那家伙……老是不在家。噢，上天啊，希望那个失明女人别又拖着脚步走进来……我现在不需要她，神经会承受不了的，老是体贴别人……

耶稣玛利亚呀，她已经过来了……我听见隔壁房间里的脚步声了……不，感谢上天，不，不可能是她，她的脚步声不会如此坚定有力，走路和讲话的一定是别人……可是我认得那嗓音啊……怎么会？……怎么会这样？……那是……那是黛西伯母的声音啊，还有……怎么可能？……为什么贝拉伯母忽然也来了，还有我妈、我哥和嫂子？……荒唐……不可能……我不是在弗罗瑞安巷等康铎……我家人根本不认识他啊，为什么所有人刚好全聚到康铎家来了？但是没错，我认得那嗓音，是黛西伯母尖锐的声音……我的老天，哪儿有个地洞可让我快点钻进去？……隔壁房间的声音越来越近了……现在门一把打开了……两扇门扉是自动开启的……要命哪！他们仿佛要拍照似的围成了半圆看着我，妈妈一身白色镶边的黑色塔夫绸连衣裙，那是她参加费迪南婚礼的服装，黛西伯母穿着泡泡袖洋装，长柄金丝眼镜架在高傲的鹰钩鼻上，从我四岁以来，我就痛恨那恶心透顶的尖鼻子！我哥哥身穿燕尾服……大白天穿什么燕尾服呢？……还有嫂子法兰姿那张肥脸……啊，讨厌、真讨厌哪！他们全都目不转睛瞪着我，贝拉伯母一脸幸灾乐祸地笑着，仿佛等着看好戏……他们宛如要接受谒见似的围成半圆形，所有人都等着，等待着……他们究竟在等什么呢？

这时，我的兄长郑重走上前来，转眼间大礼帽已拿在手里，说：“恭喜！”……我觉得这讨厌鬼的口气似乎有点嘲讽，其他人也跟着纷纷点头，屈膝致意道贺说：“恭喜你呀……恭喜、恭喜。”……但是怎么会……他们究竟从何得知的？为什么大家会聚在一起……黛西伯母和费迪南不是闹翻了……我自己什么话也没对谁说啊。

“这下可以好好祝贺一番了，太好了、太好了……七百万，可不是小数目哦，你干得漂亮……七百万，全家人都能沾点好处。”大家七嘴八舌说着，脸上露出不怀好意的笑容。“太棒了，太好了。”贝拉伯母说：“这样弗兰兹也有钱上大学啦。是门好亲事哪。”“听说对方还是贵族呢。”我哥哥拿大礼帽掩着嘴无力地说。不过黛西伯母扯着白鹦鹉似的嘈杂嗓音插话道：“是不是贵族，还得好好调查一番。”这时我母亲走过来，怯生生嗫嚅说：“不过，你不把她介绍给我们吗？你的未婚妻小姐？”……介绍？……他们要是看见拐杖可就糟了。我愚蠢至极的同情心究竟给自己造了什么孽啊……我得提防一点……何况……我究竟要怎么介绍她呢？我们不是在弗罗瑞安巷四楼的康铎家中吗？……瘸脚的姑娘这辈子也爬不上这八十阶楼梯……不过，大家为什么全转过头，仿佛隔壁房间有什么动静似的？……我现在也感受到背后传来的穿堂风了……我们后面一定有人把门打开了。难道真的有人来了吗？……没错，我听见声音了……楼梯上传来呻吟声，梯子被踩得吱嘎响……有什么东西气喘吁吁地拖着往上爬……笃、笃、笃、笃……老天啊，她不会真的爬上来了吧！……该不会拄着拐杖，丢光我的脸……我真想在这帮幸灾乐祸的亲戚面前找个地洞钻进去……但最可怕的是，果然是她来了，只可能是她……笃、笃、笃、笃，我可是认得那声音……笃、笃、笃，越来越近……眼看她就要上来了……我最好把门闩上……然而我哥哥已经手拿着大礼帽，向我身后那阵笃、笃、笃弯腰鞠躬……他究竟向谁敬礼，为什么腰弯得这么低……忽然间，所有人放声大笑，笑声震得窗户玻璃嗡嗡响。“原来如此、原来如此、原来如此、原来如此啊！哈哈……哈哈哈……原来七百万长这副德行啊，七百万……哈哈哈、哈哈哈……还附赠一对拐杖呢，哈哈、哈哈哈……”

啊！我忽地惊醒。我在哪里？我慌乱失措地四下张望。天哪，我一定睡着了，在这寒碜的荒郊小店睡着了。我不好意思，左右扫了几眼。他们注意到了吗？老板娘冷静地擦拭着玻璃杯，轻骑兵宽厚的背始终顽强地对着我。或许他们什么也没注意到。我大概只打盹了一分钟，顶多两分钟吧，摁在烟灰缸里的烟屁股还冒着烟呢。那个乱七八糟的梦充其量只延续了一分钟，顶多两分钟，却过滤掉我体内一切窒闷与昏沉。刹那间，我心智澄澈，非常清楚发生了什么事情。快走，赶快离开这间肮脏的下等酒馆！我把酒钱放在桌上，当啷一响，然后走向门口。轻骑兵倏地向我立正敬礼。我能清楚感受到修路工人从纸牌抬起头，对我投来异样的眼光，也知道等我一关上门，他们会立刻开始议论这个穿着军服的奇怪军官。从今天起，所有人都会在背后嘲笑我了。所有人、所有的人、所有的人，而且没人会同情这个滥用同情心的蠢蛋。

第二十八章

现在要往哪里去？不要回营，反正别回去那个空荡荡的房间，别一个人面对这些可怕的念头！最好再喝点东西，喝点冷的、辣的饮料，因为我又感觉到嘴里出现那股苦涩的味道了。我想吐掉的或许是这些念头，把它们冲走、烧毁，把一切抹掉、削去就对了！啊，这种讨厌的感觉真令人毛骨悚然！进城去吧！太棒了，市府广场旁的咖啡馆还没休息，窗帘全放了下来，缝隙间透出光线。啊，现在喝点东西吧，快喝点东西！

我一踏进咖啡馆，在门口就看见我们那伙人还坐在平常的老位置上，费伦兹、约士奇、史坦胡贝尔伯爵、军医，一个也没少。但是，约士奇为什么张口结舌瞪着我？为什么偷偷拿手肘捅旁边的人？大家为何全都目不转睛地注视我？谈话干吗陡然中断？大伙儿刚才还激烈辩论着，七嘴八舌，大吵大嚷，我在门口就听见他们的喧哗声，而现在他们一看见我，立刻默不作声，还显得有点尴尬。事有蹊跷。

他们全看见我了，现在我也无法掉头就走，只好尽可能装得一派泰然，轻松踱过去。我心里感觉很不舒服，完全提不起兴致和他们插科打诨，谈天闲聊。空气中隐隐有股紧张的气氛。平常总会有人向我招手，或者大呼一声“你好”，喊叫声像颗白铁皮做成的球似的滚过半个咖啡馆。但今天大家全愣坐着，像干坏事被人赃俱获的小学生。我一面拉过椅子，一面因为愚蠢的不自在感，而讪讪地说：“允许我坐在这里吗？”

约士奇怪异地瞪着我。“哎，你们怎么说？”他向其他人点点头，“我们是否允许？你们见过这般繁文缛节吗？是呀是呀，霍夫米勒今天早上就经历过一次繁文缛节呢！”

这坏胚子想必有所影射，只见其他人会心一笑，或者忍住了不怀好意的笑容。果然事有蹊跷。平时我们当中若是有人半夜过来，总会受到盘问，巨细靡遗，打哪儿来的？为什么这么晚才出现？然后随便瞎猜一通，玩笑取乐。但是今天谁也没向我追根究底，大家似乎都有点难为情。我就像颗石头掉入水中，咚地落进他们舒适的泥沼。最后，约士奇往后靠着椅背，半觑起左眼，仿佛正瞄准射击似的，开口说道：“现在，可以恭喜你了吗？”

“恭喜？恭喜什么？”我诧然吃惊，一时之间还真没有反应过来他在说什么。

“喏，药剂师刚离开，他说城外那栋宅邸的仆人打电话说你和那个……那个……喏，这么说吧，和他家年轻小姐订婚啦。”

所有人全看着我，二、四、六、八、十、十二只眼睛死盯着我的嘴。我知道自己一旦承认不讳，下一瞬间就会爆出喧哗，冷嘲热讽，取笑奚落和挖苦人的道贺铺天盖地淹来。当着这帮肆无忌惮、尖酸刻薄的家伙，我打死也不会承认！

“胡说八道。”我不满地说，想救自己脱离困境。不过，他们并不满意这样子的闪避推诿。善良的费伦兹打从心底对这件事感到好奇，拍了拍我的肩膀说：“说吧，东尼，我没说错吧——这件事不是真的？”

这个老实的家伙纯粹是一片好意，但是他不该要我轻易就说出“不是”两个字。我对他们粗俗放肆、冷嘲热讽的好奇心感到恶心至极。要在咖啡馆的桌边解释连我自己内心深处也仍然一头雾水的事情，实在荒谬滑稽。于是我没有多加三思，便恼火地说：“门儿都没有。”

四下静默了片刻。他们面面相觑，讶然之色跃于脸上，我想多少还带点失望，因为我显然破坏了他们的兴致。不过，费伦兹骄傲地把手肘往桌上一撑，扬扬得意地咆哮说：“喏！我刚才不就立刻说了吗？我对霍夫米勒的了解，熟得像自己的裤兜一样！我刚才不就马上说那是谎言，是药剂师的卑劣谎言。那个卖狗皮膏药的蠢蛋，明天我要给他点颜色瞧瞧，要他去骗别人，而不是来诓我们！我马上去逮他，赏他几个耳光。他真是胆大包天！居然莫名其妙破坏正派人士的声誉！那张大嘴巴竟到处说我们自己人干了件卑鄙行径！不过，你们看吧，我就说霍夫米勒不会干这种事的！他绝不会为了几个臭钱，出卖自己两条又长又直的腿！”

他转向我，沉重的大手友好又坦率地朝我的肩膀大力一拍。

“说真的，东尼，知道这件事不是真的，我他妈的高兴死了！若是真的，对你和我们都是耻辱，是整个军团的耻辱呀。”

“而且是奇耻大辱。”史坦胡贝尔伯爵打岔说，“对象偏偏还是放高利贷老头的女儿！那老头拿票据要了乌利·诺伊恩朵夫的命。竟让这种人中饱私囊，还可以购入庄园，甚至拥有贵族头衔，真是丢人现眼的丑闻。这还不够，还妄想把我们的人配给他高贵的千金！流氓！他在街上遇见我时，为什么要特地避开，他自己心里有数。”

人声鼎沸，费伦兹越来越激动：“药剂师那个无赖，我拿自己的灵魂发誓，我恨不得去按他的深夜服务铃，把他从家里给挖出来，吃我几个大巴掌。竟干出这么不要脸的事！只凭你到城外去了几趟，就编造出这么龌龊的谎言！”

这时候，就连旬塔勒男爵也开口了。他是出身富家的公子哥儿，身材瘦削。

“你知道，霍夫米勒，我不打算干涉你的事，毕竟人各有志嘛！不过，我一开始就不喜欢传到我耳里的事，说你一天到晚泡在那户人家里。我们军人必须三思，和他们往来，究竟能给谁脸上增光。我不清楚那个人做什么买卖，或是干过什么勾当，那都与我无关。我不喜欢追究过去。不过，我们多少得有点保留。你也不是不知道愚蠢的闲言闲语已经莫名出现了。不熟悉的人，最好别去碰。我们军人必须洁身自爱，永不改变。光是不小心触及，就可能沾染一身腥。喏，我很高兴你没有涉入太深。”

一伙人情绪激动，七嘴八舌喋喋不休，矛头全指向老人，他们翻出荒诞丑陋的往事，嘲讽他女儿是“瘸腿千金”。席间总有人转向我，夸奖我没有真的和那帮“恶徒”搅和在一起。而我，只是默不作声，僵硬呆滞。他们恶心的夸奖苦苦折磨着我，我恨不得朝他们大吼：“闭上你们下流的狗嘴！”或者尖叫道：“我才是骗子！说实话的是药剂师，不是我！他没有骗人，说谎的是我。我，我才是那个可悲懦弱的无赖！”但是我明白已经太迟了，一切都太迟了！现在我无力回天，没有能力淡化这些事，什么也无法否认。于是我沉默不语，兀自发呆，紧闭的牙关间咬着熄灭的香烟。但我同时也骇然意识到，自己如此一语不发，对那个可怜的无辜姑娘而言，无疑是种卑鄙狡诈的背叛，是种致命的背叛行径。啊，真想找个地洞钻进去！消灭自己！毁掉自己！我不知道自己的眼光该看向何处，不知道那双会出卖我的颤抖双手该摆在哪里。我小心翼翼地收回手，使劲捏着手指头，捏得自己痛得要命，才换得几分钟克制住内心的紧张。

就在我死命捏紧手指时，忽然感觉指间有个坚硬的陌生物体。我不由自主摸了摸。是那枚戒指，艾蒂丝一个钟头前红着脸套在我指头上的！我同意收下的订婚戒指！我没有气力把这个证明我说谎的闪亮信物从手指上拔下来，而是像个贼似的偷偷摸摸把宝石往内一转，才伸手向同袍道别。

市府广场浸淫在清冽银白的月色中，鬼魅森然，铺石地砖的边边角角轮廓鲜明，每道线条清晰可见，直上屋顶与屋脊。我的脑袋也一样清透明澈，我这辈子此刻的思路最为脉络分明，仿佛清朗晴空，万里无云：我知道自己做了什么事，也知道现在该如何善尽职责。我在晚上十点订了婚，三个小时后，因为懦弱，否认了这个婚约。当着七个证人的面，一位骑兵上尉、两位中尉、一名军医、两个少尉和见习军官，手上戴着戒指，接受他们因为我无耻的谎言而给我的夸奖。我背地里陷害了狂热爱着我的姑娘，一位受苦受难、弱小无力且被蒙在鼓里的少女，听任别人痛斥她的父亲也不还口，还做了伪证，让一名说实话的局外人蒙受骗子的污名。明天军团就会获知我耻辱的行径，到时候一切就完了。今天像哥儿们拍我肩膀的那群人，明天就会拒绝和我握手、拒绝和我打招呼。欺骗的行为一旦揭发，我也别想继续待在军团里了，更不可能回头去找遭我背叛、受我污蔑的人，甚至巴林凯那儿也完了。怯懦三分钟，却毁了我一生。除了拿手枪自我解决之外，没有其他出路。

刚才坐在那张桌旁，我已心里有数，只有这个方法能挽救我的名誉。漫步街上，我心思全在思索执行计划的方式，脑子里各色念头条理分明、井然有序，宛若银白月光射透军帽，照得脑袋光亮清透。我仿佛拆解卡宾枪似的，淡然地计划我生命最后的两三个小时。干净利落地解决掉一切，什么都别遗漏，什么都不可忽略！先写信给双亲，为自己带给他们痛苦请求原谅，然后也拜托费伦兹，拜托他不要去质问药剂师，我一死，这事就算了结了。第三封信给上校，恳求他压下一切骚动，最好把我安葬在维也纳，不要派代表，也不要致赠花圈。必要的话，也给凯柯斯法瓦捎个消息，简单扼要请他代为向艾蒂丝致上我最诚挚的爱慕，请她别把我当成坏人。最后把宿舍收拾干净，一尘不染，把小额欠款明细写在字条上，委托别人卖掉我的马，以偿付可能的欠款。我没有什么可遗赠他人，表和一些衣物就送给我的勤务兵。啊，对了，还得将戒指和金色烟盒退还给凯柯斯法瓦。

还漏了什么吗？对了，必须烧掉艾蒂丝那两封信，干脆把所有信件和照片都烧了！什么都别留下，别留下回忆，别留下任何痕迹。消失时尽可能别引人注意，就像我活着时也没引人注意一样。总之，这两三个钟头里，有许多事情得处理，每封信力求写得工工整整，免得落人口实，说我心里恐惧或者心烦意乱。最后一件事，也是最简单的，就是躺在床上，在头部严严实实蒙好两三床棉被，最后再盖上厚实的羽绒被，隔壁或者是街上路人才不会听见射击的枪声，当年菲尔柏骑兵上尉就是这么干的。他在午夜开枪射死了自己，却没人听到半点声响。在棉被底下将枪管紧抵在太阳穴。我的手枪刚好前天才上过油，所以值得信赖。而且我知道自己的手很稳。

我的思路这辈子——我再重复一次——从来没有像当时安排自己的死亡这般清晰精准、条理分明。等我看似漫无目的在街上晃晃荡荡一个小时回到军营后，一切已处理妥当，每一分钟都仔细分配过了，仿佛排放得井然有序的档案柜，一目了然。这段时间，我的步伐始终沉稳坚定，脉搏跳动规律有致。我来到供夜归军官进出营房使用的小边门，将钥匙准确插入上头的锁孔。发现自己的手不会晃动颤抖，心中不无骄傲。即使夜色昏暗，我也分毫不差摸到了狭小的锁孔。只要再横越中庭，爬上三层楼梯就行了！接下来就能独自一人着手善后事宜，同时了结生命。但是，我走过月亮照得银白一片的正方形中庭，逐渐接近黑沉沉的楼梯口时，有个人影动了一下。该死，我心想：某个早我几步回营的夜归同袍也许想和我打招呼，末了还想聊上几句！但是下一秒，我就浑身尴尬不自在，因为从宽阔的肩膀可以看出，对方是前几天才痛斥过我的布本希克上校。他显然是故意站在门口通道这儿。我很清楚，这个固执死板的老行伍不乐见我们有人太晚归营。但是见鬼去吧，这些事现在和我还有什么关系？明天我就要向另外一个人报到了。于是我心一横，决定假装没有注意到他，继续往前走。不过，他已经从暗处走出来，无礼的嗓音劈头就尖锐地朝我嚷道：“霍夫米勒少尉！”

我走过去，立正站好。他目光敏锐地打量着我。

“现在年轻先生们最时髦的穿着，看来是将大衣半敞着呢。你们以为过了午夜在外头乱逛，就能像个母猪一样随便晃着乳头吗？我看接下来就要吊儿郎当光着屁股了！我不允许这副模样！即使是午夜时分，我的军官也必须体体面面穿好军装，懂吗？”

我两脚一并，恭恭敬敬听令：“遵命，上校。”

他不屑地瞥了我一眼，随即转过身去，招呼也没打一声，径自大步迈向楼梯，脚步沉重，宽阔肥厚的背部在月光下使劲左摇右晃。我顿时怒火中烧，我死前最后听到的话居然是一阵辱骂！这时，发生了一件连我自己都大感意外的事情，我竟不知不觉急忙往前走了几步，紧追过去。那完全是身体自然而然的动作。我明知自己的行为荒谬无义，在生命最后一个小时向一个冥顽不灵的人解释或者纠正事情，有什么意义呢？不过，这种前后矛盾的荒谬行为，几乎在自杀者身上都能看到。在他们变成扭曲变形的尸体前十分钟，虚荣心仍旧会作祟，一定要把自己整理得干干净净才要离开人世（离开这个只有他们不再存在的人世）；在子弹射穿自己的脑袋之前，刮好胡子（为了谁？），换上干净的内衣（为了谁呢？）。是的，我甚至还想起曾经听说有个妇人先化好妆容，请美发师烫了头发，还喷好昂贵的柯悌香水后，才从五楼纵身一跳。就是这种逻辑上无法解释的感受，拉动我的肌肉，促使我紧跟着上校——我要特别强调——绝不是因为害怕死亡，或是突然心生怯懦，纯粹只是因为荒谬的爱的干净本能，让我不想浑身污秽肮脏、不修边幅遁入虚空。

上校想必听到我的脚步声，他粗暴地猛然转过身来，浓黑粗眉底下目光咄咄逼人的小眼睛愕然瞪着我。他显然无法理解这前所未有的无礼行径，一位下级军官竟敢未经许可尾随他！我在他面前双脚站定，行了个军礼，冷静地迎视他危险的目光，开口说话。我的声音想必和月光一样苍白无力。

“报告，上校，我可否打扰您几分钟？”

粗黑的浓毛紧蹙成一道弯弓：“什么？现在？半夜一点半？”

他恼怒地看着我，等下就会劈头痛斥我，要我滚去办公室报告。然而我的神情一定不对劲，让他感到不安。他咄咄逼人的严峻双眼打量我一两分钟后，咕哝了一声说：“想来准没什么好事！随便你。喏，到我楼上房间去，动作快点！”

第二十九章

我像个瘫倒在地的影子般，紧跟着上校穿廊踩梯，煤油灯照得这些空间苍黄没有生气，阴郁空荡，只剩飘浮在空气中的汗味体臭。斯维托萨·布本希克上校是个征战多年地地道道的老行伍，是最令人畏惧的上级将领。他腿短、脖子短，额头也低，杂乱的浓眉底下两只炯炯有神的深邃眼睛很少愉快地看着人。他的身体结实粗壮，脚步声又重又实，清清楚楚地透露出他的农民出身（他来自匈牙利南部的巴纳特）。不过他凭着水牛似的窄额头和坚硬如铁的脑袋，不屈不挠，也慢慢晋升至上校军阶。他教育程度低下，谈吐粗鄙，动辄骂人，举止难登大雅之堂，部里自然而然将他在乡郊驻防地之间调来调去，他距离能穿上红镶带的将军裤子遥遥无期，这点在上层领导之间已取得共识。他尽管其貌不扬，鄙俗不雅，在军营或者操练场上却无人能与之匹敌。他熟悉规则的所有条目，任一细则都了然于心，犹如苏格兰清教徒之于《圣经》的滚瓜烂熟。对他而言，这些条目绝对没有弹性——不像其他比较机敏的长官会灵活运用，使其自圆其说——反而像是宗教戒律，军人无权讨论是否有意义、是否合乎情理。他献身至高无上的军旅生涯，就像信徒虔信天主一般。吃喝嫖赌他样样不沾手，从没进过剧院或者听过音乐会，而且和他的统帅弗朗茨·约瑟夫一世一样，除了《勤务规章》和《但泽军事报》，其他书刊一概不读。世上除了奥匈帝国的陆军之外，其他都不存在。而在陆军之中只有骑兵队，骑兵队中只有轻骑兵，轻骑兵只有他的团。总归一句话，他的生命意义在于，自己带领的团在各方面都必须表现得比其他团还要优秀。

目光狭隘的人一旦取得权力，不管在哪里，都令人无法忍受，然而在军队里却是最为可怕的。因为在军队服役，须遵守上千条吹毛求疵的规则，其中大多已过时、僵化，只有狂热的老行伍才背得出来，只有蠢蛋才会要求人一字不漏地确实执行。军营里，面对这位信奉神圣规条的狂热分子，没人能感到安心。一丝不苟的恐怖，化成马背上那个肥短的形体，震慑四方。他威仪十足高踞餐桌旁，目光锋利如针，餐厅和办公室里，人人对他畏惧万分。每当他出现，总有一股恐惧的寒风先发而至。如果全军团列队等待检阅，布本希克骑着矮小的阉马缓缓踱来，微微低垂着头，宛如要往前冲撞的公牛一般，这时队伍就会整个僵住，仿佛对面的敌军正卸下重炮，准备瞄准。大家心知肚明，第一炮随时可能发射，避免不了，也阻挡不了，而且谁事先也说不准第一炮会不会命中自己。甚至连战马也犹如冻僵似的纹风不动，耳朵颤也不颤，大气都不敢喘一下，也听不见靴刺叮当作响。独裁的暴君从容骑着马，显然非常享受自己身上散发出来的慑人的恐怖气场。他目光敏锐，仔仔细细检查一切，什么都逃不过他训练有素的钢铁般的双眼，能抓出戴低了一英寸的军帽，没有擦干净的纽扣，佩剑上的锈迹，马匹身上的污泥。一发现不合规定的行径，即使是琐碎至极，一样刮起狂风暴雨，或者比较贴切的形容是，一道谩骂的狂暴泥石流铺天盖地冲来。他狭窄制服衣领下的喉结中风似的迅速鼓胀，宛如患了急性肿瘤，剃短的头发底下，额头涨成猪肝红，粗大的青筋一路爬到太阳穴。粗嘎的声音接着噼里啪啦破口大骂，不论受害者有错还是无辜，整桶秽物脏水一律劈头浇下，有时候他的咒骂实在不堪入耳，军官个个愤愤不平地瞪着地面，为他在士兵面前感到羞愧。

士兵惧怕他就像害怕真正的撒旦一样。一点琐事，就把人抓去关禁闭，有时候盛怒之下，还会挥动他结实的拳头动手打人。我就亲身经历过，这个“肥青蛙”——他生气时，肥短的脖子总是鼓胀得像要炸了似的，所以我们都这么叫他——有次在马厩大发雷霆，一个鲁塞尼亚的轻骑兵吓得在隔壁画着俄罗斯十字架，嘴唇哆嗦着喃喃念颂祈祷文。布本希克当时把可怜的士兵操练得死去活来，精疲力尽，要他们重复操练卡宾枪，练得手臂都快断了，还命令他们骑上最桀骜不驯的马匹，一直骑到裤子都渗出血来。但出人意料的是，这些老实单纯的受虐农民子弟竟然敬爱他们的暴君，爱得盲目鲁钝，爱得战战兢兢，甚至超过敬爱其他态度温和却有距离感的军官。仿佛有某种本能告诉他们，他的严肃姿态是出自一种择善固执的狭隘意图，希望符合天主期望的秩序。除此之外，我们这些军官也没有受到更好的待遇，多少也安慰了那些可怜的家伙。即使自己被砍得遍体鳞伤，一旦知道邻人的背部同样遭到大刀猛力一砍，也会觉得好过一点。暴力强权被公平正义神秘地抵消了。士兵总是津津乐道年轻的W亲王的事，借以取暖，聊表欣慰。W亲王和至高无上的皇室有亲戚关系，就以为自己能随心所欲。但是布本希克照样不留情面，判处他十四天禁闭，就像处罚某个村民的儿子一样。即使许多高官从维也纳打电话来关切，一样白费力气。布本希克没帮那个素行不良的人减少一天的惩罚。话说回来，他如此顽固不通，也因此断送了自己的前途。

不过更加匪夷所思的是，即使是我们这些军官，也摆脱不了对他的某种依恋。他公正无私、强硬无情的态度中，带有一种傻气的真诚，尤其待人无条件有志一同、休戚与共的精神，直叫我们心悦诚服。正如同他无法忍受轻骑兵制服有一丝灰尘，马鞍上有任何秽物，他同样也不能容忍任何不公不义之事。军团只要出现丑闻，俨然就像打击了他个人的荣誉。我们属于他，而且心里十分清楚，若是有谁闯了祸，最明智的做法就是直接去找他，虽然一开始他会把人臭骂一顿，后来仍会挽起袖子，想办法救人脱离困境。若是要帮军官争取晋升机会，或者帮生活困顿的人向阿尔柏瑞希特基金会预支津贴，他也二话不说，立刻驱车前往部里，拿他的厚脑袋硬钻，不把事情办成不会罢休。不论他怎么惹怒我们、怎么折磨我们，在所有人心底某个隐秘的角落，还是能感觉到这个来自巴纳特的庄稼汉，即使粗鲁矮胖、目光狭隘，却比其他贵族军官更加忠诚、更加真挚地捍卫军队的意义与传统，捍卫这看不见的光辉。在我们这些收入微薄的下级军官内心深处，与其说靠着军饷过活，倒不如说是仰赖这种看不见的光辉维生。

我们军团的刽子手，斯维托萨·布本希克上校就是这样一个人，这时我正跟在他后面走上楼梯。他有男子气概，行事正直，但目光狭隘，有点愚蠢，不过他这样对待我们，终其一生同样也如此要求自己。后来在塞尔维亚战役中，波提欧瑞克指挥的军队大举溃败，出兵前军容焕发、刀枪晶亮的轻骑兵队，最后只剩下四十九人活着渡过萨瓦河，只有上校一人留在河对岸的敌军区。他眼睁睁看着惊慌撤退、溃不成军的场面，不啻感到军队荣誉受到奇耻大辱，于是做了大战所有领袖和高阶将领中只有微乎其微的人在战败后才会做的事：拿起沉甸甸的军用手枪，往自己的脑门射进一颗子弹，以免目睹奥地利分崩离析。他凭着迟钝的感受，从惊慌败逃的军团所呈现的可怕画面，似乎已预知了奥地利的失败。

上校打开门锁，我们走进他的房间。房里可说家徒四壁，斯巴达式的简朴，比较像是大学生宿舍。一张铁制的行军床——他不希望自己的床铺比弗朗茨·约瑟夫一世皇宫里的床还要舒适——两张彩色印刷品，右边是皇帝肖像，左边是皇后，还有四五张装帧便宜的纪念照片，拍的是退伍典礼和军团晚会，以及两把交叉的佩剑和两把土耳其手枪。这些就是全部的物品。没有舒适的沙发椅，没有书籍，只有四张硬邦邦的藤椅，围放在一张粗糙坚硬的桌旁，桌上空无一物。

布本希克烦躁地捻着八字胡，一次、两次、三次。我们全都熟悉这种激烈动作，在他身上，那明显表示他极度焦躁，后果可能一发不可收拾。他呼吸急促，最后也没请我坐下，咕哝着：“不必拘谨！有话直说，别拐弯抹角，说吧。是手头紧迫，还是和女人搞出乱子了？”

必须站着说话让我觉得很难堪，尤其置身刺眼的光线中，我感觉自己在他焦躁的目光逼视下几乎无所遁形。于是我迅速反驳说根本和金钱没有关系。

“那么就是女人搞不定了！又来了！你们这些家伙就是没办法安分一点！以为世界上没有女人了，是吗？他妈的，要得手还不容易呀！继续说，少说废话，问题出在哪里？”

我尽可能言简意赅报告说我今天和凯柯斯法瓦先生的千金订了婚，三个小时后又彻底否认了这项事实。不过请他别误会，我并非想要事后粉饰自己不名誉的行为，相反，我来此见他这位上级长官，纯粹希望私下知会他，我身为军官，十分清楚自己的错误行为所招致的后果。我知道自己的责任，而且会承担责任的。

布本希克睁大眼睛，不解地瞪着我。

“你胡说八道些什么啊？不名誉的行为和后果？哪来这些玩意儿，究竟怎么回事？这种事没什么嘛。你说和凯柯斯法瓦的千金订了婚？我见过她一次。你的品位真古怪，她不是畸形又残废吗？好，所以你事后大概又把这件事思索了一遍。这种事没什么大不了的。以前也曾有个人干过这种事，他也没有因此成了无赖啊。还是说，你……”他往我走近了一点，“还是说你和她发生了不正常的关系，现在捅出娄子了？若是如此，自然是不光彩的事了。”

我又气又羞。他这种轻浮的态度，甚至刻意轻描淡写的语气，显然误会了我的意思。于是我两脚一并，立正说：“上校，请容我向您报告：我在咖啡馆当着军团七个同袍的面撒了弥天大谎，谎称说我并没有订婚。我因为怯懦和窘迫，欺骗了自己的同志。明天费伦兹·哈夫立策克少尉就会跑去质问那个告诉他正确消息的药剂师，全城的人将得知我在军官席上说了不符事实的话，做出有失身份的行为了。”

他瞠目结舌地抬头看着我，迟钝的脑袋显然终于开始运转了。只见他的脸色越来越阴沉。

“你说在哪儿？”

“在咖啡馆我们常聚会的军官席上。”

“你说当着同袍的面讲的？所有人都听见了吗？”

“是的。”

“而药剂师知道你否认这件事了？”

“他明天就会知道。他，还有全城居民。”

上校激动得又捻又扯他浓密的八字胡，仿佛想要拔掉似的。看得出来，他低窄的额头底下正在运转着。他恼怒地踱来踱去，两手反剪在身后，来回踱了一次、两次、五次、十次、二十次，沉重的步伐踏得地板微微晃动，靴刺轻轻作响。最后他终于在我面前站定。

“喏，你说，你打算怎么做？”

“只有一条出路，上校应该也知道。我来此只是想辞别上校，请求您费心，在事后默默了结一切，尽量不要引起骚动。不要因为我的关系，玷污了军团的名誉。”

“胡说八道！”他喃喃地说，“胡说八道！就为了这种事！你这么一个身体健康、风度翩翩的正派年轻人，就为了一个残废的姑娘寻死寻活？！八成是那个老狐狸拐骗了你，而你采用一般正当的方法仍没办法脱身。我才不在乎那些人，他们与我何干！但是，同袍和药剂师那个愚蠢家伙都知情了，事情自然棘手难办了！”

他又开始踱来踱去，比之前走得更急。他似乎绞尽脑汁思索着。每次他踱了一趟折回来，脸色就涨得更红，太阳穴上的青筋暴露蔓生，像又粗又黑的根。最后，他终于果断地停下脚步。

“好，仔细听好了。这种事情必须快刀斩乱麻。若是传得人尽皆知，到时候就不好收拾。首先，告诉我有哪些人在场？”

我把名字讲给他听。布本希克从胸前口袋拿出声名狼藉的红色皮革小记事本，他只要逮到军团出现违规事宜，就会立刻掏出记事本记录，犹如拔出武器似的。要是在记事本上被记上一笔，不必奢望下次休假有自己的份了。他按照农民的习惯，先把铅笔拿到舌头上沾了沾，指甲宽大的粗短手指再鬼画符似的一一写下名字。

“这些就是所有人了吗？”

“是的。”

“确定就这几个？”

“是的，上校。”

“好的。”他把记事本塞回胸前口袋，动作宛如插剑入鞘。结尾这一声“好的”，也一样铿锵有力。

“好的，事情算是解决了。明天趁这七个人脚还没踏进操练场前，我会一一叫过来。会谈之后，若还有谁胆敢记得你说过的话，只能请上天垂怜他。我会再单独找药剂师谈谈，好好哄哄他。你放心好了，我会编造些说辞，也许说你正式公开婚讯之前，必须先取得我的同意，或是……或是……，等等。”他忽然凑到我眼前，近得能感受到他的气息。他眼神锐利地看着我：“说实话，绝对要老老实实回答：你之前有没有喝酒？我的意思是在你做出这件蠢事之前喝过酒吗？”

我羞愧不已：“是的，上校，我出城前确实是喝了几杯白兰地，到了那儿之后……用餐时又喝了不少……可是……”

我预期会遭到一顿痛骂，没想到他脸上却忽然绽放光彩，笑得合不拢嘴。他两手一拍，放声大笑，笑声震耳欲聋，自鸣得意。

“太棒了，太棒了，我有办法了！这下我们可摆脱困境了。事情现在已一清二楚！我只要告诉大家你喝得烂醉如泥，像头死猪，根本不知道自己说了什么就行了。你没以人格保证吧？”

“没有，上校！”

“那么一切就妥当了。我会告诉他们你喝醉了，这种事不是没发生过，甚至还发生在一位大公爵身上呢！你喝得酩酊大醉，完全没头绪自己胡扯了什么，也没有好好听别人说话，还误会了他们的问题。这样一切就说得通了！至于药剂师，我会私下坦率告诉他，我狠狠训了你一顿，因为你醉醺醺冲到咖啡馆去，跌跌撞撞不成体统。好，算是解决了第一步。”

我心里不由得火冒三丈，他竟然如此误解我。我气愤的是，这个其实心肠很好的死脑筋完全想帮我找台阶下，以为我是因为胆怯，才拉住他的袖子，求他救我脱离困境。见鬼去吧，他为什么压根儿不愿意理解我的做法有多么卑劣可耻呢！于是我精神一振，说道：“报告上校，我认为这样做，完全没有解决事情。我很清楚自己做了什么事，也知道我没办法再正眼迎视正派之士的脸孔。我是个流氓无赖，我不想继续苟活下去，而且……”

“住嘴！”他打断我，“噢，抱歉，请让我安静思考一下，别对我喋喋不休。我知道自己必须采取何种行动，不需要一个乳臭未干的小伙子教导我怎么做。你以为这件事只关系到你吗？不，亲爱的，这不过是第一步罢了，接下来还有第二步：你明天一大早就走，我这儿不需要你了。这种事得尽快淡忘掉，你不准在此多留一天，否则会有人愚蠢地打探消息，到处闲言闲语，我可不喜欢这样。我军团里的人绝不许他人随便探听不休，侧目而视。我无法容忍……明天起，你调到恰斯拉夫当预备军官……我亲自写调任令，并给你一封信交给中校，至于信里写什么，就不关你的事了。你只管悄悄离开，我要做什么，是我的事。今夜就和你的勤务兵收拾行李，明天一大清早趁全团官兵尚未起床前，赶紧上路，离开军营。中午定期报告时，我会宣读你有紧急任务，已经调派他处，免得有人刨根问底。至于你事后要怎么处理老人和那姑娘的事情，与我无关。自己捅的娄子，得自己收拾。我只在乎这事惹出的臭味和闲言闲语会不会流到军营里来……好，就这么决定了。明天一大早五点半到这儿来，一切准备就绪，我把信给你，你拿了信就上路！懂吗？"

我迟疑不决。这不是我来此的目的，我并非想要逃之夭夭。布本希克察觉到我内心的抗拒，于是又威吓重复道："懂了吗？"

"遵命，上校。"我一板一眼冷静回答，内心却对自己说，"随便这个老傻蛋想说什么就说吧，我还是要完成该做的事。"

"好，现在到此为止吧。明天一大早，五点半。"

我立正站好。这时他朝我走来。

"没想到干出这种蠢事的人偏偏是你！我真不愿意把你送给恰斯拉夫那帮人。军团的年轻人中，我一直最欣赏你。"

我感觉他正在考虑是否要伸出手来。他的眼神柔和许多了。

"还需要什么吗？只要我使得上力，别不好意思，尽管开口，我很乐意帮忙。我不愿意大伙儿认为你被扫地出门。什么也不需要吗？"

“不需要，上校，谢谢您。”

“那更好。好，再会。明日清晨五点半见。”

“遵命，上校。”

我凝视着他，仿佛要看他最后一眼。我知道他是我在这世间最后一个说上话的人，明天也将只有他一人知道真相。我两脚并拢，抬头挺胸，肩膀一抬便向后转。

不过，即使是这个迟钝的人，也察觉到事情不对劲。我的眼神或步伐想必让他起了疑心，只听他在我背后厉声命令道：“霍夫米勒，回来！”

我转过身来。他挑起双眉，仔仔细细打量我，然后语气刻薄却不无好心地咕哝说：“你这家伙，我不喜欢你这样子，你心里还有事。我觉得你把我当傻子，其实你已经决定要干蠢事了。但是，我绝不容许你因为这件屁事而做出傻事……拿手枪或是之类的东西……我绝不容许……你听懂了吗？”

“遵命，上校。”

“什么，别给我来‘遵命’这一套！别想糊弄我，我可不是今天才出来混的。”他的声音忽然变得轻柔，“手伸出来。”

我闻言照办。他紧紧握住我的手。

“现在，”他直视着我，目光锐利，“霍夫米勒，你现在以人格担保，今晚绝不会做傻事！人格保证你明天五点半会出现在此，然后动身前往恰斯拉夫。”

我无法迎视他的目光。

“上校，我以人格保证。”

“好，这就好了。你知道吗？我就担心你气头上会干出蠢事。没人知道你们这些冲动的年轻人会干出什么事来……随时就想了断一切，说动枪就动枪……过阵子，你的头脑会清醒一点。这种事牙一咬就撑过去了。霍夫米勒，你不会看见这事可能产生不好的后果，绝对不会！我会处理得妥妥当当，这种蠢事不会在你身上发生第二次。好，现在回房吧。你这样的人若是出了事，那可就遗憾了。”

第三十章

我们所做的决定，绝大部分会受到环境和情势左右，两方相互依存的程度，远超过我们愿意承认的地步。我们的思维有相当可观的部分在于自动继续处理既有的印象与影响，尤其从小接受严格军事纪律教育的人，受制于服从命令这种精神疾病，就像屈从于不可抗拒的压力。任何一道军事命令，都会在他身上施展一股逻辑上全然无法理解且会瓦解人意志的威力。穿上了军装，就像穿上了精神病人的约束衣，即使知道委派给自己的任务毫无意义，也会像个梦游者似的毫不抵抗，几乎在不知不觉中完成规定事项。

我活了二十五年，其中塑形性格的十五年都在军官学校或者军营里度过，所以一收到上校的命令那刻起，我立即停止独立思考或者独自行动。我不再推敲斟酌，纯粹服从命令。我的大脑只知道五点半必须收拾好行囊，在此之前无怨无尤做好一切准备。于是我叫醒勤务兵，简短通知他我们因为收到紧急命令，明天必须前往恰斯拉夫。我和他一件件打包我的行李，好不容易整理完毕，五点半一到，我就遵照命令，出现在上校房间里，收下公文，然后听从他的吩咐，悄悄离开了军营。

我仍旧置身军事权力的范畴，尚未彻底完成任务时，意志始终处于催眠似的麻痹状态。但等到启动火车的机器猛然一拉，麻醉状态从我身上脱落，我才猛地惊醒，像个受到炮弹爆炸气浪冲击的人，摇摇晃晃爬起来，讶然发现自己竟然毫发无伤。我首先感到惊讶的是自己居然还活着，接着诧异发现自己坐在一列行驶的火车中，正在远离日常习惯的生活。我才刚开始回想，往事立刻纷至沓来。我想要了结生命，但有人夺走了我手中的枪。上校说他会妥当安置一切，但我骇然惊觉那只限于军团和我身为一位军官所谓的“荣誉”。军营里，同袍们现在或许正站在他面前，信誓旦旦以荣誉向他保证绝不会泄露与此事有关的一字一句。但是，他们内心要怎么想，没有任何命令可以制约。他们想必都发现我像个懦夫似的溜之大吉。药剂师刚开始说不定也会被说服。但是艾蒂丝呢？她父亲和其他人呢？谁会通知他们？谁能向他们解释？早上七点，她已经醒了，脑海中一定先想到了我，说不定已在露台上——啊，露台，为什么我一想到栏杆就浑身哆嗦？——拿望远镜眺望操练场，看着我们军团奔驰演练，不知道也意料不到里头少了一个人。下午她就会开始等待，但我没有出现，也没人告诉她任何消息。我没留给她只言片语。她会打电话，得知我已经调职，然后一头雾水，无法理解。或者更可怕的是，她懂了，立刻就明白了，接着……我眼前蓦地浮现康铎的脸，眼镜底下的目光咄咄逼人。我又听见他对我吼道：“那是犯罪，是谋杀！”紧接着，另一幅画面交叠其上：她当时从扶手椅上撑起身子，扑向露台栏杆，露出要纵身一跳的自杀眼神。

我必须采取行动，立刻动作！一到火车站，我就拍电报给她，随便写点东西都好，务必阻止她在绝望中做出不可挽回的鲁莽事。

不，康铎说过，不可鲁莽做出傻事的人是我，一旦发生严重的事情，要我立刻通知他。我亲口答应他了，以人格保证会通知他。谢天谢地，我在维也纳还有两个小时可以办这件事，火车要到中午才会继续行驶。或许我还能找到康铎。我一定得找到他。

一抵达火车站，我即刻把行李交给勤务兵，要他马上乘车前往西北车站等我。然后我驱车赶往康铎家，心中暗自祈祷（我平常不是个虔诚的人）："主啊，请让他待在家里，让他待在家里！我只能向他解释，只有他能了解我，只有他能伸出援手。"

可是只有女仆懒洋洋曳步朝我走来，头上绑着花布，似乎正在打扫。她说医生先生不在家。我问能否等他回来？"喏，他中午前不会回来。"她知不知道他人在哪儿呢？"哎，不知道。他老是一家看过一家。"我能否见见医生夫人呢？"我问问看。"她抓了抓胳肢窝，走进了屋里。

我等待着。和上次一样，同样的房间，同样的等候。谢天谢地，隔壁现在响起同样轻轻拖着脚步的声音。

门打开了，怯生生的，犹豫不定。就像先前一样，仿佛风吹开了门，只不过这次传来了亲切友善的声音。

"是您吗，少尉先生？"

"是的。"我又干了同样的傻事，向这位双目失明的人鞠躬。

"啊，我先生一定会觉得很失望啊！希望您能够等他，否则我知道他会感到很遗憾的。他最晚下午一点就回来了。"

"不了，可惜我没办法等他。但是……但是事情非常重要……我能不能打个电话到某个病患家中找他？"

她轻叹一声："不行，恐怕不可能办得到。我不知道他人在哪里……而且，您也知道……他最喜欢医治的那位病人，家里根本没有电话。不过，或许我能亲自……”

她走向前，脸上掠过羞怯的表情。我看得出来她想说些什么，却又感到不好意思。最后她终于开口试探道：“我……我看得出……我感觉到事情非常急迫……若是有可能，我一定会……我当然一定会告诉您怎么找到他。但是……但是……或许等他一回来，我可以亲口告诉他……应该是和乡下那位可怜的姑娘有关吧，您一直待她不薄……如果您愿意，我很乐意接手……”

这时，我又做了件荒谬的事，我竟然不敢直视她失明的眼睛。不知道为何，我感觉她似乎明白了一切，猜到了所有事情。我觉得无地自容，话说得结结巴巴。

“夫人，您人真好，只是……我不希望麻烦您。如果您同意，我也可以留张字条给他，写下重要的内容。不过，他肯定两点之前能回到家吧？因为两点钟一过，就有班火车会开了，而他必须到乡下去，也就是说……请您相信我，他绝对有必要过去一趟。我真的没有夸大其词。”

我感觉她没有怀疑我的话。她再次往前走，一只手不知不觉做出想要安抚我，使我冷静下来的姿势。

“既然您这么说，我当然相信您。您别担心，他能办到的事，一定全力以赴。”

“我可以写张字条给他吗？”

“当然，您尽管写……请到那儿。”

她出奇稳定地走在前面，只有十分熟悉屋内陈设的人，才能如此放心迈步。一天当中，她充满警觉性的手指想必摸索过、整理过他的办公桌十几次，只见她就像视力正常的人一样，熟稔地从左边抽屉准确拿出三四张纸，不偏不倚地摆在我面前的写字垫上。“您可在那儿拿到笔和墨水。”她又精准地指到正确的位置上。

我一口气写了五页。我恳求康铎，请他务必立刻到乡下去，我在“立刻”底下画了三次线。我把一切全告诉了他，写得粗略潦草却坦率真诚。我告诉他，我没有坚持住，在同袍面前否认了婚约。只有他一开始就看出我因为害怕他人的眼光，因为可悲地恐惧流言蜚语，所以造就了我的懦弱。我毫不隐瞒自己想要了结性命，上校却不顾我的意愿，将我救了回来。不过，在此之前，我想到的只有自己，现在才明白我还连累了另一个无辜的人。他了解事态的严重性，请他立刻过去一趟——我在“立刻”底下又画了一道线强调。——告诉他们真相，整个来龙去脉。他无须粉饰事实，不必把我说得很美好，别说我是无辜的。如果她因此还能原谅我的软弱，那么这个婚约对我比以往都更要神圣。现在这婚约对我而言才真正是神圣的。如果她允许，我立刻一同前往瑞士，并辞掉军职。不论她是否很快痊愈，或者需要很长时间才治得好，甚至无法治愈，我都会留在她身边。只要能弥补我的懦弱、我的谎言，我什么都愿意做。我的生命只有一个价值：向她证明我没有欺骗她，只欺骗了其他人。请他把一切原原本本告诉她，说出全部的真实状况。我现在才知道自己对她负有多大的责任，大过对于其他人、对于同袍、对于军队应尽的责任。只有她能审判我，只有她能原谅我。如今她是否原谅我，决定权在她手里。这件事攸关生死，请他放下手边所有事情，搭乘中午的列车到乡下去，务必在四点半抵达那儿，不可晚于这个时间，一定要准时，平常这个时间她都在等我。这是我最后一次请求他。只有这次，他务必要帮我的忙，立刻——我又在催促人的“立刻”底下画了四道线——到乡下去，否则一切就太迟了。

我放下笔后，即刻明白我现在才第一次做出最后决定。写信时，才意识到自己做出了正确的事。我同样也第一次感谢上校救了我的命。从现在开始，我知道自己只对一个人负有责任与义务，就是那位热爱着我的姑娘。

这个时候，我也才察觉双目失明的妇人始终纹丝不动站在我旁边。我心中又涌起荒谬的感受，她似乎读完信中的一字一句，知道了我所有的事。

“请您原谅我的无礼。”我立刻弹起，“我完全忘了……只是……只是……这件事对我非常重要，所以我必须马上通知您先生……”

她露出微笑。

“我稍微站一下，并没有大碍，您这件事情才要紧。您要求的事情，我先生一定尽力而为……我一下子就感觉到——我可是很熟悉他的各种口气哦——他很喜欢您，特别喜欢您……所以请您别烦心了。”她的声音越来越温暖，“请您别折磨自己……一定很快就会没事的。”

“但愿天主保佑！”我诚心诚意地希望着。不是有人说过盲人有预知的能力吗？

我弯下腰，亲吻她的手。等我起身一看，顿时无法理解自己一开始为什么会觉得这位头发灰白，嘴巴线条生硬，看不见的眼睛里含有愤恨痛苦的女子长得其貌不扬呢？她此时的脸庞绽放出爱与同情的光辉。那双永远只映照出黑暗的眼睛，似乎比双眼明澈观看世界的人，更了解生活的现实。

向她道别时，我感觉自己宛如大病初愈的人。忽然间，我不再觉得自己是个牺牲者了，因为在这个钟头里，我重新许诺了另外一位遭到生活摒弃而心慌意乱的姑娘，给予她永久的承诺。不，不必去爱身体健康、自信满满、骄傲自大、心情愉快、开心快活的人，他们根本不需要别人的爱！他们态度倨傲，漠不在乎，接受爱情就像是接受别人献上的敬意，是他人应尽的义务。别人的爱慕，只不过是种附属品，是发上的头饰，胳臂上的手镯，而非生命的意义和幸福。唯独受到命运亏待的人，唯有那些六神无主、遭人鄙视、丧失信心、相貌丑陋、受尽屈辱的人，才能借由爱情获得帮助。将自己的人生献给他们，也就弥补了生命从他们身上夺走的东西。只有他们懂得爱与被爱，知道如何去爱，那就是心怀感激，谦卑恭顺。

我的勤务兵忠实地在车站大厅等候着我。“来吧。”我对他笑着说。说也奇怪，我忽然觉得轻松不少，如释重负的感受前所未有。我终于做出正确的事了。我拯救了自己，也救了另一个人。我不再后悔前一夜荒谬的胆怯行径。相反，我对自己说，这样比较好。事情这样发展比较好。衷心相信我的那些人，现在明白我不是英雄，不是圣人，也不是高踞云端的天神，大发慈悲将可怜的生病姑娘升高到自己跟前来。不是的，如今请求原谅的人是我，要宽恕人的是她。这样反而比较好。

我从未感到如此安心踏实。只有一次，恐惧的阴影仍匆匆掠过我心头。那是在布热兹拉夫车站，有个肥胖的先生慌慌张张冲进车厢，气喘吁吁一屁股坐在软垫座上说：“谢天谢地，幸好赶上了。若不是误点六分钟，我就要错过列车啦。”

这句话不由自主戳进我心里。如果康铎中午没有回家怎么办？或者太晚回到家，赶不上午间列车又怎么办？一切心血不就白费了！她会一直等着，等了又等。露台上可怕的景象忽地闪过我脑海：她的双手死命攀着栏杆，朝下张望，俯身向着底下的深渊。我的天哪，她一定要及时得知我有多后悔自己的背叛行为！在她绝望透顶，甚至可能在发生骇人听闻的事情之前，务必及时得知！我最好在下一站打个电报，写几个字，给予她信心，以防康铎来不及通知她。

一到布尔诺，我立即跳下火车，跑到火车站的电报局。但是，怎么一回事啊？门前挤了一大堆人，摩肩接踵，纷纷乱乱，好似一大窝黑压压的蜜蜂。人群情绪激动，正在阅读一张告示。我不得不使出蛮力，动作粗鲁，不顾一切用胳膊肘钻出一条路，挤进邮局的小玻璃门口。快点，快给我一张表格！要写什么？别写太多！“艾蒂丝·冯·凯柯斯法瓦。凯柯斯法瓦庄园。旅途中，致上十二万分的问候与忠诚的思念。公务在身，不久即返。康铎会告知详情。一抵目的地，即去信通知。衷心的安东。”

我交出电报。女职员动作慢吞吞的，问题大一堆：寄信人、地址，手续一道又一道。再过两分钟，火车就要开了。我再次使出蛮力左推右搡，才挤过聚集在告示前的好奇人潮，这时人群越聚越多了。究竟怎么回事？我正想开口询问，火车出发的汽笛声大作，声音刺耳。我在最后一刻及时赶上火车。谢天谢地，现在一切都办妥，她不会心生怀疑，惶惶不安了。紧张了两天，又度过两晚不眠的夜，我现在才感觉到自己有多疲累。晚上抵达恰斯拉夫，我使尽全身的力气，才好不容易摇摇晃晃爬上旅馆二楼的房间。我一躺下就睡着了，仿佛沉入了无底深渊。

第三十一章

我想我一定刚躺下就陷入沉睡，所有感官似乎都已麻痹，不断往下坠，坠入一个深不见底的黝黑洪流，一再下沉、下沉，沉入一个平常触及不到的自我解脱的底层。过了很久之后，才开始做梦。我不知道梦境的开头是什么，只记得自己又站在一个房间里，我想应该是康铎的候诊室。忽然之间，响起一阵可怕的声音，这木头敲击声已在我的太阳穴里敲了好几天，节奏规律的拐杖声音，可怕的笃、笃、笃。一开始声音很遥远，仿佛从街上传来，然后逐渐接近，笃、笃、笃，现在非常靠近了，而且来势猛烈，笃、笃、笃，声音终于近得骇人，就在门口了……我猛然从梦中吓醒，整个人都醒了。

我睁大眼睛呆望着黑漆漆的陌生房间。这时又响起笃、笃、笃，是硬邦邦的指关节用力敲击的声音。不，我不是在做梦，确实有人敲门。有人在房间外敲着我的门。我从床上一跃而下，急忙开了门。外头站着值夜班的门房。

“少尉先生，请您接电话。”

我目瞪口呆地看着他。我？接电话？这是哪里……我究竟在哪里？陌生的房间，陌生的床铺……原来如此……我在……对了，我在恰斯拉夫。但是这儿我谁也不认识啊，谁这么晚了还打电话找我呢？真是胡闹！现在起码也三更半夜了吧。但是门房催促着：“请您快点，少尉先生，是维也纳来的长途电话，我听不太清楚对方的名字。”

我顿时睡意全消。维也纳！康铎是唯一可能打电话来的人。他一定是要通知我，她原谅我了。事情全部办妥了。我呵斥门房说：“快下楼去！说我立刻就来。”

门房随即不见人影，我迅速披上大衣，底下只穿了件衬衫，便急忙追着他去。电话放在一楼办公室角落，门房已经把话筒拿在耳边。我急躁地将他推开，即使他说“电话断了”，也仍旧专心听着话筒。

但是什么声音也没有……什么也听不见。只有从远处嗡嗡传来的讯号……嘶……嘶……嘶，就像铁制的蚊子翅膀拍动的声音。“喂、喂！”我喊了两声，然后等着，等待着。没有回复，只听见无意义的嗡嗡声发出嘲笑。我冻得要命，是因为身上除了随手披上的大衣，没有多穿点其他衣物，还是因为心底陡然蹿升的恐惧？或许东窗事发了？或者，说不定……我等待着，将话筒热乎乎的橡皮圈紧紧贴在耳朵上专心倾听着。终于传来咔啦……咔啦……转接线路的声响，接着听见接线生说：“您接通电话了吗？”

“没有。”

“但是刚才接通电话了，从维也纳打来的！……请等一下，我立刻查查看。”

又是咔啦……咔啦……电话正在转接，嘎啦嘎啦、咔嚓咔嚓、吱吱咯咯、咕噜咕噜，呼啸作响，波动不停。接着，又是那阵遥远的嗡嗡响和转接线路的声音，越来越微弱。冷不防间，传来一个粗暴无礼的低沉嗓音："这个是布拉格驻地司令部。你是国防部的人吗？"

"不是，不是。"我对着话筒绝望大吼。对方含糊不清地嚷了几句话，然后又遽然断线，消失在虚空中。话筒里再度嗡嗡作响，还有愚蠢的波动音，接着从远处传来一片交杂纷乱的说话声，什么也听不清楚。最后终于又传来接线生的声音说：

"很抱歉，我刚才查过了。线路已经中断。现在有通紧急的公务电话。对方若是再度来电，我会立即接过去。现在请您挂掉电话。"

我挂掉了电话，浑身虚脱，大感失望，而且愤怒难抑。远方的声音明明已经拉到跟前了，却没能把握住，世事荒谬莫过于此了。我的心脏在胸膛里剧烈跳动，仿佛我马不停蹄一口气爬完一座大山似的。怎么回事？会打这电话的，只有康铎了。但是他为什么要在半夜十二点半打给我呢？

门房殷勤地走过来："少尉先生，请安心到楼上房间等候。电话一接通，我立刻通知您。"

不过我拒绝了他的好意。我不希望再错过电话，一分钟也不愿意浪费。我必须知道究竟出了什么事，因为我感觉到远在数里外的地方发生了事情。会打电话来的只可能是康铎或者乡下那家人。事情想必非常重要，事态想必相当急迫，否则没人会大半夜把人从床上挖起来。我全身神经不住颤动：有人需要我，有人非常迫切需要我！某个人有事找我，某个人想要告诉我攸关生死的重要大事。不行，我不可以走开，必须留在自己的岗位上，一分钟也不能错过。

我就这样坐在门房一脸惊讶拿来给我的硬椅上等待着，赤裸的大腿缩在大衣底下，目不转睛地瞪着电话。我等了十五分钟、半个小时，因为焦虑不安，或者也因为寒冷而全身哆嗦，不时拿衬衫袖子擦拭额头上陡然冒出的汗珠。终于，叮铃铃响起了讯号。我冲向前，抓起话筒。现在，现在我终于能知道发生的一切了！

但是门房立刻提醒我这不过是个愚蠢的错误，响起的不是电话，而是外头门铃。门房赶紧打开门，让一对晚归的情侣入屋。一位骑兵上尉踏步走进来，踩得靴子上的马刺叮当作响，身边带着一位姑娘，经过时，他诧异地瞥了门房办公室里的我一眼，显然认为我是个怪人。我光着脖子，双脚赤裸，只披了件军官大衣，直瞪着他。他飞快地打了个招呼，就带着姑娘消失在昏暗的阶梯间。

我现在再也受不了。我摇动电话机的游戏杆，询问接线生："电话还没打来吗？"

"什么电话？"

"维也纳……我想是从维也纳打来的……大概半个小时之前。"

"我马上再询问一次，请您稍候一会儿。"

这一会儿持续了很久。终于有讯号传来，但是只听得接线生安慰道："我询问那儿了，目前还没有回音。请再等几分钟，我马上就通知您。"

又要等！再等几分钟！几分钟！几分钟！只要一秒，人就能死去，命运就此确定，世界就此沉沦！为什么要我等？让我等这么久，简直就是犯罪行为。这是酷刑，是疯狂！时钟指着一点半。我已经在这儿枯坐了一个钟头，猛打寒战，受冻受寒，无止境地等待。

终于，终于又响起了铃声。我全神贯注地听着话筒，但接线生只是通知说："我得到回音了。电话已经取消了。"

取消了？什么意思？取消？"请等一下，小姐。"但是她已经收了线。

取消了？为什么要取消？他们为何在半夜十二点打电话给我，然后又把电话取消了？一定出了什么我不知道却又非得知道的事情。我无法穿越遥远的距离，穿越时间，实在令人不寒而栗！我该自己打电话给康铎吗？不行，深夜别打给他，会惊吓到他的夫人。说不定他觉得时间已晚，宁可明天一早再打。

这一夜，我实在无从形容，疲惫至极，却又异常清醒，乱七八糟的画面不断掠过，荒谬的念头四处流窜。我竖起全部神经等待着，侧耳倾听楼梯和走廊上的脚步声，倾听外头街上的阵阵叮铃声响，注意着每一个动静，每一种声音，同时又累得蹒跚摇晃，精气尽失，心力交瘁。最后我终于睡着了，睡得非常沉，非常久，如死亡般无始无终，如虚无般深不可测。

我醒来时，日上三竿，房间亮晃晃一片。一看表，十点半。老天啊，上校命令我必须立刻报到呀！在我还来不及思考私人的事情前，军队的事和公务已经在我脑中自动运转。我穿戴好军装，急忙跑下阶梯。门房想拦下我。不行，其他事情晚点再说！首要之务是先去报到，我以人格向上校担保过了。

我依照规定斜背好弹带，走进办公室，但是里头只坐着一个矮小的红发下士。他一看到我，吓了一跳，抬起眼呆望着。

"少尉先生，请赶快听从命令下楼。中校明确下达命令，要驻地所有军官和士兵准时十一点集合。请您快点下去。"

我急忙奔下阶梯。果不其然，驻地里所有官兵全聚集在庭院里了。我刚好走到随军神父旁边站定，师长已经走了出来。他步伐特别缓慢庄严，展开一张纸，开始宣读，声音回荡得很远。

“发生了一件骇人听闻的犯罪，奥匈帝国与整个文明世界对此事深恶痛绝。”什么事？我惊慌想着，全身不由自主直打哆嗦，仿佛犯下此罪的人是我。“狡诈阴险地谋杀了……”什么谋杀？“我们备受爱戴的奥匈帝国皇储殿下，法兰兹·费迪南大公及其夫人，”什么？有人谋杀了皇储？什么时候的事？对了，难怪昨天在布尔诺的公告前面挤了那么多人。原来如此！“使得我们尊贵的皇室陷入深沉的悲伤与惊愕之中。然而，奥匈帝国军队，当务之急……”

接下来的内容，我已经听不清楚了。不知道为什么，“犯罪”“谋杀”这两个词像把槌子似的敲击着我的心。假如我真是那个凶手，受到的惊吓也不甚于此。犯罪、谋杀，康铎也说过这些话。忽然之间，我再也听不见前面那位胸前佩戴勋章、身穿蓝色军服、头戴羽饰军帽的人喋喋不休，高声叫嚷。我蓦然想起昨夜那通电话。康铎为什么不早上再给我消息？莫非最后真的出事了？我利用宣读命令后的纷乱场面，没向中校报到就赶紧跑回旅馆。说不定这段时间内，已经来了通电话。

门房递给我一份电报。他说电报今天一大早就送到了，但是我急急忙忙奔过他身旁，所以没办法把电报给我。我撕开信封。乍看之下，我一头雾水。没有署名！内容完全令人费解！接着我才恍然明白，这只不过是份邮局通知，我在三点五十八分从布尔诺发出的电报无法送达。

无法送达？我瞪着上头的字。发给艾蒂丝·冯·凯柯斯法瓦的电报无法送达？那个小地方上，人人都认识她啊。现在我再也按捺不住焦急的心情，立刻要门房帮我接通电话到维也纳找康铎医生。“很紧急吗？”门房问道。“是的，事态紧急。”

二十分钟后，接通了电话——但这是个不好的奇迹！康铎竟然在家，还立刻亲自接了电话。三分钟后我完全获悉一切。长途电话，毕竟没有多少时间让人娓娓道来。一次意外鬼使神差地毁掉了一切，不幸的姑娘没有机会获悉我的悔恨、我诚挚的决心。上校想要掩饰此事的苦心安排，也白费心机。那天晚上，费伦兹和一帮同袍出了咖啡馆后没有立刻回营，又转到了一家酒馆去，不幸遇见药剂师和他一大群朋友。费伦兹那个善良的蠢蛋护我心切，当场就对药剂师大发脾气。他当着所有人的面质问药剂师，谴责他不该散播如此卑劣的谎言，破坏我的名誉。这可是天大的丑闻，隔天全城就传得沸沸扬扬。药剂师不甘声誉严重受损，一大清早气呼呼冲到军营，想要找我对质。一听见我已经离开的消息，怀疑事有蹊跷，立刻又驱车前往凯柯斯法瓦庄园。他在老人的办公室里大发雷霆，咆哮叫嚷，震得窗户也叮当作响。他怒骂凯柯斯法瓦一家人拿那通“拙劣的电话”唬人，身为世代居住此地的市民，他绝不容许那帮狂妄的军官放肆无礼。他已经了解我为什么怯懦溜之大吉，没人可以欺骗他这只不过是个玩笑。此事背后，也掩盖着我这个人卑鄙无耻的行径，就算会杠上国防部，他也要把事情查个水落石出，绝不允许那帮小流氓在公共场所辱骂他。

凯柯斯法瓦费了九牛二虎之力才安抚了气急败坏的药剂师，送他离开。老人震惊之余，只希望艾蒂丝没有听见那番乱七八糟的粗野猜疑。然而不幸的是，办公室的窗户大大敞开着，所有内容一字不差飘过庭院，清清楚楚传到坐在会客室里的艾蒂丝耳中。当下她或许就做出计划已久的决定了，但是她无疑掩饰住内心的情绪，要人拿新衣裳给她看，与伊萝娜开心大笑，对待父亲热情亲切，还询问大大小小的琐事，这个、那个有没有准备好，打包了没有？然而私底下她却吩咐约瑟夫打电话到军营，打听我何时归营，是否留下了消息。军营里的勤务兵如实报告，说我因公调动，时间未定，也没有给谁留下只字词组。这番话是压垮骆驼的最后一根稻草。她心情焦灼，痛苦煎熬，一天也等不了，一个小时也等不了了。我让她彻底绝望，给她致命的打击，她不愿意再相信我。我的懦弱竟不幸造就了她的坚毅。

晚餐后，她差人送她到露台。不过伊萝娜觉得艾蒂丝愉快的态度异乎寻常，心里隐约有种模糊的预感，所以一步也不愿意离开她身边。但是四点半时——正好是我平常上门拜访的时间，也几乎是我的电报和康铎同时抵达的前十五分钟——她恳求忠实的表姐帮她拿某一本书。不幸的是，伊萝娜熬不过这个看似没有邪念的请求。内心焦灼的艾蒂丝，控制不住自己的情绪，趁机利用不到一分钟的时间，实践了自己的决定。就如同她之前在同一个露台上向我预示的一样，就如同我在梦魇中看见的情景，她完成了那件可怕的事情。

康铎发现她时，她仍一息尚存。不可思议的是，她单薄的身子完全没有任何显著的外伤。他们赶紧叫救护车将失去意识的姑娘送到维也纳。一直到深夜，医生们依旧抱持能够救活她的希望。康铎晚上八点从疗养院给我打了通紧急电话。但是六月二十九日那一夜，皇储正好遭到暗杀，皇室各厅室陷入一片骚动，电话线路全被民事机关和军事部门联络公务所占用。康铎白白等了四个钟头，线路始终不通。过了午夜，医生确定挽救无望，康铎遂取消了电话。半个小时后，她便与世长辞了。

第三十二章

我非常笃定八月受到征召上战场的数十万士兵中，像我一样沉着冷静，甚至迫不及待要上前线一搏的人，只有寥寥数个。倒不是因为我骁勇好战，而是那对我而言是条出路，是个救赎。我就像罪犯遁入黑暗似的逃进战争中。决定出征前的四个星期，我在自我蔑视、迷惘混乱的绝望中度过，今日回想起来，那段时间比杀戮战场上的恐怖时刻，还令我胆战心惊。因为我相信，由于自己的懦弱，由于自己一开始体贴而后逃避的同情心，谋杀了一个人，一个唯一热烈爱着我的人。我从此不敢走上小巷，请了病假，成天蜷缩在房间里。我写信给凯柯斯法瓦，表达我的关切与同情（唉，确实都是起因于我的同情啊），他没有回信。写信向康铎解释，长篇累牍，为自己的行为辩护，他也没有回信。我那些同袍没人给我一字半语，我的父亲也毫无音讯——其实是因为在情势危急的那几个星期里，他们部里异常忙碌。但是，我认为这些人一致沉默无声，是共同协议好后给我的判决。我逐渐陷入妄想中，觉得大家都判处我有罪，就像我对自己的判决一样；他们全都将我视为凶手，正如我也是如此看待自己一样。整个帝国因为激动而震颤不安，全欧洲慌乱失措，所有线路因为传递恐怖消息而炽热地颤抖，交易所动荡飘摇，军队纷纷动员，未雨绸缪者已经收拾好行李，我的心思唯独只在自己怯懦的背叛行径上，只想到自己的罪过。征召我上战场，对我不啻是解脱。夺走数百万无辜生命的战争，却拯救了我这个有罪之身免于陷入绝望（但我绝非因此称颂战争）。

矫情做作的言辞令我作呕欲吐，所以我不会说自己当时是去寻找死神，只会说我无所畏惧，至少比大部分的士兵还不害怕，因为回归故里，面对清楚我罪过的知情人士，比前线种种残酷恐怖还使我胆战心惊。何况，我又能回到哪儿呢？有谁需要我，还爱着我？叫我为谁而活、为何而活？如果勇敢意味着无所恐惧，而非指涉更崇高的事情，那么我就能心安理得老实宣称我在战场上确实是勇敢无惧，因为即使是我最具男子气概的同袍认为比死更可怖的事情——像是断手缺腿，变成残废——也没有把我吓退。我大概认为，就算自己孤立无助，成了一个残废，也是对我的惩罚，是施于我的公正报复，因为我自己的恻隐之心在当时极度懦弱，过于胆怯，所以现在让我成为他人同情心的牺牲品。若说死神没有找上我，那可不是我的疏忽。我视死如归，好几十次眼神淡漠地正面迎向死神。哪儿战事告急，需要志愿兵，我就往那儿去；前线战况激烈的地方，我反而感觉舒爽自在。首次受伤后，我要求调到机枪连，接着转调去当飞行员，我驾驶那些简陋老旧的飞机显然赢得了大大小小的胜利。然而只要在公告上看见“骁勇善战”与我的名字印制在一起，就感觉自己是个骗子。若有人目光锐利盯着我的勋章看，我就赶快绕道而行。

无休无止的漫长四年过去，经历过风风雨雨，我发现自己又可以生活在以前的世界里，也不由得大感意外。因为我们这种从阴间归来的人，看待事情的角度已经有所不同。良心上负载着一条人命，对于参加过世界大战的士兵和对于和平世界的人来说，自然有所不同。我个人的罪过，在硕大无垠的血泊泥沼中，已彻底溶于一般的罪过里。因为同一个我，同一双眼睛，同一双手，也架起了机关枪，在利马诺瓦将第一批冲上前的俄国步兵，击倒于我们的壕沟之前。事后，我透过望远镜看见被我射死的人苍白可怕的眼睛，看见因我而受伤的人，倒卧在铁丝网上呻吟好几个小时，最后才悲惨死去。我在戈里齐亚击落一架飞机，飞机在空中先是翻了三个跟头，才撞击在石灰岩上，冒出熊熊烈焰，摔得粉碎。也曾经亲手根据兵籍牌，搜寻还冒着烟的焦黑尸体。成千上万与我并肩列队在行伍当中的人，拿着卡宾枪、刺刀、喷火器、机关枪，甚至是赤手空拳，全都干了同样的事情；我们这代数十万、数百万的人在法国、俄国、德国，全都在干一样的事。在这场史无前例、规模空前，惨烈程度甚于以往千万倍的荼毒生灵大屠杀中，一件私人的罪过又算得上什么呢？

还有一件令人欣慰的事，那就是后方世界已经没有证人能够指认我了。没人能够指控我这位因为英勇奋战而备受奖赏的人，过去曾经是个胆小的懦夫，没人能够指责我那招致不幸的软弱性格。凯柯斯法瓦在女儿过世几天后也撒手人寰，伊萝娜成了平凡的公证人之妻，住在南斯拉夫一个村子里，布本希克上校在萨瓦河畔开枪自杀，我那些同袍要不阵亡，要不早就忘了这段微不足道的插曲——在宛如末日般的四年战争期间，“往昔”的一切，就如早期的货币一样，一文不值，毫无效用。没人能够控诉我，没人能够审判我。我就像个把被害者尸体掩埋在树林里的凶手，埋完尸体后大雪刚好纷纷落下，又绵又密，雪白一片。我心里明白再过几个月，白雪将会掩盖罪行，永远抹灭掉痕迹，让事件不会败露。于是我鼓起勇气，又重新开始生活。由于没人提醒我，我也就忘记了自己的罪孽。人心迫切想要遗忘时，是有能力忘得彻底，忘得一干二净的。

回忆，只有一次从彼岸返回。我当时坐在维也纳歌剧院里最后一排的靠边位置，想要再度聆听格鲁克的《奥菲斯》，这出歌剧纯净又节制的忧伤，比其他音乐更加撼动我心。序曲演奏完毕后，休息时间很短，所以没有开灯照亮黝黑的观众席，不过还是让几个迟到的观众进场，有机会摸黑走到自己的座位上。我这排也有两道影子接近，一男一女。

“抱歉，借过一下。”男士彬彬有礼弯身对我说。我没有仔细注意，也没有抬头看，就起身让路。不过，那位男士没有立刻在我身边的空位上落座，反而先小心翼翼、呵护有加地帮女士领路。他仿佛帮她铲平道路似的带领着她，而且还贴心地先帮她翻下座椅，才扶她在椅子上坐好。这种体贴入微的举动实在太不寻常，不禁引起我的注意。啊，原来是位盲人啊，我心想，不由自主同情地看了她一眼。这时，身形微胖的男士在我旁边坐下。我的心忽然一揪，认出了对方。是康铎！世上唯一知道一切，了解我的为人，深深熟悉我满身罪过的人，现在就坐在我旁边，近得能感受到他的气息。他的同情心不似我的那般软弱得置人于死地，而是充满牺牲奉献的力量。他是唯一有资格审判我的人，我只在他面前羞愧得无所遁形！中场休息时，水晶吊灯一亮，他肯定立刻会认出我。

我猛打哆嗦，急忙拿手遮住脸，黑暗中多少有所保护。我的心脏剧烈跳动，之后再也听不进心爱歌剧的一弦半音。世界上唯一清楚我底细的人就近在身边，我心头备感负担。黑暗中，我仿佛赤身裸体置身在衣冠楚楚、体面端庄的人群中。我胆战心惊，害怕等会儿一旦灯光亮起，我将暴露无遗，无处躲藏。于是我趁着第一幕结束，开始落幕时灯光要明未明的短暂空当，赶紧低着头，从中间走道离开。我想自己应该逃得够快，所以他没有看见我，没有认出我。不过，从此以后我又再次明白：只要良心有知，没有任何罪过能被遗忘。

（全文完）

《心灵的焦灼》：历史的伤疤[1]

琼·阿克塞拉 著

王林园 译

20世纪二三十年代，斯蒂芬·茨威格备受推崇，书迷甚至在他萨尔茨堡的居所周围守株待兔，害得他不敢出门。茨威格的出版商称他是世界上翻译量最广的作家。如今，除了德法两国读者仍然阅读他的作品，英语读者普遍对他知之甚少。倒是最近几十年间，几家出版社在着力推介茨威格的英译版。在我看来，他最值得重印的作品当数他唯一的长篇小说《心灵的焦灼》（*Ungeduld des Herzens*，1939）。

茨威格十分崇拜同样出身维也纳的友人西格蒙德·弗洛伊德。弗洛伊德的论述，加上两次世界大战中的遭遇，无疑令茨威格深信人在根本上是非理性的。他作品的核心主题是痴迷。《心灵的焦灼》就是一例。利用内疚对人进行感情要挟，以此贯穿始终，据我所知这是首创。如今，这类情节已经司空见惯：用过度的爱，并以感激、怜悯与责任为理由束缚对方；对方也许确实认

1 本文最初刊载于NYRB Classics2006年版*Bware of Pity*，作者为罗格斯大学比较文学博士，资深书评人。

可这些感情——也算是一种爱吧——但心里巴不得夺门而出。不过，即使是在离经叛道的三十年代，普遍也没有将感激、怜悯与责任视为情感绑架的手段。弗洛伊德对这几种高尚的心理动机进行了冷酷的分析，令茨威格大为叹服。茨威格曾写道："他令世间更加真诚。"《心灵的焦灼》对此展开了透彻的分析。

故事发生在1913年，地点是匈牙利边境的一个驻防小镇。派驻在镇子的安东·霍夫米勒是奥匈帝国骑兵队的少尉，二十五岁的他大半生在军校度过，因此涉世未深。一天晚上，他想办法来到大实业家拉尤斯·冯·凯柯斯法瓦先生的城堡中做客。当晚的经历令他如痴如醉。大厅里挂着哥白林挂毯；晚宴丰盛可口；坐在他身边的是主人的侄女伊萝娜，手臂宛如"剥了皮的水蜜桃"；他尽情地跳了一晚上。准备告辞的时候，他突然记起主人的千金，十七八岁的艾蒂丝，他应该请她跳支舞的。他在一间偏厅找到了那个年轻姑娘：病恹恹的，生着灰眼珠。他弯腰鞠躬，接着说："小姐，有荣幸请您跳支舞吗？"对方的反应叫他大吃一惊：

> 她前倾的上身蓦地向后一退，仿佛要躲开别人挥来的重重一拳……只有一双眼睛如死鱼般直盯着我，我这辈子还未曾见过那副惊恐神情。下一刻，她严重痉挛的身体猛然抽搐……忽然间，整个情绪爆发开来：一阵抽泣……哭泣不但没停，反而更加激烈，像血崩，又像急性呕吐，一阵一阵地抽搐发作。

霍夫米勒连忙退回客厅，伊萝娜质问他："你是疯了吗？没看见她那双可怜残废的腿？"没，他没看见，因为艾蒂丝坐在桌子前。他落荒而逃，“心被羞愧烫得炙热”。

不经意间，艾蒂丝第一次出击了。（我们会发现，但凡事情不顺心，她就容易发病。）不过，本故事的主题二联性精神病（folie à deux）要扎下根，就需要霍夫米勒去迎合。当天晚上，他为造成了伤害感到不安：“我好似鞭打了一个无辜的孩子。”同时，他也生出了另一个想法（这个想法对推动故事发展至关重要）：军官的荣誉感。交际失态和出丑有辱连队以及他本人的声誉：“只要我们中间有人干了什么蠢事，十年、二十年还会在同袍聚会上被拿出来咀嚼回味一番。”第二天上午，他花光了当月剩下的军饷，订了一大捧玫瑰送给艾蒂丝，也因此收到了对方邀请他去喝茶的字条。他不必知会什么时候上门，艾蒂丝这样加了一句：“因为我——遗憾的是——总是窝在家里。”她已经打出了同情牌。第二天下午，霍夫米勒应约上门，艾蒂丝故伎重施，说起五年前因病致残，她从前是多么喜欢跳舞，还梦想成为帕芙萝娃。可惜啊！

隔天早上，心思单纯的霍夫米勒率骑兵队前往操练场。他酷爱骑马，开始催马快跑：“前进！前进！前进！驾！驾！驾！啊，就这样奔驰，一直驰骋到世界尽头吧！”他正兴致高昂，猛然想到了艾蒂丝，一时为自己身体的健全和享乐感到羞愧。他命令队伍放慢速度；大家不情愿地照做了。霍夫米勒说，这是“同情的奇特毒素开始散发的第一个征兆”。

值得玩味的是，这并不是一个感性的故事，因为他所同情的对象并不可爱。艾蒂丝自恋专横，是痛苦中的翘楚。前一天喝茶的时候，她不得不提前离开（按摩师来了）。她早就习惯了坐轮椅，这次却非要自己走：

> 她紧咬嘴唇，将全身重量倚到拐杖上面——拐杖嗒嗒笃笃地响——她很吃力地走着，摇摇晃晃，一会儿冲向前，一会儿歪歪扭扭，怪模怪样。仆人在后面伸出双臂紧盯着她，万一她失去平衡或腿软可以及时扶住。嗒嗒，笃笃，一步又一步……她不准人帮忙，也不肯坐轮椅，是为了告诉我——就是我，要告诉我们所有人：她是个残废。出于绝望的报复心态，她要我们痛苦，拿她受的苦难折磨我们。

随着故事的发展，嗒嗒笃笃的响声更像出自爱伦·坡，艾蒂丝古怪的性格也越发凸显。在某种程度上，相比艾蒂丝本人，霍夫米勒更加同情她的父亲。这位鳏夫可怜爱女，将全部的爱倾注在她身上。不过，即使是在这古怪的一幕中，茨威格也清楚地表现出伤病者确实惹人同情。我们忍不住同情她，不断满足对方的要求——没多久，霍夫米勒每天都要上门拜访——我们怎么会感到勉强呢？

无论如何，这是霍夫米勒的理由。日复一日，从喝茶到用饭，他不断应承艾蒂丝的种种要求。艾蒂丝对他日久生情；艾蒂丝的医生嘱咐霍夫米勒不能坦白，至少得拖到艾蒂丝去瑞士接受治疗之后。就这样，霍夫米勒在欺骗中越陷越深。茨威格尖锐地剖析了同情的动机。霍夫米勒渐渐意识到，他的情感施与换来了重视，令他享受其中。他每次上门，那里都备好了他最喜欢的香烟；他随口说想读哪本小说，书隔天就摆在茶几上（书边已经裁好了）。他还精明地发觉，艾蒂丝的虚弱反衬出他自己的力量，最重要的是，他在凯柯斯法瓦一家中的地位越发重要，他区区一个穷当兵的，要是没有过来喝茶，这个富丽堂皇的城堡就要乱成一团，还要派司机到处打探，看是什么事耽误了他去陪艾蒂丝。不过，除了享受权力，霍夫米勒还发觉，同情之感也令他受益。这种感情令他感到了高尚，一种新的境界。在部队里，他只需要遵守命令，做个好好先生。如今，他产生了道德使命，成了一个有灵魂的人。

这一段对怜悯的剖析是本书的精髓，不过随便一个心理学家都分析得出来。茨威格的独到之处在于，他描述了霍夫米勒和艾蒂丝相处时那种真切、微妙、叫人寒毛直竖的矛盾心理：艾蒂丝一会儿利用霍夫米勒的同情心，一会儿向他索取爱；霍夫米勒则在关心和退缩之间难以抉择。后来，艾蒂丝认定他不够在意自己，又发病了。霍夫米勒为了缓解她的病情，伸手按在她的胳膊上：

> 她身体陡然止住抽搐，停滞僵硬，动也不动。仿佛整个身体正在等待，正在侧耳倾听，想了解这陌生的碰触所隐含的意义，是表示……爱意，或者纯粹是同情？这种屏息等待，整个身体纹丝不动侧耳倾听的等待，着实十分可怕。我没有勇气挪开这只蓦然平息汹涌哭潮的手，但也没有力气强迫自己的手指展现柔情蜜意，那是艾蒂丝的身体和灼热肌肤迫切期待的柔情。我就这样让手像异物似的放着，我感觉她体内的血液似乎全涌来此处，在我的手底下温热又颤颤跳动。

艾蒂丝把霍夫米勒的手移到胸口，轻轻抚摸：

> 在这样密切的触摸中，毫无任何贪欲，只有一种沉静的、惊叹的喜悦，终于能够短暂拥有我一小部分身体……我昏昏沉沉，如梦似幻，享受不停地从肌肤传到神经的酥软感，只能束手无策，无力抵抗。然而潜意识又感觉羞愧难当，受人如此极端爱恋，自己除了怯弱害怕，心绪扰乱，以及一阵尴尬的战栗外，竟没有其他感受。

霍夫米勒尴尬地站在一旁，任由艾蒂丝抚摸那只被擒获的手，无路可退。精于爱之心理的大师（司汤达、福楼拜、托尔斯泰、屠格涅夫）从来止步于此。这一幕既融合了他们的道德认识，又包含了一种神经质的、皮肤之下的兴奋，让人联想到茨威格的朋友、同为弗洛伊德门徒的施尼茨勒。本书中最不同寻常的，莫过于这种持续的病态张力：紧张的大笑，轻叩的手指；刀叉突然撇到盘子上，快乐转眼就化为愤怒和痛苦。读者和霍夫米勒一样，被套住了脖子，越拽越深。

没过几天，艾蒂丝再次按住霍夫米勒的手，为他套上了订婚戒指。这之后，两人的关系迅速走向宿命的悲剧结局。茨威格故事中的这种宿命感曾为人所诟病。不止一个作家——例如斯蒂芬·斯彭德和萨尔曼·拉什迪[①]——批评他的故事情节老套，人物心理固化。可以说，他的虚构作品好比一个个病例，是对神经症的教科书式分析。霍夫米勒的犹豫不决和以愧疚为武器的艾蒂丝就是最好的例子。但在我看来，艾蒂丝的性格塑造是大胆的一笔——她索取爱，但让人无法产生爱意——由此直探心理意义的谷底。“比起生活幸福者，”霍夫米勒这样说，世上的弃儿“心里的贪婪更加激切、更为危险。他们的爱狂热、阴沉、黑暗。”

1881年，茨威格出生在维也纳。几个月之间，现代主义大家相继出生（乔伊斯、斯特拉文斯基[2]、卡夫卡、维吉尼亚·伍尔夫、毕加索），但茨威格和他们抱持不同的观点。沉默、放逐、算计，这些是强加于他的折磨，而他一直怀念逝去的岁月。在回忆录《昨日的世界》（*Die Welt von Gestern*，1942）中，他将一战前的维也纳称为“太平的黄金时代”。从穆齐尔、施尼茨勒和约瑟夫·罗特[3]笔下，我们得知弗朗茨·约瑟夫[4]统治下的的维也纳金玉其外，私下神经兮兮。但茨威格的经历和他们不同。他的父亲是拥有百万家产的实业家，作为二儿子，他不必继承家业。十几岁时，他就加入了以才华横溢的胡戈·冯·霍夫曼斯塔尔[5]为首的唯美主义团体。茨威格的心里只有艺术，并且他的艺术观极其理想主义。和里尔克[6]聊过天后，他写道：“之后的几小时甚至几天都不可能有任何庸俗的念头。”拜访罗丹画室令他窥到了“一切艺术与伟业的永恒奥秘……那种忘形，艺术家忘记一切的专注。”相对应地，茨威格对政治抱着模糊而高尚的想法。他维系着所谓的“奥地利理想”——那个融合了多民族、多种族的奥匈帝国是人类友谊的象征符号——不把自己视为某个国家的公民，而是欧洲人：“我们神圣的家园，我们西方文明的摇篮、帕特农神殿。”对这个集体的身份认同令他抱着满腔的人文主义和乐观思想。他在《昨日的世界》写道，1914年，“世界像水果一样呈现在我面前，美好动人，饱含希望”。

犹太人的身份并没有打击他的信心。三十年代，一个意外等待着欧洲大批教育良好、融入世俗的犹太人。茨威格回忆说，他年轻时从来没有“因为犹太人的身份遭到一丁点儿麻烦和歧视”，他的摩拉维亚家人“既没有感觉低人一等，也没有……东方犹太人那种自然而然的急躁”。[7]当时，大批东欧犹太人为了躲避俄国大屠杀而涌入西欧；显然，茨威格愿意跟穷困潦倒、饱受冷眼的东欧犹太人撇开关系。《心灵的焦灼》中，冯·凯柯斯法瓦先生就是这种背景，从茨威格对其早年经历的描写中，如今的不少读者会读出反犹思想。事实上，茨威格年轻时并不把自己视为犹太人，至少大体上不是；那个世界属于他的父亲、祖父。到了四十年代，在他写下《昨日的世界》时，他的身份认同必然发生了变化，转而以犹太人的身份发声。“世人所称道的19世纪维也纳文化，十分之九都是由维也纳犹太人推动、滋养甚至创造的。”他列举了一串名字。一贯谦逊的他没有提自己。事实上，他年仅19岁就出版了第一本诗集，并为西奥多·赫茨尔[8]主编的卓有声誉的《新自由报》写专栏。

他挚爱艺术，但因为对自己的才能缺乏信心，早年一直为其他的艺术家作嫁衣，从事翻译和撰写传记的工作。茨威格在世时，不仅以传记和小品文著称（魏尔伦、维尔哈伦、巴尔扎克、狄更斯、陀思妥耶夫斯基、罗曼·罗兰、荷尔德林、克莱斯特、尼采、司汤达、托尔斯泰、伊拉斯谟、玛丽·安托瓦妮特、苏格兰女王玛丽、麦哲伦[9]等等），其中篇小说集也广受欢迎，他所描述的两性和疯癫打破了贵族社会优雅的漆画屏风。除此之外，他还创作了几本剧本和游记，外加一部歌剧脚本。他是文学界的多面手，不仅是一位作家，更是一副“声音”——在一些人看来，他代表了欧洲的声音。

茨威格常常收到女性书迷的来信，也由此结识了年轻的作家弗里德里克·冯·温特尼茨[10]，他的结发妻子。弗里德里克为他离开了丈夫，20世纪10—30年代，她和茨威格共同生活了二十余年，这也是茨威格创作的高峰时期。1933年，弗里德里克替茨威格物色了一个新秘书：夏洛特·阿尔特曼[11]，一个内向谦卑的德国犹太姑娘。绿蒂比茨威格小二十七岁，她同家人刚刚逃出德国。绿蒂对他一见钟情。至于他的感情，传记作家也捉摸不透。这期间，他情绪低落。他年轻时的信心被一战打得粉碎，加之纳粹逐渐将欧洲卷入第二场战争，他昔日的乐观已经转变为彻头彻尾的悲观。1933年，希特勒青年团烧了他的书；1935年，理查德·施特劳斯[12]的歌剧《沉默的女人》演出仅两场就遭禁，因为脚本是茨威格写的。

困扰他的不仅仅是政治。萨尔兹堡家中的忙乱嘈杂也令他心生厌倦。他是个工作狂。虽然弗里德里克努力不打扰他，不过她要照顾第一段婚姻中的两个女儿，并且喜欢交际。在1946年的《茨威格传》中，她将茨威格的背叛归咎于“更年期”。情况或许如她所说，不过他似乎只是想摆脱一切纷扰，享受安静和工作，这两样恰好是绿蒂所能满足的。几年的彷徨之后——他和霍夫米勒一样，天性优柔寡断——1938年，茨威格劝服弗里德里克离婚，并保证说不打算再婚，只想重获“学生的自由”。第二年，他就和绿蒂结婚了。

这时候，他已经逃到了伦敦；也就是在三十年代末这段煎熬的岁月中，他创作了《心灵的焦灼》。有人认为艾蒂丝的原型是绿蒂：脆弱——无论在政治身份上还是体质上（她患有严重的哮喘）——并且离不开茨威格。不过，在人物塑造上，也一定含有茨威格对抛弃弗里德里克的内疚。除此之外还有茨威格的母亲，一个任性自我的女人。据弗里德里克描述，童年时期的茨威格和母亲冲突不断，这段经历给他留下了“无法愈合的伤疤”。种种来源不一而足。弗洛伊德的病例无疑也提供了素材。他的病人多身体瘫痪，并常常对医生产生爱恋。（小说中反复出现“歇斯底里”和“潜意识”两个词。）最后，无须赘言，这本悲观的小说创作于二战前夕。三四十年代，茨威格因为没有公开谴责纳粹而招致许多同僚的不满。他的大名定然会使反纳粹的理由更有分量。茨威格虽然崇尚人文主义，但他厌恶政治。（他从不投票，家里不许听广播，晚上去咖啡馆看报纸，免得新闻打扰他白天的创作。）对于欧洲的厄运，他的回应是间接的、象征性的：《心灵的焦灼》等作品。

为了冲淡小说的悲剧主题，他在小说的前言中写道，世上有两种同情：

> 一种是胆怯善感，说白了其实只是心灵焦灼，面对他人的不幸，急于从难堪的情绪波动中尽快脱身……另一种才是货真价实的同情，不是感情用事，反而富有创造性。这种同情清楚自己的目标，坚决果决，耐性十足，能共同经历一切苦难，直到用尽最后一丝力气，甚至力竭也不罢休。

我们后面会发现，这一段话出自艾蒂丝的医生康铎之口。茨威格或许是想借此称赞弗洛伊德。霍夫米勒的同情是虚伪的，而康铎医生——以及弗洛伊德医生——那种才是货真价实的。不知道茨威格是否确实这样想。康铎出于所谓善意的同情，娶了他没能治好的盲人。我们后来见到了他的妻子：她对康铎寸步不离，用焦虑和忧郁笼罩着他。和大多数大胆的作家一样，茨威格给自己提出了他解答不了的问题。我们不得不在字里行间分辨真真假假。在《心灵的焦灼》中，显得真实的是那些展现同情如何徒劳无益的情节。这是个可怕的教训，本书的激进和现代性也由此而来。

尽管茨威格的主题是现代的，但我们不能将他归为现代主义作家。他在二三十年代名噪一时，但他在回忆录中没有提到艾略特、维吉尼亚·伍尔夫、卡夫卡、毕加索、斯特拉文斯基。他同乔伊斯相识，但看样子并没有读过《尤利西斯》。他曾观看勋伯格[13]的首演，但没有表示欣赏。似乎在他看来，现代艺术止于里尔克和理查德·施特劳斯。在实验主义盛行的年代，他却并非实验主义者，这一点使他和其他风格上的传统现代派（例如约瑟夫·罗斯）未能得到后世足够的重视。此外，茨威格确有不足之处。我在上文提到过，他的情节和人物只是为主题服务的。其次，他偏爱老旧的叙事手法：陌生人在深夜讲的故事；高潮时的雷电交加。他的一些作品也有矫饰之嫌。这一点实在令人不忍非难。他品位高雅，感情热烈，崇尚理想主义，对19世纪的艺术推崇备至。凡此种种，也难怪他会在章节甚至是段落末尾唱一曲“咏叹调”（借用他一位编辑的话）。不过，《昨日的世界》中类似的澎湃并没有出现在《心灵的焦灼》中。至于让人一看便知的情节和人物走向，以及毫无新意的叙事手法，都可以忽略不计，因为本书胜在微妙饱满的心理描写。

1941年，为保安全（以及茨威格的收入），茨威格和绿蒂移居巴西。茨威格也认为，多民族融合的巴西会是一个幸福的、超越国家的净土，这也是他理想的奥匈社会。起初，看来他适应得还不错。他和绿蒂定居在离里约不远的山城彼得罗波利斯。他动笔撰写《蒙田传》[14]。他养了一条小狗；他写信给弗里德里克说，小狗拿了选美比赛亚军。他每天出去遛狗，凝视醉人的美景。可惜这些美景并不属于他，他的欧洲惨遭刽子手的蹂躏。1942年2月22日晚，他留下一张字条，向巴西人和他的朋友致谢："愿他们熬过长夜还能见到黎明！我太过性急，要先他们而去了。"他和绿蒂服下巴比妥类药物。第二天被发现时，夫妻二人手握着手躺在床上，已经离开了。

译者注：

① Stephen Spender（1909—1995），英国诗人、小说家、散文家，作品关注社会公平及阶级斗争。

Salman Rushdie（1947—），文学家，生于印度，14岁移居英国读书。其作品受到东西方文化的双重影响。

② Igor Stravinsky（1882—1995），美籍俄裔作曲家，现代主义音乐的重要人物，代表作有《火鸟》《春之祭》等。

③ Robert Musil（1880—1942），奥地利作家，其未完成的小说《没有个性的人》被誉为最具影响力的现代主义小说之一。

Arthur Schnitzler（1862—1931），奥地利作家，以刻画人物心理的剧作著称；中篇小说《古斯特少尉》是欧洲第一部采用内心独白手法写成的杰作。

Joseph Roth（1894—1939），奥地利记者、小说家，代表作《拉德斯基进行曲》从特罗塔家族的命运描述了奥匈帝国的兴衰。

④ Franz Joseph I of Austria（1830—1916），奥地利帝国皇帝、匈牙利王国国王，1914年，因侄子斐迪南大公遇刺，向塞尔维亚王国宣战，最终导致一战爆发。

⑤ Hugo von Hofmannsthal（1874—1929），奥地利作家，有“神童”的美誉，以抒情诗歌及剧本著称，并为理查德·施特劳斯的《玫瑰骑士》等多部歌剧创作脚本。

⑥ Rainer Maria Rilke（1875—1926），奥地利诗人，作品《杜伊诺哀歌》《致俄耳甫斯的十四行诗》等享誉世界。

⑦ 茨威格在《昨日的世界》中写道：“我父亲的祖籍是摩拉维亚。犹太人世族住在那儿的小乡村，同农民以及小市民都相处融洽。”摩拉维亚，捷克斯洛伐克东部莫拉瓦河流域一带的旧称。

⑧ Theodor Herzl（1860—1904），奥匈帝国记者，现代政治上锡安主义（犹太复国主义）的创始人。先后担任维也纳《新自由报》（Neue

Freie Presse）驻巴黎记者和文学编辑。

⑨《保罗·魏尔伦》，1904年。Paul Verlaine（1844—1896），法国象征派诗人。

《埃米尔·维尔哈伦》，1910年。Emile Verhaeren（1855—1916），比利时法语诗人、艺术评论家，象征派的创始人之一，六次获诺贝尔文学奖提名。

《三大师——巴尔扎克、狄更斯、陀思妥耶夫斯基》，1920年。

《罗曼·罗兰传》，1921年。

《与魔鬼搏斗——荷尔德林、克莱斯特、尼采》，1925年。Hölderlin（1770—1843），德国诗人、哲学家，德国浪漫主义的先驱，创作《自由颂歌》《人类颂歌》等诗作。Heinrich von Kleist（1777—1811），德国浪漫主义的重要代表，以《破瓮记》等剧作著称。

《三作家——卡萨诺瓦、司汤达、托尔斯泰》，1928年。

《鹿特丹的伊拉斯谟》，1934年。Erasmus（1466—1536），荷兰学者，人文主义的杰出代表。

《断头王后》，1932年。Marie Antoinette（1755—1793），法国国王路易十六的王后，法国大革命中被推上断头台。

《玛丽·斯图亚特》，1935年。Mary Queen of Scots（1542—1587），苏格兰女王、法兰西王后，企图争夺英格兰王位，后被伊丽莎白女王下令处死。

《麦哲伦航海记》，1938年。

⑩ Friderike von Winternitz（1882—1971）。

⑪ Charlotte "Lotte" Altmann（1908—1942），昵称为绿蒂。

⑫ Richard Strauss（1864—1949），德国作曲家、指挥家，创作了《莎乐美》《玫瑰骑士》等经典歌剧及《死与净化》等交响诗。

⑬ Arnold Schönberg（1874—1951），美籍奥地利作曲家，现代表现主义音乐大师，代表作有《月之升华》《摩西与亚伦》等。

⑭《蒙田传》，1941年。Montaigne（1533—1592），法国人文主义思想家、作家，著有《随笔集》等。

欢迎您从《心灵的焦灼》走进
读客三个圈经典文库

亲爱的读者，感谢您选择读客三个圈经典文库。

我们的封面统一使用“三个圈”的设计，读者可以凭借封面上形式各异的“三个圈”找到我们，走进经典的世界。

你想成为什么样的人?

对你来说什么是重要的?

这个世界应该是什么样子?

我们在生命中遇到的这些问题，或许可以在浩如烟海的文学经典中找到答案。

跟随读客三个圈经典文库，认识世界、塑造自我，成为更好的人!

《漫长的告别》

《西西弗神话》

《人间失格》

《人类群星闪耀时》

《鼠疫》

《小王子三部曲》

《局外人》

《月亮与六便士》

《基督山伯爵》

《罗生门》

读客三个圈经典文库

精神成长树

你想成为什么样的人？
对你来说什么是重要的？
这个世界应该是什么样子？

我们在生命中遇到的问题，每个时空的人都经历过，一些伟大的人留下一些伟大作品，流传下来，就成了经典。正是这些经典，共同塑造并丰富着人类的精神世界。

我们重新梳理了浩若烟海的文学经典，为您制作了精神成长树。跟随读客三个圈经典文库，汲取大师与巨匠淬炼的精神力量，完成你自己的精神成长！

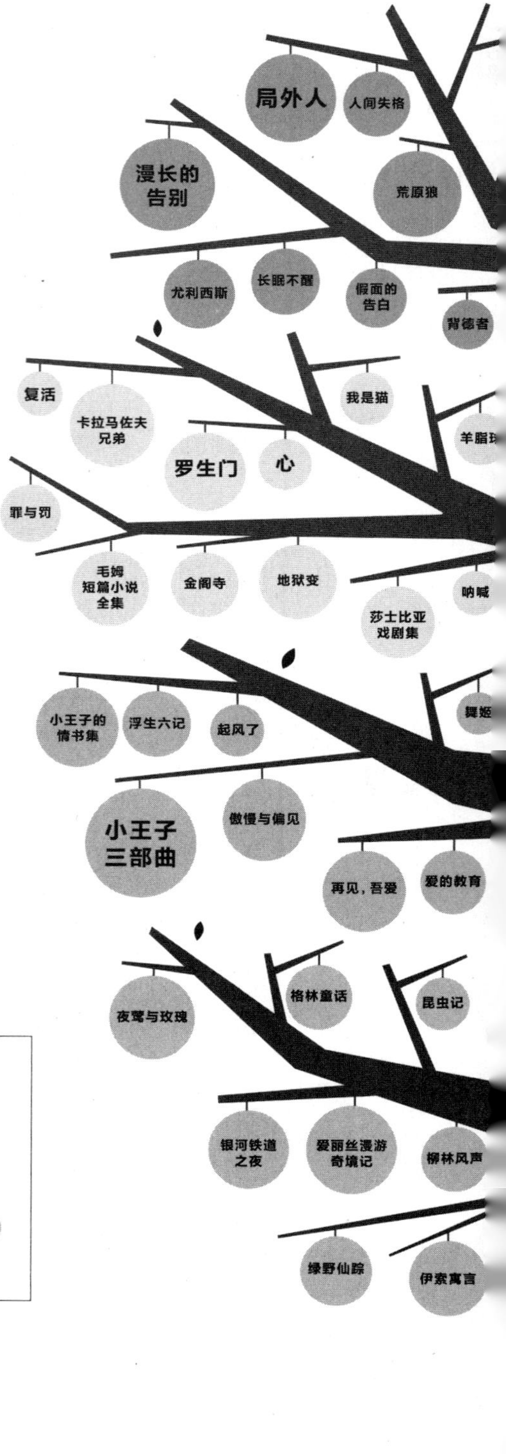

树干：

不同的精神成长主题，您可以挑选任意感兴趣的主题进行深入阅读

例如：
寻找人生意义
探索自己的内心
拥有强大意志力
理解复杂的人性
…………

枝丫上的果实：

我们为您精选的经典文学作品

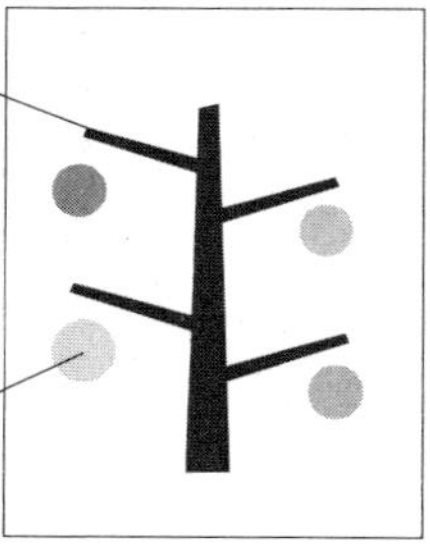

精神成长树示意图

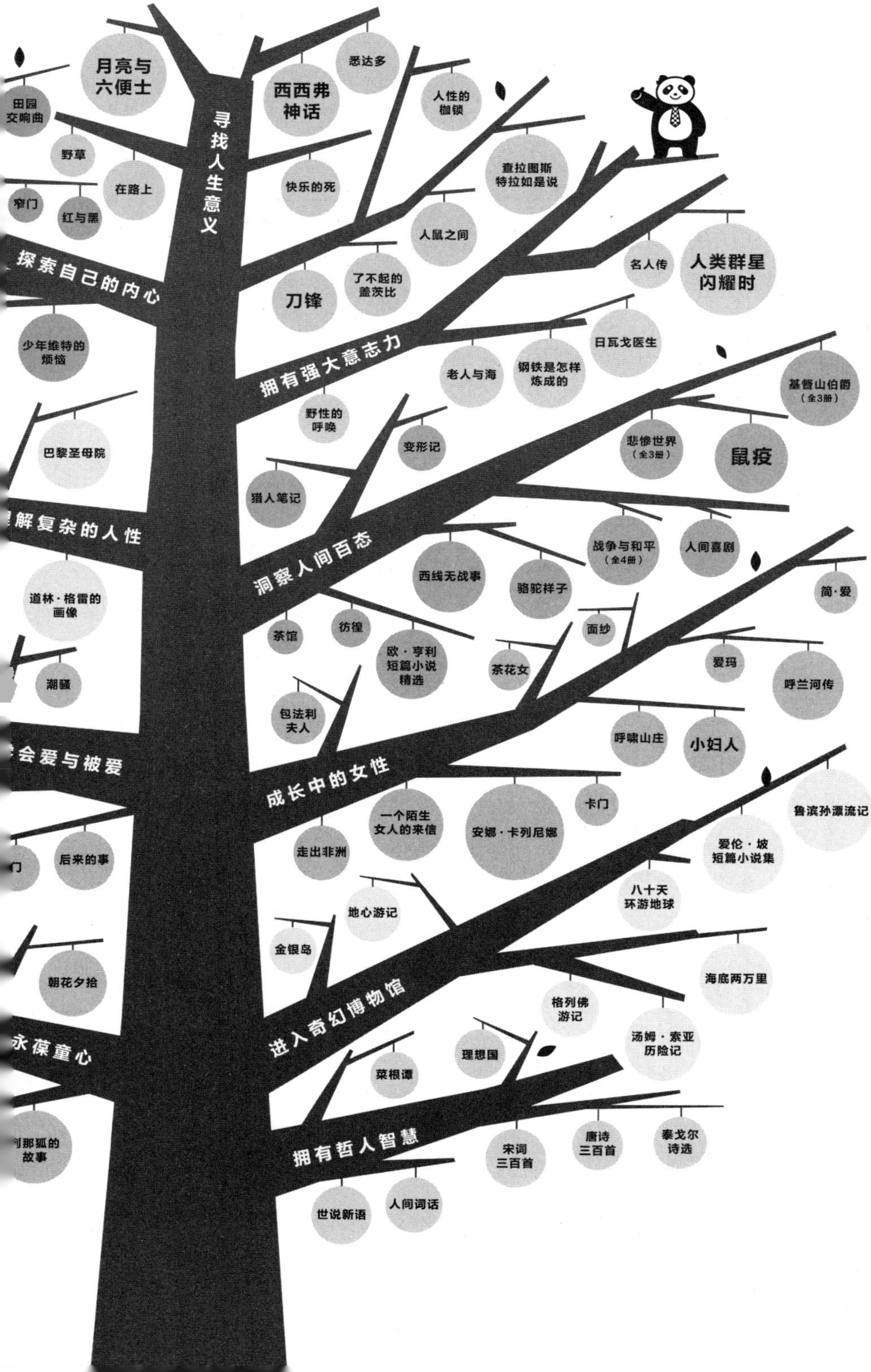

寻找人生意义
月亮与六便士
田园交响曲
野草
在路上
窄门
红与黑
西西弗神话
悉达多
人性的枷锁
快乐的死
查拉图斯特拉如是说
人鼠之间
刀锋
了不起的盖茨比
名人传
人类群星闪耀时
探索自己的内心
少年维特的烦恼
拥有强大意志力
老人与海
钢铁是怎样炼成的
日瓦戈医生
野性的呼唤
巴黎圣母院
变形记
基督山伯爵（全3册）
悲惨世界（全3册）
鼠疫
猎人笔记
理解复杂的人性
洞察人间百态
西线无战事
骆驼祥子
战争与和平（全4册）
人间喜剧
道林·格雷的画像
茶馆
彷徨
欧·亨利短篇小说精选
茶花女
面纱
简·爱
潮骚
爱玛
呼兰河传
包法利夫人
呼啸山庄
小妇人
学会爱与被爱
成长中的女性
一个陌生女人的来信
安娜·卡列尼娜
卡门
走出非洲
鲁滨孙漂流记
爱伦·坡短篇小说集
后来的事
地心游记
八十天环游地球
金银岛
朝花夕拾
进入奇幻博物馆
海底两万里
格列佛游记
汤姆·索亚历险记
永葆童心
菜根谭
理想国
狐那狐的故事
拥有哲人智慧
宋词三百首
唐诗三百首
泰戈尔诗选
世说新语
人间词话

读客

激发个人成长

多年以来，千千万万有经验的读者，都会定期查看熊猫君家的最新书目，挑选满足自己成长需求的新书。

读客图书以“激发个人成长”为使命，在以下三个方面为您精选优质图书：

1. 精神成长

熊猫君家精彩绝伦的小说文库和人文类图书，帮助你成为永远充满梦想、勇气和爱的人！

2. 知识结构成长

熊猫君家的历史类、社科类图书，帮助你了解从宇宙诞生、文明演变直至今日世界之形成的方方面面。

3. 工作技能成长

熊猫君家的经管类、家教类图书，指引你更好地工作、更有效率地生活，减少人生中的烦恼。

每一本读客图书都轻松好读，精彩绝伦，充满无穷阅读乐趣！